고사성어로 엮은

열국지

심덕보 편저

도서출판 진영사

고사성어로 엮은 열국지

심덕보 편저

2024년 3월 12일 초판 인쇄
2024년 3월 15일 초판 발행
발행인 박 진 영
발행처 도서출판 진영사
인천광역시 부평구 주부토로 236 인천테크노밸리 U1 지식산업센터 B동 1507호
전화 : 032)505-4207
팩스 : 032)505-4206
E-mail : 0183734207@hanmail.net
등록 : 제2007-000001호

ISBN 978-89-6541-648-7 93800
값 21,500원

머리말

열국지는 중국의 춘추전국시대(春秋戰國時代)를 배경으로 한 역사 소설이다. 열국지의 원작은 16세기 명나라 가정제(嘉靖帝) 즈음에 여소어(余邵魚)가 야담을 수집하여 쓴 '열국지전(列國志傳)'이다. 이후 명나라 말기에 풍몽룡(馮夢龍)이 역사에 맞춰 수정하여 '신열국지(新列國志)'로 펴냈고, 청나라 건륭제(乾隆帝) 즈음에 채원방(蔡元放)이 이를 다시 정리하여 '동주열국지(東周列國志)'로 펴냈다.

열국지의 배경이 된 춘추전국시대는 주(周)나라가 도성을 호경(鎬京)에서 낙읍(洛邑)으로 옮긴 기원전 770년부터 진(秦)나라가 중국을 통일한 기원전 221년까지의 약 550년간의 시기를 일컫는다.

춘추전국시대는 진(晉)나라에서 분열된 조(趙) · 위(魏) · 한(韓)나라가 주(周)나라 천자에게 제후로 인정받은 기원전 403년을 기점으로 춘추시대와 전국시대로 나누어진다. 즉 기원전 770년부터 기원전 403년까지를 춘추시대, 그 이후부터 기원전 221년까지를 전국시대라 한다.

춘추시대는 공자가 편찬한 노(魯)나라의 편년체 사서 '춘추(春秋)'에서 이름을 가져왔고, 전국시대는 유향(劉向)이 유세가들의 활동을 모아 편찬한 '전국책(戰國策)'에서 그 이름이 유래하였다.

열국지는 춘추전국시대 약 550년간의 이야기를 다루었기 때문에 수십 개의 제후국을 포함하여 읍제(邑制)국가 형태로 등장하는 나라만도 100여 개국에 달한다. 또한 이들의 역사 속에 나타나는 복잡한 사건과 일화에 다양하게 등장하는 인물만도 2,500여 명에 이른다고 한다.

이러한 각양각색의 인간 군상이 자신의 욕망과 권력 그리고 이익 등을 위하여 갖은 권모술수와 처세에 관한 인물들의 형상과 특성이 집대성되어 있다.

특히 이 시기에는 제후국들이 다양한 인재를 등용하여 정치 · 외교 · 군사적 역량을 키우고 제후들의 패권(霸權)을 드러내고자 전쟁을 일삼던 시대였다. 따라서 다양하고 광범위한 등장인물과 방대한 사건으로 중국 고사성어의 40% 정도가 이 책에 있다고 하는 말이 있을 정도이다.

저자는 이러한 고사성어 120개를 간추려 소제목으로 하고. 시대순으로 차례를 구성하여 이 책을 집필하였기 때문에 '고사성어로 엮은 열국지'라고 하였다.

우선 이 책은 고사성어의 유래만 단편적으로 나열하고 그치는 것이 아니라, 그 유래와 관련된 사건과 등장인물 그리고 일화 등의 배경과 전후 사정을 알 수 있도록 이야기를 이어나가는 형식을 취하였다.

따라서 소제목으로 된 하나의 고사성어로 이야기가 일단락된 것이 아니고, 고사성어와 고사성어가 시대순으로 계속 이야기가 연결되는 형식이다. 그러므로 고사성어의 차례 순에 따라 이 책 한 권을 읽기만 하여도 춘추전국시대 대강의 역사 흐름을 알 수 있도록 하였다.

두 번째로 고사성어에 대한 출전(出典)을 명시하여 그 출처를 명확히 하였다. 춘추시대의 고사성어 출전은 주로 좌구명(左丘明)의 춘추좌씨전(春秋左氏傳)과 국어(國語), 사마천(司馬遷)의 사기(史記), 여씨춘추(呂氏春秋) 등이다. 그리고 전국시대의 고사성어 출전은 주로 유향(劉向)의 전국책(戰國策), 사마천의 사기 등이다.

세 번째로 고사성어의 글자마다 훈과 음을 달아 한자를 잘 몰라도 이해를 쉽게 하도록 하였다. 고사성어는 인간의 삶 전반과 관련된 상황, 혹은 인간의 심리 상태 등을 옛 선인(先人)들의 사건과 일화에서 교훈을 얻어 한자로 표현한 것이다. 따라서 한자를 모르더라도 글자마다 병기된 훈과 음을 통하여 그 의미가 이해되도록 하였다.

네 번째로 음이 같은 나라의 경우에 괄호 상에 한자를 표기하여 구분을 쉽게 하였다. 음이 같은 진나라의 경우 진(晉) · 진(秦) · 진(陳)나라로 구분하고, 위나라의 경우 위(衛) · 위(魏)나라로 구분하였다.

다섯 번째로 시호(諡號)가 같은 제후들의 경우에는 나라 이름 뒤에 시호를 붙여 구분을 쉽게 하였다. 무공(武公)의 경우에 정나라 무공 · 위나라 무공으로 구분하고, 환공(桓公)의 경우에 제나라 환공 · 노나라 환공으로, 문공(文公)의 경우에 진(晉)나라 문공 · 정나라 문공으로, 양공(襄公)의 경우에도 송나라 양공 · 진(晉)나라 양공으로 표기하였다.

고사성어는 선인의 경험이 깃들어 있어 지혜와 지식의 보고이며, 우리 생활과 밀접한 일상의 언어이기도 하다.

춘추전국시대에 유래된 고사성어에 얽힌 역사적 사실과 배경을 바탕으로 구성한 이 책에는 방대한 열국지 내용이 한 권으로 농축되어 있다.

아무쪼록 이 책이 역사에 대한 흥미와 함께 인문학적 소양을 높이는데 보탬이 되기를 바란다.

차 례

제1편 춘추시대편

제1편 춘추시대편

차 례

제2편 전국시대편

제2편

전국시대편

제1편

춘추시대(春秋時代)편

제1장

천금매소(千金買笑)

千 일천 천 · 金 쇠 금 · 買 살 매 · 笑 웃을 소

천금으로 웃음을 산다는 말. 어리석은 행동이나 쓸데없는 곳에 금전을 낭비하는 것을 비유하는 의미이다.

*** 출전: 여씨춘추(呂氏春秋) 신행론(愼行論) / 사마천, 사기(史記) 주본기(周本記)**

주(周)나라 선왕(宣王) 시절에 도성인 호경(鎬京)의 저잣거리에서 아이들이 부르는0 동요가 유행하였는데, 그 내용이 이러하였다.

달은 장차 떠오르고
해는 장차 지려 하네
뽕나무 활과 풀로 엮은 화살집
주나라도 얼마 남지 않았네

수레를 타고 저잣거리를 지나가던 선왕이 이 동요를 듣고는 궁궐로 돌아와서 신하들에게 이 동요가 무엇을 뜻하는지 풀이하라고 하였다.

태사(太史) 백양부(白陽父)가 대답하였다.

"달은 음(陰)이니 여자를 말하며, 해는 왕을 가리킵니다. 해가 지고 달이 떠오른다는 것은 후세에 여자가 정치에 간여하여 나라를 어지럽히는 참화가 있을 것입니다. 그 여자는 뽕나무 활과 풀로 엮은 화살

집과 관계가 있습니다."

선왕은 반신반의하며 내전으로 들었는데, 중전인 강후(姜后)가 기다렸다는 듯이 아뢰었다,

"여왕(厲王: 선왕의 아버지) 때의 궁녀 한 사람이 나이가 쉰이 넘었습니다. 여왕 때 임신을 하여 올해 40년이 넘었는데, 어젯밤에 여자아이를 낳았습니다. 상서롭지 않게 생각되어 청수하(淸水河)에 버리게 했습니다."

선왕이 깜짝 놀라며 그 궁녀를 불러서 임신한 까닭을 묻자, 그 궁녀가 대답하였다.

"하나라 걸왕 말년에 두 마리 용이 궁궐 뜰로 내려와 입에 침을 흘리며 걸왕에게 말을 걸었습니다. 걸왕은 이를 상서롭게 여기고 황금 쟁반에 용의 침을 받아 붉은 상자에 넣고 그 상자를 왕실 창고에 보관하였습니다. 그동안 은나라를 거쳐 우리 주나라에 전해졌는데 열어보지 않고 있다가, 여왕(厲王) 말년에 그 상자 안에서 한 줄기 빛이 뿜어져 나오는 것을 창고지기가 여왕에게 보고하였습니다. 여왕은 그 상자를 가져오게 하여 황금 쟁반을 꺼내다가 실수하여 땅에 떨어뜨리셨는데 용의 침이 뜰 아래로 쏟아졌습니다. 그런데 그 침이 작은 도마뱀으로 변하여 궁궐 뜰을 돌아다니다가 사라졌습니다. 그 당시 제 나이 열 두 살 이었는데 우연히 도마뱀의 흔적을 밟고 나서 배가 불러오며 임신을 하게 되었습니다. 여왕께서는 제가 사내도 없이 임신한 것을 괴이하게 여겨 홀로 떨어진 방에 감금시켰고 지금까지 40년이 흘렀습니다, 그러다가 시난밤에 여자아이를 낳았는데, 이를 아신 중전마마께서 그 아이를 강물에 버리라고 하였습니다."

늙은 궁녀의 말을 들은 선왕은 사람을 시켜 청수하로 가서 버린 여자아이의 행방을 알아보도록 하였으나, 행방을 찾을 수가 없다고 하였다.

선왕은 그 말을 듣고 언짢은 마음으로 영을 내렸다.

"집집마다 조사하여 갓난 여자아이가 있는지 알아보라. 만약 거두어 기르는 자가 있으면 참수하고, 거두어 기르는 자를 고발한 사람은 상을 내리도록 하라. 그리고 지금부터 뽕나무 활과 풀로 엮은 화살집을 만들거나 판매를 금지하며 이를 어기는 자는 사형에 처하라"

이러한 사실을 전혀 모르는 성 밖에 사는 부부가 뽕나무 활과 풀로 엮은 화살집을 팔기 위해 이를 메고 성안의 시장으로 들어오다가 시장 관리들에게 붙잡혔다. 먼저 여인이 관가로 잡혀가고 남자는 눈치를 보다가 도주하였다.

다음 날 그 남자는 자신의 아내 소식이 궁금하여 수소문해보니 벌써 처형당했다는 소식을 듣고 슬피 울면서 하염없이 걷다가 청수하 강변에 도착했다. 강변 어느 한 곳에 무수한 새들이 모여 울고 있는 것이 보여 이상하게 생각하고 가까이 가보니 물 위에 떠 있는 거적에 갓난아이가 보였다. 그는 쫓기는 몸이지만 갓난아이를 불쌍하게 여겨 품에 안고 포(褒) 땅으로 피신하였다. 마침 그곳에 사는 사대(姒大)라는 사람의 아내가 딸을 낳았으나 죽게 되자 그 갓난아이를 그 집에 맡겨 수양딸로 기르게 하였는데, 그 아이의 이름을 포사(褒姒)라고 하였다.

포사는 자라면서 깊고 우수에 찬 두 눈, 도톰한 붉은 입술, 살짝 열린 붉은 입술 사이로 드러난 하얀 치아, 갸름한 얼굴, 비단결 같은 흰 살결을 가진 그야말로 용모와 자태가 경국지색이라 할만 했다.

선왕의 뒤를 이어 유왕(幽王)이 즉위하자, 신(申:하남성 남양현) 땅의 제후인 신후(申候)의 딸이 왕후로, 그 아들인 의구(宜臼)를 태자로 삼았다.

유왕은 사람됨이 난폭하고 주색을 좋아하여 정사를 잘 돌보지 않았다. 신후가 누차 간언을 올렸으나 듣지 않자, 신후는 자신의 봉토인 신(申)나라로 돌아갔다. 그 뒤에도 여러 신하가 간언을 올릴 때마다 신하들을 내쫓고 아첨꾼을 가까이하였다.

대부인 포향(褒珦)도 간언을 올렸다가 유왕이 진노하여 옥에 갇히게 되었다. 포향의 아들 홍덕(洪德)은 조세를 걷으러 포 땅에 왔다가 아름다운 용모와 지태를 지닌 포사를 발견하였다. 홍덕은 자신의 아버지가 옥에 갇힌 지 여러 해 되었으나 아직 석방되지 못하고 있자, 미인을 좋아하는 유왕에게 포사를 바치면 아버지가 풀려날 수 있다고 생각했다.

홍덕은 사대에게 비단 수백 필을 주고 포사를 데리고 와서 유왕에게 바쳤다.

유왕은 이제까지 많은 미인을 거느렸지만, 포사와 같은 미인은 여태껏 보지 못했다. 유왕은 그날로 포향을 사면하고 포사는 별궁에 머물게 하였다. 유왕은 포사를 얻은 뒤로 그 미색에 흠뻑 빠졌고, 포사와의 사이에 백복(伯服)이라는 아들을 얻었다. 급기야 유왕은 포사의 요사스러운 말에 현혹되어 왕후와 태자를 폐위하고, 포사를 왕후로 백복을 태자로 책봉하였다.

포사는 왕후 자리까지 빼앗았지만 잘 웃지를 않았다. 포사를 웃게 만들기 위해 유왕은 여러 가지 방법을 강구하였다. 포사가 비단 찢는 소리를 좋아한다는 말을 듣고 매일 백 필의 비단을 찢었지만 그래도 포사는 웃지 않았다. 그러자 유왕은 포사를 웃게 하는 자에게 천금을 상으로 내린다는 영을 내렸다.

어느 날 포사의 측근인 괵석부(虢石父)가 유왕에게 말했다.

"봉화를 올렸다가 제후들이 허방 치고 돌아가는 것을 보면 웃을지 모르겠습니다."

이 말을 들은 유왕은 포사와 함께 여산(驪山)의 별궁으로 가서 유희를 즐기다가 봉화를 올리도록 명령을 내렸다. 조정에서 사도(司徒)직을 맡고 있던 정나라 제후인 우(友)를 비롯한 신하들이 불가함을 여러 차례 간하였으나 이를 듣지 않고 봉화를 올리고 큰북을 세차게 두드렸다. 봉화를 본 제후들은 도성인 호경에 변고가 생긴 줄 알고 군사를 이끌고 밤새 달려왔다. 포사와 함께 쾌락에 취해 있던 유왕은 집결한 제후들에게 사람을 보내 별일 아니니 돌아가라고 했다. 포사는 누각 위에서 난간에 기대어 제후들이 바삐 돌아가는 모습을 보고 자기도 모르게 손뼉을 치며 크게 웃었다.

그러자 기분이 좋아진 유왕이 말했다.

"사랑하는 그대가 웃으니 백 가지 아름다움이 살아나는구려. 이것은 괵석부의 공이오. 괵석부에게 천금을 상으로 내린다."

그 후로도 유왕은 포사의 웃음을 보기 위해 계속 봉화를 올리게 했다. 처음 몇 번은 제후들이 군사를 이끌고 달려왔지만, 나중에는 유왕이 또 포사를 위해 장난치는 것으로 판단하고 달려오지 않았다.

이와 같이 봉화를 올렸다가 제후들이 허탕 치고 돌아가는 모습을 보고 포사를 웃게 만들자고 제안을 한 괵석부에게 유왕이 천금의 상을 내린 것에서 '천금으로 웃음을 산다.'는 말의 **'천금매소(千金買笑)'**라는 고사성어가 유래하였다.

한편 신후는 딸과 외손자가 왕후와 태자 자리에서 폐위되자, 유왕과 포사에 대해 원한을 가지고 있었다. 이러한 소문을 들은 유왕은 군대를 보내 신후가 다스리는 신나라를 정벌하고자 계획하였다.

기원전 771년, 이를 간파한 신후는 자신의 병력만으로는 유왕에게 대적하기 어렵다고 판단하고, 서쪽에 있는 견융(犬戎)을 끌어들여 주나라의 도성인 호경을 먼저 공격하였다. 유왕은 호경의 변고를 알리는 봉화를 올렸으나 제후들은 또 장난하는 것으로 생각하고 구하러 오지 않았다. 결국 호경이 함락되고, 유왕과 태자 백복은 견융의 포로가 되어 참수당하였다. 포사는 융주(戎主)가 데려가서 자기 여자로 삼았는데, 나중에 융주가 쫓겨갈 때 포사도 스스로 목숨을 끊었다.

신후의 당초 계획은 유왕을 겁박하여 폐위되었던 왕후와 태자를 복위시키고 악정을 바로잡고자 하였다. 그러나 뜻하지 않게 견융에 의하여 유왕이 죽음을 당하고 호경이 초토화되자, 삼로(三路)의 제후국들에게 구원을 요청하였다. 이에 응하여 군사를 이끌고 달려온 위(衛)나라 무공(武公), 진(晉)나라 문후(文侯), 진(秦)나라 양공(襄公)과 정(鄭)나라 세자 굴돌(掘突)의 연합으로 견융을 내쫓고 수도 호경을 다시 탈환하였다.

결국 아이들이 부르던 동요대로 예언이 맞아 들어간 셈이다. 뽕나무 활과 풀로 엮은 화살집을 팔려다가 도망친 남자가 청수하 강변에서 버려진 아이를 주웠으니 그녀가 포사였다. 포사는 유왕을 미혹시키고 요사스럽게 왕후와 태자를 폐위시키고 왕후 자리에 올랐으나, 자신도 망치고 주나라를 어지럽히는 참화를 겪게 하였다.

기원전 770년, 죽은 유왕의 뒤를 이어 태자로 복위한 의구가 보위에 올라 평왕(平王)이 되었다. 평왕은 견융에게 짓밟힌 호경이 지리적으로 또다시 견융의 침입을 당할 우려가 있고, 폐허가 된 궁궐을 보니 처량하여 즉위 직후 바로 동도(東都)인 낙읍(洛邑:낙양)으로 천도(遷都)를 하였다.

쫓겨난 견융족이 주나라의 발원지 근처인 기(岐)와 풍(豐) 땅을 침탈하자, 진(秦)나라 양공(襄公)이 견융족을 몰아내고 빼앗긴 땅을 되찾아오므로, 평왕은 그 땅을 진나라에게 하사하였다. 이때부터 진나라는 주나라의 제후국(諸侯國) 반열에 올라 강국으로 커나갈 기반을 마련하게 되었다.

주나라의 시대구분은 비교적 왕실의 권위가 살아있던 천도 이전의 시기를 도성인 호경이 서쪽에 있다는 의미에서 '서주(西周)시대'라고 한다. 반면 동쪽인 낙읍으로 천도한 이후 주나라 왕실의 권위가 떨어진 시기를 '동주(東周)시대'라고 한다. 기원전 770년, 평왕에 의해 낙읍으로 천도한 것이'춘추전국시대(春秋戰國時代)'의 시작이다.

제2장
굴지견모(掘地見母)

掘 팔 굴 · 地 땅 지 · 見 볼 견 · 母 어미 모
땅을 파서 어머니를 만난다는 말. 부모의 지나친 자식 편애가 형제간에 불화를 자초하는 것을 비유하는 의미이다.
*** 출전: 좌구명, 춘추좌씨전(春秋左氏傳) 은공(隱公) 1년**

견융(犬戎)이 주(周)나라 호경(鎬京)을 쳐들어왔을 당시, 정나라의 제후인 정백(鄭伯) 우(友)는 유왕의 호경 탈출을 돕기 위해 견융의 장수들을 상대로 혼전을 벌이다가 그들이 집중적으로 쏘아대는 화살을 맞고 전사하였다.

우의 아들 굴돌(掘突)은 아버지가 전사했다는 소삭을 듣고 정(鄭)나라에서 군사들을 데리고 호경으로 달려갔다. 때마침 신후의 구원 요청을 받고 호경으로 달려온 위(衛), 진(晉), 진(秦)나라와 연합하여 견융을 내쫓고 도성인 호경을 다시 탈환하였다. 【☞ 제1장 '천금매소' 참조】

그 당시 주나라 태자 의구는 유왕에 의해 폐위되어 외가인 신나라 땅에 피신해 있었다. 굴돌은 자원하여 의구를 호경으로 모시고 와서 보위에 오르도록 하여 평왕(平王)이 되었고, 굴돌도 아버지인 정백 우의 뒤를 이어 제후에 올라 정나라 무공(武公)이 되었다.

정나라 무공은 위(衛)나라 무공(武公)과 함께 견융을 내쫓고 평왕을 보위에 올린 공로로 주나라의 최고 벼슬인 경사(卿士) 직을 맡게 되었다. 얼마 후 위나라 무공이 나이가 많아 세상을 떠나자, 혼자 경사의 지위를 독점하면서 정나라는 주변 제후국 중에서 점점 강국이 되어갔다.

주나라 유왕의 장인인 신후는 정나라 무공이 마음에 들어 둘째 딸인 무강(武姜)과 혼인하게 하였다. 무강은 아들 둘을 두었는데, 맏이를 오생(寤生)이라 하고, 둘째를 단(段)이라 했다. 무강이 오생을 분만할 때, 꿈속에서 아이를 낳아 깨어보니 자신이 해산한 것을 알았다고 하여 잠 깰 오(寤), 낳을 생(生)으로 이름 지었다. 무강은 이 사실을 불쾌하게 여겨 오생을 미워하였다. 그러나 둘째인 단은 미남인 데다가 기운이 세고 활을 잘 쏘아 무강의 사랑을 받았다.

무강은 남편 무공에게 유능한 단을 세자로 삼을 것을 자주 건의하였다. 무공은 아무런 허물없는 맏이를 두고 둘째를 세자로 삼는 것은 질서를 어지럽히는 일이라 하여 오생을 세자로 삼고 단에게는 하남성 휘현(輝縣)에 있는 작은 읍인 공성(共城)을 식읍으로 주었다.

정나라 무공이 죽고 오생이 제후의 자리에 올라 장공(莊公)이 되었다. 무강은 장공에게 아버지의 보위를 이어받아 수백 리의 땅을 가지고 있으면서, 아우에게는 손바닥만 한 땅만 주었다고 푸념하였다.

장공은 어머니 무강의 강요에 못 이겨 단에게 경성(京城)을 식읍으로 주었다. 경성은 지역도 넓고 백성도 많아 정나라의 수도와 대등한 곳이다.

단이 경성으로 떠나기에 앞서 무강에게 인사하러 가자, 무강이 말했다.

"네 형이 경성을 준 것은 내가 간청했기 때문이다. 경성에 도착하면 병사를 모으고 힘을 길러 기회를 보도록 하라, 네가 공격해오면 내가 안에서 도울 것이다."

단은 경성에 도착하자 사냥을 핑계로 군대를 기르고 식량을 비축하며 변방의 백성까지 모두 병적에 편입시키고 기회를 노리고 있었다. 또 사냥을 핑계로 언(鄢) 땅과 늠연(廩延) 땅을 탈취하였다. 그 고을의 관리들이 장공을 찾아와 탈취당한 내막을 아뢰었으나, 장공은 우애가 손상될까 봐 염려되어 제재를 가하지 않았다. 그 자리에서 상경인 공자(公子) 여(呂)는 단의 힘이 강해지기 전에 단을 죽여야 한다고 아뢰었다. 그러나 장공은 단의 악행이 드러나지 않아 죽일 수 없다고 하였다.

그러자 공자 여는 단에게 기습할 기회를 주어 행동을 지켜보자고 제의했다. 장공이 아버지인 무공으로부터 주나라 조정의 경사직을 물려받았음에도 주나라에 오래 입조 하지 못한 것을 상기시키면서 말했다.

"주군께서 지금 종실인 주나라 조정에 입조 한다고 소문을 내면 단은 틀림없이 도성이 비었다고 생각하고 군사를 이끌고 정나라를 습격할 것입니다. 그때 저는 경성 근처에 미리 군사를 매복시켜 놓았다가 저들이 경성을 나온 틈에 들어가서 경성을 점령하겠습니다. 주군께서는 군사를 데리고 늠연 길로 해서 단을 공격하게 되면 꼼짝없이 제압할 수 있습니다."

이 계책을 받아들인 장공은 기원전 722년 대부 제족(祭足)에게 국정을 맡도록 명하고, 본인은 주나라에 입조 한다고 발표하였다.

이 소식이 전해들은 무강은 기뻐하며 단에게 정나라를 습격하도록 밀서를 보냈다. 이를 알아챈 공자 여는 먼저 사람을 경성으로 가는 길에 매복시켰다가 밀서를 가진 자를 붙들어 처단했다. 그리고 자신의 심복에게 무강의 밀서를 주어 단에게 전하고 회신을 받아오게 했다. 회신에는 거병 날짜가 적혀 있었다. 이를 확인한 뒤에 공자 여는 그 날짜에 맞추어 비밀리에 군사를 이끌고 경성 가까이에 매복하였다.

단은 거병 날짜에 맞추어 군사를 총동원하여 정나라 습격에 나섰다. 단은 출병한 지 얼마 안 되어 경성이 함락되었다는 소식에 당황하여 경성으로 회군하였다. 그러나 생각지도 못한 복병의 기습을 받고 크게 패하여 원래의 식읍지인 공성으로 달아났다. 공성은 대군을 방어할 만한 곳이 못 되었다. 단은 기가 막혀 자결하면서 말했다.

"어머니가 나를 망쳤구나. 무슨 면목으로 형을 대할 수 있으랴."

장공은 무강의 밀서와 단의 회신을 대부인 제족을 통해 무강에게 전하도록 하고는 스스로 맹세하며 말했다.

"황천에 갈 때까지는 나는 모후를 만나지 않겠노라."

무강은 밀시와 회신을 보고는 스스로 부끄러워 장공을 볼 면목이 없다고 생각하고 궁궐 문을 나와 영(潁) 땅으로 거주를 옮겼다.

도성으로 돌아온 장공은 스스로 탄식하며 말했다.

"나는 어쩌다가 이렇게 동생을 죽이고 모후와 헤어지게 되었단 말인가? 정말 천륜을 어긴 죄인이 되었구나"

영 땅에는 효심이 지극한 고숙(考叔)이라는 관리가 지키고 있었는데, 사람들은 그를 영고숙(潁考叔)이라고 불렀다. 무강이 영 땅으로 들어오자, 영고숙은 사람들에게 이렇게 말했다.

"어머니가 어머니 노릇을 못하더라도 자식은 자식 노릇을 해야 한다"

그러고는 올빼미 여러 마리를 잡아 별미로 바친다는 명목으로 정 장공을 만났다.

정 장공이 올빼미는 어떤 새이냐고 묻자, 영고숙이 대답하였다.

"올빼미는 낮에는 태산도 분간하지 못하지만, 밤에는 아주 작은 티끌도 잘 살핍니다. 사소한 일에는 밝으나 큰일에는 어둡습니다. 어려서는 어미의 먹이로 자라지만 커서는 어미를 쪼아 먹습니다. 그래서 불효조(不孝鳥)라 부릅니다."

장공은 속으로 뜨끔하였다.

마침 그때 염소 구이가 들어왔다. 장공이 다리를 하나 베어 영고숙에게 하사하였다. 영고숙은 다리를 받아 종이에 싸서 소매에 감추었다. 장공이 의아해하자 영고숙이 말했다.

"신에게는 노모가 계시는데, 집이 가난하여 고기를 제대로 대접하지 못했습니다. 내려 주신 고기는 저의 노모에게 드리려고 합니다."

정 장공은 깊이 탄식하며 말했다.

"너는 가난한 관리이면서도 자식 된 도리를 다하는데, 나는 제후이면서도 그러하지 못하구나."

영고숙이 모른 체하며 물었다.

"군후의 모후께서는 건재하여 계시는데 어찌하여 못한다고 하십니까?"

장공은 영고숙에게 단의 반란 사건과 황천의 다짐에 대해 이야기하였다.

영고숙이 말하였다.

"단은 이미 죽었으나 모후께서는 살아 계시고, 아들은 오직 군후 한 분만 남아계십니다, 그런데도 모후를 봉양하지 않으시면 올빼미와 같습니다. 황천은 저승만이 아니고 지하의 샘도 황천입니다. 땅을 깊이 파서 샘이 솟으면 그 옆에 방을 만들어 그곳에서 모후와 서로 만나면 될 것입니다."

장공은 크게 기뻐하며 영고숙에게 영 땅 부근의 우비산(牛脾山) 아래 땅을 파게 하였다. 땅을 여러 길 깊이 파자 샘물이 솟아 나왔고, 그 샘물 곁에 방을 만들었다.

영고숙은 무강을 찾아가서 장공의 회한과 마음을 자세하게 말씀드리고, 우비산의 땅속 방으로 모시고 갔다.

영고숙의 연락을 받은 장공은 그곳으로 찾아와서 울면서 말하였다.

"소자 오생이 그동안 불효하여 오랫동안 모후의 문안을 여쭙지 못한 것을 용서해 주시기 바랍니다"

무강이 말하였다.

"그동안의 일은 모두 이 어미가 못난 탓이오, 이 어미를 용서하오."

두 모자는 서로 얼싸안고 대성통곡을 한 후에 땅 위로 올라왔다. 장공이 무강을 모시고 궁궐로 돌아오자, 백성들이 그 효성을 칭찬하였다.

이와 같이 영고숙의 지혜로 정나라 장공과 그의 어머니를 화해시킨 일화에서 '땅을 파서 어머니를 만난다.'는 말의 **'굴지견모(掘地見母)'**라는 고사성어가 유래하였다.

제3장
대의멸친(大義滅親)

大 큰 대 · 義 옳을 의 · 滅 멸망할 멸 · 親 친할 친

큰 일을 위해서는 친족도 저버린다는 말. 국가나 사회의 큰 일을 위해서는 사사로운 정에 구애되지 않음을 비유하는 의미이다.

*** 출전: 좌구명, 춘추좌씨전(春秋左氏傳) 은공(隱公) 34년**

위(衛)나라 무공(武公)은 신후의 구원 요청으로 주나라 호경에 쳐들어온 견융을 내쫓고 평왕을 보위에 올린 공로로 주나라의 최고 벼슬인 경사(卿士)직을 맡았다. 【☞ 제1편 제1장 '천금매소' 참조】

그러나 위 무공은 얼마 후 나이가 많아 세상을 떠나게 되었고, 그 아들인 양(揚)이 그 뒤를 이어 장공(莊公)이 되었다.

위나라 장공은 제(齊)나라의 장강(莊姜)을 아내로 맞이하였으나, 아들을 낳지 못했다. 장공이 또 진(陳)나라의 여규(厲嬀)를 아내로 맞이하여 효백(孝伯)을 낳았으나 일찍 죽었다. 장공은 다시 여규의 동생 대규(戴嬀)를 맞이하여 아들 둘을 낳았는데, 첫째는 완(完)이고 둘째는 진(晉)이다. 아들이 없던 장강은 완(完)을 자기 아들로 하여 세자로 삼았다.

장공의 다른 첩의 아들 중에 주우(州吁)가 있었는데, 장공이 지나치게 총애한 탓에 너무 방종하여, 대부 석작(石碏)이 장공에게 간언하였다.

"자식을 사랑한다면 올바른 도리로써 가르쳐 나쁜 길로 가지 않도

록 해야 합니다. 교만하고 사치스러우며, 음란하고 마음대로 행동하는 것은 바르지 못함에서 나오는 것입니다. 이 네 가지는 총애가 지나친 것에서 오는 것입니다. 주우는 총애를 발판으로 삼아 장차 환란을 일으킬 것입니다. 대체로 총애를 받으면서도 교만하지 않고, 교만하면서도 자신을 낮추며, 억지로 자신을 낮추면서도 원한을 품지 않으며, 원한을 품으면서도 자중하는 자는 드뭅니다."

그러나 장공은 이를 듣지 않았고, 장공이 세상을 떠난 뒤에 세자 완이 보위를 이어받아 환공(桓公)이 되었다.

석작의 아들 석후(石厚)는 주우와 친밀하게 지냈다. 석작은 주우에게 역심(逆心)이 있나는 것을 알고 석후에게 주우와 교제를 하지 말라고 했지만 석후는 석작의 말을 듣지 않았다. 석작은 이를 못마땅하게 여겨 석후를 빈집에 가두어 버렸다. 그러나 석후는 빈집에서 탈출하여 달아나 주우의 집에서 함께 지냈다. 권력욕에 눈이 먼 주우는 석후와 밤낮으로 보위를 찬탈할 음모를 꾸미며 상의하였다.

그때 주나라 평왕이 세상을 떠나고 환왕(桓王)이 즉위했다는 소식이 전해졌다. 위나라 환공은 직접 주나라에 가서 평왕의 붕어를 조문하고 즉위한 환왕을 축하할 계획이었다.

이때를 놓치지 않고 석후가 주우에게 말했다.

"군후가 주나라로 출발하기 전에 공자께서는 전송한다는 명목으로 술자리를 만드십시오. 그리고 문밖에 군사들을 매복시켜 놓았다가 술이 몇 순배 돌면 공자의 소매에 감추어 둔 단도를 꺼내어 군후를 찌르십시오. 그러면 제후의 자리를 어렵지 않게 차지할 수 있습니다."

주우는 마침내 석후의 계책에 따라 환공을 시해하고는 갑자기 급사하였다고 발표하였다. 주우는 스스로 위나라 제후 자리에 오르고, 석후를 상대부에 봉했다. 하지만 다른 신하들이 이를 인정하려고 하지 않았고, 백성들의 반응도 좋지 않았다.

그러자 석후가 주우에게 이렇게 건의하였다.

"신의 아비 석작이 지난날 상경(上卿) 벼슬에 있으면서, 백성들의 신임이 대단했습니다. 신의 아비를 불러 정사를 맡기시면 정국이 안정될 것입니다."

주우는 많은 선물을 보내 석작을 불렀지만 석작이 부름에 응하지 않자, 주우는 석후를 석작에게 보내 설득하도록 하였다.

그러자 석작이 석후에게 방책을 일러 주었다.

"천하의 종실인 주나라 왕실을 예방하여 환왕을 알현하고 승인을 받는 게 좋을 것이다. 주나라의 승인을 받게 되면 백성들도 무어라 하지 못할 것이다. 주 왕실과 각별한 사이인 진(陳)나라 환공(桓公)을 통해서 청원하면 선처해 주실 것이다."

이를 전해 들은 주우는 기쁨을 감추지 못하고 석후와 함께 선물을 준비하여 진나라로 떠났다.

이들이 진나라에 도착하기 전에, 석작이 평소에 친분이 있는 진나라 대부 자침(子鍼)을 통하여 진나라 환공에게 몰래 편지를 보냈다.

"우리 위나라에는 불행하게도 군후를 시해하는 참화가 일어났습니다. 그 일은 주우가 한 일이지만, 영달을 탐낸 저의 자식인 석후가 꾸며서 한 일입니다. 두 역적을 처치하지 못하면 난신적자(亂臣賊子)들이 계속하여 이어질 것입니다. 두 역적이 진나라에 간 것은 이 늙은이의 계책입니다. 진나라에서 저들을 단죄하여 대의를 바로잡아 주시기 바랍니다."

석작의 뜻대로 주우와 석후는 진나라에 도착하자마자 체포되어, 주우는 복읍(濮邑)에 가두고 석후는 도성인 완구(宛丘)에 가두었다. 그리고 진나라 대부 자침은 석작에게 편지로 이 사실을 알리면서 진나라와 위나라가 공동으로 역적을 단죄하자고 하였다. 석작은 대부들을 궁으로 모이도록 하여 이를 의논하였다.

"역적 주우와 석후는 이제 진나라에 갇힌 몸이 되었소. 지금까지의 일은 내가 추진했으나, 앞으로의 일은 위나라 종묘사직과 관계되는 일이므로 그대들과 함께 의논하고자 하오. 이 두 사람을 어찌 처결하는 것이 좋겠소?"

한 중신이 석작의 눈치를 보며 말한다.

"원흉인 주우는 죽어 마땅하겠으나, 석후는 주우를 따른 것뿐이니 주우보다는 가볍게 다스리는 것이 좋을 것 같습니다."

다분히 석작을 의식한 말이었으나, 석작의 반응은 얼음장보다 차가웠다.

"그런 소리는 입 밖에 꺼내지도 마시오. 주우의 반역은 다 내 자식이 꾸민 일이오. 여러분이 가볍게 다스리자고 하는 것을 보니 내가 자식에게 사정을 두는 줄로 아는 모양인데, 그것은 잘못 아신 것이오. 나는 기어코 두 역적이 죽는 것을 확인해야 하겠소."

이렇게 하여 우재(右宰) 추(醜)는 복읍으로 가서 주우의 참수 현장을 지켜보기로 했고, 석작의 가신 누양견(樓羊肩)은 완구로 가서 석후의 처형을 확인하기로 하였다.

주우가 복읍의 거리 한복판으로 끌려 나와 우재 추를 보고 큰소리로 외쳤다.

"너는 나의 신하가 아니냐. 어찌 감히 나를 죽일 수가 있단 말이냐?"

그러자 우재 추가 대답하였다.

"그렇다. 지난날 우리 위나라에서는 신하 된 몸으로 군후를 죽인 자가 있어 나도 그를 본받고자 하노라."

주우는 할 말을 잊고 죽음을 맞았다.

누양견도 석후를 처형하는 장소에 입회했다. 석후는 누양견을 보자 일말의 희망이 생겨났다.

"마지막으로 아버님의 얼굴이나 한 번 보게 해주오."

그러나 누양견은 단호하게 말했다.

"나는 너의 부친으로부터 너를 죽이라는 명을 받고 이곳에 왔다. 네가 정히 부친을 뵙고 싶다면 네 목을 가지고 돌아가마. 그때 부친을 뵙도록 하여라."

이렇게 석후도 죽음을 면하지 못하였다.

주우의 반란이 평정되자 환공의 동생인 진(晉)이 보위에 오르니, 그가 선공(宣公)이다.

후세의 사람들이 석작이 자신의 아들인 석후를 난신적자로 규정하고 엄하게 단죄한 이런 정신을 바로 **'대의멸친(大義滅親)'**이라며 높이 평가하였다. 따라서 '큰일을 위해서는 친족도 저버린다'는 말의 **'대의멸친(大義滅親)'**이라는 고사성어는 여기에서 유래하였다.

제4장

급과이대(及瓜而代)

及 미칠 급 · 瓜 오이 과 · 而 말 이을 이 · 代 대신할 대

참외가 익을 무렵 교대해 준다는 말. 임기를 마치면 자리를 옮겨 주겠다는 약속 또는 이러한 약속을 제대로 지키지 않는 것을 비유하는 의미이다.

*** 출전: 좌구명, 춘추좌씨전(春秋左氏傳) 장공(莊公) 8년**

기원전 706년 북융(北戎)이 제나라로 쳐들어왔다. 정나라 장공은 세자 홀(忽)과 군사를 보내 제나라를 도와 크게 승리를 거두었다. 제나라 희공(僖公)은 북융을 격파한 세자 홀이 마음에 들어 사위로 삼고자 했다. 그러나 홀은 전쟁에 이겨 도움을 준 대가로 혼인을 하는 것은 의리에 반한다고 거절하였다.

제나라 희공의 딸인 선강(宣姜)과 문강(文姜)은 미인으로 소문이 났다. 문강(文姜)은 세자인 제아(諸兒)와 이복남매간이지만 서로 사통하며 지내다가 노(魯)나라 환공(桓公)에게 시집갔다

기원전 697년 희공이 세상을 떠나자 제아가 아버지의 뒤를 이어 보위에 올라 양공(襄公)이 되었다.

노나라 환공은 제나라와 관계 개선을 위하여 문강과 함께 제나라를 방문했다. 15년 만에 만난 제나라 양공과 문강은 옛정이 다시 살아나 예전의 음란한 행실을 고치지 못하고 궁궐 안 밀실에서 은밀히 계속

정을 통했다.

그런데 노나라 환공이 이를 눈치채고 뒷조사를 하여 이들의 불륜 관계를 알게 되었다. 환공은 화가 나서 문강을 죽이려고 했다. 문강은 양공에게 달려가 두 사람의 관계를 노나라 환공이 알게 되었음을 고자질했다. 문강으로부터 이를 듣게 된 양공은 불륜 사실이 조정 안팎에 알려지는 것이 두려워하여 노나라 환공을 죽일 마음을 먹었다.

어느 날 제나라 양공은 노나라 환공을 초청하여 주연을 베풀었다. 그리고 환공을 술에 취하게 만든 다음 힘이 장사인 공자 팽생(彭生)을 시켜 환공을 안고 그를 부축하는 척하며 갈비뼈를 부러뜨려 죽이라고 시켰다. 이렇게 환공이 죽음을 당하자, 술에 취해 실수로 수레에서 떨어져 죽은 것처럼 위장하였다.

노나라 환공이 죽었다는 소식을 접한 노나라에서는 석연치 않은 죽음에 대해 제나라 양공에게 따졌다. 하지만 비밀이 드러날 것을 염려한 양공이 팽생이 한 짓이라며 그에게 죄를 뒤집어씌워 죽여 버렸다.

노나라 환공의 뒤를 이어 문강의 아들인 동(同)이 보위에 올라 장공(莊公)이 되었다. 문강은 부끄러워 노나라로 돌아가지 않고 계속 제나라에 머물렀다. 그러자 장공은 축구(祝邱)에 별궁을 짓고 문강을 모셔왔다. 문강은 이곳에 머물면서 제나라와 노나라를 왕래하였다.

한편 위(衛)나라 주우(州旴)의 반란을 평정한 석작(石碏)의 도움으로 보위에 오른 위(衛)나라 선공(宣公)은 호색한이었다. 【☞ 제1편 제3장 '대의멸친' 참조】

선공은 아버지인 장공의 애첩이었던 이강(吏姜)과 사통하였다가 보위에 오른 뒤 정실부인으로 삼고, 이강과의 사이에 급자(急子)와 검모(黔牟)·석(碩)을 낳았다.

제나라 희공의 딸 선강(宣姜)은 위나라 선공의 아들 급자(急子)의 배필로 정해졌으나, 절세의 미인이라는 소문이 나자 선공이 가로채어 후궁으로 삼았다.

선강은 위 선공과 사이에서 수(壽)와 삭(朔)을 낳았다. 수는 천성이 착했으나, 삭은 굉장히 사악하였다.

선강과 삭은 계략을 꾸며 선공으로 하여금 세자인 급자를 제나라에 사신으로 파견하게 하고 국경으로 사람을 보내어 급자를 죽이려고 계획하였다. 이를 알아차린 수는 이복 형인 급자를 구하고자 자신이 급자 행세를 하여 국경을 넘다가 대신 피살되었다. 나중에 이를 알게 된 급자도 뒤따라가서 자신이 급자라는 사실을 밝히고 결국 자객들의 손에 죽있다.

아들들을 잃고 상심한 위나라 선공은 머지않아 세상을 떠났고, 선강의 둘째인 삭이 보위를 이어 혜공(惠公)이 되었다.

그러나 급자와 수를 따르던 우공자 직(職)과 좌공자 설(洩)이 반란을 일으켜 급자의 친동생인 검모(黔牟)를 옹립하자, 위나라 혜공은 제나라로 달아났다.

혜공은 제나라 양공에게 자신의 복위를 부탁하였다. 이에 양공은 노(魯) · 진(陳) · 채(蔡) · 송(宋)나라 제후들과 연합하여 함께 위(衛)나라에 쳐들어갔다. 주(周)나라 장왕(莊王)은 사위인 위나라 검모를 돕기 위해 군사를 보내 위나라를 도왔으나 패하였다. 제나라 양공은 검모를 주나라로 추방하고 좌우 공자를 죽이고 혜공을 복위시켰다.

제나라 양공은 주나라 장왕이 다시 공격해 올 것에 대비하여 관지부(管至父)와 연칭(連稱)을 국경 지역인 규구(葵丘)에 보내어 지키게 하였다. 이들은 국경으로 출발하면서 기한이 언제까지인지 양공에게 물었다. 이때 양공은 오이를 먹고 있다가 이렇게 말했다.

"내년에 오이가 익을 무렵에 교대시켜 주겠다."

두 장수가 규구에 주둔한 지도 어느덧 1년이 지나 교대할 시기가 되었는데도 아무런 소식이 없었다. 사람을 보내 알아보도록 하였더니, 양공은 문강과 밀회하며 환락에 빠져있다고 하였다. 연칭은 사람을 시켜 양공에게 오이를 바치며 교대를 요청하였다.

그러자 제 양공은 화를 내며 말했다.

"교대를 내보내는 것은 과인이 알아서 할 일인데 어찌 요청하느냐? 오이가 다시 한 해 더 익기를 기다려라."

이 말은 들은 연칭은 관지부에게 이렇게 말했다.

"무도하고 혼미한 군후가 날마다 음란한 일만 벌이고, 우리는 변방에 내버려 두다니 내가 반드시 이놈을 죽이리라. 이제 거사를 일으키려면 어떻게 해야 하는가?"

관지부가 말했다.

"거사를 할 때는 받들어 모실 분이 있어야 성공할 수 있소, 선군이신 희공은 동생 이중년(夷中年)을 아꼈는데, 그의 아들인 공손(公孫) 무지(無知)도 세자와 똑같이 대우하라는 명령을 내릴 정도로 총애했소. 그런데 지금 군후가 즉위하면서 무지의 대우를 격하시켰고, 무지는 군후에 대해 매우 깊은 원한을 가지고 있소. 무지와 비밀리에 연락하여 서로 호응하면 성공할 것이오."

이렇게 하여 공손 무지와 함께 거사를 하기로 약속이 되었다.

기원전 686년, 양공은 패구(貝邱)로 사냥을 나가서 멧돼지를 발견했는데, 가까이 가서 보니 멧돼지가 아니라 죽은 공자 팽생이었다. 화가 난 양공이 활로 팽생을 쏘자 그가 발광하며 양공을 덮치고는 달아났다. 양공은 놀라서 도망가다가 신발 한 짝을 잃어버리고 행궁으로 돌아왔다. 양공은 내시인 비(費)에게 신발의 행방을 물어보자, 멧돼지가 물고 갔다고 대답하므로 노발대발하며 가죽 채찍으로 비의 등짝을 수없이 후려쳤다.

그때 연칭의 반란군이 행궁을 습격하였고, 양공은 이를 피하여 다락방에 숨었다. 양공을 찾아다니던 연칭과 마주친 비가 매 맞은 등짝을 보여주며 양공이 있는 곳을 안다고 다른 곳으로 유인하였다. 비는 틈을 보다가 소매에서 칼을 꺼내 연칭을 찔렀으나 갑옷 때문에 실패하고, 오히려 연칭의 칼에 죽었다.

연칭의 군사들은 아무리 찾아도 제 양공을 찾지 못했다. 그러다가 다락방 아래 떨어진 신발 한 짝을 발견하고 다락방 수색하여 양공을 찾아냈다.

연칭은 양공을 끌고 나와 죽이면서 말했다.

"나는 오늘 노나라 환공을 위하여 복수하는 것이다."

연칭과 관지부는 행궁에서 군사들을 정비하여 제나라 도성인 임치(臨淄)로 달려갔다. 양공이 죽었다는 소식을 들은 공손 무지는 자신의 군사들을 이끌고 성문을 열어 이들을 맞이하였다.

공손 무지는 제나라 보위에 오르고 연칭은 정경(正卿)으로, 관지부를 아경(亞卿)으로 삼았다.

이렇게 제나라 양공이 문강과의 문란한 생활에 빠져 약속한 군사교대를 시켜주지 않은 것에 분노한 군사들이 난을 일으켜 양공이 결국 죽음에 이르게 된 것에서 '참외가 익을 무렵 교대해 준다'는 말인 **'급과이대(及瓜而代)'**라는 고사성어가 유래하였다.

제5장
정료지광(庭燎之光)과 관포지교(管鮑之交)

庭 뜰 정 · 燎 화톳불 료 · 之 갈 지 · 光 빛 광

정원에 횃불을 밝혀놓는다는 말. 진심으로 인재를 기다리는 준비와 마음가짐을 비유하는 의미이다.

*** 출전: 유향, 설원(說苑) 존현(尊賢)**

管 피리 관 · 鮑 절인 어물 포 · 之 갈 지 · 交 사귈 교

관중(管仲)과 포숙아(鮑叔牙)의 깊은 우정. 친구 사이의 두터운 우정을 비유하는 의미이다.

*** 출전: 사마천, 사기(史記) 관안열전(管晏列傳)**

제나라에서 공손 무지(無知)의 반란이 일어나자, 양공의 동생인 규(糾)는 관중(管仲)과 함께 노(魯)나라로, 소백(小白)은 포숙아(鮑叔牙)와 함께 거(莒)나라로 각각 피신하였다.

공손 무지가 제나라 보위에 오르기는 했으나, 대부 옹름(雍廩)은 그를 왕으로 받들 마음이 들지 않았다. 옹름은 젊은 시절부터 공손 무지와 사이가 좋지 않았고, 무지도 옹름을 모욕하고 홀대했다. 옹름은 친구인 동곽아(東郭牙)와 의논하여 무지를 제거하기로 계획을 세웠다.

먼저 동곽아는 자기 집에서 군사들을 숨겨두고 연회를 열어 연칭과 관지부를 초대해서 죽였다. 이어서 옹름도 사냥을 나온 공손 무지를 위로한다는 명분으로 연회를 열고 초대하여 칼로 찔러 죽였다. 공손

무지는 즉위 한 달도 채우지 못했다.

제나라 조정의 실권을 쥐게 된 옹름이 제일 먼저 해야 했던 일은 누구를 제후로 모시는가 하는 문제였다.

서열로 치면 형인 공자 규를 모셔야 했지만 공자 규를 추대하기에는 꺼림칙한 문제가 있었다. 제나라 희공의 후궁이었던 규의 생모가 노나라의 공녀이었는데, 노나라와 제나라는 사이가 좋지 않았다. 제나라 양공이 문강과 불륜을 저지른 일과 이로 인해 노나라 환공을 죽인 일 등으로 해서 원수지간처럼 변해 있었다. 【☞ 제1편 제4장 '급과이대' 참조】 문강이 낳은 세자가 왕위에 올라 노나라 장공이 되었지만, 그에게 제나라는 아버지의 원수였다.

결국 옹름을 비롯한 제나라의 내신들은 거나라에 있는 공자 소백을 왕으로 결정하고 사람을 보냈다. 이 소식을 듣고 노나라에 있던 공자 규는 분개하며 문강을 찾아가 도와줄 것을 읍소하였다.

문강은 생각했다.

"노나라가 외가인 공자 규가 제나라의 보위에 올라야, 자신의 시집과 친정이 가까워질 수 있지 않을까?"

문강은 당장 노나라 장공에게 군대를 거느리고 제나라에 가서 공자 규를 보위에 올리라고 하였다. 장공은 효자여서 어머니의 말을 거역하지 못하고, 병거 3백 승에 3만 명의 대군을 준비시켰다.

이에 앞서 관중은 약간의 병사들로 이루어진 선발대를 인솔하여 제나라 도성인 임치로 달려갔다. 공자 소백과 포숙아도 거나라에서 제나라로 달려가고 있었다. 노나라의 수도인 곡부(曲部)와 거나라의 수도인 거성(莒城)에서 임치는 비슷한 거리였다. 마음이 급해진 관중은 쉬지 않고 달려 마침내 동양(東陽)이라는 곳에 먼저 도착하여 공자 소백이 오기를 기다렸다. 관중은 여기서 공자 소백을 죽이지 못하면 공자 규를 보위에 올릴 수 없다고 생각했다.

공자 소백 일행이 보이기 시작하자, 관중은 소백을 향해 화살을 쏘았다. 화살은 눈 깜짝할 사이에 소백의 배에 꽂혔다. 소백은 외마디 비명을 지르고 수레 위에 쓰러져 피를 흘렸다. 소백은 확실히 죽었다고 확신한 관중은 노나라로 달아났다. 소백이 죽었다면 서두를 이유가 없기 때문에 공자 규는 느긋하게 임치를 향해 나아갔다.

그러나 이들보다 앞서 소백의 수레가 도착하였다. 관중이 쏜 화살은 천행으로 소백의 허리띠의 장식에 맞아 몸에는 상처가 나지 않았다. 화살에 맞는 순간 소백은 비명을 지르고 입술을 깨물어 피를 흘리면서 수레에 쓰러지는 연극을 했다. 관중이 다시 화살을 쏠까 봐 화살에 맞고 죽은 체를 한 것이었다.

마침내 소백이 보위에 오르니 바로 제나라 환공(桓公)이다.

이 소식을 들은 노나라 장공과 공자 규는 준비된 노나라의 대군을 이끌고 제나라로 쳐들어왔다. 포숙아는 노나라 장공과 공자 규에게 이미 소백이 제나라 임금이 되었으니 군대를 물려 돌아가라는 통보를 했다.

그러나 건시(乾時) 들판에서 노나라는 대군으로 제나라를 공격하였고, 전쟁에서 패하게 되자 제나라에 화의를 요청했다. 제나라에서는 화의의 조건으로 공자 규는 죽이고, 관중은 제나라로 압송을 요청했다. 관중은 제 환공을 죽이려 하였기 때문에 제나라에서 직접 처단할 것이라고 하면서 관중을 죽이지 못하게 했다. 노나라 장공은 어쩔 수 없이 공자 규를 죽이고, 관중을 제나라에 넘겨주었다.

노나라 사람들은 모두 관중이 환공에게 활을 쏘아 죽이려고 한 일을 알고 있었고 공자 규에게 충성을 다했던 사람이었기 때문에, 제나라에 도착하면 바로 죽임을 당할 것이라고 생각하였다.

포숙아가 환공에게 아뢰었다.

"관중은 천하의 인재라서 신이 살려서 데려왔습니다. 천하를 경영하려면 관중을 재상으로 등용하여야 합니다."

환공이 말했다.

"관중은 과인의 혁대를 쏜 자이고, 그 화살을 아직도 내가 갖고 있소. 그 생각을 하면 아직도 울분이 가득한데, 어떻게 등용한단 말이오?"

포숙아가 다시 아뢰었다.

"군후께서 제나라 하나만을 다스리신다면 저 하나로도 충분합니다. 그러나 중원의 패자가 되시고자 한다면 거기에 맞는 재상은 관중뿐입니다. 주군께서 그를 등용한다면 천하를 겨냥할 것입니다"

포숙아에게 설득당한 환공은 관중을 재상으로 등용하였다.

관중이 제나라의 재상이 되어 국정을 맡자 변변치 못했던 제나라는 크게 바뀌게 되었다. 관중은 바다를 낀 지리적 이로움을 살려 해산물을 팔아서 나라를 부강하게 하여 군비를 튼튼히 하였음은 물론, 항상 백성들과 고락을 같이하였다.

관중은 정치 철학을 다음의 세 가지로 정하였다.

첫째 백성은 창고에 물자가 가득 차야 예절을 알며 의식이 풍족해져야 영화로움과 치욕을 안다. 윗사람이 법도를 지키면 육친(六親: 부모 형제 처자)이 화목하고 사유(四維: 나라를 다스리는 네 가지 원칙. 예의염치)가 해이해지면 나라가 망한다.

둘째 정령(政令)을 내릴 때는 물이 낮은 곳으로 흐르듯 백성이 쉽게 행할 수 있도록 하여야 한다, 백성이 바라는 것은 그대로 들어주고 싫어하는 것은 제거해 주어야 한다.

셋째 정치의 실제는 임기응변이다. 화(禍)를 전환 시켜 복(福)으로 바꾸고 실패를 전환 시켜 성공으로 이끌어야 한다. 사물의 경중을 잘 파악하여 그 균형을 잃지 않는 것이 정치의 좋은 요체이다.

환공은 관중의 정치 철학을 그대로 따랐고, 관중의 정지에 의해 제나라는 강성해졌다.

환공은 인재등용에도 큰 관심을 보였다. 포숙아의 권유에 따라 자신을 죽이려 했던 관중을 등용한 것과 같이 환공은 인재들을 만나는 데 있어서 밤낮을 가리지 않았다.

그는 밤에도 자신을 만나러 오는 인재들이 길을 못 찾아 헤맬 것을 염려하려 횃불로 궁궐의 정원을 밝혀놓으라고 명령하였다. 환공은 궁궐의 정원을 환히 밝혀놓고 인재라면 밤낮을 가리지 않고 언제든 찾아오면 만나주겠다는 의지의 표현이기도 하였다.

그러나 불을 밝힌 지 한 해가 지났지만, 자신을 찾아오는 인재가 없었다. 노심초사하던 어느 날 노인 한 사람이 환공을 찾아와 알현하면서 말하였다.

"군주께서 한밤중에도 불을 밝히고 인재를 구하는데 한 해가 지나도록 단 한 사람도 오지 않았다고 들었습니다. 이는 모든 인재들이 자신의 능력과 재주가 군주의 지혜로움에 미치지 못한다고 판단했기 때문에 도움이 되지 못할까 봐 아무도 오지 않는 것입니다. 저는 구구산법만 아는 하찮은 재주밖에 없지만, 만약 군주께서 하찮은 저를 발탁하신다면 적어도 저보다 뛰어난 인재들이 얼마든지 찾아와 몰려들 것입니다."

이에 환공은 그의 말이 옳다고 여기고 그에게 벼슬을 내리자 정말로 인재들이 몰려들었다.

이러한 환공의 열린 인재 기용을 잘 설명해주는 일화에서 '정원에 횃불을 밝혀 놓는다'는 말인 **'정료지광(庭燎之光)'**이라는 고사성어가 유래하였다.

관중은 남쪽의 초(楚)나라 · 서쪽의 진(秦)나라 및 중원의 진(晉)나라의 세력이 강대하지만, 천자인 주왕(周王)을 받들 줄 모르기 때문에 천하의 패권을 잡지 못하고 있다고 분석했다. 그는 즉위한 지 얼마 되지 않은 새 천자에게 사자를 보내 조례하고 천자의 뜻을 빌려 제후들을 모은 후 권위된 송(宋)나라의 군위(君位)를 확정 지을 것을 권했다.

또 이후에도 천자를 받들고 제후들을 호령하면서 안으로는 왕실을 받들고 밖으로는 사방의 오랑캐들을 물리치되 무법, 횡포하거나 혼란을 일으키는 자가 있으면 모든 제후들을 이끌고 가 토벌해야 한다고 말했다. 그러면 제후들이 제나라에 사심이 없음을 알고 반드시 따를 거라고 하였다.

환공은 관중의 권유를 따랐다. 먼저 주나라 수도인 낙양에 사자를 보내 천자에게 조례하자 천자 역시 매우 기뻐하면서 제후들을 소집하자는 환공의 요청을 흔쾌히 수락하였다.

이리하여 기원전 681년, 역사상 최초로 산동성 동아(東阿) 북쪽의 북행(北杏) 땅에서 제후들이 회맹(會盟)하니 이는 환공이 행한 아홉 차례 회맹 중 첫 번째이자 춘추시대의 패자로 무대에 등장하는 순간이었다. 주나라 왕실의 권위가 날로 쇠락하는 상황에서 주 왕실을 대신하는 강력한 제후국이 등장해 본격적인 춘추시대의 개막을 알린 셈이다.

그러나 북행의 회맹에는 겨우 송(宋)·진(陳)·채(蔡)·주(邾)나라 등 네 나라 밖에 참가하지 않았고, 그마나 송나라 환공(桓公)은 인사도 없이 중간에 가버렸다. 이에 제나라 환공은 관중의 의견에 따라 먼저 회맹에 참가하지 않은 노(魯)나라를 공격해 노나라 장공의 사과를 받아 내고자 하였다.

이에 노나라 장공은 화의를 요청하며, 제나라 환공을 만나러 갈 때 조말(曹沫)이란 장군을 데리고 갔다. 환공이 노나라 장공을 맞이하여 막 맹세하려는 순간 갑옷으로 무장한 조말이 오른손에는 예리한 칼을 들고 왼손으로 환공의 소매를 잡고는 예전에 노나라에서 빼앗아 간 영토를 돌려달라고 요구했다. 어쩔 도리없이 환공은 조말의 요구를 들어주겠다고 하고는 양국 간의 동맹의식을 무사히 치렀다.

하지만 회맹이 끝난 후 제나라 환공과 많은 제나라 대부들이 분을 삭이지 못하고 노나라 군주와 조말을 잡아다 혼을 내주자고 했다. 사실 당시 환공은 협박에 의해 약속한 것이니 그 약속을 지키지 않는다고 해도 환공을 비난할 사람은 없었다. 하지만 관중은 환공에게 간곡히 말했다.

"필부라도 한번 한 약속을 지켜야 하는데 군후로서 마땅히 신의를 지켜야 합니다. 그래야 천하의 제후들이 신의 있음을 알고 제나라를 따르게 됩니다."

관중의 말대로 하자 과연 많은 제후들이 제나라와 환공을 신뢰하며 따랐다. 모든 제후들이 진심으로 자신에게 복종하는 것을 확인한 환공은 유(幽) 땅에서 제후들을 모아 삽혈 동맹한 뒤 비로소 맹주의 칭호를 받았다. 사실 제나라 환공이 패자가 된 것은 제 환공 본인의 능력보다는 관중의 힘이 매우 컸다.

후에 관중은 포숙아를 회상하면서 다음과 같이 말했다.

"내가 일찍이 곤궁할 적에 포숙아와 함께 장사를 하였는데, 이익을 나눌 때마다 내가 몫을 더 많이 가지곤 하였으나 포숙아는 나를 욕심 많은 사람이라고 말하지 않았다. 내가 가난한 것을 알았기 때문이다. 일찍이 나는 포숙아를 위해 일을 꾀하다가 실패하여 더 곤궁한 지경에 이르렀는데 포숙아는 나를 우매하다고 하지 않았다. 시운에 따라 이롭고 이롭지 않은 것이 있는 줄을 알았기 때문이다. 일찍이 나는 여러 차례 벼슬길에 나갔다가 매번 군주에게 쫓겨났지만, 포숙아는 나를 무능하다고 하지 않았다. 내가 시운을 만나지 못한 줄을 알았기 때문이다. 일찍이 나는 여러 차례 전쟁에 패해서 달아났지만 포숙이는 나를 겁쟁이라고 하지 않았다. 나에게 늙은 어머니가 있다는 것을 알았기 때문이다. 공자 규가 패하였을 때 동료이던 소홀은 죽고 나는 잡히어 욕된 몸이 되었지만, 포숙아는 나를 부끄러움을 모르는 자라고 하지 않았다. 내가 작은 일에 부끄러워하지 않고 공명을 천하에 드러내지 못하는 것을 부끄러워하는 줄을 알았기 때문이다. 나를 낳은 이는 부모지만 나를 알아준 이는 포숙아였다."

포숙아는 관중을 천거한 후 자신은 늘 관중의 밑에서 일을 하였다.

세월이 흘러 관중도 나이가 들어 병석에 누웠다.

제나라 환공이 문병을 와서 관중에게 물었다.

"중보께서 병환이 깊으신데 불행히도 만약 못 일어나면 포숙아에게 정사를 맡기는 것은 어떻소?"

관중이 대답했다.

"포숙아는 군자입니다. 그러므로 정사를 맡길 수는 없습니다. 그 사람은 선과 악을 지나치게 분명하게 판단합니다. 한 가지 악을 보면 평생 잊지 못하니 이것이 그의 단점입니다. 포숙아보다는 습붕이 가능할 것 같습니다."

이 말을 전해 들은 궁중 요리사 역아(易牙)가 포숙아를 만나서 말했다.

"관중이 재상이 된 것은 포대부께서 추천했기 때문입니다. 관중은 주군께 포대부에게 정사를 맡길 수 없어 습붕을 추천했다고 합니다. 이것은 불공평한 처사가 아닌가요?"

포숙아가 웃으면서 대답했다.

"그 때문에 이 포숙아가 관중을 천거한 것이오. 관중은 나라를 위해 충성하지 친구를 위해 사사로운 일을 하지 않는 사람이오, 만약 내가 정사를 맡는다면 그대 같은 사람을 가만두지 않았을 것이오"

관중이 먼저 세상을 떠난 뒤, 포숙아는 역아, 수초, 개방 등 간신들을 등용하지 말도록 환공에게 간언하다 울화병이 생겨 세상을 떠났다.

세상 사람들은 관중의 현명함을 칭찬하기보다 오히려 포숙아의 사람을 알아보는 능력을 더 칭찬하였다. 친구를 자신보다 높은 자리에 추천한 포숙아의 겸손함에 대해서도 감탄하지 않을 수 없다.

이렇게 하여 관중과 포숙아의 깊은 우정을 말하는 '관포지교(管鮑之交)'라는 고사성어가 생겨났으며, 이는 단순한 친구 사이의 두터운 우정을 비유하는 그 이상의 가치를 말해주는 고사성어이다.

제6장

노마지지(老馬之智)

老 늙을 노 · 馬 말 마 · 之 갈 지 · 智 슬기 지

늙은 말의 지혜. 경험이나 연륜 있는 사람이 갖춘 지혜 또는 경험이 풍부한 사람이 일을 잘 처리한다는 것을 비유하는 의미이다.

*** 출전: 한비, 한비자(韓非子) 설림(說林) 상(上)**

기원전 664년, 산융(山戎)이 연(燕)나라를 대대적으로 침입하자, 제나라에 구원을 요청하였다. 그 당시 제나라는 초나라 정벌을 논의하고 있었으나, 먼저 산융족을 물리쳐서 북방을 평정시키는 것이 우선이라는 결론을 내리고 연나라의 구원 요청을 받아들이기로 하였다.

제나라 환공은 산융족을 토벌하기 위해 관중과 포숙아, 대부 습붕(隰朋)을 대동하고 출병을 하였다. 그러나 제나라 대군이 연나라에 도착할 무렵, 이 소식을 들은 산융족이 연나라에서 노략질을 끝내고 북방으로 돌아간 상태였다.

이에 관중은 환공에게 아뢰었다.

"산융족은 우리 군사가 물러나면 반드시 다시 쳐들어올 것입니다. 어차피 대군을 이끌고 출병하였으니, 이번 기회에 산융족을 토벌하시는 것이 옳다고 여겨집니다."

이에 환공을 마중 나왔던 연나라 장공도 반색하며 맞장구를 쳤다.

"우리 연나라 군사들이 선봉에 설테니 이번 기회에 산융족을 반드

시 토벌하여 후환을 없애는 것이 좋겠습니다."

환공은 연나라 장공에게 연나라 군대는 산융족과 전쟁으로 지쳤을 테니 후군을 맡으라고 하였다. 연나라가 선봉에 서지 못할 형편임을 미리 알고 후방의 지원을 당부하는 환공의 배려에 장공은 내심 고마웠다.

그러면서도 구원병에게 모든 것을 의지하는 것은 도리가 아니라고 생각을 하여 연나라의 오랜 맹방인 무종국(无終國)에게 이번 산융족의 토벌에 합세할 것을 요청하였다. 환공도 즉시 무종국에 사신을 보내어 이번 출병에 합세하여 북방으로 가는 험로의 길잡이가 되어 주기를 권하였다. 연나라와의 의리를 중시한 무종국은 쾌히 출병에 응하였다.

제나라 군사가 진격해 온다는 소식을 들은 산융족 영지국(令支國)의 군주 밀로(密盧)는 속매(速買)를 시켜 이를 막도록 하였다. 속매는 영지국으로 들어오는 입구인 황대산(黃臺山) 골짜기에 함정을 파고 군사를 매복시킨 뒤에, 유수(濡水)의 물길을 막아 물이 마르도록 하였다. 이는 제나라 군사들이 마실 식수 부족으로 혼란에 빠지면 매복한 군사로 공격한다는 계획이었다.

제나라 대군이 황대산을 20리 앞두고 험준한 산에 도착했을 때 속매의 계획대로 제나라 군영에는 식수가 떨어져 곤란을 겪게 되었다. 환공이 긴급히 명령을 내려 산속을 파서라도 물을 찾게 했다. 이때 습붕이 나서며 말했다.

"신이 듣기로 개미집이 있는 곳에 물이 있다고 합니다. 개미는 원래 여름에는 산 북쪽에 집을 짓지만, 겨울에는 산 남쪽 양지바른 곳에 집을 짓고 삽니다. 지금은 겨울이므로 산의 남쪽에 있는 개미집을 찾아야 합니다. 흙이 한 치쯤 쌓인 개미집이 있으면 그 땅속 일곱 자쯤 되는 곳에 물이 있는 법입니다."

이 말을 들은 군사들이 산허리에서 개미집을 찾은 다음 그곳을 파

내려가자 과연 샘물이 솟아났다. 환공은 습붕은 과연 성인이라 할만하다고 칭찬하고, 그 샘물 이름을 성천(聖泉)이라 하고, 그 산을 용천산(龍泉山)이라고 불렀다.

원래의 계획이 어긋난 속매는 제나라 대군과 싸울 마음이 사라져 밀로와 함께 고죽국(孤竹國)으로 달아났다. 영지국을 정벌한 환공은 그 여세를 몰아 고죽국 정벌에 나섰다.

영지국 군주 밀로는 고죽국의 군주인 답리가(答里呵)를 만나 군사를 빌려 줄 것을 요청했으나, 답리가는 고죽국 국경에 있는 비이계(卑耳溪) 계곡의 물이 깊어 제나라 군사들이 건너지 못하므로 철군할 때까지 기다리자고 하였다.

그러나 제나라 군사들이 뗏목을 만들어 비이계를 건너왔다. 밀로와 고죽국 대장 황화(黃花)는 연합하여 지형을 이용한 분산 작전으로 대항했지만 제나라의 대군에게 여지없이 패하고 말았다.

고죽국의 재상인 올률고(兀律古)가 답리가에게 계책을 올렸다.

"우리나라 북쪽에 미곡(迷谷)이라는 곳이 있습니다. 그곳은 모래만 있는 아득한 사막 계곡으로 모래바람이 불면 지척을 분간할 수 없습니다. 또한 미곡 속으로 들어가면 길을 분별할 수가 없어 결국은 헤매다가 죽게 됩니다. 한 사람이 제나라 군영에 가서 거짓으로 항복을 하고 저들을 그곳으로 유인만 한다면 싸우지 않고도 길을 헤매다 죽게 만들어 이길 수 있습니다"

이에 싸움에서 패하고 돌아온 황화가 자신이 거짓 항복으로 제나라 군사를 미곡으로 유인하러 가겠다고 나섰다. 황화는 가는 길에 생각했다.

"그냥 제나라 환공 앞에 가서 항복한다고 하면 믿어주지 않을 것이다. 미안하지만 밀로의 목을 바치면 믿어주겠지."

황화는 그 길로 밀로가 제나라 군사와 대치하고 있는 곳으로 갔다.

밀로는 황화가 지원군을 데리고 온줄 알고 반갑게 뛰어나왔다. 황화는 말 위에서 한칼에 밀로의 목을 베어서 가지고 도주했다. 밀로와 같이 있던 속매가 분노하여 칼을 빼어 들고 달려왔으나, 이미 황화는 제나라 진영으로 들어가 버렸다.

황화는 환공 앞으로 밀로의 머리를 갖다 바치면서 말했다.

"우리 군주 답리가가 제 말을 듣지 않고 기어이 산융족을 도와주더니, 싸움에서 지자 구원병을 청한다면서 백성들을 모두 데리고 사막으로 갔습니다. 혼란한 틈에 저는 산융족의 우두머리인 밀로의 머리를 가지고 투항을 하러 왔습니다. 제가 길잡이가 되어 답리가를 추격하는데 앞장서겠습니다."

환공과 관중은 그들 내부에서 분열이 일어난 것이라고 판단을 하여 황화를 믿기로 하였다. 제나라 환공과 연나라 장공이 황화를 앞세우고 고죽국의 수도인 무체성(無棣城)으로 들어가 보니 과연 성안이 텅 비어 있다. 황화의 말이 사실이라고 판단한 환공은 장공에게 무체성을 지키게 하고서 서둘러 답리가를 뒤쫓아 갔다. 황화의 길 안내를 받으며 진군하던 제나라 군사들은 저녁 무렵에 미곡에 당도하였다. 사막이라고는 처음 밟아보는 제나라 군사들은 바로 길을 잃어버리게 되었다. 길잡이를 하던 황화는 어느샌가 그림자도 보이지 않았다.

그제야 황화의 꾐에 빠진 것을 알아챘으나, 제나라 군사들은 이미 사막에서 길을 잃고 우왕좌왕하였다. 서북풍이 부는 겨울 사막의 밤은 매서운 추위가 기승을 부리고 있었다. 이곳을 빨리 벗어나지 못한다면 굶어 죽기 전에 얼어 죽을 것 같은 생각에 모두 어찌할 바를 모르고 있었다. 이때 관중이 환공에게 아뢰었다.

"개나 기러기, 꿀벌 등은 아무리 집에서 멀리 떠나왔다 하더라도 절대로 길을 잃어버리지 않습니다. 우리에게는 마침 늙은 말이 있으니 몇 필을 앞세우고 우리가 그 뒤를 따른다면 능히 길을 찾을 수 있을 것입니다."

환공은 관중의 말에 따라 늙은 말을 몇 필 골라 길잡이를 세우듯 맨 앞에서 걷게 하였다. 말들은 느릿느릿 걷기 시작하더니 사막 계곡을 굽이굽이 돌아 마침내 미곡을 벗어나 제대로 된 길을 찾아 들어섰다.

죽음의 사막 계곡에서 무사히 빠져나온 환공과 제나라 군사들은 그 제야 모두 안도의 숨을 내쉬었다.

이렇게 늙은 말의 지혜를 이용하여 길을 찾았다는 **'노마지지(老馬之智)'**란 고사성어는 여기서 유래하였는데, **'노마식도(老馬識道)'** 또는 **'노마지도(老馬知道)'**라고도 한다.

한편 제나라의 대군을 미곡으로 유인해 놓고 사라진 황화는 답리가가 숨어있던 곳에 나타났다. 황화는 답리가에게 계책이 성공했음을 알리고 군사들을 모아 연나라 장공이 주둔하고 있던 무체성을 공격하여 탈환하였다.

미곡에서 벗어난 환공과 군사들은 연나라 장공의 연락을 받고 무체성으로 달려갔다. 관중은 행군 도중에 피난민들이 다시 성안으로 들어가는 것을 보고, 군사 몇 명을 피난민으로 위장시켜 무체성 안으로 들여보냈다. 그리고 밤이 되면 성안 곳곳에 불을 질러 혼란을 유도하였다. 그 틈을 이용하여 제나라 군사들이 무체성을 공격하였다. 황화는 전투 중에 전사하였고, 답리가는 포로로 사로잡혔다가 죽임을 당하였다.

환공은 영지국과 고죽국을 정벌한 500리 땅을 연나라에 귀속시키고 제나라 군사는 철군하였다. 연나라 장공은 이러한 환공이 너무나 고마워 배웅하다가 차마 헤어지지 못하고 국경을 넘어 제나라 쪽으로 50리를 더 들어갔다. 그러자 환공이 말했다.

"자고로 제후가 다른 제후를 배웅할 때는 국경을 넘어서지 않는 법이오. 연나라 군후가 국경을 넘은 만큼 그 땅을 연나라에 주어 연나라가 무례한 나라가 되지 않게 하겠소."

그리고 그 땅을 정말 연나라에 내주었는데, 그 땅을 연류(燕留)라 한다. 제나라 환공의 은덕이 연나라에 남아 있다는 뜻이다. 그리하여 제나라의 신망이 더욱 두터워져 제후들이 제나라를 우러러보게 되었다.

연나라는 이때부터 서쪽으로 500리의 땅을 얻고, 동쪽으로 50리의 땅을 얻어 비로소 북방의 대국이 되었다.

제7장

의공희학(懿公喜鶴)과 부복납간(剖腹納肝)

懿 아름다울 의 · 公 공적 공 · 喜 기쁠 희 · 鶴 두루미 학

의공(懿公)이 학을 좋아 하다는 말. 불필요한 것을 지나치게 좋아하여 좋지 않은 결과를 초래한다는 것을 비유하는 의미이다.

*** 출전: 좌구명, 춘추좌씨전(春秋左氏傳) 민공(閔公) 2년/ 가의, 가의신서(賈誼新書) 춘추(春秋)**

剖 쪼갤 부 · 腹 배 복 · 納 들일 납 · 肝 간 간

배를 가르고 간을 넣는다는 말. 죽어서도 함께 하는 충성심을 비유하는 의미이다.

*** 출전: 가의, 가의신서(賈誼新書) 춘추(春秋)**

위(衛)나라 선공(宣公)과 선강(宣姜)의 해괴망측한 혼인은 그 후계도 복잡하게 전개되는데 요약하자면 다음과 같다. 【☞ 제1편 제4장 '급과이대' 참조】

위나라 선공은 아버지인 장공(莊公)의 애첩이었던 이강(吏姜)과 사이에 급자(急子)와 검모(黔牟) · 석(碩)을 낳았다. 그리고 제나라 희공의 딸 선강(宣姜)은 위나라 선공의 아들 급자(急子)의 배필로 정해졌으나, 절세의 미인이라는 소문이 나자 선공이 가로채어 후궁으로 삼아 그 사이에서 수(壽)와 삭(朔)을 낳았다.

이강의 아들 첫째 아들 급자와 선강의 첫째 아들 수는 선상이 꾸민 계략에 의하여 피살되었다.

위나라 선공이 세상을 떠난 뒤에 선강의 둘째 아들 삭이 보위를 이어 혜공(惠公)이 되었다. 이후 내부의 반란으로 이강의 둘째 아들인 검모가 보위에 올랐다. 폐위된 혜공은 제나라로 달아났고, 혜공의 친모인 선강은 궁궐에 유폐되어 자칫하면 검모의 손에 죽을지도 모를 상황에 놓였다. 선강과 이복남매간인 제나라 양공은 선강이 죽임을 피할 방안을 궁리하다가, 혼자 지내고 있는 검모의 동생 석을 선강과 억지로 재혼시켰다.

그 후 선강은 석과의 사이에 나중에 대공(戴公)이 되는 신(申)과 문공(文公)이 되는 훼(燬)를 낳았다.

이제부터 이야기는 이 내용과 관련된 과정이 전개된다.

기원전 687년, 제나라 양공이 제후들을 이끌고 위나라를 공격하여 공자 검모를 주나라로 추방하고 혜공을 복위시켰다. 혜공은 복위 후 18년간을 더 재위하다가 기원전 669년 세상을 떠났다. 뒤를 이어 혜공의 아들인 적(赤)이 보위에 오르니 의공(懿公)이다.

보위를 이어받은 재위 9년 동안 그는 거만하고 행동도 게을러서 놀고 즐기는 가운데 허송세월을 보내고 있었다.

의공은 남다르게 학(鶴)을 사랑하고 너무 좋아해서 정사도 돌보지 않았다. 심지어 자신이 기르는 수백 마리의 학들에게 품계와 직위를 주고 녹봉까지 주었다. 궁 밖으로 행차 시에는 학들로 좌우 양쪽으로 나뉘어 뒤따르게 하고 큰 수레에 학을 태워 어가 앞에서 달리게 하니 이른바 '학장군'이라 불렀다.

이렇게 의공이 학에 미쳐서 사는 군주라 백성들의 원성은 높아만 가고 저주를 퍼부었다. 선공 이후로 먼저 죽은 급자와 수에게는 아들이 없었고, 석은 일찍 죽었으며, 주나라로 달아났던 검모도 후사가 끊어졌다.

의공을 대신할 수 있는 후사는 공자 석의 아들인 신과 훼만 남아 있었는데, 신은 병약하였고, 오직 훼만 어진 덕이 있어 민심이 쏠려있었다. 그러나 훼는 의공의 작태에 실망하여 제나라로 가서 몸을 의탁하고 있었다.

이렇듯 의공이 학을 좋아하는 것을 가리켜 **'의공희학(懿公喜鶴)'**이라는 고사성어가 유래되었다.

기원전 660년 북적(北狄)의 군주 수만(瞍瞞)은 제나라 환공이 산융을 정벌했다는 소식을 듣고 이를 복수하기 위해 형(邢)나라를 침략하고 난 뒤에 위(衛)나라를 침공하였다. 침공 소식을 들은 의공은 군사를 모으고 무기를 나눠주며 대책을 마련하게 하였다. 그러나 백성들은 모두 달아나 싸우려 하지 않았다. 의공은 달아난 백성들을 잡아들여 그 까닭을 물었다. 그러자 백성들이 의공을 비꼬면서 대답했다.

"주군이 좋아하는 학에게 오랑캐를 막으라고 하면 되는데 왜 우리를 싸움터로 보내려 하십니까?"

의공이 그 연유를 알고 백성들에게 용서를 빌었다. 학은 흩어서 쫓아버리고, 백성들이 따르도록 한 뒤에 제나라에 구원을 요청하였다.

의공은 석기자(石祁子)와 영장자(甯莊子)에게 도성인 조가(朝歌)를 지키게 하고, 대부 거공(渠孔)을 장수로, 우백(于伯)을 부장으로 삼았다. 그리고 황이(黃夷)를 선봉으로, 공영제(孔嬰齊)를 후군으로 삼아 적들이 있는 형택(滎澤)으로 달려갔다.

형택에서 마주친 북적 군사들이 거짓으로 패한 척하며 달아났다. 이를 얕잡아 보고 추격하던 위나라 군사들은 북적의 매복에 걸려 의공과 따르던 군사들이 전멸하였다. 의공의 시신은 북적 군사들의 칼에 무수히 찔려 난자당하였다.

이때 위나라 대부 굉연(宏演)은 잊시 진(陳)나라에 사신을 갔다가 돌아오면서 위나라 군사들이 형택에서 전멸했다는 소식을 들었다. 그는 의공의 시신이라도 찾아 거둘 요량으로 비통한 마음으로 형택으로 갔다.

어느 한 곳에서 쓰러진 대장기를 발견하고 그곳으로 가보니 어린 내시 하나가 크게 다쳐 누워서 신음하고 있었다. 굉연이 말했다.

"주군께서 돌아가신 곳이 어디인지 아느냐."

어린 내시가 살점 한 무더기를 가리키며 말했다.

"저것이 주군의 시신입니다. 내가 직접 주군이 난자당하는 것을 보았습니다. 나는 크게 다쳐 걸을 수가 없어 이곳에 누워있는데 누군가가 오면 주군의 시신을 임을 알리려고 지키고 있습니다."

굉연이 그 시신을 살펴보니 이미 육신은 흩어져서 조각조각 다 떨어져 나가고 간 하나만이 온전하게 남아 있었다. 굉연은 그 간(肝)을 향해 재배한 뒤에 크게 통곡하며 말했다.

"주공의 시신을 아무도 거두어 줄 사람이 없으니 내가 마땅히 내 몸으로써 주공의 관을 삼으리라."

마침내 스스로 칼을 뽑아서 자신의 배를 가르고 위 의공의 간을 자기 배 안에 집어넣고 목숨을 끊었다. 이른바 '배를 가르고 간을 넣는다'는 말인 **'부복납간(剖腹納肝)'**이라는 고사성어가 여기서 생겨났다.

굉연을 따라왔던 시종은 굉연의 시신을 거두어 수풀 아래 묻고 나중을 위해 표시를 해두고, 어린 내시를 부축하여 도성으로 돌아왔다.

한편 도성을 지키고 있던 석기자와 영장자는 형택 전투에서 의공이 전사하고 군사들이 전멸했다는 소식을 듣고, 공자 신을 모시고 피난길에 나섰다. 북적은 위나라 도성인 조가로 들어와 재물이 될 만한 것은 모두 강탈하고 유린하였다. 조가는 폐허로 변해버렸고, 위나라는 멸망 지경에 이르렀다.

석기자 등은 황하에 당도하여 송나라 환공의 도움으로 배를 타고 강을 건너 조읍(漕邑)에 도착하였다. 같이 피난 온 유민들과 인근의 백성들을 합하여 5천 명을 모아 조읍에 초가집을 짓고 신을 보위에 올리니 대공(戴公)이 되었다. 그러나 대공은 병약하여 즉위한 지 며칠

만에 세상을 떠났다.

영장자가 제나라로 가서 공자 훼를 맞이하여 보위를 계승하게 하니 이 사람이 문공(文公)이다. 문공은 의공과는 달리 무척 검소하고 어질어서 백성들의 칭송을 받았지만. 위나라 군주라는 자리 외에는 아무것도 없었다. 궁궐이 없어 일반 백성들과 같이 초가집에서 거처하였다. 무너진 위나라의 사직을 바로 세우기엔 모든 것이 부족하였다.

제나라 환공은 이러한 위나라 문공의 딱한 처지를 듣고는 공자 무휴에게 병사들과 물자들을 수송하게 해서 위나라를 원조하였다. 또한 군사를 보내 위나라 도성인 조가를 탈환하였으나, 도성은 재건할 수 없을 정도로 폐허로 변해 있었다.

기원전 658년 제나라 환공은 송(宋), 조(曹)나라 군사들과 함께 위나라를 위해 초구(楚丘) 땅에 도성을 재건하고 사직을 존속시켜 주었다. 문공은 상중에나 입는 거친 베옷을 입고 검소하게 생활하였다. 산업과 학문 진흥에 힘쓰며 능력 있는 자를 임용하고 조세를 줄였다. 또한 스스로 일하며 백성들을 위로하며 민심을 바로 잡는데 심혈을 기울였다.

이러한 노력에 힘입어 문공 즉위 초에는 30승에 불과하던 병거가 재위 말년에는 300승이 되었다. 문공은 위나라를 재건하는데 여생을 보냈고, 백성들은 진정에서 마음으로 우러나 따르게 되었다.

제8장
순망치한(脣亡齒寒)과 가도멸괵(假道滅虢)

脣 입술 순 · 亡 망할 망 · 齒 이 치 · 寒 찰 한

입술이 없어지면 이가 시리다는 말. 서로 가까이 의지하던 나라나 단체, 개인 중에서 어느 하나가 사라지면 나머지 하나도 결국은 망하거나 피해를 입게 된다는 것을 비유하는 의미이다.

*** 출전: 좌구명, 춘추좌씨전(春秋左氏傳) 희공(僖公) 5년**

假 거짓 가 · 道 길 도 · 滅 멸망할 멸 · 虢 나라 이름 괵

거짓으로 길을 빌려 괵나라를 멸망시킨다는 말. 원래의 의도를 숨기고 상대방에게 도움을 요청한 후, 나중에 목적을 달성하고 나서 도움을 준 상대방까지 피해를 입히는 행위를 비유하는 의미이다.

*** 출전: 좌구명, 춘추좌씨전(春秋左氏傳) 희공(僖公) 5년**

진(晉)나라는 중국의 중심인 주(周)나라의 북쪽에 있는 나라로 지금의 섬서성(陝西省)과 산서성(山西省) 일대다. 진(晉)나라의 경계 북쪽은 융족(戎族)인 임호(林胡)와 누번(樓煩)이 있었다. 동북쪽으로는 연(燕)나라, 서남쪽에 진(秦)나라, 동쪽으로 위(衛) · 정(鄭) · 송(宋) · 제(濟)나라 등이 있었다. 남쪽으로는 주나라와의 사이에 노(虞)나라와 괵(虢)나라가 있어서 중원과의 교통이 자유롭지 못했다.

주나라 무왕(武王)의 아들인 성왕(成王)이 당(唐)나라에서 난이 일어나자 이를 평정하고 이 땅을 자기 동생인 숙우(叔虞)에게 주었다. 그래서 숙우를 당숙우라고 부른다. 숙우의 아들인 섭(燮)이 도읍을 지금의 산서성 익성현(翼城縣) 근방인 진(晉)땅의 익(翼)으로 옮겼기 때문에 이후 나라 이름을 진(晉)이라고 바꾸었다.

진나라는 천자와 동성(同性)의 제후국이고 작위는 후작(侯爵)이다. 그래서 진(晉)나라의 영주는 진후(晉侯)라고 불렸으며 처음으로 공식적인 제후로 인정받게 된 것은 기원전 722년 진나라 무공(武公)부터이다.

진나라는 당숙우로부터 제10대 군주인 소후(昭侯) 때 숙부에게 곡옥(曲沃)땅을 나눠 준 것이 화근이 되어 여러 대에 걸쳐 수도와 지방 간의 군위 쟁탈전이 벌어졌다.

마침내 기원전 722년에 곡옥의 실력자인 칭(稱)이 도성인 익(翼)을 공격해서 민후(緡侯)를 죽이고 마침내 도성인 익과 곡옥을 통합하는 군주가 되었다. 진후(晉侯)로서의 정통성이 없었던 칭은 주나라 희왕(僖王)에게 재물을 바치고 공식적인 제후로서 인정받게 되었다. 이 사람이 무공(武公)이다. 주나라 왕실은 이때 진(晉)나라에 단지 1군(軍)만을 둘 수 있다는 조건을 붙여 제후를 승낙했다. 군대의 규모는 나라마다 정해져 있어서 천자국인 주나라가 6군, 제나라와 노나라 정도의 대국이 3군을 둘 수 있었다.

그러나 무공의 아들인 헌공(獻公)은 이 조건을 무시하고 기원전 660년에 2군을 편성하였다. 하나를 상군(上軍), 하나를 하군(下軍)이라 하며 각 군은 약 12,500명으로 구성되었다. 헌공은 오랜 내분을 수습하고 수도를 익에서 약산 동남쪽에 있는 강(絳)으로 옮겼다. 이렇게 군사력을 갖춘 헌공은 이웃의 작은 나라들을 병합하여 국토를 넓혔다.

진나라 인접에 우(虞)나라와 괵(虢)나라가 있었다. 이 두 나라는 주나라의 제후국으로 두 나라의 군주는 원래 주나라와 같은 성(姓)으로 희씨(姬氏)인데, 서로가 마치 입술과 이처럼 서로 의지하고 있었다.

괵나라는 주나라 문왕이 동생인 괵중(虢中)에게 분봉한 땅으로 진(晉)나라와는 동성(同性)의 친족간이다. 이때 괵나라의 괵공(虢公)은 이름이 추(醜)였는데, 그는 호전적이고 교만해서 가끔 진나라 남쪽 변경을 침범하여 분쟁을 일으켰다.

어느 날 괵공이 진나라 변경을 또 침범했다는 소식을 접한 헌공(獻公)은 골치 아픈 괵나라를 정벌하기로 결심하고, 대부 순식(荀息)과 상의했다.

순식이 아뢰었다.

"우(虞)나라와 괵(虢)나라는 서로 친한 사이입니다. 우리가 괵나라를 치면 우나라는 반드시 괵나라를 도울 것입니다. 우리가 만일 군사를 옮겨 우나라를 치면 이번엔 괵나라가 반드시 우나라를 도울 것입니다. 신은 이 두 나라와 싸워서 이겼다는 나라를 보지 못했습니다."

이어서 순식은 괵나라를 무너뜨릴 계책으로 괵공에게 미인계를 써서 우호를 도모하는 척하여 괵공이 여색에 빠져 정사를 돌보지 않을 때, 견융(犬戎)에게 뇌물을 보내 괵나라를 치게 하여 둘이 싸우면 그 틈에 괵나라를 도모하자는 계책을 건의하였다.

헌공은 순식의 계책대로 미인들을 선발하여 괵나라에 보냈다. 괵공이 이를 받으려 하자, 대부 주지교(舟之僑)가 간언을 올렸다.

"이는 진나라가 우리 괵나라에 던지는 미끼인데, 주공께서는 어찌하여 그것을 삼키려 하십니까?"

그러나 괵공은 호색한인지라 진나라가 보낸 미인들을 받아들이고, 우호 관계를 맺었다. 그러자 진나라의 계책대로 괵공은 여색에 빠져 정사를 소홀히 하였다. 이를 보다 못해 주지교가 다시 간하자 괵공은 화를 내며 그를 하양관(下陽關)이나 지키라며 변방으로 쫓아버렸다.

이때 견융이 진나라의 뇌물을 받고 괵나라로 쳐들어갔는데 첫 싸움에서 패하여 돌아갔다. 그러나 견융은 온 힘을 기울여 다시 쳐들어왔고,

괵공도 응전태세를 갖추어 상전(桑田) 땅에서 서로 대치하고 있었다.

이러한 상황에서 헌공은 괵나라를 쳐들어가는 것이 어떤지를 순식에게 물어보자, 순식이 아뢰었다.

"우나라와 괵나라는 아직도 친한 사이입니다. 우선 괵나라를 정벌하고 다음은 우나라를 굴복시키는 좋은 계책을 말씀드리겠습니다. 먼저 우나라와 괵나라 사이를 떼어 놓아야 합니다. 주공께서는 많은 뇌물을 우나라에 보내시고 잠시 길을 빌려 괵나라를 치도록 하십시오."

헌공이 무슨 뇌물을 보내야 할지 고심을 하자, 순식이 아뢰었다.

"원래 우공(虞公)은 욕심이 대단한 사람이어서 귀한 보물을 받아야만 마음이 흔들릴 것입니다. 우공이 갖고 싶어 하는 것은 좋은 구슬과 명마입니다. 주공께서는 수극(垂棘)이란 지방에서 출토한 구슬과 굴(屈)이란 지방에서 생산한 명마를 보내고 우나라에다 길을 빌려 달라고 청하십시오. 우공이 구슬과 말을 받기만 하면 그때부터 우리의 계책은 성공합니다."

헌공은 그 두 가지 물건은 자기가 가장 아끼는 보물이라서 곤란하다고 말하자, 순식이 다시 아뢰었다.

"우나라의 길을 빌려 괵나라를 치면 괵나라는 우나라 원조가 없으므로 반드시 망합니다. 괵나라가 망하면 우나라도 혼자 살 수 없습니다. 그러면 구슬과 말이 어디로 가겠습니까? 구슬과 말은 외국에 잠깐 맡겨 둔 것에 불과합니다."

그리하여 괵나라 변방에서 일부러 사소한 충돌을 만들어 서로 군사공격으로까지 이어지게 되었다. 이때를 놓칠세라 순식은 구슬과 말을 가지고 우공(虞公)을 찾아갔다. 우공은 처음에 진나라가 괵나라를 치기 위해 길을 빌리러 왔다는 소식을 듣고 분노했으나, 순식이 구슬과 명마를 보여주자 구미가 당겨 말했다.

"이것은 귀국의 귀한 보배이며 천하에 둘도 없는 물건인데 어째서 과인에게 바치는 것이오?"

그러자 순식이 번지르르하게 말했다.

"우리 주공은 군후의 어진 덕을 사모하시고 군후의 강성함을 두려워하고 계십니다. 감히 이런 보물을 가질 수 없다 하시고 우나라의 환심을 사고자 보내신 것입니다. 괵나라가 자주 우리나라 변방을 침범하기 때문에 우리 주공은 사직(社稷)을 보존하기 위해 화평을 청했습니다. 그러나 괵나라는 계속 우리 진나라 땅을 침범하며 괴롭히고 있습니다. 우리 주공은 귀국의 길을 빌려 그들의 잘못을 꾸짖을 생각입니다. 만일 길을 빌려 우리가 싸워 이기면 괵나라에서 노획한 물건을 모조리 다 군후에게 바치고 우리 주공은 군후와 함께 오래도록 화목하게 지낼 작정입니다."

이때 우나라에는 궁지기(宮之奇)와 백리해(百里奚)라는 현명한 신하가 있었다. 우공이 순식의 말에 크게 기뻐하자 궁지기가 간언을 올렸다.

"주공께서는 진나라의 청을 승낙하지 마십시오. 입술이 없어지면 이가 시린 법입니다. 지금까지 진나라가 수작을 부리지 못한 것은 우리 우나라와 괵나라가 입술과 이처럼 서로 돕고 있었기 때문입니다. 괵나라가 망하면 그다음은 불행이 우리 우나라에 닥쳐옵니다."

그러나 우공은 마음이 미혹되어 충성스러운 신하의 간언을 들을 리 없었다. 궁지기가 다시 간언하려고 하자 백리해가 소매를 잡아끌며 말했다.

"내가 듣건대 어리석은 사람에게 바른말을 하는 것은 좋은 구슬을 길에다 버리는 것과 다름없다고 합니다. 옛날에 관용방(關龍逄)이 걸왕(桀王)에게 죽음을 당하고 비간(比干)이 주왕(紂王)에게 죽음을 당한 원인도 그들이 끝까지 왕에게 간했기 때문이지요. 그대도 너무 간하다간 신상에 해로울 것입니다."

그러자 궁지기가 말했다.

"이러면 우리 우나라는 반드시 망하오. 나와 그대는 망하는 나라에 있을 수 없소. 우리 함께 다른 곳으로 갑시다."

그러나 백리해는 기회를 보아 천천히 떠나겠다며, 같이 떠나기를 거절하였다. 그날 밤으로 궁지기는 집안 식구를 다 데리고 어디론지 떠났으나, 아무도 그의 행방을 아는 사람이 없었다.

궁지기가 우공에게 간언하면서 '입술이 없어지면 이가 시리다.'고 한 말에서 **'순망치한(脣亡齒寒)'**이라는 고사성어가 유래하였다.

길을 빌려준다는 우공의 허락을 받은 순식이 이를 진나라 헌공에게 보고하여, 이극(里克)을 대장으로 삼고 순식을 부장으로 삼아 군사를 일으키자, 우공도 진나라를 돕고자 나섰다.

이때 괵나라는 견융과 상전 땅에서 크게 싸우고 있었는데, 괵나라의 입구인 하양(下陽)만 격파하면 괵나라가 무너질 것으로 보였다. 순식은 계교를 써서 진나라 군사를 우나라 군사로 가장하고 괵나라를 원조하겠다고 나섰다. 하양관(下陽關)을 지키고 있던 주지교(舟之僑)는 관문을 열어 환영하였는데, 일시에 진나라 군사들이 들이닥치니 주지교는 항복하고 말았다.

상전에서 싸우던 괵공은 하양관이 함락되었다는 보고를 받고 급거 도읍인 상양성(上陽城)으로 돌아왔다. 진나라의 대장 이극이 주지교를 길잡이 삼아 도읍인 상양성으로 가서 겹겹이 포위하였다. 성안은 고립되어 백성들은 울부짖고 군사들은 지쳐서 더 이상 지탱할 수 없었다. 괵공은 야밤을 틈타 비밀리에 식솔을 데리고 노방치고, 괵나라는 진나라에 의해 멸망하였다.

이극은 괵나라 창고에 있던 보물과 아름다운 궁녀들을 우공에게 보내어주자 우공이 크게 기뻐하였다. 이극은 괵나라를 정벌한 후에도 몸이 아프다는 핑계로 길을 빌린 우나라를 떠나지 않고 주둔하였다.

헌공은 기회를 보아 군사를 이끌고 우나라 국성에 와서 우공에게 사냥을 같이하자고 제의하였다. 우공은 쾌히 승낙하고 자기 나라의 위세를 진나라에 보이기 위해 군사를 동원해서 사냥을 떠났다. 그 틈에 이극의 진나라 군사는 우나라 도성을 점령하였다. 사냥을 하다가 소식을 들은 우공은 그때서야 속은 줄 알고 대경실색하고 말았다.

헌공이 우공 앞에 나타나 웃으며 말했다.

"과인이 이곳에 온 것은 지난번에 드렸던 구슬과 명마를 도로 찾아가기 위해서였소."

우공은 할 수 없이 항복하고 구슬과 명마를 진헌공에게 다시 돌려주고 겨우 목숨을 보전하였다.

이렇게 진(晉)나라가 우나라에게 길을 빌려 괵나라를 멸망시키고 다시 우나라까지 망하게 한 **'가도멸괵(假道滅虢)'**이라는 고사성어는 여기서 유래하였다.

제9장

오고대부(五羖大夫)

五 다섯 오 · 羖 검은 암양 고 · 大 클 대 · 夫 지아비 부

염소 가죽 다섯 장으로 얻은 대부라는 말. 뜻하지 않게 능력 있는 인재를 얻었다는 것을 비유하는 의미이다.

*** 출전: 사마천, 사기(史記) 진본기(秦本紀)**

백리해(百里奚)는 우나라 사람으로 자는 정백(井伯)이다. 찢어지게 가난하던 백리해는 서른이 넘어서야 결혼을 했다. 백리해는 세상에 뜻을 펼치고 싶었지만 가난한 가정을 돌보는 문제 때문에 고민하고 있었다. 이를 눈치챈 아내 두씨(杜氏)는 백리해에게 출사를 권유하였다.

그리하여 두씨는 한 끼라도 배불리 먹여 백리해를 전별하고 싶었다. 집에는 암탉 한 마리와 좁쌀 한 줌뿐이었다. 부엌에는 땔감이 없이 다 쓰러져 가는 문짝을 뜯어내어 불을 지피고 삶은 닭과 조밥을 지어 남편의 밥상을 차렸다

백리해는 식사를 맛있게 하고는 심을 챙겨 떠났다. 어린 아들을 업고 백리해가 떠나던 모습을 보던 두씨는 울면서 말했다.

"당신께서 훗날 부귀하게 되시더라도 저와 우리 아들을 잊지 말아주세요"

백리해와 두씨는 그렇게 슬프게 이별했다.

제나라로 떠난 백리해는 제나라 양공(襄公)을 섬기고 싶었으나 아

무도 그를 추천해 주는 사람은 없었다. 그렇게 시간이 오래 지나면서 나이가 마흔이 되었고, 걸식으로 연명하며 살아가게 되었다.

그는 발길이 닿는 대로 떠돌다가 제나라의 질(侄)땅에 들어섰다. 그곳에 건숙(蹇叔)이라는 송나라 출신 선비가 살고 있었다. 건숙은 대문 앞에서 걸식하는 백리해를 불쌍하게 여기고 자기 집에 머물게 하였다.

건숙은 백리해와 얘기를 나누어 보니 백리해의 말은 막힘이 없었고 조리가 정연하였다. 서로 식견과 능력이 출중한 것을 확인한 두 사람은 의형제를 맺었다. 건숙이 백리해보다 한 살이 많아 건숙이 형이 되었다.

그러던 중에 제나라 공손 무지가 양공을 죽이고 새로이 보위에 올랐다. 공손 무지가 인재를 구한다는 소식을 들은 백리해는 그를 섬기려 했지만 건숙은 반대하며 말했다.

"공손 무지는 위태로워 오래가지 못할 것이네. 그 밑에서 벼슬살이하는 것은 옳지 않다고 보네."

백리해는 건숙의 충고에 따랐다. 얼마 뒤, 공손 무지는 옹름의 반란으로 인해 피살되었다.

그 후 주나라 왕자 퇴(頹)가 소를 잘 기르는 사람을 구한다는 소식을 들은 백리해가 그곳으로 가려고 하자, 건숙이 다시 말렸다. 얼마 뒤 왕자 퇴는 소국과의 다툼 끝에 암살당하고 말았다.

백리해는 언제까지 건숙의 신세만 질 수가 없어 고향인 우나라로 돌아가겠다고 말했다. 건숙은 이참에 오랜 친구인 우나라 신하인 궁지기를 만나보기 위해 백리해와 동행하여 우나라로 갔다.

백리해는 우나라에 들어서자마자 자기 집으로 달려갔다. 그러나 이게 어찌 된 일인가? 자기가 살던 초가집은 없어지고 아내인 두씨도 살길이 막막하여 아들을 데리고 다른 곳으로 떠나버린 것이다. 이웃 사람들에게 아내 두씨의 행방을 수소문하였지만 아무도 아는 사람이 없었다. 백리해는 땅바닥에 주저앉아 통곡하였다.

건숙은 궁지기와 오랜만에 해후하였다. 그동안의 안부를 주고받던 중에 건숙은 궁지기에게 백리해가 훌륭한 인재라고 추천하고는 우공을 만나보았다.

그런데 건숙의 눈에 우공은 섬기고 싶은 인물이 아니었다.

건숙은 백리해에게 말하였다.

"내가 우공을 살펴보니 그릇이 작고 암군(暗君)의 성향이 있어 섬길 만한 위인이 되지 못하는 것 같네"

백리해는 울먹이며 말했다.

"이 동생은 너무 지치고 곤궁합니다. 마치 물고기가 물 위에 올라와서 겨우 숨만 쉬고 있는 형국입니다. 지금 형편으로는 한 모금의 물만 마실 수 있다면 무슨 짓이든 할 것 같습니다. 저에게는 앞날을 생각할 여유가 없습니다."

이 같은 백리해의 호소에 건숙은 한숨을 내쉬며 말했다.

"동생의 처지가 절박하여 우나라에 벼슬을 하겠다면 굳이 말리지는 않겠네. 뒷날 나를 찾으려면 송나라 명록촌(鳴鹿村)으로 오시게. 앞으로 나는 그곳에서 자리 잡고 살 생각이오."

건숙은 백리해와 작별하고 명록촌으로 떠났다. 백리해는 우나라의 신하가 되어 우공을 섬겼다.

기원전 654년, 진나라의 가도멸괵(假道滅虢) 계책에 의해 우나라가 멸망하였다 【☞ 제1편 제8장 '순망치한과 가도멸괵' 참조】

진나라 헌공은 백리해를 진나라 신하로 등용하려 하였다. 그러나 백리해는 우공의 곁을 떠나지 않고 충심을 다하여 지키며 말했다

"비록 나라를 잃었지만 섬기던 우공이 세상을 떠나야 가능한 일입니다."

헌공은 자신의 호의를 거절한 백리해를 괘씸하게 여겼다. 우나라 신하로 있다가 진나라에 항복하여 진나라의 신하가 된 주지교가 헌공

에게 아뢰었다.

"백리해는 진나라에서 벼슬하기를 원하지 않으니, 차라리 멀리 보내는 것이 좋겠습니다."

이때 헌공의 장녀인 백희(伯姬)가 진(秦)나라 목공(穆公)에게 시집을 가게 되었다. 헌공은 백리해를 백희의 몸종으로 삼아 진(秦)나라로 따라가게 하였다.

백리해는 노예 신세로 전락한 자신을 한탄하다가 진(秦)나라로 가는 도중에 행렬에서 도망을 쳤다. 그는 초(楚)나라 완성(宛城)이란 곳으로 가서 소를 기르는 일을 하게 되었다. 초나라 왕은 백리해의 비범한 능력을 모르고 다만 그가 소를 잘 기른다는 소문만 듣고 그를 어인(圉人)직에 임명하여 바닷가에서 말을 기르게 하였다.

진(秦)나라 목공은 도망친 백리해가 뛰어난 현인이란 소문을 듣고 그를 만나보고 싶어 하였다. 그때 백리해의 나이는 칠십이었다.

백리해의 행방을 수소문한 끝에 그가 초나라에 있다는 것을 알게 된 목공은 초나라에 많은 예물을 주고 그를 데려오기로 하였다.

진나라 신하인 공손지(公孫枝)가 아뢰었다.

"초나라에서 백리해에게 말을 기르게 한 것은 그가 현명하다는 것을 알지 못했기 때문입니다. 그런데 지금 주공께서 많은 예물을 주고 그를 데려오려고 하면 이를 눈치채고 그를 내주려 하지 않을 것입니다. 주공께서는 도망친 몸종의 죄를 묻는다 하시고 사례비만 주고 그를 보내달라고 하십시오."

이렇게 하여 염소 가죽 다섯 장을 가지고 사신을 초나라로 보내자, 초나라 왕이 이를 수락하므로 백리해는 진(秦)나라로 오게 되었다.

진나라 목공은 백리해와 나흘 동안 식사를 같이하며 대화를 나누었다. 백리해는 당시 나이 칠십이 된 노인이었다. 목공은 무심코 너무 나이가 많다고 말하자, 백리해가 아뢰었다.

"하늘을 나는 새나 맹수를 잡으라면 저는 확실히 나이가 많습니다.

그러나 국가의 대사를 상의하시려면 신의 나이는 무관합니다."

그의 나이 칠십임에도 탁월한 식견에 감탄한 목공은 자리에서 벌떡 일어나면서 말했다.

"나에게 백리해가 있다는 것은 제나라 환공에게 관중이 있는 것과 같도다."

목공은 백리해를 상경(上卿)으로 삼아 국정을 맡겼다.

그래서 진(秦)나라 사람들은 염소 가죽 다섯 장으로 백리해라는 인물을 얻었다고 하여 그를 **'오고대부(五羖大夫)'**라고 불렀다.

백리해는 칠십이 되어 마침내 자신을 알아주는 주인을 만난 것이다. 백리해는 목공에게 자신의 은인이자 의형인 건숙을 추천하였다. 목공은 공자 칩을 장사꾼으로 가장시켜 송나라 명록촌으로 보내 건숙을 모셔 오도록 하였다. 건숙을 만나 본 목공은 백리해와 건숙 두 노인은 백성의 우두머리라고 하며, 건숙을 우서장(右庶長)으로, 백리해를 좌서장(左庶長)으로 삼았다.

한편 백리해의 아내 두씨는 남편을 외지로 떠나 보낸 후 여전히 가난에 허덕이었다. 고향에서는 생활을 꾸려나가기 힘들어서 아들을 데리고 타향을 떠돌며 밥벌이를 하게 되었다. 이곳저곳을 떠돌던 중에 마침내 진(秦)나라로 흘러들어와서 남의 집 빨래를 해 주며 근근이 살아가고 있었다.

그곳에서 두씨는 우연히 백리해의 소문을 들었다. 두씨는 수레를 타고 있는 백리해의 모습을 멀리서 바라보았을 뿐, 감히 아는 체하지 못했다.

두씨는 백리해를 만나기 위해 궁궐에서 빨래하는 일을 하게 되었다.

그러던 어느 날, 빨래하는 근처에서 백리해가 악공들의 연주를 듣고 있었다. 두씨는 그곳으로 찾아가 자신이 악기를 잘 다룬다고 말하자, 악공 중의 한 사람이 칠현금을 주면서 연주를 해보게 하였다. 두씨는 백리해 앞에서 얼굴을 숙이고 칠현금을 연주하며 간절히 노래를 불렀다.

백리해여! 염소 가죽 다섯 장이여
이별하던 그 옛날을 기억하는가
닭을 잡고 문짝으로 밥을 짓던 그 날을
오늘날 부귀해지니 나를 잊으셨네.

백리해여! 염소 가죽 다섯 장이여
아버지는 기름진 음식을 먹건만 아들은 배가 고파 울고 있네
남편은 비단옷 입지만 아내는 빨래하는 천한 몸
슬프다 부귀해지니 나를 잊으셨네

백리해여! 염소 가죽 다섯 장이여
그 옛날 당신이 떠나갈 때 나는 울었소
오늘 당신은 높이 앉아 있건만 나는 떨어져 있네
슬프다 부귀해지니 나를 잊으셨네

노래를 듣고 깜짝 놀란 백리해는 노래를 부른 그녀가 자신의 아내 두씨인 것을 깨달았다. 마침내 부부는 서로 부여잡고 한참을 울었다. 목공은 부부의 상봉 소식을 축하하며 상을 내렸고, 백리해의 장성한 아들인 백리시(百里視)를 대부에 임명하여 군사의 일을 보게 하였다.

백리해는 재상으로서 목공을 도와 백성들을 잘 돌보았다. 진나라는 이때부터 강대국의 반열에 올랐고, 4백 년 후에 천하를 통일하게 되는 대업의 기초는 이때부터 닦아졌다 해도 과언이 아닐 정도였다.

훗날 백리해가 세상을 떠나자, 아이들은 노래를 부르지 않았고 방아 찧는 사람은 절구질을 하지 않았다고 한다. 백성들이 생업을 중단하고 슬퍼했을 정도로 백리해는 큰 존경을 받았다.

제10장
하환무사(何患無辭)

何 어찌 하 · 患 근심 환 · 無 없을 무 · 辭 말 사

어찌 핑계(구실)가 없음을 걱정할 것인가라는 말. (죄를 씌우려고) 마음만 먹으면 그 핑계(구실)는 만들 수 있다는 것을 비유하는 의미이다.

*** 출전: 좌구명, 춘추좌씨전(春秋左氏傳) 희공(僖公) 10년**

가도멸괵(假途滅虢)으로 괵나라와 우나라를 병합한 진(晉)나라 헌공(獻公)은 아들을 여러 명 두었다. 헌공은 그의 부친인 무공(武公)의 첩 제강(齊姜)과 정을 통하여 아들 신생(申生)을 낳자 정비(正妃)로 삼았다.

북쪽의 적족(狄族)과 화친하면서 호씨(狐氏)의 자매를 첩으로 들여 두 아들을 얻었는데 언니에게서 난 아들이 중이(重耳)이고, 동생에게서 난 아들이 이오(夷吾)다. 또한 여융(驪戎)을 정벌하고서 족장의 딸인 여희(驪姬)를 첩으로 들였는데 그녀에게서 아들 해제(奚齊)를 얻었다. 여희의 여동생도 탁자(卓子)라는 아들을 낳았다.

헌공은 첫째 아들인 신생을 세사로 삼았다. 그러나 애첩인 여희가 자신의 아들인 해제를 세자로 세우기 위하여 틈나는 대로 신생을 음해하는 말로 헌공의 마음을 흔들어 놓았다.

여희는 은밀하게 음모를 꾸미고 세자 신생에게 이런 말을 했다.

"꿈에 세자의 모친 제강을 뵈었는데 배가 고프다고 하였습니다. 세자께서는 서둘러서 곡옥(曲沃)으로 가서 제강을 위해 종묘에서 제사

를 올리고, 제사에 쓴 술과 고기를 주공께 드리세요."

신생은 그 말대로 따라 제사를 지냈다. 그리고 제사를 지낸 술과 고기를 음복하도록 헌공에게 올렸다.

이때 헌공은 사냥을 나갔다가 엿새가 지나서 돌아왔다. 여희는 이 기회를 이용하여 신생이 바친 술과 고기에 짐독(鴆毒)을 미리 넣어 두었다.

헌공이 음복을 하려고 하자, 옆에 있던 여희가 만류했다.

"음식이 멀리서 왔으니, 먼저 시식해 보아야 합니다."

그러면서 고기를 개에게 던져 주었는데, 먹자마자 개가 죽어버렸다. 또 어린 내시에게도 먹게 하였는데, 마찬가지로 죽었다.

이를 목격한 헌공은 대노하여 역모 사건이라며 군사들을 곡옥으로 보내 세자를 토벌하도록 영을 내렸다.

세자 신생은 이 소식을 들었지만, 밝힐 도리가 없어 곡옥의 신성(新城)으로 달아났다.

신생을 모시고 있던 태부 두원관(杜原款)이 말했다.

"음식에다 독약을 넣은 것은 여희일 것입니다. 세자께서는 어찌하여 군후께 가서 해명하지 않으십니까?"

그러나 신생은 그 말을 듣지 않았다.

"부군께서 이미 연로하셔서 여희에게 모든 것을 의지하고 계십니다. 내가 해명하더라도 이를 믿지 않을 것이며, 설사 진상을 밝힌다 하더라도 부군께서 여희를 감싸며 내치지 못할 것입니다. 그러면 부군께서 마음만 아프게 될 것이니, 그래서 밝힐 수가 없습니다."

두원관이 말했다.

"잠시 다른 나라로 피신했다가 후일을 도모하는 것은 어떻습니까?"

신생이 말했다.

"부군께서 진실한 상황을 알지 못하셔서 내가 이런 오명을 쓰고 있는데, 어느 나라에서 부친을 시해하려고 한 나를 받아들이겠소?"

그러고는 스스로 목을 매어 죽었다.

이 소식을 들은 여희는 세자 신생이 죽은 것만으로는 안심이 안 되어 포성(蒲城)과 굴성(屈城)을 각각 지키고 있던 중이와 이오도 신생과 공모하였다고 헌공에게 모함하였다. 헌공은 발제(勃鞮)와 가화(賈華)를 보내 중이와 이오를 각각 잡아오라고 하였다.

포성을 지키고 있던 중이는 황급히 담을 넘다가 자신을 잡으러 온 발제에게 소매자락을 베이기까지 하며 겨우 따돌리고 적(翟)나라로 피신하였다. 중이는 어려서부터 겸손하여 조야의 이름난 선비들과 교분을 나누었다. 중이가 적나라로 피신하자 호언(狐偃) · 호모(狐毛) · 조쇠(趙衰) · 위주(魏犨) · 호사고(狐射姑) · 전힐(顚頡) · 개자추(介子推) · 선진(先軫) · 호숙(壺叔) 등 많은 인걸들이 그의 뒤를 따랐다.

이오는 굴성에서 가화의 토벌군과 대치하다가 대부인 극예(郤芮)와 여이생(呂飴甥), 외삼촌인 괵사(虢射)의 조언에 따라 양(梁)나라로 도망갔다.

이렇게 되자 여희는 헌공을 부추겨 열한 살인 해제를 세자로 세웠다.

기원전 651년, 제나라 환공이 규구(葵丘)에서 아홉 번째로 회맹을 가졌다. 진(晉)나라 헌공은 이 회맹에 참여하려고 갔다가 도중에 병을 얻어 궁궐로 돌아왔다. 병석에 누워서 회복하지 못할 것을 예감한 헌공은 어린 세자 해제의 앞날을 재상인 순식(荀息)에게 부탁하고 세상을 떠났다.

순식은 헌공의 장례 준비를 하면서 해제를 보위에 올렸다. 평소 여희의 전횡을 못마땅하게 여긴 이극(里克)과 비정부(丕鄭父)가 심복들을 시켜 빈청에 있던 해제를 칼로 찔러 죽였다.

이렇게 되자 여희와 순식은 아홉 살이 된 탁자를 옹립하였다. 그러나 헌공의 장례일에 이극은 도안이(屠岸夷)를 시켜 탁자와 순식을 죽였다. 여희는 도망하다가 연못에 몸을 던져 죽었다.

이극은 적나라에 망명 중인 공자 중이를 진나라의 보위에 올리고 싶었다. 그래서 도안이를 적나라로 보내 공자 중이를 모셔 오게 하였다.

그러나 공자 중이는 이를 거절하며 도안이에게 말했다.

"나는 선친이 돌아가셨을 때 염을 지켜보지도 곡도 하지 못했소. 그런 제가 어찌 본국의 혼란을 틈타 나라를 넘볼 수 있겠소? 저는 감히 되돌아갈 수 없으니 다른 공자를 모시길 바라오."

이에 할 수 없이 양나라로 가서 이오를 모셔 오게 하였다.

이오는 자신을 보위에 올리게 한 이극에게 분양(汾陽) 땅 100만 전을, 비정부에게 부규(負葵) 땅 70만 전을 하사하기로 약속하였다.

또한 진(秦)나라 목공(穆公)에게도 서찰을 보내어 자기가 진(晉)나라 보위에 무사히 오를 수 있게 귀국을 지원을 해주면 하서(河西) 지역의 다섯 개의 성을 진(秦)나라에 주겠다고 약조하였다.

이렇게 하여 기원전 650년, 이오가 양나라에서 진(晉)나라로 귀국하여 보위에 오르니 그가 바로 혜공(惠公)이다. 보위에 오른 후 혜공은 진(秦)나라에 다섯 개의 성을 떼어주기 아까웠다. 그래서 혜공은 자신의 측근인 극예와 여이생을 불러 의논하였다. 그 결과 진(秦)나라에 사신을 보내 약조한 다섯 개의 성을 줄 수 없다는 뜻을 전하게 하였다. 이에 비정부가 사신으로 가겠다고 자원하였다.

혜공이 진(秦)나라에 약속한 성을 주지 않기로 한 마당에 비정부와 이극에게 주기로 한 땅도 어찌 줄 수 있겠는가? 비정부는 이러한 생각이 미치자 마음 속으로 원한을 품고 진(秦)나라에 사신으로 가서 이를 호소할 작정이었다.

비정부가 사신으로 진나라로 떠난 뒤에 극예는 이극을 제거하기 위해 혜공에게 이렇게 아뢰었다.

"이극은 주공께서 약속한 분양 땅을 주지 않고 있다고 원망하고 있습니다. 그가 중이와 내통하면 막을 방법이 없습니다. 그를 죽여 후환을 없애는 것이 좋을 것 같습니다."

혜공이 말했다.

"이극은 과인을 보위에 올린 공이 있는데, 무슨 핑계로 그를 죽일 수 있겠소?"

극예가 말했다.

"이극은 해제와 탁자를 시해하고 고명을 받은 신하인 순식까지 죽였습니다. 그가 군주를 옹립한 것은 사사로운 공로이지만, 시역의 죄를 성토하는 것은 공적인 대의에 관한 것입니다. 신이 이를 명분으로 이극을 토벌하겠습니다."

혜공의 허락을 받은 극예는 이극을 찾아가서 이렇게 말했다.

"군후께서는 보위에 오르도록 힘쓴 그대의 공로를 잊지 않고 있소. 그러나 그대는 두 군주를 시해했고 고명을 받은 대부를 죽였소. 지금 군후는 선군의 유명을 받들고자 하는데 사사로운 공로로 공적인 대의를 막을 수 없소. 그대는 스스로 현명한 선택을 하길 바라오."

이극은 몹시 분노하며 말했다.

"제가 두 군후를 없애지 않았더라면, 군후께서는 어떻게 지금의 자리에 오를 수 있었겠습니까? 저에게 죄를 씌우려고만 한다면, 어찌 핑계가 없겠소?"

이극은 말을 마치자, 세워 놓은 칼 위로 엎어져 죽고 말았다. 이렇게 이극이 해제와 탁자를 시해하고 혜공을 보위에 올렸으나, 약속한 분양 땅을 주지 않기 위해 죄를 씌우려고 만든 구실이라는 '하환무사(何患無辭)'의 고사성어는 여기서 유래하였다.

한편 사신으로 진(秦)나라에 가 있던 비정부는 이극이 죽었다는 소식을 듣고 목공을 알현하고 이렇게 말했다.

"진(晉)나라 대부들은 모두 군후의 은혜에 감사하며 약속한 다섯 개 성을 떼어주자고 주장하였습니다. 그러나 극예와 여이생이 계속 반대하고 있습니다. 군후께서는 이 두 사람에게 많은 예물을 보내어 좋은 말로 달래어 진(秦)나라로 초청하여 그때 죽이십시오. 그리고 군후께서 중이를 보위에 올리시면 신이 혜공을 내쫓겠습니다."

목공은 좋은 계책이라고 하며 대부 냉지(冷至)를 비정부를 따라 진(晉)나라에 사신으로 보내어 극예와 여이생을 유인하도록 하였다. 진(晉)나라로 돌아온 비정부는 목공의 국서를 혜공에게 바쳤다.

국서의 내용은 대략 다음과 같았다.

"진(晉)과 진(秦)은 혼인으로 맺은 나라이니, 과인이 어찌 약속한 땅을 반드시 달라고 우길 수 있겠소. 다만 과인은 영토와 관계된 일이니 귀국의 극예와 여이생 두 대부와 서로 만나 의논하고 싶소. 두 대부를 우리나라로 초청하니 과인의 청을 들어주기 바라오."

진(晉)나라 혜공은 몹시 기뻐하며 극예와 여이생을 진나라로 보내려고 하였다. 그러자 극예가 여이생을 은밀하게 만나 이렇게 말했다.

"이번에 진나라가 우리를 초청한 것은 호의가 아니오, 예물이 너무 융숭하고 말이 지나치게 달콤하오, 아마도 우리를 유인하여 땅을 내놓으라고 협박하려는 것 같소."

여이생이 말했다.

"나도 그렇게 생각하오, 이는 비정부가 이극의 주살 소식을 듣고 진(秦)나라와 함께 음모를 꾸민 것이오. 우리는 진(秦)나라 사신을 돌려보내고 기회를 보아 비정부도 제거합시다."

이렇게 하여 사신으로 온 진(秦)나라 대부 냉지에게는 정국이 안정되지 않아 나중에 초청에 응하겠다고 핑계를 대고는 그를 혼자 진(秦)나라로 돌려보냈다. 그런 뒤에 심복에게 비정부의 동정을 엿보게 하였다.

비정부는 극예와 여이생이 진(秦)나라 초청에 응하지 않는 것을 보고 비밀리에 기거(祁擧) · 공화(共華) · 가화(賈華) · 추천(騅遄) 등과 중이를 옹립할 계책을 논의하였다.

이러한 상황을 심복으로부터 보고를 받은 극예는 이극을 도와 탁자와 순식을 죽인 도안이를 불러 이극의 주살을 거론하면서 회유하였다.

"자네가 이극처럼 주살을 당할까 두렵다고 하면서 비정부에게 접근하여 저들의 모의에 참가하여 그 사정을 나에게 알려주기 바라네. 그러면 군후께 말씀을 드려 자네의 목숨 보전은 물론 비정부에게 주기로 한 부규의 땅 중에서 30만 전을 자네에게 하사하도록 하겠네."

이에 도안이는 비정부를 찾아가 이극의 주살을 거론하면서 중이를 옹립하는데 힘을 보태겠다며 손가락을 깨물어 피를 내면서 거짓으로 맹세하였다. 이를 믿은 비정부는 도안이를 자기들의 계획에 참여시켰다.

이렇게 하여 비정부의 역모계획은 이를 소상히 알게 된 도안이를 통해 극예에게 모두 전달되었다. 극예는 여이생, 괵사와 함께 비정부의 역모계획을 혜공에게 알렸고, 비정부와 함께 계획에 참여했던 대부들은 모두 참형을 당하였다. 이 사건으로 도안이는 중대부로 승진하였고, 부규의 땅 30만 전을 상으로 하사받았다.

비정부의 아들 비표(丕豹)는 진(秦)나라로 달아나 목공에게 대성통곡을 하며 자기 부친의 주살된 연유를 아뢰고 진(晉)나라의 정벌을 요청하였다. 그러나 진 목공은 다른 나라의 신하를 도와 그 나라의 군주를 치는 것은 대의로 볼 때 불가하다면서 이를 들어주지 않았다. 그 대신 비표를 진(秦)나라 대부로 기용하였다.

제11장
행재불인(幸災不仁)

幸 다행 행 · 災 재앙 재 · 不 아니 불 · 仁 어질 인

남의 재난을 다행으로 여기면 어질지 못한 것이라는 말. 남의 재난이나 불행을 다행으로 생각하거나, 즐기는 이기적인 태도는 옳지 못하다는 것을 비유하는 의미이다.

*** 출전: 좌구명, 춘추좌씨전(春秋左氏傳) 희공(僖公) 23년**

진(晉)나라 혜공(惠公)이 보위에 오를 때 진(秦)나라 목공(穆公)이 도와준 대가로 하서(河西) 지역의 다섯 개의 성(城)을 진(秦)나라에 주겠다고 하였던 약조는 진(晉)나라 혜공이 일방적인 파기하였다. 이로 인해 두 나라 사이에는 미묘한 긴장 관계가 계속 형성되고 있었다.

기원전 647년, 큰 가뭄과 함께 흉년이 들어 진(晉)나라는 곡식 창고가 텅텅 비고 백성들은 굶주리는 어려운 형편에 놓이게 되었다. 다급해진 진(晉)나라는 대부 경정(慶鄭)을 진(秦)나라에 보내어 식량 원조를 요청하였다. 진(晉)나라는 신의를 저버린 지 불과 몇 년 만에 진(秦)나라에 식량 원조를 요청하게 된 것이었다.

진(秦)나라 조정에선 의견이 팽팽하게 갈렸다. 비표(丕豹)는 진(晉)나라 혜공이 무도하여 하늘이 내린 재앙이니 식량을 내주지 말고 오히려 이를 틈타 신의 없는 진(晉)나라를 정벌하자고 주장했다.

공손지(公孫枝)는 천재지변은 예측할 수 없는 것이며 번갈아 일어나는 것이기 때문에 이것을 이용해서 이익을 취해서는 안 되며 원조를 해야 한다고 주장했다.

마침내 목공은 오고대부 백리해(百里奚)에게 의견을 물었는데, 백리해는 진(晉)나라 혜공이 신의를 저버린 죄가 있지만, 참화가 백성에게 돌아가는 것은 옳지 않으므로 도와주는 것이 옳다는 의견을 내놓았다. 목공은 백리해와 공손지의 의견에 따라 식량 원조를 결정했다. 배와 수레를 통한 긴 행렬이 진(秦)나라의 수도 옹성(雍城)으로부터 진(晉)나라의 수도 강성(絳城)까지 끝없이 이어졌다.

그 이듬해인 기원전 646년, 이번에는 진(秦)나라에 기근이 발생했다. 이번에는 진(秦)나라 목공이 진(晉)나라 혜공에게 식량 원조를 요청했다. 지난날의 어려운 상황을 돌이켜 본다면 무조건 진(秦)나라의 원조 요청에 응하여 보답해야 당연한 일이었다. 그러나 막상 진(晉)나라 조정에서는 의견이 분분했다.

대부 경정이 말했다.

"신이 작년에 진(秦)나라에 식량 원조를 요청하러 갔을 때, 진(秦)나라 군주는 흔쾌히 이를 들어주었습니다. 만약 우리가 진(秦)나라의 원조 요청을 받아들이지 않으면, 세상 사람들은 우리를 나쁘게 말할 것입니다."

대부 여이생이 말했다.

"진(秦)나라가 우리에게 식량을 원조한 것은 약조한 하서지역 다섯 개의 성(城)을 돌려받기 위한 것입니다. 식량을 원조해 주지 않아도 진(秦)나라는 우리를 원망할 것이고, 식량을 원조해 주어도 다섯 개의 성(城)을 돌려주지 않으면 원망할 것입니다. 두 가지의 경우 모두 원망을 들을 바에는 원조를 해주지 않는 것이 마땅합니다."

다시 경정이 말했다.

"은혜를 저버리면 의지할 곳이 없고, 남의 재난을 다행으로 여기는 것은 어질지 못하며, 탐욕스럽게 아끼는 것은 좋은 것이 아니고, 이웃

나라를 노하게 하는 것은 의롭지 못하니, 이 네 가지 덕을 모두 잃는다면 무엇으로 나라를 지키겠습니까? 신의를 저버리고 이웃 나라를 배반한다면, 우리에게 재앙이 있을 때 누가 구원해 주겠습니까? 신의가 없으면 근심이 생기고 후원하는 나라를 잃으면 패망하는 것은 필연의 이치입니다."

그러자 진(晉)나라 혜공의 외삼촌인 대부 괵사(虢射)가 말했다.

"작년에 하늘이 진(晉)나라를 진(秦)나라에게 주고자 했을 때, 진(秦)나라에서는 공격할 줄 모르고 오히려 우리에게 식량을 원조하여 주었습니다. 그런데 지금은 하늘이 진(秦)나라를 우리 진(晉)나라에게 주려고 하고 있습니다. 우리가 어찌 하늘을 거스를 수 있겠습니까? 그들을 이 기회에 정벌해야 합니다."

혜공은 경정의 말을 듣지 않고 여이생과 괵사의 의견에 따라 진(秦)나라의 식량 원조 요청을 거절하였다. 이 소식을 들은 진(秦)나라 목공은 크게 진노하였다. 진(秦)나라 조정에서는 진(晉)나라를 징벌해야 한다는 여론이 들끓었다.

이와 같이 '재난을 다행으로 여기는 것은 어질지 못하다.'는 말의 **'행재불인(幸災不仁)'**이라는 고사성어는 진(晉)나라 대부 경정이 진(秦)나라의 식량 원조 요청을 외면해서는 안 된다고 주장한 것에서 유래하였다.

마침내 진(秦)나라 목공은 기원전 645년, 봄에 군대를 일으켜 진(晉)나라를 공격하였다. 한원(韓原)에서 벌어진 두 나라의 전쟁은 엎치락뒤치락하면서 반전의 반전을 거듭하였다.

진(晉)나라 혜공의 병거를 끄는 말은 '소사(小駟)'라는 정나라에서 생산된 말이었다. 경정은 소사가 전장에서 익숙하지 않아 놀랄 것을 우려하여 말을 바꿀 것을 진언했으나, 혜공은 이를 듣지 않고 전장으로 나아갔다. 한창 전투 중에 달려나가던 소사가 갑자기 놀라 진흙탕에 빠지면서 혜공이 빠져나오지 못하고 있었다. 마침 그 앞을 지나가는 경정의 병거를 발견한 혜공이 구원을 요청하며 소리를 질렀다. 그러나 경정은 그대로 지나쳐가다가 진(秦)나라 목공과 접전을 벌이고 있는 한간(韓簡)과 양유미(梁由靡)에게 어가를 구출하라고 소리를 질렀다. 한간과 양유미가 그 소리를 듣고 말머리를 돌려 급하게 달려갔으나 진(晉)나라 혜공은 이미 진(秦)나라 군사들에게 사로잡혀 포로가 되었다.

진(晉)나라 혜공이 사로잡혔다는 소문을 들은 경정은 포위를 뚫고 달아나다가, 부상을 입고 땅에 쓰러져 있는 장군 아석(蛾晰)을 발견하고 병거에 태워 진(晉)나라로 회군하였다.

이 무렵 진(秦)나라 목공도 진(晉)나라 군사들에게 포위당하였다. 그러나 기산(岐山) 아래에 살던 삼백여 명의 야인(野人)들이 나타나 목숨을 걸고 싸워 목공을 구했다. 이들은 몇 년 전에 기산 아래로 사냥을 나온 목공의 말을 잡아먹은 적이 있었다. 목공의 신하들이 이 사실을 알고 이들을 잡아들여 처벌하려고 했다. 그때 목공은 한낱 짐승 때문에 사람을 해쳐서는 안 된다며 처벌을 중단시켰을 뿐 아니라, 오히려 말고기는 술과 함께 먹지 않으면 사람을 상하게 한다며 술까지 내려면서 사면을 시켜준 적이 있었다. 이들 야인의 수가 당시 삼백여 명이 되었는데, 목공의 출정 소식을 듣고 따라나섰다가 마침내 위기에 빠진 목공을 구해 은혜를 갚았던 것이다.

전쟁은 진(晉)나라의 대패로 끝났고, 포로가 된 진(晉)나라 혜공은 영대산(靈臺山)아래 거처에 감금되었다.

목공의 부인은 진(晉)나라 헌공의 장녀인 백희(伯姬)이며, 혜공의 이복 누나이다. 처음에 진(秦)나라 목공은 진(晉)나라 혜공을 죽여 하늘에 제물로 바칠 계획이었다. 그런데 이 소식을 들은 백희는 사람을 시켜 후원에 누대를 만들게 하고 그 누대 아래에는 마른 장작을 놓고 불을 지르게 하였다. 그리고 하얀 소복을 입고 목공에게 여의치 않으면 분신하겠다고 말하며 혜공을 풀어줄 것을 호소하였다.

이에 놀란 목공은 하서지역 다섯 개 성을 할양받고 세자인 어(圉)를 진(秦)나라에서 볼모로 삼는 조건으로 진(晉)나라 혜공을 석방하게 되었다.

어느 내시가 백희에게 물었다.

"진(晉)나라 군주는 이익만 생각하고 대의를 망각하여 우리 군후에게 한 약속도 지키지 않다가 포로가 되는 치욕을 당하였습니다. 그런데 부인께서는 이복동생이라는 이유만으로 그를 살리려 하십니까?"

백희가 말했다.

"어진 사람은 원망이 있더라도 친족을 잊지 않으며, 노여움이 있더라도 예의를 버리지 않는다 하였다. 만약 진(晉)나라 군후가 여기서 죽는다면 나에게도 죄가 있는 것이다"

이 말을 들은 내시들은 백희의 어진 덕을 칭송하지 않는 사람이 없었다.

한편 진(晉)나라 혜공이 귀국길에 올랐다는 소식이 전해지자, 경정의 도움으로 목숨을 구한 아석이 경정을 찾아가 말했다.

"그대가 진흙탕에 빠진 주군의 병거를 보고도 구하지 않아 주군은 섬진의 포로가 되고 말았소. 지금 주군이 풀려나 돌아오면 그 죄를 면하기 어려울 것이오. 어찌하여 다른 나라로 몸을 피해 목숨을 구하려고 하지 않소?"

경정이 말했다.

"군법에 장수가 싸움에 지거나 적군에게 포로가 되면 마땅히 죽어야 한다고 했소. 하물며 내가 주군을 그르치게 하여 큰 욕을 당하게 했으니 이것은 대단히 큰 죄에 해당하는 일이오. 만일 주군께서 귀국하지 못하게 되었다면 내가 가솔들을 데리고 진(秦)나라로 들어가 주군과 함께 죽으려고 생각하고 있었소. 하물며 이제 주군이 돌아오니 내가 어찌 죄를 피해 다른 나라로 도망갈 수 있겠소? 내가 이곳에 머물러 있어야 장차 주군께서 나에게 법을 집행하시어 사무친 마음을 풀 수 있게 되오. 또한 신하된 자로써 죄를 짓고 다른 나라로 도망치면 안 된다는 도리를 후세 사람들에게 교훈으로 남기고자 함이오."

아석이 이 말을 듣고 탄식하며 물러갔다.

이윽고 진나라 도성에 도착한 혜공은 마중 나온 경정에게 물었다.

"너는 무슨 면목으로 감히 과인을 보러 왔느냐?"

경정이 태연하게 대답했다.

"주군께서 처음에 제가 올린 말을 들으시어 진(秦)나라에서 받은 은혜를 갚으셨다면 그들은 우리를 공격하지 않았을 것입니다. 계속해서 목공이 군사를 이끌고 쳐들어 왔을 때 용서를 빌고 강화를 해야 한다는 저의 말을 들으셨다면 싸우지 않아도 되었을 것입니다. 세 번째로 주군께서 전장에 나갈 때 정나라 말인 소사가 끄는 병거를 타지 말라는 저의 말을 들으셨다면 주군께서 붙잡히지 않아 싸움에 패하지 않았을 것입니다. 신은 충심으로 주군을 대했는데 어찌하여 뵈러 나오지 못한단 말입니까?"

혜공이 다시 말했다.

"너는 무슨 면목으로 아직도 할 말이 그리 많은가?"

경정이 말했다.

"신에게는 죽을 죄가 셋이 있습니다. 충언을 했으나 주군로 하여금 알아듣게 하지 못했음이 그 하나요, 태복(太卜) 곽언이 점을 쳐 그 점괘에 제가 차우장군이 된다면 길하다는 했으나 주군으로 하여금 그 점괘에 따라 저를 임용하도록 못한 일이 그 두 번째 죄이며, 주군이 타고 계신 병거가 진흙탕 속에 처박혀 위급하게 되었을 때 주군을 구하고자 다른 장수들을 부르러 간 사이에 주군으로 하여금 적군에게 사로잡히게 만든 것이 그 셋입니다. 신이 죄를 받기를 청하오니 법을 집행하시어 신이 지은 죄를 밝히시기 바랍니다."

혜공이 경정의 말에 대답하지 못하고 옆에 있던 양유미梁由靡를 시켜 경정의 죄를 들어 밝히도록 했다.

양유미가 나와 경정의 죄를 지적했다.

"주군이 진흙 구덩이에 빠져서 그대를 급히 불렀는데 너는 쳐다보지도 않고 가 버렸다. 이것이 마땅히 죽어야 할 첫 번째 죄이고, 우리가 진(秦)나라 목공과 접전하고 있는데 주군을 구하라고 외쳐 우리를 그르치게 하였으니 두 번째이며, 다른 사람들은 모두 포승에 묶여 적국에 끌려가 갖은 고난을 겪었는데 너는 힘써 싸우지 않고 몸에는 아무런 상처도 입지 않고 도망치듯이 하였으니 이것이 그 세 번째로 지은 죽을죄이다."

아석이 앞으로 나와 말했다.

"경정이 죽음을 무릅쓰고 죄를 받기를 피하지 않았으니 가히 용기 있는 사람이라고 할 수 있습니다. 주군께서 용서하시어 우리가 한원에서 받은 치욕을 갚을 수 있는 기회를 주시기 바랍니다."

양유미가 집요하게 경정의 처형을 주장했다.

"나라가 강대해지는 이유는 단지 법을 엄정히 집행함으로써만 이루어지는 법입니다. 형(刑)을 잃어버리고 법을 문란하게 한다면 누가 군주의 명을 두려워하겠습니까? 그렇게 된다면 이후로 다시는 군사를 부리지 못하게 됩니다."

혜공은 양유미의 말에 따라 속히 형을 집행하라고 명했다. 경정은 전혀 두려워하는 기색도 없이 형장에서 목을 길에 늘어뜨리고 참수형을 받았다.

경정에 대한 형을 집행할 때 하늘이 갑자기 어두워지고 땅은 황당해 지면서 태양의 빛이 사라졌다. 진나라 대부들 대부분이 눈물을 흘려 슬퍼했다.

아석이 경정의 시신을 거둘 수 있도록 혜공에 청해 묻어 주면서 말했다.

"그대가 부상당한 나를 구해 준 은혜를 이렇게 갚게 되었구려."

제12장
행장취목(行將就木)과 할고봉군(割股奉君)

行 갈 행 · 將 장차 장 · 就 이룰 취 · 木 나무 목

머지않아 관속에 들어가게 된다는 말. 단순히 죽을 날이 가깝다는 뜻을 넘어 죽을 때까지 의리를 지키고 도리와 지조를 다한다. 또는 생사고락을 끝까지 함께 한다는 것을 비유하는 의미이다.

*** 출전: 좌구명, 춘추좌씨전(春秋左氏傳) 희공(僖公) 23년**

割 나눌 할 · 股 넓적다리 고 · 奉 받들 봉 · 君 임금 군

넓적다리를 베어 군주를 받든다는 말. 깊은 충성심 또는 그런 신하를 비유하는 의미이다.

*** 출전: 사마천, 사기(史記) 진세가(晉世家)**

진(秦)나라에 포로로 억류되어 있다가 귀국한 진(晉)나라 혜공은 어느날 극예를 불러 이렇게 말했다.

"과인이 진나라에 석 달간 억류 생활을 하는 동안 중이(重耳)가 이 틈을 타서 보위에 오를까 봐 걱정하였는데, 다시 돌아와서 정사를 돌볼 수 있게 되니 이제야 마음을 놓을 수 있게 되었소."

극예가 말했다.

"중이를 그냥 두면 마음속에 고질병이 될 것입니다. 반드시 제거하여 후환을 없애야 합니다. 지난날 중이가 포성(蒲城)을 지키고 있을 때, 헌공의 명령을 받은 내시 발제(勃鞮)가 잡으러 오자 이를 피하여 적나라로 도망하였습니다. 발제는 항상 중이가 자신을 보복할까 두려워하고 있으므로 이 사람에게 일을 맡기십시오."

이에 혜공은 내시 발제를 불러 비밀리에 중이를 제거하라고 하였다.

중이는 적(翟)나라에 43세에 망명하여 12년이나 있었다. 적나라 군주는 망명해 온 중이의 높은 명망을 듣고 있기 때문에 극진하게 환대했다. 또한 구여족(咎如族)을 정벌하면서 그곳 족장의 딸인 숙외(叔隗)와 계외(季隗)라는 두 여인을 중이에게 보내왔다. 중이의 아내가 된 계외는 아들 둘을 낳았고, 조쇠(趙衰)의 부인이 된 숙외도 아들 하나를 낳았다. 이렇게 중이는 적나라에서 가정을 꾸리며 살고 있었던 것이다. 그러나 발제가 중이를 제거하기 위해 은밀하게 적나라로 올 것이라는 소식이 중이에게 전해지면서 그의 안락했던 망명 생활에도 변화가 생겼다.

중이는 조쇠 등 자신과 함께 온 일행들을 불러모아 의논했다.

"내가 적나라로 도망 온 것은 적나라의 힘에 의지하여 보위에 오르려고 한 것이 아니오. 소국인 적나라는 이런 큰일을 이룰 역량이 없고, 다만 적나라가 우리 진(晋)나라와 거리상 가까워서 잠시 쉬려고 한 것이오. 일을 이루기 위해서는 대국으로 가야 할 것 같소. 지금 제나라 환공의 현신인 관중과 습붕이 이미 세상을 떠나 분명히 인재를 구하고 있을 것이니 제나라로 가봅시다."

참석했던 일행 모두가 찬성하자 중이는 일행들을 데리고 적나라를 떠나 제나라로 가기로 하였다.

중이는 떠나기 전날 아내인 계외에게 말했다.

"진나라 혜공이 사람을 보내 나를 죽이려 하니 제나라로 피신하여야겠소. 아이들을 잘 길러주기 바라오. 25년을 기다렸다가 내가 돌아오지 않으면 다른 사람에게 시집을 가도록 하시오."

계외는 미소를 지으며 말했다.

"지금 저의 나이 스물다섯 살입니다. 다시 25년을 기다린 다음에 시집을 가게 된다면 그때엔 관(棺)속으로 들어가게 될 것이니, 그냥 당신을 기다리게 해주십시오."

이처럼 계외가 중이와 헤어지면서, 죽을 때까지 도리와 지조를 지키겠다는 의미로 말한 '머지않아 관속에 들어가게 된다.'는 말의 **'행장취목(行將就木)'**이라는 고사성어는 여기에서 유래되었다.

중이와 일행들이 적나라를 떠날 준비를 하고 있는데 발제가 힘센 장사들을 데리고 적나라로 오고 있다는 소식이 전해졌다.

다급해진 중이 일행은 서둘러 적나라를 떠나기로 했다. 그런데 이 틈에 재산관리를 맡아보던 두수(頭須)가 노자에 쓰일 금품을 챙겨 달아나 버렸다. 이때의 황망한 모습은 집 잃은 개와 같고 다급한 모습은 그물을 빠져나온 물고기와 같았지만 떠나지 않을 수 없었다.

중이가 제나라로 가는 길에는 위(衛)나라를 경유하여야 했다.

중이가 위나라로 온다는 소식을 들은 위나라 상경 영속(寧速)이 위나라 문공에게 이들을 맞이하자고 청했다.

그러나 문공은 이렇게 말했다.

"과인이 초구에서 새로이 나라를 세울 때 진(晉)나라 사람들은 털끝도 보태주지 않았소. 더구나 떠돌이 망명객에게 예우해 줄 여유가 없으니 그냥 쫓아버리시오."

중이 일행은 어쩔 수 없이 위나라의 도성인 초구성에 들어가 보지 못하고 성 밖으로 돌아가는 길을 잡아야 했다.

이들이 위나라의 오록(五鹿) 땅에 이르렀을 때, 마침 한 무리의 농부들이 밭고랑 사이에 모여 앉아서 밥을 먹고 있었다. 중이가 호언(狐偃)에게 말하여 음식을 얻어오게 했다.

한 농부가 호언에게 어디서 온 사람들이냐고 물었다.

호언이 대답했다.

"우리는 진(晉)나라에서 온 사람입니다. 수레에 타고 계신 분은 우리의 주인이십니다. 먼 길을 오느라 양식이 떨어졌으니 원컨대 음식을 조금 나누어주시면 고맙겠습니다."

그 농부가 웃으면서 말했다.

"당당한 사내들이 스스로 끼니를 해결하지 못하고서 나 같은 사람에게 음식을 구걸하는가? 나는 한낱 촌에 사는 농부라 배불리 먹어야만 저 밭에 호미질을 할 수 있는데 어찌 남에게 줄 남은 음식이 있을리 있겠소?"

호언이 밥 한 그릇만 주어 우리 주인의 허기를 면하게 해달라고 사정하자, 한 농부가 흙덩어리 한 개를 주며 흙이나 먹이라며 희롱하였다.

위주(魏犨)가 농부들이 먹고 있던 밥그릇을 빼앗아 부숴버렸다. 중이도 역시 노하여 농부들을 붙잡아 채찍으로 때리려고 했다.

호언이 급히 말리며 말했다.

"밥을 얻기는 쉬워도 흙을 얻기는 어렵습니다. 흙덩어리는 토지의 상징이라 이것은 땅을 얻을 조짐이니 주군께서는 응당 절하고 받으셔야 합니다."

그리하여 중이는 무릎을 꿇고 머리가 땅에 닿게 조아리며 절을 하고 흙덩어리를 담은 쟁반을 받았다.

다시 중이의 일행이 길을 걸어 십여 리를 갔으나 더 이상 배가 고파 길을 걸을 수 없었다. 중이의 일행들은 모두 산속으로 들어가 고사리와 고비를 꺾어와 물에 삶은 후에 먹어 허기를 채웠다. 기아에 허덕이던 중이도 삶아 온 산나물을 먹으려 했으나 도저히 목구멍으로 넘어가지 않았다. 그런데 갑자기 개자추(介子推)가 고기국 한 그릇을 들고 중이 앞으로 와서 바쳤다. 중이가 아주 맛있게 먹은 후에 개자추에게 어디서 나온 고기이냐고 물었다.

개자추가 말했다.

"신의 허벅지 살입니다. 효자는 그 몸을 바쳐 부친을 모시고, 충신은 그 몸을 바쳐 주군을 받든다고 하였습니다. 오늘 공자께서 음식이 없어 매우 배고파하시는 모습을 보고 허벅지에서 살을 베어 끓인 국입니다."

중이가 이를 듣고 눈물을 흘리면서 말했다.

"유랑하는 처지에 그대에게 진 신세가 너무 크구나. 장차 그대에게 어떻게 보답을 해야 되겠는가?"

개자추가 말했다.

"신은 공자께서 귀국하실 날이 하루빨리 오기를 비는 마음뿐 입니다. 그리하여 우리는 공자의 고굉지신(股肱之臣)이 될 날을 기다리고 있습니다. 이외에 무엇을 바라겠습니까."

이와 같이 개자추가 자신의 허벅지 살을 베어 중이의 허기를 채워준 '할고봉군(割股奉君)'이라는 고사성이는 여기에서 유래하였고, '할고담군(割股啖君)', '할고충기(割股充飢)'라고도 한다.

제13장
사방지지(四方之志)

四 넉 사 · 方 모 방 · 之 갈 지 · 志 뜻 지

뜻이 사방(천하)에 있다는 말. 천하를 다스리려는 큰 뜻이나 원대한 포부와 이상을 지니고 있음을 비유하는 의미이다.

*** 출전: 좌구명, 춘추좌씨전(春秋左氏傳) 희공(僖公) 23년**

중이(重耳)와 그 일행들은 걸식하면서 하루는 거르고 하루는 얻어먹으며 마침내 제나라에 당도하였다. 이때가 제나라 환공(桓公) 42년으로써 기원전 643년이었다.

평소에 중이의 어진 이름을 들어 알고 있던 제나라 환공은 그의 일행이 관문에 당도했다는 소식을 듣자 즉시 사람을 보내어 맞이해서 잔치를 베풀어 환대하였다. 반드시 큰일을 해낼 재목이라는 것을 알아본 것이다. 친하게 지냈던 송나라 양공에게 훗날 중이가 요청하거든 부디 도와주기를 부탁하기도 했다.

적(翟)나라에서 맞은 부인인 계외(季隗)를 두고 온 중이에게 제나라 환공은 자신의 딸인 제강(齊姜)을 아내로 맞게 하고 말 20승을 선물했다. 환공이 너무나 잘 대해 주었기 때문에 중이는 고국 생각을 까맣게 잊고 지냈다.

그로부터 2년이 지나 제나라 환공이 세상을 떠났다. 중이는 제나라에서 별다른 하는 일이 없이 허무한 세월을 5년이나 더 보냈다.

어느 날 조쇠(趙衰)와 호언(狐偃)은 중이가 계속해서 제나라에서 있는 것은 전도가 없다고 생각하여 뽕나무 밑에서 제나라를 떠나 다른 곳으로 가서 지지를 받을 수 있는 세력을 찾자는 일을 의논하였다.

이때 제강의 시녀가 뽕잎을 따고 있다가 우연히 그 얘기를 듣고 곧바로 제강에게 알렸다. 제강은 중이의 큰 뜻이 세상에 알려질까 우려하여 그 시녀를 죽였다.

그리고 중이에게 말했다.

"공자께서 사방(천하)에 뜻이 있다는 밀담을 엿들은 사람은 제가 이미 죽였습니다. 아무 염려 말고 빨리 떠나세요."

중이가 말했다.

"인생을 안락하게 살면 되는 거지, 다른 것을 더 할 필요가 있소? 나는 제나라에서 죽더라도 힘들게 다른 곳에 갈 생각이 없소"

제강이 다시 권고하였다.

"어서 떠나십시오. 아내를 사랑하고 안일을 탐하는 것은 실로 공명을 무너뜨리는 일입니다."

그래도 중이가 듣지 않자, 제강은 조쇠와 호언 등과 의논하여 중이를 만취하게 한 다음에 수레에 태우고 일행과 함께 제나라를 떠나게 하였다.

중이가 눈을 떴을 때는 수레는 이미 국경을 지나고 있었다. 술이 깬 중이는 자기가 이미 제나라를 떠나온 것을 알고 대노하여 위주(魏犨)가 들고 있던 창을 빼앗아 호언을 찔러 죽이려 했다.

호언이 말했다.

"만약 신을 죽이고 공자께서 귀국하여 군주가 될 수만 있다면, 저는 그리하기를 원합니다."

중이가 말했다.

"나중에 내가 성공하지 못하면 외숙의 살을 씹어먹겠소."

중이의 모친이 호(狐)씨이므로 호언은 중이의 외숙이 된다.

호언이 웃으며 말했다.

"만약 대업을 이루면 맛있는 음식을 늘어놓고 드실 것인데, 내 살은 너무 질겨서 맛이 없을걸요."

중이도 더 할 말이 없었다.

그들은 도움을 받을 수 있는 대국을 찾아 묵묵히 앞을 향해 나아갔다.

제강이 중이에게 떠나라고 하면서 말한 "사방(천하)에 뜻이 있다"는 말인 **'사방지지(四方之志)'**라는 고사성어는 여기에서 유래하였다.

제14장
호질기의(護疾忌醫)

護 보호할 호 · 疾 병 질 · 忌 꺼릴 기 · 醫 의원 의

병을 숨기면서 의원에게 보이기를 꺼린다는 말. 잘못이나 결점, 문제가 있는데도 이를 숨기면서 다른 사람의 조언이나 충고를 듣지 않는 것을 비유하는 의미이다.

*** 출전: 한비, 한비자(韓非子) 유로(喩老)/ 사마천, 사기(史記) 편작창공열전(扁鵲倉公列傳)**

기원전 643년, 제나라 국정을 주관하던 관중이 병들어 자리에 눕자 환공이 찾아와 후임 재상에 관해 문의했다.

"중보께서 병환이 깊으신데 불행히도 만약 못 일어나면 포숙아에게 정사를 맡기는 것은 어떻소?"

관중이 대답했다.

"포숙아는 군자입니다. 그러므로 정사를 맡길 수는 없습니다. 그 사람은 신과 악을 지나치게 분명하게 판단합니다. 한 가지 악을 보면 평생 잊지 못하니 이것이 그의 단점입니다, 포숙아보다는 습붕이 가능할 것 같습니다."

관중이 말을 마치고 한탄하더니 다시 말을 이었다.

"하늘이 습붕을 낳게 하여 이 관중을 위하여 그 혀 노릇을 하였습니다. 신이 죽는데 어찌 혓바닥만이 홀로 온전할 수 있겠습니까? 주공께서 습붕을 오래도록 쓰시지는 못할 것입니다."

환공이 말했다.

"그렇다면 역아(易牙)는 어떻소?"

관중이 대답했다.

"역아(易牙), 수초(竪貂), 개방(開方) 이 세 사람은 절대로 가까이 두어서는 아니 되옵니다."

환공과 관중은 이 세 사람에 대하여 계속 이야기를 주고받았다.

"내가 사람 고기의 맛이 어떤지 모르겠다고 하니, 역아는 그의 자식을 삶아 요리를 하여 나에게 맛을 보게 하였소. 그는 나를 그의 자식보다 더 사랑하고 있는데 어찌하여 아직도 그를 의심하는 것이오?"

"사람이 가진 정 중에는 자식 사랑만큼 중한 것이 없습니다. 그 자식에게 그처럼 잔인하게 했는데 하물며 주공에게 어찌 잔인하게 대하지 않겠습니까?"

"수초는 궁궐 안으로 드나들기 번거롭다고 자기 스스로 거세하여 나의 곁에서 있으면서 지성으로 받들고 있소. 이것은 나를 자기 몸보다도 더 사랑하고 있는 것이 아니오?"

"사람이 가진 정 중에 자기 몸에 대한 생각만큼 중한 것이 없습니다. 그가 그 자신의 몸에 대해 그렇게도 잔인하게 했는데 어찌하여 주군에겐들 잔인하게 대하지 않겠습니까?"

"개방은 위(衛)나라의 공자입니다. 그는 천승국(千乘國)의 세자였는데 그 자리를 마다하고 신하가 되어 나를 섬기고 있어 과인의 총애를 받는 것을 그의 무한한 행복으로 생각하고 있는 사람이오. 그는 부모가 죽었음에도 조상을 하지 않았으니 이것은 과인을 자기 부모보다도 더 사랑하고 있는 것이 아니오?"

"사람이 가진 정 중에 자기의 부모만큼 친한 것이 없습니다. 그 부모에게조차 잔인한 사람이니 어찌 주군에게 잔인하게 대하지 않겠습니까? 또 천승국의 군주가 되는 것은 사람이 바라는 것으로써 가장 큰 것이라고 할 수 있습니다. 천승국의 군주가 될 수 있는 자리를 버리고 주공을 따랐으니 그의 바라는 바는 천승국보다 훨씬 큰 나라입니다. 주공께서 가까이 두신다면 틀림없이 나라를 어지럽힐 것입니다."

관중은 얼마 후 병석에서 일어나지 못하고 세상을 떠났다. 환공은 습붕에게 나랏일을 맡겼으나, 관중의 말처럼 습붕도 얼마 지나지 않아 세상을 떠났다. 그러자 포숙아가 제나라의 국정을 맡아보게 되었다.

환공은 처음에는 관중의 유언을 따라 역아, 수초, 개방을 궁중에서 쫓아냈지만 먹는 음식이 입맛에 맞지 않고 밤중에는 잠을 잘 이루지 못하여 입에서는 즐거운 말이 나오지 않고 얼굴에는 웃음을 짓지 않았다.

얼마 지나지 않아 환공은 다시 세 사람을 궁궐로 불러들여 시중을 들게 하였다. 포숙아는 여러 차례 세 사람을 멀리하라고 간언을 올렸으나 환공이 듣지 않자 울화병이 나서 세상을 떠났다. 제나라는 이때부터 크게 흔들리기 시작했다.

세 사람은 이제는 거리낄 것이 없었고 환공은 팔십이 넘어서면서 무능해지기 시작했다. 그러자 세 사람은 환공의 명을 빙자하여 모든 일을 멋대로 하기 시작했다.

한편 정나라에 진완(秦緩)이라고 하는 의원이 있었다. 그는 장상군(長桑君)이라는 이인(異人)을 만나 사람의 오장육부를 투시할 수 있는 능력을 전수 받은 후 의술이 대단한 의원으로 이름이 높았다. 사람들은 그를 옛날의 명의인 편작(扁鵲)에 비견할 만하다 하여 편작이라고 부르게 되었다. 편작은 괵나라에 들렀다가 그 나라 세자가 급환으로 죽었다는 소식을 듣고 궁궐을 방문하여 세자의 시신에 침을 놓아 소생시키기도 하였다. 이처럼 편작은 천하를 주유하며 많은 사람을 구제하였다.

하루는 제나라에 들렀다가 환공을 알현하게 된 편작이 이르었다.

"군후의 병환이 피부 안에 있습니다. 바로 치료하지 않으면 몸속으로 깊이 들어가게 됩니다."

그러나 환공은 아픈 곳이 없다고 하였다.

편작이 물러났다가 닷새 뒤에 다시 환공을 알현하고 아뢰었다.

"군후의 병환이 혈맥 속에 자리 잡았습니다. 바로 치료하셔야 합니다."

환공은 아무런 대꾸도 하지 않자, 닷새 뒤에 또 알현하면서 아뢰었다.

"군후의 병환이 장기 속으로 들어갔으니, 바로 치료하셔야 합니다."

환공이 탄식하며 혼잣말을 하였다.

"심하도다! 의원이란 자들이 자신의 의술을 뽐내려고 병이 없는데도 자꾸 있다고 하는구나."

다시 닷새가 지난 뒤에 편작이 또 찾아와서는 환공의 안색을 바라보다가 아무런 말 없이 물러 나왔다. 환공이 사람을 시켜 그 까닭을 물어보았다.

"군후의 병이 골수까지 들어갔소. 피부 안에 있을 때는 탕약으로 치료할 수 있고, 혈맥에 있을 때는 침술로 치료할 수 있고, 장기에 있을 때는 약주로 치료할 수 있으나 지금은 골수에 들어갔으니 어떻게 할 수가 없어 아무런 말도 하지 않고 물러 나온 것이오."

이윽고 환공은 심한 고통을 느끼고 몸에 심각한 이상이 있다는 것을 알고 편작을 불러오도록 했으나 편작은 이미 오간 데 없이 떠난 뒤였다.

이처럼 제나라 환공이 편작의 충고를 듣지 않고 병을 제때에 치료하지 않은 데에서 **'호질기의(護疾忌醫)'**라는 고사성어가 유래하였다.

역아는 편작이 하직 인사도 없이 가버리는 것을 보고 환공의 병은 낫지 못할 것이라고 생각하였다. 역아는 즉시 수초와 상의하여 국정을 자기들 마음대로 하기 위하여 환공의 명령인 것처럼 꾸며 현판에 글을 써서 궁문 앞에 걸었다.

"과인이 가슴이 울렁거리고 불안해지는 정충(怔忡)이라는 병에 걸려서 사람들의 소리를 듣게 되면 병이 악화된다고 하니 군신이나 공자 및 부인 등 누구를 막론하고 나를 보러 궁 안으로 들어오는 행위를 일체 불허한다. 수초는 아무도 들어오지 못하게 궁문을 엄중히 지키고, 역아는 갑병을 이끌고 궁궐 주위의 순라를 돌아라. 모든 국정은 과인의 병이 낫기를 기다려 한꺼번에 올리도록 하라."

그렇게 하고는 궁문을 모두 폐쇄시키고, 침실 주변은 담장을 높이 둘러싸서 외부와 격리시켰다. 단지 담장 밑에 개구멍처럼 통로를 만들어 놓고 아침저녁으로 나이 어린 내시가 기어들어 가서 환공이 죽었는지만을 살펴보게 하였다.

환공이 몸도 일으키지 못하고 침상에 누워서 심부름하는 시종들을 불렀으나 대답하는 사람은 아무도 없었다. 이윽고 그런 상태로 며칠이 지나자 환공은 허공만을 멍하니 바라볼 뿐이었다. 그리고 다시 얼마간의 시간이 지나자 사람 발자국 소리가 났다. 환공이 두 눈을 크게 뜨고 바라보니 들어온 사람은 궁녀 안아아(晏蛾兒)였다.

환공과 안아아는 이렇게 대화했다.

"내가 배가 매우 고프다. 미음을 한 그릇 먹을 수 없겠느냐?"

"아무 데에서도 미음을 구할 수 없습니다."

"그렇다면 뜨거운 물이라도 한잔 마셔 갈증을 풀고 싶구나."

"뜨거운 물 역시 구할 수 없습니다."

"어째서 구할 수 없다고 하느냐?"

"역아와 수초가 궁문을 지키고 폐하가 누워 계신 곳은 담을 쌓아 바깥세상과 격리시켜 아무도 들어오지 못하게 했습니다. 음식인들 어떻게 들여올 수 있겠습니까?"

"그러는 너는 어떻게 들어 올 수 있었느냐?"

"천첩은 옛날에 한번 주공의 은총을 입은 바 있어 목숨을 걸고 담을 넘어 와서 주공의 명복을 빌러 왔습니다."

환공이 한탄하며 말했다.

"중보는 성인이로구나! 내가 이 지경에 처한 것은 나의 어리석음 때문이니 어찌 남을 원망할 수 있으리오. 무슨 면목으로 지하에서 중보를 볼 수 있겠는가?"

환공이 옷소매로 자기의 얼굴을 가리고는 연속해서 한탄만을 하더니 마침내 세상을 떠났다. 안아아도 머리를 기둥에 부딪혀 환공을 따라 목숨을 끊었다.

제나라 환공은 기원전 685년 5월에 즉위하여 기원전 643년 10월에 죽었으니 43년간을 재위에 있었다.

환공에게는 세 사람의 부인이 있었는데 주나라의 왕녀인 왕희(王姬), 서(徐)나라에서 온 서희(徐姬), 그리고 채후의 딸 채희(蔡姬)였다. 그러나 그녀들에게는 모두 소생이 없었다. 왕희와 서희가 연이어 일찍 죽고, 채희는 물놀이 도중에 환공을 놀리다가 노여움을 사서 채나라로 쫓겨나 정부인의 자리는 비어 있었다. 그 세 명의 정부인 밑에 다시 준부인에 해당하는 여섯의 부인을 두었다. 그들 모두가 환공의 총애를 받아 대우가 정부인과 다름이 없었기 때문에 사람들이 부르기를 준부인이라 하였다. 여섯의 준부인들은 각각 모두 아들을 한 명씩 낳았다. 1위 부인 장위희(長衛姬)는 공자 무휴(無虧)를, 2위 부인 소위희(小衛姬)는 공자 원(元)을, 3위 부인 정희(鄭姬)는 공자 소(昭)를, 4위 부인 갈영(葛嬴)은 공자 반(潘)을, 5위 부인 밀희(密姬)는 공자 상인(商人)을, 6위 부인 송화자(宋華子)는 공자 옹(雍)을 두었다.

준부인들 중 장위희가 환공을 모신지 가장 오래되었기 때문에 그녀 소생인 무휴 역시 여섯 공자 중 나이가 가장 많았다. 또 장위희와 서로 사이가 좋았던 역아와 수초 두 사람이 장위희의 소생인 무휴를 환공에게 기회가 있을 때마다 천거하여 결국 무휴를 자기의 후계로 삼겠다는 약속을 받아냈다.

후에 다시 3위 부인 소생인 공자 소가 현명하다는 사실을 알고 사랑하게 된 환공은 규구(葵邱)의 회맹 때 관중과 상의하여 송나라 양공(襄公)에게 공자 소의 후견을 부탁하고 세자로 삼았다.

한편 위나라 공자 출신 개방은 4위 부인 소생인 공자 반과 친하여 역시 반을 제후로 세우려는 야심을 품고 있었다. 또 남에게 무엇인가를 베풀기를 좋아하는 성격의 5위 부인 소생의 공자 상인(商人)도 얼마간의 민심을 얻게 되고 더불어 여러 준부인에 비해 환공의 총애를 많이 받고 있었던 생모의 존재에 고무되어 마음속 한구석에 은연중 세자의 자리를 엿보고 있었다.

여섯 공자 중 단지 공자 옹(雍)만이 그 모친의 출신이 미천하여 자기 분수를 지켜 욕심을 내지 않았다. 공자 옹을 제외한 다섯 명의 공자들은 각기 자기의 파당을 결성하고 상호 간에 서로 시기하여 마치 다섯 마리의 큰 독충이 각기 이빨과 발톱을 감추고는 사람이 다가오면 달려들어 할퀴고 물어뜯을 기세였다.

환공의 죽음을 확인한 역아와 수초는 무휴를 보위에 올리고자 세자 소를 죽이려고 계획하였다. 그들은 즉시 군사를 모아 동궁으로 달려갔다. 그러나 이를 눈치챈 세자 소는 원로대신 고호(高虎)의 도움을 받아 송나라로 피신하였다.

역아와 수초는 무휴를 조당으로 모시고 와서 제후의 자리에 앉혔다.

역아와 수초가 무휴를 옹립했다는 소식을 들은 개방은 공자 반과 함께 즉시 가병들을 모아 궁궐로 달려가서 조당의 오른쪽에 도열 하였다.

공자 상인과 공자 원도 그들의 가병들을 데리고 궁궐로 달려갔다. 공자 원은 조당의 왼쪽에 군사들을 도열시키고, 공자 상인은 조당 입구를 점거하여 진을 쳐 서로 간에 기각지세를 이루었다.

역아와 수초는 세 공자의 가병들 수가 많음에 겁을 먹고 조당의 양쪽 낭하에만 있으면서 감히 공격하지 못했다.

세 공자들도 역시 역아와 수초가 거느린 정예 궁병들의 기세에 겁을 먹고 각기 자기들의 군영만을 지키고 있었다. 이렇듯 서로 대치하면서 지내기를 어느덧 두 달이 넘게 시간이 지나가 버렸다.

환공의 시신은 두 달이 넘도록 아무도 돌보는 사람이 없어 시신의 썩은 냄새가 진동하였다. 시신에는 수많은 벌레 떼들이 수북이 쌓여 그 모습이 처참하여 도저히 두 눈을 똑바로 뜨고 볼 수 없을 지경이었다.

원로대신 고호와 국의중(國懿仲)은 서로 상의하여 환공의 장례만이라도 치르기 위해 공자들 중 제일 연장자인 무휴를 우선 추대하기로 하였다.

여러 공자들도 이에 설득되어 각기 자기들의 가병들을 즉시 해산시키고 환공의 장례를 치렀다.

한편 제나라에서 송나라로 피신한 세자 소는 송나라 양공을 접견하여 통곡하면서 역아와 수초가 반란을 일으켰다고 하소연하였다.

송나라 양공은 즉시 군신들을 불러서 모이게 하고는 말했다.

"과인은 인의(仁義)를 근본으로 삼고자 하는 사람이오. 과인이 후견을 맡은 세자 소가 외롭게 되었음에도 내가 구하지 않는다면 인이 아니고, 다른 사람의 부탁을 받고 허락한 약속을 저버린다면 의가 아니오."

기원전 642년 양공이 친히 위(衛) · 조(曹) · 주(邾) 세 나라의 군사를 합쳐 이끌고 세자 소와 함께 제나라 정벌 길에 나섰다.

이 소식을 들은 무휴는 역아를 시켜 군사를 이끌고 성을 나가 제후들의 군사를 막도록 하고 수초는 성내에 있으면서 그 뒤를 맡기로 하였다.

이 때 제나라의 원로대신 고호가 국의중에게 말했다.

우리가 무휴를 세운 이유는 돌아가신 환공의 시신을 거두기 위해서였지 그를 주군으로 받들기 위한 것은 아니었소. 오늘 세자가 송나라 양공의 도움을 받아 이미 이곳에 당도해 있으니 우리가 이번 기회를 이용하여 역아와 수초를 제거하고 세자를 맞이하여 군주 자리를 잇게 해야 합니다."

국의중이 말했다.

"역아가 군사를 이끌고 성 밖에 주둔하고 있는 틈을 타서 우리가 의논할 일이 있다고 수초를 유인하여 죽인 후에 백관들을 이끌고 성 밖으로 나가 세자를 영접하여 무휴의 자리를 대신하게 하면 일을 성사시킬 수 있습니다."

고호는 국의중의 계책대로 수초를 유인하여 성루 한쪽에 매복시킨 장사들을 시켜 목을 베게 하였다. 그러고는 성문을 활짝 열고 세자 소를 맞이하였다.

이 소식을 들은 무휴는 수레를 타고 도망하다가 백성들에게 붙잡혀 피살되었고, 역아는 노나라로 도망갔다.

이렇게 되자 송나라 양공은 세자 소가 무사히 보위에 오르리라 생각하고 송나라로 회군하여 돌아가고 있었다.

그러나 공자 반과 원, 그리고 상인의 세 공자들과 무휴의 잔당들이 거센 저항을 하자, 세자 소는 다시 송나라로 피신해야 했다. 이에 송나라 양공은 다시 군사를 일으켜 제나라 군대를 대파하였다. 이 와중에 공자 원은 위나라로 도망하였다.

송나라 양공이 직접 공자 소를 보위에 앉히니, 효공(孝公)이 되었다.

보위에 오른 효공은 지난 원한을 풀고 새로 우의를 맺고자 공자 반과 상인을 용서하고 불문에 부쳤다.

이해 가을 환공을 우수산(牛首山) 언덕에 정식으로 장사를 지냈다. 이때는 환공이 사망한 지 이미 11개월이나 지난 뒤였다. 약 1년 동안 군주의 장례를 치르지 못할 정도로 제나라 정국이 혼미에 빠졌고, 이 와중에 후계 문제로 큰 혼란을 겪었다. 이후 제나라는 다시는 환공이 이룩한 성세(盛世)를 만회하지 못했다.

제15장
송양지인(宋襄之仁)

宋 송나라 송 · 襄 도울 양 · 之 갈 지 · 仁 어질 인

송나라 양공(襄公)의 인(仁). 쓸데없는 인정을 베풀거나 불필요한 동정이나 배려를 하는 어리석은 행동을 비유하는 의미이다

*** 출전: 좌구명, 춘추좌씨전(春秋左氏傳) 희공(僖公) 22년/ 사마천, 사기(史記) 송미자세가(宋微子世家)**

송나라 양공(襄公)은 제나라 세자 소(昭)를 보위에 올린 후 스스로 큰 공로를 세웠다고 생각하고 제나라 환공(桓公)을 대신해 맹주가 되려고 하였다.

기원전 640년, 송나라 양공은 우선 자기 주변의 작은 나라의 제후들을 조나라의 남쪽 땅에 불러모았는데 송나라와 국경을 접하고 있는 조(曹)나라와 주(邾)나라 두 군주만 달려왔다.

송나라가 대국은 아니었지만 조나라와 주나라 말고도 등(滕)나라와 증(鄫)나라 등의 속국이나 다름없는 주변 나라가 있었는데, 등나라 군주는 마지못해 늦게 나타났다.

양공은 자존심이 상하여 뒤늦게 나타난 등나라 군주를 감옥에 가두어 버렸다. 그리고 아예 참석하지 않은 증나라를 침공하였다. 증나라는 군대라 해봐야 수백 명에 지나지 않는 작은 나라여서 증나라 성은 함락당하고 군주는 사로잡혔다. 양공은 증나라 군주를 산 채로 하수

(河水)에 던져 신에게 바치는 제물로 삼아버렸다. 양공은 그래도 분이 풀리지 않자, 자기 땅에서 열린 모임에 예물을 준비하지 않았다며 조나라에도 쳐들어갔는데 조나라 군주 공공(共公)은 무릎을 꿇고 잘못을 빌어야 했다. 주변의 속국들에 대한 양공의 횡포를 지켜본 천하의 제후들은 시선이 곱지 못했다.

그러나 양공은 제나라 환공이 했던 일을 본받아 우선 제후들을 소집하여 패자(覇者)로 추대받기 위해 기원전 639년 9월에 우(盂) 땅에서 회맹을 하기로 하고 여러 제후들을 초대하였다.

송나라는 이런 회맹에서 맹주가 되기에는 국력이 모자랐고 송 양공 자신도 그릇이 아니었다. 그래도 송(宋) · 초(楚) · 진(陳) · 채(蔡) · 정(鄭) · 허(許) · 조(曺)나라 등이 우 땅에 모인 이유는 송나라 양공 때문이 아니라 초나라 성왕의 권유 때문이었다.

그러함에도 불구하고 송 양공이 직접 보위에 올려 준 제나라의 효공(孝公)도 오지 않았고 노나라도 참석하지 않았다.

송나라는 주나라 왕실로부터 하사받은 작위가 공작이다. 같은 등급의 제나라와 노나라는 오지 않고, 그보다 낮은 후작이나 자작인 나라들만 참석한 것이다. 초나라 성왕(成王)은 공식적인 작위는 자작에 지나지 않으나, 스스로 왕이라고 칭왕하고 있었다.

우 땅은 송나라의 영토로 지금의 하남성 수현 일대의 땅이다. 송 양공은 회맹을 위해 단을 쌓고 제후들이 머물 공관을 지었다.

회맹이 다가오자 송나라 공자 목이(目夷)가 군대를 대동하여 가라고 양공에게 권하였으나 이를 듣지 않았다. 양공은 천하를 호령하는 맹주는 무력이 아니라 덕으로 제후들을 대해야 한다고 생각했다.

그러나 초나라 성왕의 수행원들은 전부 예복 속에 갑옷을 입었으며 무기를 감추고 있었다. 회맹 의식이 시작되자 초나라의 장수 성득신(成得臣)과 투발(鬪勃)이 예복을 벗어 던지고, 무기를 쥐고 단상에 올라가 송나라 양공을 사로잡아 버렸다. 회맹단 아래있던 초나라 수행원들도 일제히 무기를 꺼내 들었다.

혼비백산한 다른 군주들은 초나라 성왕에게 머리를 숙였다. 송나라 양공을 사로잡은 초나라 성왕은 그 길로 송나라의 도성인 상구성(商丘城)으로 쳐들어갔다. 지난해에 회맹에 참석하지 않았다는 이유로 송나라 양공이 강물에 던져 죽인 증나라 군주의 복수를 한다는 명분이었다.

이보다 먼저 회맹장에서 간신히 몸을 빠져 도망친 송나라 공자 목이는 도성으로 돌아가 초나라에 포로로 잡힌 양공을 대신하여 송나라의 군주로 즉위하였다. 목이는 현명한 사람이었고, 보위를 다시 양공에게 돌려주기 위해 잠시 그 자리에 올랐다. 목이는 상구의 방위를 튼튼히 하고 초나라 군대를 기다렸다. 초나라는 상구를 공격했지만 성은 함락되지 않았고 사상자만 늘어갔다. 양공을 돌려주겠다고 제의해도 송나라는 필요 없다고 일언지하에 거절해 버렸다.

초나라 성왕은 송나라 양공을 사로잡고도 별로 얻은 것 없이 군대만 잃게 되어 난감하게 되었다. 체면상 지금 와서 철군할 수도 없는 일이었다. 초나라 성왕은 노나라 희공을 박도(亳都) 땅으로 초대해서 의논을 했다. 노나라 희공은 송나라 양공을 풀어주는 대신 초나라 성왕을 맹주로 추대하자는 의견을 냈다. 송나라 양공은 그 자리에 풀려나 다른 제후들과 삽혈하여 초나라 성왕을 추대하는 의식을 마쳤다.

송나라 양공은 회맹이 끝나자 이미 다른 군주가 보위에 오른 송나라로 가지 못하고 위(衛)나라로 갔다. 공자 목이는 사자를 위나라로 보내 양공을 모셔온 뒤에 자신은 보위에서 내려왔다. 이것이 모두 양공을 살리기 위한 위장된 즉위였다.

송나라 양공은 분을 삭이지 못하고 이를 갈았다. 생각만 해도 굴욕감에 잠을 이룰 수가 없었다. 그러나 송나라는 초나라에 복수할 힘이 없었다. 양공의 분노는 초나라보다 우 땅의 회맹에서 초 성왕에게 굽신거린 주변국으로 돌려졌다. 이런 나라 정도는 제압할만한 힘이 있다고 생각하였다.

다음 해인 기원전 638년, 정나라가 초나라에 조례(朝禮)를 올리자, 송나라는 이를 핑계로 정나라를 치는 군대를 일으켰다. 조례는 제후가 천자를 알현하여 문안하는 의식이었기 때문에 주나라의 제후인 정나라가 초나라 왕에게 조례를 올렸다는 것은 주나라 왕실을 배반하고 초나라를 천자로 섬기겠다는 의사의 표현이었다. 이 일은 송나라에 명분을 주었다.

송나라 양공은 군사를 동원하여 정나라로 쳐들어갔다. 공자 목이가 정나라를 치면 반드시 초나라가 구원할 것이므로 이길 수 없다고 하면서 양공을 만류하였으나, 양공은 고집을 꺾지 않았다.

자신이 중군을 직접 지휘하고 공손 고(固)를 부장으로 하면서, 대부 약복이(藥僕伊)와 화수로(華秀老), 공자 탕(湯)을 장수로 삼았다. 공자 목이도 양공의 병거를 같이 타고 출발하였다. 양공의 병거에는 인의(仁義)라고 크게 쓰여진 깃발이 펄럭였다.

정나라는 송나라의 서쪽에 있는 나라다. 송나라가 쳐들어오자 정나라는 급히 초나라에 구원을 요청하였으며, 초나라 성왕은 장수 성득신에게 군대를 주어 정나라를 구원하게 하였다.

초나라는 송나라에서 보면 비스듬하게 남서쪽 방향이다. 정나라는 초나라의 북쪽으로 초나라에서 보면 정나라보다 송나라가 가까웠다. 초나라 장수 성득신은 정나라 도성인 신정(新鄭)으로 가는 것보다는 바로 송나라 도성인 상구성으로 쳐들어가면 송나라는 군대를 물릴 수밖에 없을 것이고 먼 거리를 왔다 갔다 하면서 지친 송나라 군대를 쉽게 격파할 수 있을 것으로 생각하였다.

초나라는 장강 중상류 지역에 자리 잡고 있었고, 송나라는 장강과 황하의 중간 지대에 있으면서 북쪽 국경이 황하에 닿아있다.

송나라 양공은 한 달여 걸린 행군 끝에 정나라 도성인 신정 가까이 진출했다.

그때 초나라 군대가 송나라의 남쪽 국경을 향해 오고 있다는 소식을 듣고 급히 군대를 돌렸다. 서쪽으로 가던 걸음을 남쪽으로 돌린 것이었다.

초나라 군대를 국경에서 막으려면 홍수(泓水)를 건너지 못하게 해야 했다. 초나라 군대가 홍수를 건너면 도성인 상구성까지는 한 달음 거리였다.

홍수에 먼저 도착한 것은 송나라 군대였다. 공손 고는 양공에게 진언하여 홍수 북쪽에 진을 쳤다. 초나라 군사는 약 3만5천 명으로 송나라 군사보다 2배 가까이 많았다. 공자 목이는 송 양공에게 초나라 군사가 더 많으니 정나라를 친 일에 대해 초나라에 사과하고 군대를 물리는 것이 옳다고 진언했으나 송양공은 듣지 않았다. 오히려 초나라 장수 성득신에게 11월 1일에 홍수가에서 싸우자는 통보를 하였다.

싸울 장소와 날짜를 상대방에게 통보하여 합의한 후에 싸우는 전통은 이미 없어진 지 오래되었고, 기습이라는 개념이 전투 방법로 인식되기 시작하고 있었다. 그런데 구태여 옛날 방식대로 통한 것은 양공이 얼마나 인의(仁義)에 집착하고 있었는가를 보여 주는 일이었다.

통보를 받은 초나라 군대는 10월 말에 홍수 가에 모습을 드러냈으며, 강 남쪽에는 초나라 군대의 깃발이 늘어서기 시작했다.

송나라군은 양공이 통보한 11월 1일 아침까지는 초나라 군대의 집결을 구경만 하고 있었다. 11월 1일 새벽에 공손 고는 서둘러 군사들에게 아침밥을 먹이고, 군대를 정렬시켰다.

이 모습을 본 초나라 부장 투발이 대장인 성득신에게 말했다.

"송나라 군사들이 준비를 다 갖추기 전에 서둘러 도강을 해야 합니다."

성득신이 말했다.

"송나라 양공은 어리석어서 인의를 내걸고 쓸데없는 여유를 부리기 때문에 서둘 것이 없다. 양공은 우리가 일찍 건너면 일찍 싸우고 늦게 건너면 늦게 싸울 것이니 염려할 것 없다.”

초나라 군사들이 홍수 가에 도착한 후 여러 날 동안 강의 상류와 하류 쪽을 모두 뒤져 도강에 쓸 배를 징발했는데도 송나라 군사들은 그것을 방해할 생각을 하지 않았다. 그렇다고 송나라 쪽에서 강을 건너 공격할 낌새는 없었다.

송나라 양공은 도하에 필요한 배나 자재를 준비하지 않고, 초나라 쪽에서 강을 건너오기를 기다렸다. 그렇다면 초나라 군대가 강을 건너올 때 공격하자는 생각이어야 했는데, 양공의 생각은 전혀 엉뚱하였다.

날이 완전히 밝자 초나라 군사들은 강변에 모아 놓은 배에 올라타기 시작했다. 초나라 진영에서 북소리가 울렸다.

공손 고가 건의하였다.

“초나라군이 강을 건널 때 공격해야 합니다.”

양공이 말했다.

“저 깃발에 쓰인 글자가 보이지 않는가? 나는 오로지 인의로서 천하를 도모할 것이니 정정당당하게 싸울 것이다. 강을 건너오고 있는 적을 어찌 공격하겠느냐?”

초나라 군사들을 실은 배들이 강을 건너와 병사들을 내려놓기 시작했다. 초나라 군사들이 거의 다 강을 건너온 것을 본 공손 고는 다시 한번 양공에게 건의했다.

“지금 초나라 군사들이 강을 건넜지만, 전열을 가다듬기 전에 공격하게 하소서. 그러면 초군은 낭황하고 혼란에 빠질 것이니 이길 수 있을 것입니다.”

양공이 그를 돌아보며 질책하였다.

“너는 어찌 눈앞의 이로움만 보고 만세에 남을 인의를 생각지 않느냐. 어찌 아직 정비되지 않은 적을 공격할 수 있겠느냐?”

공손 고는 탄식하였다.

"오늘 이기기는 틀렸구나, 내 진즉에 염려했던 화가 닥치는구나."

초나라 군사들은 전원 하선을 완료하고 강을 따라 전열을 가다듬었다. 양쪽의 군대가 마주 서고 보니 과연 초나라 군사들이 송나라 군사들보다 훨씬 많았다.

양공의 병거는 선두에서 돌격하여 초나라 진영의 깊숙한 곳까지 내달렸다. 처음에는 전세가 백중하였지만, 점차 수적열세로 압도되기 시작했다. 양공의 눈앞에는 초나라 군사들만 보였다. 그때 화살 하나가 송 양공의 허벅지에 박혔다. 양공은 병거의 바닥에 주저앉았다. 공자 목이와 공손 고 등 몇 안 되는 사람들이 양공의 병거를 에워싸고 활로를 뚫기 위해 사력을 다한 덕분에 양공은 겨우 초나라 군대의 추격을 따돌리고 사지에서 벗어날 수 있었다. 거의 죽은 목숨이나 마찬가지가 된 양공을 태운 수레는 하루 밤낮을 달리고 달려 수도인 상구에 도착하였다.

홍수 전투에서 이긴 초나라군은 의기양양 발길을 돌려 개선하였다. 정나라를 구원한다는 목적도 훌륭하게 달성되었다. 초나라는 중원의 대국 중 하나인 송나라와 싸워 크게 이김으로써 천하에 위명을 떨치게 되었다.

그러나 송나라 양공은 전투에서 입은 허벅지의 부상이 악화되어 거동도 할 수 없는 상태에서 온 나라 백성들의 원성과 손가락질을 받아내야 했다. 얼마 후에 양공은 부상이 악화되어 세상을 떠났다.

이와 같이 **'송양지인(宋襄之仁)'**이라는 고사성어는 인의를 내세우다가 '홍수 전투'에서 초나라에 패한 '송나라 양공의 인(仁)'이라고 하며 세상 사람들이 비웃은 것에서 유래하였다.

제16장
수손반벽(受飧反璧)

受 받을 수 · 飧 저녁밥 손 · 反 되돌릴 반 · 璧 둥근 옥 벽

저녁 음식은 받고, 벽옥은 되돌려 주었다는 말. 선사한 물건을 받지 않고 되돌려 보내거나, 마음의 정만 받겠다는 것을 비유하는 의미이다.

*** 출전: 좌구명, 춘추좌씨전(春秋左氏傳) 희공(僖公) 23년**

제나라를 떠나 유랑 길에 오른 중이(重耳) 일행은 조(曹)나라에 도착했다. 【☞ 제1편 제13장 '사방지지'참조】

조나라 군주인 공공(共公)은 오로지 유희만 좋아하고 조정일은 돌보지 않았다. 공공은 중이 일행을 맞아들이고 싶지 않았다.

그러자 조나라 대부 희부기(僖負羈)가 말했다.

"중이는 어진 덕으로 천하에 널리 알려져 있습니다. 그리고 눈동자는 각각 두 개씨이고 갈비뼈도 하나의 통뼈로 되어 있다고 합니다. 그는 아주 귀해질 상이니, 보통 공자들과 같이 생각해서는 안 됩니다."

공공은 장난기 어린 호기심이 발동했다.

"과인은 그 말을 믿지 못하니, 그를 객사에 머물게 하여 목욕할 때 갈비뼈가 통뼈인지 한번 보아야겠소."

이리하여 공공은 중이를 영접하여 음식을 대접하게 하였다. 그러나 손님의 예를 다하지는 않았다. 중이는 화가 나 음식도 들지 않았다.

그러다가 하인이 목욕하라고 권하자, 중이는 오는 도중에 땀과 먼지로 더러워진 옷을 벗고 목욕을 하였다.

이때 공공은 신하들 몇 명과 함께 미복을 하고 갑자기 목욕탕 안으로 들어왔다. 그리고는 중이에게 다가와서 갈비뼈를 만져보고는 나가버렸다.

사람들이 떠드는 소리에 놀라 호언이 급히 달려와 보니, 몇 명의 사람이 웃으며 나갔다. 호언(狐偃)이 하인에게 누구냐고 물어보니, 조나라 군주 공공이라 하였다. 이 말을 들은 중이와 일행들은 모두 분통을 터뜨렸다.

희부기는 공공이 자신의 간언을 듣지 않는 것을 보고 집으로 돌아왔다. 그의 아내 여씨(呂氏)는 그의 얼굴에 근심이 어려 있는 것을 보고 무슨 일이 있었냐고 물었다.

희부기는 중이 공자에게 조나라 공공이 무례한 짓을 했다고 말하자, 여씨가 말했다.

"소첩이 교외에 뽕잎을 따러 나갔다가 마침 수레를 타고 지나가는 중이 공자 일행을 보았습니다. 공자는 자세히 보지 못했지만, 그를 따르는 사람들을 보니 모두 영걸이었습니다. 제가 듣건대, 그 군주에 그 신하요, 그 신하에 그 군주라 했습니다. 그를 따르는 사람들을 보니 중이 공자는 반드시 나라를 되찾을 것입니다. 그때 그가 군사를 일으켜 조나라를 친다면 모두 곤경에 처할 것입니다. 주군께서 당신의 충언을 듣지 않는다면, 당신이 개인적으로라도 그들을 대접하는 것이 좋겠습니다. 제가 벌써 음식과 백옥을 준비해 두었으니, 찾아가서 예를 다하십시오."

희부기는 아내의 말에 따라 밤중에 저녁 음식을 마련하고, 그 음식 속에 백옥을 넣어 중이를 방문하였다. 중이는 밥도 굶은 채 노기를 품고 앉아 있던 참이었다. 그런데 희부기가 와서 조나라 공공을 대신하여 사죄하고, 평소부터 공자를 존경하여 찾아왔노라고 말했다.

중이는 크게 기뻐하며 말했다.

"조나라에 이런 현신이 있는 줄 몰랐소. 이 망명객이 다행히 본국으로 돌아가게 된다면, 마땅히 보답하겠습니다."

중이가 음식을 받아 보니, 그 속에 백옥이 들어 있었다.

중이가 희부기에게 말했다.

"대부께서 은혜를 베풀어 이 망명객이 굶지 않도록 해 준 것만도 고마운 일인데, 어찌 이런 귀한 것까지 받을 수 있겠습니까?"

중이가 저녁 음식만 받고 백옥은 사양하며 받지 않자, 희부기는 물러 나오며 중얼거렸다.

"중이 공자는 곤궁한 처지이면서도 백옥을 탐하지 않으니, 그 뜻을 헤아릴 수가 없도다."

다음 날 중이가 조나라를 떠나자, 희부기는 성 밖 20리까지 나와서 전송하였다.

이와 같이 중이가 희부기가 준 저녁 음식만 받고 백옥은 돌려준 **'수손반벽(受飧反璧)'**의 고사성어는 여기에서 유래하였다.

제17장
퇴피삼사(退避三舍)

退 물러날 퇴 · 避 피할 피 · 三 석 삼 · 舍 집 사

3사(90리)를 물러난다는 말. 충돌을 피하기 위해 멀리 물러나거나, 남에게 양보하는 것을 비유하는 의미이다.

*** 출전: 좌구명, 춘추좌씨전(春秋左氏傳) 희공(僖公) 23년**

조(曺)나라를 떠나 온 중이(重耳)는 송나라로 갔다. 송나라 양공(襄公)은 평소 중이의 어진 성품을 들어오던 터라, 그를 후하게 대접하였다. 그러나 송나라 양공은 초나라와의 전쟁에서 패한 후 허벅지 부상으로 병석에 누워 회복하지 못하고 있었다. 【☞ 제1편 제15장 '송양지인' 참조】

양공이 회복하지 못할 것이라고 생각한 호언(狐偃)은 송나라 대사마(大司馬) 공손고(公孫固)를 만나 자신들의 앞날에 관한 일을 상의했다.

공손고가 말했다.

"공자께서 만약에 천하를 유랑하시는 노고를 더 이상 꺼리고 계신다면 우리나라는 비록 작지만 편안히 쉴 수는 있는 곳입니다. 그러나 얼마 전에 우리는 초나라와 싸워서 지고 군사를 크게 잃어 아직 힘을 회복하지 못하고 있습니다. 만약 공자께서 큰 뜻을 펼치시고자 도움을 청하기 위해서는 다른 큰 나라로 가셔야 할 것입니다."

호언이 말했다.

"사마의 진심에서 우러나온 말씀에 깊이 감사드립니다."

호언은 그날로 공자 중이에게 송나라의 정세를 설명하였다. 중이가 이를 듣고 다른 나라로 길을 떠나려고 하였다. 이 소식을 들은 양공은 많은 양식과 의복 등 일체의 여행에 필요한 물건들을 지원해주었다.

중이 일행이 송나라를 떠난 얼마 후, 양공은 화살에 맞은 상처가 더욱 악화되어 마침내 세상을 떠났다.

양공은 임종시에 세자 왕신(王臣)에게 말했다.

"내가 너의 백부인 목이(目夷)의 말을 듣지 않다가 이렇게 되었다. 너는 보위에 오르면 마땅히 국정을 그와 의논하도록 해라. 초나라는 우리와 원수이니, 대대로 친교를 맺지 않도록 하라. 그리고 중이 공자가 본국으로 돌아가게 되면 반드시 보위에 올라 제후를 규합할 것이니, 그와 친분을 유지하도록 해라."

송나라 양공은 재위 14년 만에 세상을 떠난 뒤 세자 왕신이 보위를 이어받아 성공(成公)이 되었다.

송나라를 떠난 중이와 그 일행은 이윽고 정나라 국경에 이르렀다.

정나라의 군주는 여공(厲公)의 아들인 문공(文公)이 즉위한 지 37년째 되는 해였다. 중이의 일행의 소식을 들은 문공은 신하들을 불러 물었다.

"중이가 제 아비 명을 거역하고 도망쳤기 때문에 다른 나라에서 받아 주지 않아 여러 번 굶기까지 했다고 했소. 이런 변변치 못한 위인을 예를 갖추어 맞이할 필요가 있겠소?"

상경(上卿) 숙첨(叔詹)이 나서서 중이는 하늘이 돕고 있으므로 그를 예우해야 한다고 간하였다.

그러나 문공은 비웃는 듯 말했다.

"중이는 육십이 넘은 늙은이인데, 그가 이제 무엇을 할 수 있겠소?"

정나라 문공은 즉시 성문을 닫고 중이의 일행을 성안으로 들이지 말라고 영을 내렸다. 정나라에서 홀대받은 중이는 즉시 수레의 방향을 남쪽으로 돌려 초나라로 향하였다. 초나라에 당도한 중이와 그 일행은 초나라 성왕을 알현하였다.

성왕은 중이를 제후의 예로써 대하고 잔치상을 준비하여 모든 신하들이 참석하는 구헌례(九獻禮)로 접대하였다. 성왕은 극진한 태도로 중이를 대하였고, 중이도 역시 더욱 겸손해졌다. 두 사람은 상대방의 마음을 깊이 이해하게 되어 서로 친해졌다.

하루는 연회 도중에 술이 거나해진 성왕이 중이에게 말을 걸었다.

"공자께서 만약 귀국하여 군주의 자리에 앉으신다면 어떤 방법으로 나에게 보답하시겠소?"

중이가 말했다.

"군왕께서는 이미 아름다운 여자와 값비싼 옥과 비단은 넉넉하게 갖고 계십니다. 또한 새털과 상아와 가죽은 모두가 초나라에서 나는 진귀한 물건들이라서 제가 보답할만한 물건이 없습니다. 그러나 만일 제가 군왕의 은혜로 진(晉)나라로 돌아가게 되어 훗날 진나라와 초나라가 군사를 거느리고 중원 땅에서 만났을 때, 저는 군왕을 피해 3사(舍)를 물러나겠습니다. 그래도 군왕께서 명령을 거두어들이지 않으신다면 왼편에는 채찍과 화살을 들고, 오른편에는 화살집과 칼집을 차고서 왕과 일전을 겨룰 것입니다."

보통 군사들이 하루에 걷는 행군 거리는 1사(舍)라 하여 30리의 거리를 의미하고, 3사라 함은 군사들이 3일 동안 행군하는 90리의 거리를 뜻한다. 중이의 말은 후일에 진(晉)나라와 초나라가 피치 못하게 전쟁을 하게 될 경우, 초나라 군사를 피해 싸우지 않고 자기의 군사를 3사의 거리만큼 후퇴시켜 초나라 성왕의 은혜에 보답하겠다는 말이었다. 성왕은 흡족하게 여기며 계속하여 중이 일행을 극진히 대접하였다.

이러한 약속은 놀랍게도 후일 진(晉)나라와 초나라의 '성복전투(城

濮戰鬪)'에서 현실로 나타나게 된다. 초나라가 송나라를 침입했을 때, 송나라의 구원 요청을 받은 진나라도 출병하여 전투가 시작되기 전에 중이가 자신의 군대를 3사의 거리로 후퇴시켰다.

이처럼 중이가 초나라 성왕의 환대에 보답하는 의사를 표시한 데에서 **'퇴피삼사(退避三舍)'**라는 고사성어가 유래하였다.

기원전 636년, 진(晉)나라 혜공(惠公)이 즉위 14년에 병이 들어 정사를 못 보게 되었다. 혜공의 아들인 세자 어(圉)는 오래전부터 진(秦)나라에 볼모로 있었다. 진(秦)나라의 목공(穆公)은 세자 어의 마음을 붙들어 두기 위해 자신의 딸인 회영(懷嬴)과 혼인시켜 살게 하였다.

세자 어는 혜공이 병이 들어 정사를 보지 못한다는 소식을 전해 듣고 혼자 마음속으로 생각했다.

"나는 혼자 몸으로 볼모로 잡혀 있어 밖으로는 나를 가엽게 여겨 도와주려는 친구도 없고, 안으로는 심복도 하나 없어 도움을 받을 수가 없는 처지이다. 만약에 부군께서 갑자기 돌아가시게 되어 대부들이 다른 공자를 추대하여 군주로 세운다면 나는 죽을 때까지 이곳을 벗어나지 못할 것이다. 그때는 내 신세가 들판의 초목과 무엇이 다르겠는가? 이곳을 도망쳐 우리나라로 돌아가 부군의 병구완을 하다가 돌아가시면 그 뒤를 이어야겠다."

세자 어는 밤이 되자 잠자리에서 아내인 회영에게 자기가 생각한 바를 이야기하였다.

"내가 이곳에 볼모로 잡혀있어 우리나라에 돌아갈 수 없다면 군주 자리는 남의 차지가 될 것이오. 내가 우리나라로 도망치려고 하나 부득이 부부의 정을 버리게 되는 일이라, 부인도 나와 함께 이곳에서 도망쳐 우리나라로 들어가 군부인으로 살게 되면 모든 것이 원만하게 이루게 되지 않겠소?"

회영이 흐느껴 울며 말했다.

"세자께서는 이곳에서 굴욕을 당하고 있으니 본국으로 돌아가고자 함은 당연한 일입니다. 그러나 저의 아버지께서 소첩에게 당신의 시중을 들게 하심은 당신의 마음을 붙들어 두고자 함입니다. 제가 당신을 따라 진(晉)나라로 가버리면 이는 부왕의 명을 저버린 큰 죄를 짓는 일입니다. 소첩은 감히 당신을 따를 수가 없으나, 오늘 이 말을 다른 사람에게 누설하지 않겠습니다."

세자 어가 다음날로 몰래 도망쳐 진(晉)나라로 돌아갔다. 세자 어가 아무 말도 하지 않고 몰래 도망쳐 버렸다는 보고를 받은 목공은 화가 나서 즉시 대부들을 불러 모아 놓고 이렇게 말했다.

"진(晉)나라 혜공의 부자는 모두 나의 은혜를 저버렸다. 내가 반드시 이에 대한 죄를 물으리라."

목공은 지난날에 자기가 중이를 도와 당진의 군주로 세우지 않았던 일을 후회하고 사람을 시켜 중이의 종적을 찾게 하였다.

얼마 후에 중이가 초나라에 있다는 사실을 알고 공손지(公孫枝)를 초나라에 사절로 보내 중이를 진(晉)나라의 군주로 세우려고 한다는 뜻을 전하게 하였다.

초나라 성왕이 중이를 불러 목공의 뜻을 전하자, 중이는 영문을 모르는 척하면서 말했다.

"이 망명객은 군왕의 은혜를 입고 있어 우리나라로 가고 싶지 않지만, 모든 것을 군왕의 명대로 하고자 합니다. "

초나라 성왕이 중이의 말에 대답했다.

"초나라와 진(晉)나라는 너무 멀리 떨어져 있습니다. 공자께서 만일 여기서 진(晉)나라로 들어가려면 중간의 여러 나라를 거쳐야만 합니다. 그러나 진(晉)과 진(秦)은 국경 접하고 있어 아침에 출발하면 저녁에 닿을 수 있는 거리입니다. 또한 진(秦)의 군주는 지금 진(晉)나라와 사이가 좋지 않으니 이번에 공자를 진(秦)에서 부른 일은 실로 하늘이 주신 좋은 기회이니, 이를 거절하지 마십시오."

중이는 초나라 성왕에게 감사의 절을 올리고, 진(秦)나라로 들어가기로 하였다. 중이가 도성 밖에 당도했다는 소식을 들은 목공은 성 밖으로 친히 마중을 나가 극진한 예를 행하고 음식을 장만하여 대접하였다.

더 나아가 목공은 자기의 딸인 회영을 버리고 당진으로 달아난 세자 어를 괘씸하게 생각하고 있던 차에 중이와 회영을 혼인시켜 우호관계를 돈독히 하고자 하였다. 목공이 공손지를 보내 회영과의 혼인에 대한 중이의 뜻을 알아보게 하였다. 중이와 세자 어는 숙질간이라 회영은 중이에게 조카며느리인데, 중이는 이러한 혼인은 윤리에 어긋난다며 목공의 구혼을 물리쳤다.

조쇠(趙衰)가 이를 보고 자기의 의견을 말했다.

"신은 회영이 미모와 재주를 겸비하여 목공이 매우 사랑하고 있다고 들었습니다. 회영과 혼인을 거부하시면 목공의 환심을 살 수 없습니다. 목공의 환심을 얻지 못한다면 그 힘을 빌릴 수 없어 아무 일도 이룰 수 없습니다. 공자께서는 절대 사양하시면 안 됩니다."

중이가 호언을 불러 어찌하면 좋은지 물어보자, 호언이 말했다.

"공자께서 진(秦)나라에 들어오신 목적은 힘을 빌려 본국으로 들어가 군주 자리에 오르기 위해서가 아닙니까? 그것이 아니라면 군주 자리에 다른 사람을 대신 앉히려고 하십니까?"

중이가 계속해서 뜻을 굽히지 않자 호언이 다시 말했다.

"진(晉)나라의 보위가 세자 어에게 전해지고, 만일 회영이 절개를 지켜 세자 어를 받든다면 그녀는 당진의 국모가 될 것입니다. 만일 공자께서 장차 세자 어의 자리를 대신 차지하게 되면 그때는 회영은 원수의 처자가 됩니다. 어쩌시렵니까?"

중이가 여전히 주저하자 이번에는 조쇠가 끼어들어 말했다.

"나라를 빼앗으려는데 혼인이 무슨 소용이 있겠습니까? 큰일을 이루기 위해서는 작은 일에 구애받지 말아야 합니다. 나중에 후회한들 무슨 소용이 있겠습니까?"

중이가 결국은 뜻을 굽히고 회영과 혼례를 올렸다.

기원전 637년 9월, 당진의 혜공이 병이 위독하게 되자 신하인 여이생(呂飴甥)과 극예(郤芮)에게 중이만은 각별히 경계하라는 당부를 남기고 세상을 떠나고, 세자 어가 보위에 올라 회공(懷公)이 되었다.

회공은 즉위하자마자 중이가 나라 밖에서 변을 일으킬까 두려워 즉시 명을 내렸다.

"중이를 따라 나라 밖에서 유랑하는 자들을 모두 석 달 안에 모두 불러들여라. 기한 내에 돌아온 자는 죄를 묻지 않고 옛날의 관직을 주겠으나, 만약에 기한을 어겨 돌아오지 않는 자는 죄인 명부에 기재하고 참형에 처하겠다. 그자들의 부자 형제가 이 일을 좌시하고 있어도 역시 참형에 처하겠다."

회공은 호돌(狐突)에게 그 아들인 호언(狐偃)과 호모(狐毛) 형제를 불러들이라고 하였다. 그러나 호돌이 이를 거부하자 참수하였다. 사태가 이러다 보니 뜻있는 사람들은 몸을 움츠리고 중이가 어서 돌아와 포악한 군주를 몰아내고 군위에 오르기를 기다리게 되었다.

호언과 호모 형제는 부친의 참수 소식을 전해 듣고 가슴을 치며 통곡하였다. 이때 진(晉)나라 대부 난지(欒枝)의 아들 난순(欒盾)이 중이를 찾아와서 고했다.

"새 군주는 시기심이 많고 사람을 죽여 위엄을 세우려 하고 있어 많은 신하와 백성들이 불복하고 있습니다. 저의 부친은 저를 비밀리에 공자께 보내 이를 알리라 하셨습니다. 지금 새 군주의 심복은 여이생과 극예 둘뿐이고, 원로들은 모두 새 군주와 멀어졌습니다. 저의 부친은 비밀리에 군사를 모집하여 공자께서 쳐들어오시면 안에서 내응하기로 약속하였습니다."

중이는 곧 목공에게 청하여 군사를 빌려 황하를 건너 진(晉)나라로 향하였다. 목공은 만일의 사태에 대비하여 친히 대군을 거느리고 하서에 주둔하고 있었다.

호숙(壺叔)은 중이가 망명길에 오른 이래로 줄곧 행장을 담당해 왔다. 이제 강을 건널 때도 그는 행장을 수습하였는데, 그동안 써 오던 부서진 그릇, 떨어진 돗자리, 찢어진 장막 등등을 모두 배에 실었다.

이를 보고 있던 중이가 웃으며 말했다.

"이제 진(晉)나라로 들어가 즉위하면 좋은 음식을 마음껏 먹게 될 터인데, 이따위 쓰레기 같은 물건들을 가져다 어디에 쓰겠는가?"

중이는 병사들에게 명하여 그 물건을 모두 내다 버리게 하였다.

호언은 홀로 탄식했다.

"공자는 아직 부귀를 언지도 않고서 먼저 빈천함을 잊었구나. 훗날 새것만 좋아하여 헌것은 버릴 것이니, 함께 고생한 우리도 저 물건과 마찬가지로 버림을 받으리라. 이제 강을 건너기 전에 물러나는 것이 차라리 낫겠다. 그러면 훗날 생각날 때라도 있으리라."

호언은 진(秦) 목공이 준 백옥 한 쌍을 중이에게 바치며 말했다.

"공자께서 타국에 망명해 계실 때는 신이 차마 작별인사를 드리지 못했는데, 이제 공자께서는 귀국하게 되었습니다. 신은 수년 동안 분주히 돌아다니다 보니 이제 마음과 몸이 모두 닳아 마치 저 물건같이 되어 버렸습니다. 부서진 그릇은 다시 상 위에 올려놓을 수 없고, 떨어진 돗자리와 찢어진 장막은 다시 펼칠 수 없는 것입니다. 신이 공자 곁에 머물러도 득이 될 게 없고, 떠난다고 해도 손해될 게 없으니 이제 신은 떠날까 합니다."

중이는 눈물을 흘리며 말했다.

"나를 책망하는 외숙의 말이 지당하고, 모두 저의 잘못입니다."

중이는 즉시 호숙에게 명하여 버린 물건들을 다시 배에 싣게 하였다.

그리고는 강물을 향하여 백옥을 던지며 맹세했다.

"내 귀국 후 만약 그대들의 노고를 망각하고 한마음으로 정사를 함께 돌보지 않는다면 나의 자손이 번창하지 못하리라, 하백(河伯; 황하의 신)이 나의 맹세를 증명하리라"

황하를 건너 진(晉)나라에 들어서자 중이는 파죽지세로 진군하였다. 모든 성들은 문을 활짝 열고 중이를 영접했으며, 백성들도 열렬히 환영하였다. 여이생과 극예도 사태가 심상찮음을 깨닫고 항복하였으며, 결국 고립무원의 처지에 빠진 회공은 고량(高粱) 땅으로 달아났다가 중이가 보낸 자객에 의해 피살되었다.

마침내 중이가 강주성(絳州城)에 입성하여 보위에 오르니, 진(晉)나라 문공(文公)이 되었다. 문공은 43살에 적나라로 달아나서, 55세에 제나라로 갔고, 61세에 진(秦)나라로 갔다가, 62세가 되어서야 군위에 올랐다.

제18장
기강지복(紀綱之僕)

紀 벼리 기 · 綱 벼리 강 · 之 갈 지 · 僕 종 복

질서와 법도를 갖춘 사람. 군율과 근본이 바로 서 있는 정예 용사를 비유하는 의미이다.

*** 출전: 좌구명, 춘추좌씨전(春秋左氏傳) 희공(僖公) 23년**

진(晉)나라의 보위에 오른 문공(文公)은 많은 신하들과 백성들의 지지를 얻었다. 그러나 원래 혜공과 회공을 따랐던 대부 여이생(呂飴甥)과 극예(郤芮)는 새 군주인 문공으로부터 지난날의 죄과에 대하여 추궁을 당할까 봐 속으로 두려운 마음이 들었다. 이들은 이극(里克)과 비정부(丕鄭父) 비롯하여 국내에서 문공을 추종하는 여러 대부들을 죽였기 때문이었다. 【☞ 제1편 제10장 '하환무사' 참조】

이들은 몰래 의논하여 날짜를 정하여 문공이 거주하고 있는 궁전에 불을 지르고 문공을 죽이기로 계획을 짰다. 그리고 이전에 두 차례나 문공을 해치려고 하였던 내시 발제(勃鞮)를 자기편으로 여기고 그를 찾아가서 음모에 끌어들이고 거사를 같이하기로 맹세하였다.

그러나 발제는 마음속으로 문공의 즉위로 나라가 겨우 안정을 되찾았는데, 대역무도한 일을 저지를 수 없다며 문공에게 알현을 청했다.

문공은 자기를 만나려는 발제에게 원한이 깊이 남아 있었기 때문에 만나주지 않고 사람을 보내 말을 전했다.

"네가 헌공의 명을 받고 포성(蒲城)에 있던 나를 체포하러 올 때 그날로 쫓아와서 나의 소매를 베지 않았더냐. 또 내가 적(翟)나라에 피신해 있을 때 너는 혜공의 명을 받고 나를 죽이러 오면서 나흘에 도착할 여정을 사흘 만에 쫓아왔다. 이 두 가지는 모두 군주의 명을 받든 것이지만, 너 스스로 온 힘을 다해 나를 해치려 한 것이다. 나는 너에게 소매가 베인 옷을 아직도 간직하고 있다."

발제는 말을 전하러 온 사람에게 이런 대답을 전하게 했다.

"신하 된 자는 군주의 명령에 온 힘을 다하고 방해가 되는 것을 제거하는 것이 원칙입니다. 저는 다만 그 당시 군주의 명을 받들어 있는 힘을 다했을 뿐입니다. 지금 새 군주께서 즉위하셨는데, 군주께서도 그런 일이 없겠습니까? 또 충심을 다하여 명을 따르는 신하가 필요하지 않겠습니까? 제나라 환공(桓公)은 관중(管仲)이 허리띠에 화살을 쏜 죄를 묻지 않고 그를 재상으로 삼았습니다. 허리띠는 소매보다 더 사람의 신체에 가까이 있습니다. 만약 군주께서 같은 처지라면 환공처럼 하실 수 있습니까? 만약 군주께서 저와 같은 사람을 모두 쫓아내려 하신다면, 이 나라를 떠나야 할 사람은 저 한 사람뿐만이 아닐 것입니다."

이 말을 전해 들은 문공은 발제의 말이 이치에 맞는다고 생각하여 옛 원한을 버리고 발제를 접견하였다. 발제는 극예와 여이생이 궁궐에 불을 지르고 미리 매복해 있던 가병들이 문공을 시해하려 한다는 계획을 자세하게 보고하였다. 보고를 받은 문공은 모반에 대비하기 위해 호언(狐偃)과 의논하였다. 문공은 몸이 불편하여 당분간 조회를 열지 않겠다고 하면서 일체의 면회를 사절하였다.

그날 밤 문종은 호언만을 데리고 미복 차림으로 몰래 궁궐을 빠져나가 비밀리에 섬서성 대려현(大茘縣) 동쪽에 있는 왕성(王城)에서 진(秦)나라 목공(穆公)과 만나 이에 대하여 의논하였다.

극예와 여이생은 이러한 사실을 전혀 모른 체 그들이 짜놓은 사전 계획에 따라 거사를 진행하였다. 발제도 이에 협력하여 같이 행동하는 흉내를 내었다. 이들은 궁궐에 불을 지르고 문공을 찾았으나 행방을 알 수 없었다. 이에 당황한 이들은 일단의 가병들을 거느리고 교외에 주둔하면서 의논하였다.

발제는 극예와 여이생에게 이렇게 말했다.

"우리나라 군주를 세우고 폐위하는 것은 모두 진(秦)나라 군주에 의하여 좌우되었소. 지금 궁궐에 화재가 나서 중이가 불타 죽었다는 핑계를 대고 진(秦)나라로 망명합시다."

극예와 여이생은 발세의 제의에 따라 진(秦)나라로 들어가게 되었고, 발제는 문공이 있는 왕성으로 이들을 유인하였다.

그러나 문공이 먼저 왕성에 와서 이 두 사람을 기다리고 있을 줄이야 짐작이나 했겠는가? 두 사람 앞에 문공이 나타나자 이들은 혼비백산하였고, 곧바로 체포되었다.

이윽고 두 사람은 죽은 비정부의 아들로 진(秦)나라의 대부가 된 비표(丕豹)에 의해 주살되었다. 비표는 이렇게 말했다.

"내가 네놈들을 언젠가 씹어 먹는다고 했다. 우리 아버지의 원한을 기억하느냐?"

극예와 여이생을 왕성으로 유인하여 죽인 문공은 진(秦)나라 목공에게 절을 올려 도움에 대해 감사를 표했다. 또한 친영례(親迎禮)를 행하고 목공의 딸인 회영(懷嬴)을 진(晉)나라로 데려가려 하자 목공이 말했다.

"이미 회공(懷公) 어(圉)에게 몸을 버린 내 딸이 감히 군후의 부인이 된다면, 귀국의 종묘에 욕을 보이지나 않을까 심히 걱정됩니다. 단지 데려가서 비빈이나 궁녀로 거두어 주기만 한다 해도 그저 고마울 따름입니다."

문공이 말했다.

"진(晉)과 진(秦)은 대대로 혼인 관계를 맺어 왔는데 어찌 그만한 일로 종사를 받들지 못하겠습니까? 군주께서는 겸양의 말씀을 하지 마십시오. 본국의 신하들 대부분은 제가 이곳에 와 있는 줄 아직 모르고 있는데 이번 기회에 혼례를 크게 올린다면 이것 또한 아름다운 일이 아니겠습니까?"

크게 기뻐한 목공이 즉시 문공을 데리고 진(秦)나라의 수도인 옹성(雍城)으로 돌아가 혼례식을 성대하게 행하였다.

그리고 며칠 후에 화려하게 장식한 수레를 준비하여 회영과 다섯 명의 잉첩(媵妾)들을 태워 문공과 함께 진(晉)나라로 들어가게 하였다. 목공이 친히 그 딸을 황하까지 전송하면서 별도로 3천 명의 정예 기마병을 딸려 보냈다. 이 병사들은 문공과 회영의 일행을 무사히 호송한 후에도 계속 당진에 머물러 문공을 호위하면서 조정의 기강을 바로 잡는데 도움이 되도록 하였다. 사람들은 문공에게 딸려 보낸 진(秦)나라의 군사 3천 명을 '기강지복(紀綱之僕)'이라고 칭하였다.

이때의 '복(僕)'은 종이 아니라 최고로 훈련되어 군율과 기본이 꽉 잡힌 정예 용사를 뜻한다. 그 뒤 '기강(紀綱)'이라는 말은 집안이나 나라를 바로잡는 근본 도리를 뜻하는 말로 어떤 조직을 관리하거나 나라를 다스리는데 필요한 규율과 질서를 가리키는 말의 어원이 되었다.

제19장
진진지호(秦晉之好)

- 진진지호(秦晉之好) -

진(秦)나라와 진(晉)나라의 좋은 관계. 혼인을 맺은 두 집 사이에서 서로 가까워지고 친해진 것을 비유하는 말이다

*** 출전: 사마천, 사기(史記) 진세가(晉世家)**

문공(文公)이 공자였던 시절부터 그의 재물을 관리하고 있던 두수(頭須)라는 사람이 있었다. 중이와 일행들이 적(翟)나라에서 제나라로 갈 때에 노자에 쓰일 금품을 챙겨 달아났던 자이다. 【☞ 제1편 제12장 '행장취목과 할고봉군' 참조】

중이가 문공으로 즉위하자, 두수가 그를 찾아왔다. 문공은 두수가 노자에 쓰일 금품을 챙겨 달아나는 바람에 망명 생활이 더 힘들었던 것을 떠올리고 괘씸하게 생각하고 있었다. 그래서 두수를 만나주지 않으려고 목욕하고 있다는 핑계를 대며 시종에게 이를 전하게 했다.

두수는 문공의 시종에게 이렇게 말했다.

"목욕할 때는 몸을 구부려 아래쪽으로 향하기 때문에 마음도 뒤집어져서 말도 본마음과 반대로 나오는 법이오. 그러니 제가 군주를 뵙고 싶어도 못 뵙는 것은 당연한 일이오. 제가 군주를 만나려는 것은 나라를 안정시킬 말씀을 드리기 위함인데, 군주께서 거절하시면 그냥 가겠소."

시종으로부터 이런 말을 전해 들은 문공은 바로 두수를 접견하였다. 두수는 그간의 죄를 청하며 이렇게 말했다.

"조정에는 아직도 여이생(呂飴甥)과 극예(郤芮)의 잔당들이 남아 있습니다. 저들은 사면을 받은 지금까지도 불안에 떨고 있으므로, 주군께서는 진심으로 안심시켜 주셔야 믿고 따를 것입니다."

문공이 어떻게 해야 하느냐고 묻자, 두수가 아뢰었다.

"신은 주군의 재물을 훔쳐 주군을 굶주리게 하였습니다. 이는 백성들도 알고 있는 사실입니다. 만약 저를 마부로 삼아 데리고 다니시면, 주군께서 지난 원한을 생각하지 않는 분이라는 것을 알고 진심으로 믿고 따를 것입니다."

이 말을 듣고 문공은 두수를 마부로 삼았다.

이와 같은 문공의 도량으로 믿고 따르는 신하들이 많아지면서 나라가 점차 안정되어 나갔다.

문공이 공자였을 때 이미 두 사람의 여인을 부인으로 맞이했는데 첫 여인은 서영(西嬴)이라고 했다. 서영이 문공에게 시집온 지 얼마 되지 않아 일찍 죽고, 다시 핍길(偪姞)이라는 여인을 맞이하여 아들과 딸을 한 명씩 낳았다. 아들의 이름은 환(驩)이라 하고, 딸 이름은 백희(白姬)라 하였다. 핍길은 문공이 포성(蒲城)에 있을 때 일찍 죽었다. 그 후에 문공이 포성에서 적(翟)나라로 피신할 때 다급하여 어린 환과 백희는 모두 포성에다 버려두게 되었다.

적나라에서 중이의 재물을 갖고 도망친 두수가 후에 뉘우치고 두 남매를 거두어 수씨(遂氏) 성을 가진 포성의 민가에 맡겨 기르게 하고는 해마다 양육에 필요한 양식과 옷감을 거르지 않고 보내 주었다.

어느 날 두수가 문공에게 환과 백희의 일을 아뢰었다. 문공이 듣고 크게 놀라며 말했다.

"네가 말하지 않았더라면 나는 천하에 몹쓸 사람이 될 뻔하였다."

문공은 즉시 두수에게 명하여 포성에 가서 수씨에게 후하게 사례를 하고 두 남매를 데리고 오도록 했다. 두 자매의 양육을 회영(懷嬴)에게 맡긴 문공은 곧이어 환을 세자로 삼고 백희는 조쇠에게 시집을 보냈다. 이로써 백희는 조희(趙姬)라 불리게 되었다.

한편 문공이 진(晉)의 군주가 되었다는 소식을 전해 들은 적나라 군주가 축하 사절 편에 계외(季隗)를 보내왔다. 문공이 계외를 보고 그녀의 나이를 묻자, 계외가 대답했다.

"당신이 떠나신 지 8년째 되니 이제 서른둘입니다."

문공이 놀리며 말했다.

"다행히 25년은 지나지 않았구려." 【☞ 제1편 제12장 '행장취목과 할고봉군' 참조】

제나라 효공(孝公) 역시 제강(齊姜)을 사신과 함께 진(晉)나라로 보내왔다. 문공이 제강과 상봉하여 그녀가 행한 아름다운 일을 칭송했다. 제강이 말했다.

"소첩이 부부생활의 즐거움만을 탐하지 않고 주군을 수레에 태워 세상에 내보냈기 때문에 오늘 이렇게 즐거운 날이 오게 되었습니다."

문공이 저간에 있었던 일로 제강과 계외 두 여인의 현숙한 덕을 회영에게 말했다. 회영이 칭송해 마지않더니 부인의 지위를 두 여인에게 양보하기를 고집했다. 그래서 궁중에서의 부인의 순위는 제강을 첫째 부인으로, 계외를 둘째 부인으로 마지막으로 회영 자신은 셋째 부인이 되었다.

계외가 적나라에서 돌아왔다는 소식을 듣게 된 조희 역시 그 부군 조쇠에게 적나라에 남아 있던 숙외(叔隗) 모자를 데려오라고 권했다. 조쇠가 사양하며 말했다.

"주공이 은혜를 베풀어 당신과 혼인을 했는데 어찌 감히 숙외를 데려와 같이 살 수 있겠소?"

조희가 말했다.

"그 말은 야박한 인심이라 소첩은 그런 말을 듣고 싶지 않습니다. 소첩이 비록 귀한 신분이라 해도 숙외는 먼저 혼인한 본처이고 더욱이 아들까지 있는데 불러오지 않는다면 이는 새사람을 아낀 나머지 옛사람을 버리게 되는 일입니다."

조쇠가 입으로는 알았다고 하면서도 숙외를 불러오는 일을 감히 행하지 못하고 주저했다. 조희가 다시 궁궐로 들어가서 문공에게 아뢰었다.

"첩의 지아비가 적나라에서 숙외를 데려오지 않으려고 하니, 제가 현숙한 이름을 얻을 수 없습니다. 부친께서 이 일을 주선해 주시기 바랍니다."

문공이 즉시 사람을 적나라로 보내어 숙외 모자를 데려오게 했다. 조희가 정부인의 자리를 숙외에게 양보하려고 하자 조쇠가 다시 받아들이지 않았다.

조희가 말했다.

"숙외는 첩보다 나이가 많습니다. 또한 첩보다 먼저 부군과 혼인을 했습니다. 나이에 따라 그리고 혼인을 맺은 선후를 따라야 일을 행하여야만 기강이 흐트러지지 않게 됩니다. 또한 소문을 들으니 아들 조돈(趙盾)이 장성하였고 재주가 있다 하니 마땅히 적자로 세워야만 합니다. 첩은 곁방에 거주하면 됩니다. 만약 제 말을 좇지 않으신다면 첩은 이 집을 나가 궁궐로 돌아가 살겠습니다."

조쇠가 부득이 조희의 말을 문공에게 고했다. 문공이 듣고 말했다.

"내 딸이 이렇듯 사양할 줄 아는 미덕을 갖추고 있으니 주(周)나라의 태임(太任) 보다도 더 현숙한 여인이라고 할 수 있구나."

문공이 즉시 숙외 모자를 입조하라고 이르고는 숙외를 조쇠의 정부인으로 하고 아들 조돈을 적자로 삼게 했다. 숙외 역시 완강하게 사양하였으나 문공이 조희의 뜻을 알아듣게 설명하자 그 뜻을 받들어 감사의 말을 올린 후 조당에서 물러 나왔다.

세상 사람들이 조희의 어진 덕을 칭찬하였다.

또한 문공은 세자인 환을 진(秦)나라 왕실의 딸과 혼인하게 함으로써 부자가 모두 진(秦)나라와 인척 관계를 맺었다. 열국이 패권을 다투던 시기에 진(秦)나라와 진(晉)나라는 이처럼 혼인을 맺음으로써 우호 관계를 유지하였다.

여기서 유래하여 '신진지호(秦晉之好)'라는 고사성어가 생겨났으며, 두 집안이 혼인으로 맺어지는 것을 비유하는 말로 쓰이게 되었다. '진진지필(秦晉之匹)', '진진지우(秦晉之偶)', '진진지맹(秦晉之盟)', '진진지약(秦晉之約)' 등으로도 쓰인다.

제20장

탐천지공(貪天之功)

貪 탐할 탐 · 天 하늘 천 · 之 갈 지 · 功 공 공

하늘의 공을 탐낸다는 말. 남이 세운 공로를 자신의 공로로 돌리는 것을 비유하는 의미이다.

*** 출전: 좌구명, 춘추좌씨전(春秋左氏傳) 희공(僖公) 24년**

문공(文公)이 보위에 오르기까지 애쓴 사람들에 대하여 논공행상을 하기 위해 그 공로를 3등급으로 나누었다. 우선 자기가 유랑할 때 수행하던 사람들을 으뜸으로 하고, 그다음은 국내에 있으면서 문공이 귀국 할 수 있도록 애쓴 사람들은 2등으로 하고, 마지막으로는 문공이 귀국하자 즉시 영접하며 항복한 사람들을 3등으로 하였다.

3등급으로 나뉜 신하들을 다시 그 공이 많고 적음에 따라 각기 상하로 다시 나누었다. 유랑할 때 같이 수행했던 신하들 중 조쇠(趙衰)와 호언(狐偃)을 1등의 상(上)으로 하고 호모(狐毛), 서신(胥臣), 위주(魏犨), 호사고(狐射古), 선진(先軫), 전힐(顚頡)을 하(下)로 하였다. 2등에 해당한 사람 중에 난지(欒枝), 극진(郤溱)을 상(上)으로 하고 사회(士會), 주지교(舟之僑), 손백규(孫伯糾), 기만(祁滿) 등은 하(下)로 하였고, 3등의 극보양(郤步揚), 한간(韓簡) 등을 상(上)으로 하고 양유미(梁由靡), 가복도(家僕徒), 극걸(郤乞), 선멸(先蔑), 도격(都擊) 등을 하(下)로 하였다.

식읍이 없는 신하들에게는 봉지를 주고 이미 식읍이 있는 신하들에게는 그 봉지를 넓혀 주었다. 그와는 별도로 백옥 다섯 쌍을 호언에게 하사하면서 말했다.

"예전에 외숙이 하수(河水)에 던져 버린 백옥 한 쌍에 대한 보상이오."

또한 호언과 호모의 아버지인 호돌(狐突)의 원통한 죽음을 생각하여 진양성(晉陽城) 부근의 마안산(馬鞍山)에 묘를 세우고 제사를 지내게 했다. 이후로 후세 사람들이 마안산을 호돌산(狐突山)이라고 불렀다.

다시 어명을 내려 성문 밖에 방을 써서 붙였다.

"아직도 자기가 세운 공에 대해서 공훈을 받지 못했다고 생각하는 자는 스스로 아뢰기를 바란다."

그러자 문공을 따라다니며 측근에서 수발을 들었던 호숙(壺叔)이 문공의 알현을 청하여 아뢰었다.

"신은 포성에서부터 주공을 따라 발이 부르트도록 천하를 유랑했습니다. 어느 곳에 머무르게 되면 침식을 수발했으며, 길을 떠나게 되면 수레와 말을 점검하면서 한 번도 주공의 곁을 떠난 적이 없었습니다. 오늘 주공께서 유랑할 때의 노고에 보상하는 상을 다른 사람에게 내리시면서 신에게만 주지 않으시니 신에게 무슨 죄가 있어서입니까?"

문공이 대답했다.

"인의로써 나를 이끌어 마음을 열게 하여 깨닫게 하는 자를 제일 높은 상을 내렸다. 나를 계책으로 보좌하여 여러 제후들 앞에서 치욕을 면하게 하는 자를 그다음 상을 내렸다. 머리 위에 쏟아지는 화살과 창을 온몸으로 막으며 나를 보호한 사람을 맨 마지막으로 상을 내렸다. 그러므로 제일 높은 상은 덕(德)을 칭송하여 상을 내린 것이며 다음 상은 그 재주에 대하여 상을 내렸고, 마지막으로 그가 세운 공에 대하여 상을 내렸다. 나를 위한 너의 노력은 단지 일개 필부가 행한 노력이니 세 가지 상을 모두 행한 후에 너에게도 상을 내릴 것이다."

호숙이 얼굴에 부끄러운 빛을 띄우며 물러났다. 문공이 즉시 황금과 비단을 노역했던 일꾼들과 노복들에게도 두루 나누어주었다. 상을 받은 사람들은 모두 기뻐했다.

문공과 같이 유랑한 신하들 중에 개자추(介子推)는 사람됨이 깨끗하고 강직한 성격을 갖고 있었다. 그들이 황하를 건널 때 자기가 큰 공을 세웠다고 스스로 자부하는 호언의 태도를 보고 마음속으로 매우 천하게 여기고, 그들과 같이 벼슬살이하는 것을 치욕으로 생각하였다.

그는 귀국한 후에 문공에게 경하의 인사를 한번 드리고는 돌아와 병을 핑계로 집 밖으로 나가지 않았다. 이후로 개자추는 청빈을 즐기면서 스스로 몸을 굽혀 짚신을 삼아 홀어머니를 모시고 살았다. 문공이 군신들을 모두 모이게 하여 논공행상을 할 때 개자추가 보이지 않았으나 바쁜 와중이라 알아차리지 못하고 지나가게 되었다.

개자추의 이웃에 해장(解張)이라는 사람이 살고 있었다. 그는 아무런 상도 받지 못하는 개자추를 보고 속으로 매우 불공평하다는 마음을 갖고 있었다. 그러다가 그는 성문 밖에 붙어 있던 "아직도 자기가 세운 공에 대해서 공훈을 받지 못했다고 생각하는 자는 스스로 아뢰기를 바란다."라는 방문을 보고 즉시 개자추의 집을 찾아가 그 소식을 알렸다. 그러나 개자추는 웃기만 할 뿐 아무런 대꾸도 하지 않았다. 개자추의 노모가 부엌에서 일하다가 해장이 전하는 말을 듣고 말했다.

"너는 19년간이나 주군을 따라 다니며 모시면서 네 허벅지 살까지도 베어 보필하지 않았느냐? 그 노고가 적지 않거늘 네 공을 아뢰어 몇 섬의 곡식을 구하면 조석으로 끼니는 될 것이다. 이렇게 짚신을 삼아서 궁색하게 사는 것보다야 낫지 않겠느냐?"

개자추가 말하였다.

"선군인 헌공의 아들은 모두 아홉 명이었습니다. 그중에서 오로지 지금의 주군만이 가장 어질었습니다. 혜공(惠公)과 회공(懷公)이 부덕하여 하늘이 그들의 군위를 빼앗아 주군에게 주었습니다. 실로 하늘이 주군을 세운 것인데, 몇몇 사람은 자신들의 공로라고 합니다. 남의 재물을 훔치는 것을 도둑이라 하는데, 하물며 하늘의 공을 탐내어 자신들의 공로라고 하니 할 말이 없습니다. 저는 평생을 돗자리를 삼으면서 살아도 감히 하늘의 공을 자기의 공이라 하며 이를 탐하지 않겠습니다."

개자추의 노모가 이를 듣고 말했다.

"네가 비록 녹봉을 구하지 않는다 하더라도 주군을 한번 뵙고 네가 허벅지 살을 베어내서 모신 일을 잊지나 않게 했으면 좋겠구나."

"제가 주군에게 바라는 바가 없는데 무엇 때문에 알현을 청하겠습니까?"

개자추의 노모가 다시 말했다.

"너는 정말로 청렴한 선비로다. 나도 또한 마땅히 청렴한 선비의 어미가 되어야 하겠다. 우리 모자가 깊은 산중으로 들어가 숨어 이 혼탁한 세상에서 벗어나 살자꾸나."

개자추가 크게 기뻐하며 대답했다.

"이 아들은 평소에 면상산(綿上山)이라는 곳에서 살고 싶었습니다. 산은 높고 계곡은 깊은 곳입니다. 오늘 당장 모시고 가도록 하겠습니다."

개자추는 즉시 그 부모를 등에 업고 면상산이라는 곳으로 들어가 깊은 계곡 가운데에 지은 오두막에서 풀로 만든 옷을 입고 나무 열매를 연명하면서 여생을 마치려고 하였다.

이와 같이 "하늘의 공을 탐낸다."는 말인 **'탐천지공(貪天之功)'**이라는 고사성어는 개자추가 그의 노모에게 말한 것에서 유래하였다.

이웃에 사는 해장이 이를 알고 글을 써서 밤중에 도성 문 앞에 걸었다. 이튿날 아침에 신하 중에 한 사람이 그 글을 보고 떼어 와서 문공에게 바쳤다. 문공이 그 글을 읽어보니 다음과 같았다.

힘차고 씩씩한 용이 집을 잃고 슬퍼하였네.
여러 마리 뱀들이 그 용을 따라 천하를 유랑하였네.
그 용이 굶주리자 한 뱀이 허벅지살을 베어 먹였네.
그 용이 연못으로 다시 돌아와 자신의 땅을 안정시켰네.
여러 뱀들은 굴로 들어가 편히 지내는데
한 뱀이 굴이 없어 들판에서 울고 있구나

문공이 읽기를 마치면서 깜짝 놀라 말했다.

"이것은 개자추가 나를 원망하며 쓴 글이다. 옛날에 내가 위나라를 지날 때 먹을 것이 떨어지자 그가 자기의 허벅지 살을 베어 내어 국을 끓여 나에게 바쳤다. 오늘 내가 공신들에게 큰상을 내렸으나 오로지 개자추에게만은 아무 상도 내리지 못했으니 내가 저지른 잘못을 어떻게 말해야 할지 모르겠다."

문공은 즉시 사람을 시켜 개자추를 불러오게 하였으나, 개자추는 이미 집을 떠나고 없었다. 문공이 개자추의 집을 방문하여 이웃 사람들에게 개자추가 간 곳을 물으며 말했다.

"만일 개자추가 간 곳을 알고 있는 사람이 있다면 개자추와 함께 큰 벼슬을 내리겠다."

그러자 해장이 앞으로 나와서 아뢰었다.

"도성 문 앞에 걸어둔 글은 실은 개자추가 쓴 것이 아니고 소인이 대신해서 썼습니다. 개자추가 스스로 상을 구하는 일을 치욕으로 알고 그 모친을 등에 업고 면상산의 깊은 계곡으로 들어가 숨어 버렸습니다. 소인은 그의 공이 잊혀질까 염려되어 호소한 것입니다."

문공이 말했다.

"그대가 이 글을 걸어 놓지 않았더라면 과인은 개자추의 공을 잊을 뻔했다."

문공은 즉시 해장을 하대부의 벼슬에 임명하고 그를 앞세워 친히 면상산으로 가서 개자추가 사는 곳을 찾아 나섰다.

문공이 데리고 온 군사들이 아무리 애써 찾았지만 개자추의 종적을 찾을 수 없었다. 주위의 농부들을 불러오게 하여 문공이 친히 묻자 한 농부가 말했다.

"얼마 전에 한 남자가 노파 한 사람을 업고 와서 이 산 아래에 쉬면서 물을 마신 후에 다시 노파를 등에 업고 산속으로 들어가는 모습을 보았습니다. 지금은 어디에 거처하는지 모릅니다."

문공이 사람들을 시켜 산속을 뒤졌으나 며칠이 지나도 도저히 그의 종적을 찾을 수 없었다. 문공이 얼굴에 노한 기색을 띠며 해장에게 말했다.

"개자추가 어찌 나에게 이렇듯 한을 심하게 품고 있는가? 내가 듣기에 개자추는 효자라서 만일 산에 불을 놓는다면 그는 틀림없이 그 모친을 등에 업고 산속에서 뛰쳐나올 것이다."

문공을 수행한 위주가 앞으로 나서며 불평했다.

"옛날 천하를 유랑할 때 공을 세운 사람은 개자추 한 사람만이 아닙니다. 오늘 개자추는 어가를 머물게 하며 많은 시간을 허비하게 하였습니다. 만일에 그가 불을 피해 산속에서 나온다면 신이 마땅히 그에게 모욕을 주겠습니다."

이어서 위주가 군사들을 시켜 산의 앞뒤에서 불을 놓게 하였다. 화염은 바람을 맹렬히 타고 하늘로 치솟고 불길은 몇 리를 뻗치다가 3일 만에 꺼졌다

그러나 개자추는 끝내 산속에서 나오지 않고 버드나무 밑에서 두 모자가 서로 껴안고서 타죽어 있는 시신으로 발견되었다.

사람들이 두 모자의 시신을 거두어 문공에게 가져왔다. 문공이 이를 보고 눈물을 흘렸다. 문공이 명하여 면상산 산자락에 사당을 짓고 제사를 지내게 하였다. 면상산 주위의 밭에서 나오는 세수를 모두 제사 지내는 비용으로 사용하도록 하고 부근의 농부들이 매년 제사를

받들도록 하였다.

문공이 다시 명하였다.

"면상산을 지금부터 개자추의 성을 따라 개산(介山)이라 불러라. 이는 내가 개자추에게 지은 죄를 조금이나마 용서를 빌고자 함이다."

훗날 면상에 현(縣)을 설치하고 그 이름을 개휴(介休)라 하였다. 이는 개자추가 쉬고 있는 곳이라는 뜻이다.

문공은 그를 기리기 위해 개자추의 기일날에는 불을 피우지 말라고 명하고 한 달 동안 찬 음식을 먹었으니, 이것이 한식(寒食)의 유래이다.

또한 문공은 개자추 모자가 죽기 전 붙잡고 있었던 타다남은 버드나무로 신발을 만들었고, 개자추를 생각할 때마다 그 신발을 보며 "슬프도다! 발아래 있는 그대(신발)!"라고 불렀다. "발아래 있는 그대"라는 '족하(足下)'의 호칭은 개자추를 존경하는 경칭으로 사용되었다. 그 후 같은 나이 또래에서 상대방을 높여 부르는 호칭으로 사용하다가, 지금은 형제자매가 낳은 아들, 딸을 가리키는 '조카'라는 호칭으로 사용되고 있다.

제21장
허장성세(虛張聲勢)

虛 빌 허 · 張 베풀 장 · 聲 소리 성 · 勢 형세 세

헛되이 목소리의 기세만 높인다는 말. 실속 없이 큰소리치거나 허세 부리는 행동이나 태도를 비유하는 의미이다.

*** 출전: 한유, 논회서사의장(論淮西事宜狀)**

초나라와 송나라 간의 '홍수(泓水)전투' 이후 정(鄭) · 위(衛) · 채(蔡) · 진(陳) · 거(莒)나라와 같은 중원의 나라들은 초나라에 충성을 맹세하고 동맹을 맺었다. 이들은 제나라 환공의 뒤를 이어 보위에 오른 효공을 대수롭지 않게 여겼다.

제나라 효공은 아버지 시절과 다른 행동을 하는 여러 제후들을 못마땅하게 생각했다. 환공이 있을 때 각국에서 보내오던 사신들도 옛날처럼 오지 않았다. 더구나 제나라 효공은 송 양공이 주재한 녹상(鹿上)의 회맹에서 서명을 하지 않아 송나라와 사이가 벌어졌으며, 다시 초나라 성왕이 주재한 우(盂) 땅의 회맹에는 아예 참석도 하지 않아 초나라와도 등을 돌려 고립되어 있었다. 또한 '무휴(無虧)의 난'이 일어났을 때 무휴를 지원했던 노나라 희공(僖公)과는 아예 사이가 좋지 않았다. 【☞ 제1편 제14장 '호질기의' 참조】

그러던 중 노나라가 위나라 · 거나라와 동맹을 맺고 초나라에 충성을 맹세하였다. 이에 화가 난 제나라 효공은 군사를 동원해 노나라를 치기로 하였다.

제나라 효공은 200승의 병거와 군사를 친히 인솔하여 노나라의 북쪽 국경을 향해 진격하였다. 이때 노나라는 기근이 들어 백성들이 싸울 수 없는 상태에 있었다.

이에 노나라 희공이 대부 전희(展喜)를 국경으로 보내 제나라 군사들을 잘 대접하고, 제나라 효공을 만나 물러가도록 설득하게 하였다.

전희는 다음과 같은 말로 효공을 설득하였다.

"옛날 주(周)나라 무왕(武王)께서는 태공(太公)을 군후의 나라인 제(齊)에 봉하셨습니다. 그리고 무왕의 아드님이신 성왕(成王)께서는 우리의 선조이신 백금(伯禽)을 노(魯)에 봉하시었습니다. 주나라 성왕께서는 태공과 백금의 부친이신 주공(周公)에게 하늘에 제사를 올리면서 대대손손 두 사람의 자손들은 왕실을 받들고 서로 해치지 않겠다는 맹세하게 하셨습니다. 이 말은 서약서로 만들어 맹부(盟府)에 보관하고 있고, 제나라 환공께서도 우리 선군이신 장공(庄公)과 가(柯)땅의 회맹에서 그 왕명을 받들기로 다시 한번 확인하셨습니다. 이제 제나라 군후께서 즉위한 지 9년 만에 선군들의 명을 저버리면 선군들을 어떻게 대하겠습니까? 군후께서는 반드시 그렇게는 하지 않으실 것입니다."

제나라 효공은 전희의 말이 매우 타당하다고 여겨 노나라 토벌을 단념하고 군대를 이끌고 제나라로 돌아갔다.

노나라 희공은 제나라 효공이 자신을 가볍게 보고 있는 것에 화가 나서, 초나라 군사를 이용해 제나라를 굴복시키려고 하였다. 그래서 대부 장손진(臧孫辰)을 초나라에 사절로 보냈다.

장손진이 초나라 성왕을 알현하고 말했다.

"제나라는 녹상(鹿上)의 맹세를 어겨 배반하였고, 송나라는 초나라에 대항하여 홍수(泓水)에서 서로 싸웠으므로, 두 나라는 모두 초나라의 원수가 됩니다. 대왕께서 만약 이 두 나라에게 죄를 물으시겠다면 우리 노나라 군후께서는 나라의 온 힘을 기울여 대왕의 향도가 되어 돕겠다고 하셨습니다."

초나라 성왕이 대단히 기뻐하며, 즉시 성득신(成得臣)을 대장으로 신공(申公) 숙후(叔侯)를 부장으로 삼아 군사를 이끌고 제나라를 정벌하도록 명하였다.

초나라 군사들은 제나라의 양곡(陽穀) 땅을 공격하여 점령하였다. 초나라 성왕은 당시 초나라에 망명 생활을 하고 있던 제나라 환공의 아들인 공자 옹(雍)에게 그 땅을 봉토로 준 뒤에 노나라로 망명을 가 있던 역아를 불러다 그를 보좌하게 하였다.

이 사건의 여파로 제나라 효공이 죽고, 제나라 환공의 다른 아들인 공자 반(潘)이 보위에 오르니 이가 소공(昭公)이다.

성득신은 개선가를 부르며 초나라로 돌아와 재상인 영윤(令尹)이 되었다.

기원전 633년 초나라 성왕은 성득신을 대장으로 삼고, 진(陳)·채·정·허나라의 군사들과 함께 친히 송나라 정벌에 나섰다.

이때 송나라 성공(成公)은 사마 공손고(公孫固)를 진(晋)나라로 보내 구원을 요청하게 하였다.

진나라 문공(文公)이 신하들을 모이게 한 후 그 대책을 물었다.

호언(狐偃)이 말했다.

"초나라가 조(曹)나라와 얼마 전에 수교하였고, 위(衛)나라와 혼인을 맺었습니다. 조나라와 위나라는 주군께서 유랑할 때 홀대를 한 원한이 있습니다. 우리가 이 두 나라를 공격한다면 초나라는 이를 구하기 위해 반드시 군사를 움직일 것입니다. 이렇게 되면 제나라와 송나라는 위급함에서 저절로 벗어날 수 있습니다."

이에 따라 기원전 632년 봄, 진(晋)나라 문공은 초나라의 동맹국인 위나라와 조나라를 침공하기로 하고, 먼저 사자를 위나라에 보내 조나라를 친다고 길을 빌려 달라고 요청하였다. 위나라 성공(成公)은 길을 빌려줄 수 없다고 통고해 왔다.

문공은 이를 핑계로 하여 즉시 군사들을 남쪽으로 우회시켜 황하를 건너 오록성(五鹿城)에 당도하였다.

감개가 무량한 문공이 말했다.

"이곳이 그 옛날 개자추가 자기 허벅지 살로 국을 끓여 나에게 바친 곳이다"

문공은 자기도 모르는 사이에 마음이 처연해져 눈물을 흘리면서, 선진(先軫)에게 오록성을 함락시키라고 명령하였다.

선진은 황하를 건너 오록성까지 행군할 때 군사들에게 깃발을 산이나 언덕을 지나갈 때마다 마구 꽂으라고 명령했고, 숲에는 수없이 많은 기치가 나부꼈다.

같이 행군하던 위주(魏犨)가 선진에게 물었다.

"적진을 향해 갈 때는 소리 없이 쳐들어가야 하는데, 이렇게 요란스럽게 행군하면 적이 이를 알고 미리 방어하게 되지 않습니까?"

그러자 선진이 말했다.

"위나라처럼 약한 나라에는 우리 진(晉)나라의 군사가 많은 것처럼 보여 그 위압감만으로도 쉽게 승리할 수 있다네.".

진(晉)나라 군사가 쳐들어온다는 소식을 들은 위나라 군사들이 성위에 올라가 보니 진나라의 기치가 온 산과 언덕에 셀 수 없이 펄럭이고 있었다. 위나라 군사들은 두려움에 떨면서 달아났고, 오록성의 성주가 도망가는 군사들 앞을 막았으나 혼자만의 힘으로는 어쩔 수 없었다. 선진이 이끄는 군사들이 오록성 앞에 당도했을 때는 아무도 지키는 사람들이 남아 있지 않아 북소리를 한번 울림으로써 성은 함락되었다. 오록성을 점령했다는 승전보가 전해지자 진 문공이 기뻐하며 호언을 향해 말했다.

"그 옛날 이곳을 지나면서 농부가 건넨 흙덩어리에 절을 하며 외숙께서 땅을 얻을 것이라 하였는데 오늘에야 그 말씀이 맞았습니다."

【☞ 제1편 제12장 '행장취목과 할고봉군' 참조】

이와 같이 선진이 군사가 많은 것처럼 보여 힘들이지 않고 오록성을 함락시킨 데에서 **'허장성세(虛張聲勢)'**라는 고사성어가 유래하였다.

제22장
갈택이어(竭澤而漁)

竭 다할 갈 · 澤 못 택 · 而 말 이을 이 · 漁 고기 잡을 어

못의 물을 말려 물고기를 잡는다는 말. 눈앞의 이익만 보고 장래를 생각하지 않는 것을 비유하는 의미이다

*** 출진: 여씨춘추(呂氏春秋) 효행람(孝行覽)**

오록성(五鹿城)을 점령한 문공이 위(衛)나라 도성을 치기 위해 염우(斂盂)에 진을 쳤다. 이때 중군 장수 극곡(郤穀)이 갑자기 병석에 눕게 되자 문공이 문병을 왔다. 극곡은 문공에게 초나라에 맞서기 위해서는 제나라와 반드시 동맹을 맺어야 한다고 건의하였다. 이에 문공은 제나라에 사신을 보내 동맹을 맺었다.

제나라 소공(昭公)은 보위를 이어받은 지 얼마 되지 않아 백성들의 환심을 사기 위해서 진(晉)나라와 동맹을 맺어 초나라에 빼앗긴 양곡(陽穀) 땅을 되찾으려는 생각을 하고 있었다

진나라와 제나라의 동맹은 효과가 있었다. 초구성(椒丘城)에서 필사항전을 부르짖던 위나라는 당장 전의를 상실하였다. 위나라 성공(成公)은 사자를 보내 동맹의 일원으로 받아 달라는 간청을 했다. 그러나 진나라 문공은 위나라에 대한 감정으로 이를 받아들이지 않았다. 이에 당황한 위나라 성공은 초나라에 구원군을 요청하고는 양우(襄牛) 땅으로 달아나 버렸다.

한편 병이 들었던 극곡이 숨을 거두자 문공은 이를 애석해하며 선진(先軫)을 중군 장수로 삼았다.

선진은 문공에게 지금 군사를 움직여 조(曺)나라를 정벌한다면 초나라 군사가 위나라를 구원하러 왔을 때는 우리는 이미 조나라에 있어 초나라의 의중에서 벗어날 수 있을 것이라고 건의하였다.

문공이 선진의 의견을 받아들여 초구성에 대한 포위를 풀고 군사를 돌려 조나라를 정벌하기로 하였다.

그해 3월 진(晉)나라의 군사들은 조나라로 이동하여 그 도성을 포위하였다.

조나라 공공(共公)은 나름대로 지략을 동원하여 진나라에 맞섰다. 맨 처음 쓴 책략은 사항계(詐降計)였다. 진나라 문공에게 거짓으로 항복을 하고 성 안으로 유인하여 죽인다는 계책이었다.

그러나 이를 의심한 진 문공은 자기와 닮은 병사를 골라 위장시켜 발제가 호위하여 성으로 들어가게 하였다. 가짜 문공이 성문 안으로 들어서자 갑자기 성문이 닫히면서 화살이 빗발처럼 쏟아졌다. 발제와 5백 병사들은 떼죽음을 당했다.

문공은 분노가 극에 달하여 전군을 다그치며 도성을 공격했다. 다급해진 조나라 공공은 성안에서 죽은 5백 병사들의 시체를 성벽에 내걸었다. 진나라 군사들의 시체가 걸리자 차마 공격을 계속하지 못했다.

그러자 중군 장수 선진이 군사들을 시켜 도성 북문 밖에 있는 공동묘지를 파내고 진채를 세웠다. 눈앞에서 자기 조상의 묘가 파헤쳐지고 조상의 유골이 사방으로 던져지는 것을 목격한 조나라 군사들은 마치 세상이 끝난 것과 같은 비통함에 사로잡혔다. 아무리 전쟁 중이라도 남의 조상 묘를 파헤치지는 않는 법이었다. 그러나 조나라가 먼저 진나라 군사들의 시체를 내걸며 방어에 사용했기 때문에 이를 비난할 수도 없었다. 조나라는 할 수 없이 자신들의 행위를 사죄하고 진나라 병사들의 시체를 정중히 염해서 관에 넣어 성 밖으로 보낼 것을 약속하였다.

관들이 줄이어 성에서 나오는 동안 진나라 군사는 5리 밖으로 물러나 있었다. 관이 얼마쯤 나왔을 때 숨겨 놓았던 진나라 군사들이 성문 안으로 난입하였다.

조나라 공공은 성문 위로 올라가 손수 북을 울리며 독전하였지만 진나라 군사들을 막아낼 수가 없어 결국 항복하고 말았다.

조나라 도성으로 들어간 문공은 제일 먼저 희부기를 찾았다. 그러나 희부기는 조나라 공공에게 진나라와 화의를 맺도록 권유했다가, 대부 벼슬을 박탈당하고 평민이 되어있었다.

문공은 예전에 조나라를 방문하였을 때 희부기가 음식을 준비하여 접대한 은혜를 생각하고 보답하기 위해 그 가족을 북문에 살게 하고 그 일대의 땅을 하사하였다. 【☞ 제1편 제16장 '수손반벽' 참조】

그러나 진나라 장수인 위주(魏犨)와 전힐(顚頡)이 문공을 따라 19년간 유랑한 자기들보다 조나라 대부 희부기가 더 우대받는 것을 시기하여 희부기의 집에 불을 질러 희부기가 불에 타 죽었다. 문공은 크게 노하여 전힐은 사형에 처하고, 위주는 파면되었다.

본래 문공이 위나라와 조나라를 두 나라를 친 이유는 이들이 예전에 문공을 홀대한 데 대한 보복심리도 있었지만 초나라로 하여금 송나라 도성의 포위를 풀게 하는 것이었다.

초나라 성왕(成王)은 송나라 상구성(商丘城)을 포위하고 있다가, 위나라의 구원 요청을 받고 군사를 반으로 나누어 성득신(成得臣)에게는 계속 상구성을 공격하게 하고, 자신은 위나라를 구원하러 가기로 하였다. 그런데 성왕이 위나라로 가던 도중에 조나라가 함락되었다는 보고가 들어왔다. 성왕은 이에 놀라 신성(新城)에 군사를 주둔시키고,

양곡 땅을 제나라에 돌려주고 제나라와 강화를 맺었다.

이어서 성득신에게 사람을 보내 군사를 이끌고 철수하라는 명령과 함께 자기의 말을 전하게 하였다.

"진(晉)나라 문공은 19년간 유랑생활을 하면서 각종 어렵고 험한 일을 모두 겪어 백성의 마음을 잘 알고 있다. 어려우면 물러설 줄도 알아야 한다"

그러나 성득신은 초 성왕의 명을 듣지 않고 계속 상구성을 공격하였다.

그러자 진나라 중군 원수 선진이 문공에게 계책을 말하였다.

"우리가 비밀리에 조나라와 위나라 군후에게 복위시켜주는 조건으로 초나라와 단교하게 하여 성득신을 격노케 해야 합니다. 그는 원래 성격이 강직하고 조급하여 필시 군사를 이동하여 우리와 결전을 서두를 것입니다. 이것은 상구성에 대한 포위망을 풀어 달라고 청하지 않아도 스스로 풀어지게 하는 효과가 있습니다."

선진의 계책에 따라 조나라 공공과 위나라 성공을 복위시켜 주는 조건으로 초나라와 단교한다는 편지를 성득신에게 보내게 하였다.

성득신은 예상대로 격노하였다. 송나라를 굴복시키지 못한 상태에서 위나라와 조나라가 초나라와 동맹 관계를 단절하는 것은 누가 보아도 성득신의 패배로 보였다. 이것을 만회할 수 있는 길은 송나라 상구성을 함락하거나 아니면 진나라군을 격파하던가 둘 중의 하나뿐이었다. 그러나 상구성의 함락은 하루 이틀에 될 일이 아니었다.

성득신은 마침내 상구성의 포위를 풀고 진 문공과 대결하기로 결심을 굳혔다. 초나라 군사가 송나라 포위를 풀고 북상하고 있다는 소식을 접한 진나라 중군 원수 선진은 초나라군이 조나라 국경에 도착하는 즉시 결전을 주장했다.

그러나 이때 호언이 문공의 약속을 들어 강공에 반대하고 나섰다.

지난날 문공은 초나라에 머물고 있을 때 초 성왕이 나중에 뜻을 이룬 후에 자기에게 어떻게 은혜를 갚을 거냐고 물은 적이 있었다.

이때 문공은 "만약 진나라와 초나라가 전쟁터에서 마주 서게 된다면 3사를 물러나 드리겠습니다." 하고 약속을 하였다. 이제 그때의 말대로 진나라는 초나라군과 전쟁터에서 만나게 되었다. 호언은 신의에 관계되는 문제이기 때문에 그때의 약속을 지켜야 한다고 주장하였다.

초나라 군대가 조나라 국경을 넘었다는 소식을 듣자 문공은 바로 진채를 걷어 3사를 후퇴하였다. 【☞ 제1편 제17장 '퇴피삼사' 참조】

하루에 30리씩 90리를 물러난 것이다. 사흘을 북상한 끝에 진나라군은 복수(濮水) 유역에 다다랐다. 진나라군이 진채를 세우고 정지한 자리는 성복(城濮) 땅이었다.

초나라 군사는 상구성에서 조나라 국경까지는 정연한 대오를 유지하면서 성복에 도착하였는데, 진나라 군사는 물러나고 없자 추격하라는 명이 떨어졌다. 장거리 행군을 한 끝에 지친 초나라 군사는 3사의 거리를 추격하면서 지치기 시작했다. 성득신은 사정없이 군대를 내몰았다. 진(晉) 문공은 성복의 들판에 진을 치고 초나라군을 기다리고 있었다. 문공이 3사를 물러나는 동안 진(秦)나라와 제나라에서도 동맹군을 보내왔다. 국귀보(國歸父)와 최요(崔夭)가 1만의 제나라 군사를 이끌고 도착했고, 진(秦)나라 목공도 공자 은(慭)과 건병(蹇丙)에게 2천5백 명의 군사를 딸려 보냈다. 초나라 군사의 포위에서 풀려난 송나라도 공손고에게 약간의 군사를 주어 급히 성복으로 달려가게 하였다.

초나라군은 성복에 진을 친 진나라군을 마주 보면서 휴(酅)땅을 등지고 진을 쳤다. 초나라군을 중심으로 성 · 채 · 허 · 진(陳)나라 4개국의 지원군이 영채를 벌리고 늘어서서, 성복의 들판은 갑주와 창검으로 뒤덮였다.

초나라 5개국 연합군 5만과 진(晉) · 진(秦) · 제 · 송나라 4개국 동맹군 4만5천이 천하의 향방을 가르는 결전을 목전에 두고 대치하였다.

문공이 목채에 올라 멀리 초나라의 진영을 바라보니 과연 명장 성득신의 위명이 헛것이 아닌 듯 초나리군의 진영은 정연하여 틈이 없었다. 진나라가 들판에 진을 친 것과 대조적으로 초군은 언덕을 등지고 높은 곳에 진을 쳤다.

문공은 마음속으로 질지도 모른다는 두려움이 일었다. 그래서 호언(狐偃)에게 방법을 물어보자, 호언이 말했다.

"예절을 중시하는 자는 번거로움을 두려워하지 않고, 싸움에 능한 자는 속임수 쓰는 것을 싫어하지 않는다고 들었습니다. 속임수를 써 보십시오."

문공은 다시 대부 옹계(雍季)에게 호언의 말을 어떻게 생각하는지를 물어보자, 옹계가 말했다.

"못의 물을 말려 물고기를 잡으면 잡지 못할 리 없지만, 다음 해에는 잡을 물고기가 없게 될 것입니다. 또한 산의 나무를 모두 불태워서 짐승들을 잡으면 잡지 못할 리 없지만, 다음 해에는 잡을 짐승이 없게 될 것입니다. 속임수는 지금은 쓸 수 있지만 뒷날에는 다시 쓸 수 없을 것이니 장기적인 술책은 아닙니다."

문공은 옹계의 견해에 따라 속임수를 쓰지 않기로 하였다.

이와 같이 "못의 물을 말려 물고기를 잡다"는 말의 **'갈택이어(竭澤而漁)'**라는 고사성어는 옹계가 한 말에서 유래하였다. 또한 **'학택이어(涸澤而漁)'**라고도 하며, 숲을 태우고 사냥을 한다는 뜻의 **'분림이전(焚林而畋)'**이나 **'분림이렵(焚林而獵)'**과 함께 사용된다.

이즈음 초나라군 총대장인 성득신이 전서를 보내왔다.

"군후의 병사들과 한바탕 놀려고 하니 즐기시기 바랍니다. 신도 함께 즐기겠습니다."

이것은 제후인 문공과 맞먹겠다는 무례한 서신이었다.

문공의 자존심을 건드려 격노하게 만들겠다는 속셈이었다. 그러나 문공이 보낸 답서는 온후한 내용이었다.

"나는 아직도 지난날 초나라 성왕의 은혜를 잊지 못하고 있소이다. 그래서 3사를 물러나 이곳 성복까지 후퇴한 것이오. 그런데도 그대는 굳이 싸우겠다고 고집하니 더 이상 피할 수가 없구려. 내일 해가 뜨면 만나기로 합시다."

이것으로 결전의 사전 절차는 전부 끝난 셈이었다.

다음 날 아침, 드디어 양군은 일대 접전을 벌였다. 성득신은 자신의 용맹만 믿고 무모하게 돌격하였다가, 진(晋)의 중군 원수 선진의 계략에 빠져 대패하고 말았나.

선진은 약한 진(陳)과 채나라 군대가 포함된 초나라의 우군이 약점이라고 판단하였다. 우선 진(晋)나라 좌군 대장 난지(欒枝)에게 병거를 이끄는 말에 호피를 씌어서 호랑이처럼 보이게 하여 초군을 공격하도록 하였다. 진(陳)과 채나라의 병거를 끌고 있던 말들이 이를 보고 진짜 호랑인 줄로 알고 놀라 방향을 바꾸어 달아나기 시작했다. 병거를 모는 마부들이 아무리 고삐를 잡아당겨 멈추게 하려고 했으나 어쩌는 수가 없었다. 이 병거들은 방향을 바꾸어 자기 진영을 향해 돌진하여 후위군의 진영을 혼란에 빠뜨렸다. 이에 겁먹은 진(陳)과 채나라 군대가 도망가고 초나라 우군은 무너졌다. 그 후 난지는 병사 수십 명을 진(陳)과 채나라 군복을 입혀 초군의 진영으로 삼입시켜 초나라 우군이 승리했다고 거짓 정보를 퍼뜨리게 하였다. 거짓 정보에 고무된 초나라 좌군 대장 투의신(鬬宜申)이 공격에 나섰다가 선진의 매복계에 걸려 패배하였다.

좌우군이 모두 대패한 초나라 군사들은 연곡(連谷) 땅까지 후퇴하였다. 초나라군의 대패 소식을 들은 초나라 성왕은 크게 노하여 성득신의 자결을 명하였고, 이에 성득신은 북향재배(北向再拜)하고 패검을 뽑아 자결하였다.

성득신이 죽었다는 소식을 듣고 진나라 문공은 여러 신하들에게 말했다.

"초나라에 성득신이 없어졌으니, 과인은 비로소 베개를 높이 베고 잘 수 있게 되었도다."

이 성복대전(成濮大戰)에서 진나라가 대승함으로써 진나라 문공은 천하에 이름을 떨치게 되었다.

문공이 승리하고 개선한다는 소식을 들은 주(周)나라 양왕(襄王)은 이를 위로하기 위해 천토(踐土) 땅까지 마중을 나왔다. 이를 기회로 진나라 문공은 이곳에서 맹주가 되어 제(齊)·노(魯)·송(宋)·채(蔡)·정(鄭)·위(衛)·거(莒)의 제후들과 회맹을 하였다. 이는 제나라 환공(桓公)의 '규구(葵丘)회맹'과 더불어 춘추시대의 대표적인 회맹으로 꼽히고 있다.

주나라 양왕은 중원을 안정시키고 주 왕실을 보필한 공로로 진나라 문공에게 패자(覇者)의 존호를 내렸다. 기원전 632년에 이루어진 이 회맹으로 진(晉) 문공은 제후들을 위복(威服)시킴으로써 춘추시대의 두 번째 패업(覇業)을 이룩하게 되었다.

제23장
원입골수(怨入骨髓)

怨 원망할 원 · 入 들 입 · 骨 뼈 골 · 髓 골수 수

뼈에 사무치도록 원망한다는 말. 몹시 원망하거나 원한이 잊을 수 없을 정도로 깊은 것을 비유하는 의미이다.

*** 출전: 사마천, 사기(史記) 진본기(秦本紀)**

기원전 632년 진(晉)나라와 초나라 사이에 벌어진 성복대전 당시에 정나라는 초나라를 지원하였다. 그리고 진(晉)나라 문공(文公)이 유랑 시절에 정나라를 지나갈 때 정나라 문공(文公)은 그를 홀대했던 일이 있었다.

이에 원한을 가진 진(晉)나라 문공은 기원전 630년 진(秦)나라 목공(穆公)과 연합하여 정나라를 공격하였다.

다급해진 정나라 문공은 변설에 능한 대부 촉무(燭武)로 하여금 진(秦)나라 목공을 설득하도록 하였다. 촉무는 진(秦)나라 목공에게 정나라가 멸망하면 진(晉)나라의 세력이 강해지는 반면에, 진(秦)나라는 세력이 약화된다는 논리로 설득하였다.

촉무의 말이 일리가 있다고 생각한 목공은 정나라와 우호관계를 맺었다. 그리고 杞子(기자), 봉손(逢孫), 양손(楊孫) 세 장군과 군사 2천명으로 정나라를 돕게 남겨 두고 진(晉)나라 문공에게는 아무런 통고도 하지 않고 회군해 버리고 말았다. 늦게 이를 알고 대노한 문공은 군사들을 독려하여 정나라에 대한 공격을 계속하였다. 이에 견디다 못한 정나라 문공은 상경 숙첨(叔詹)을 진(晉)나라 문공에게 보내 지난 일을 사과하고 진나라와 우호 관계를 맺자고 요청하였다.

당초 정나라 문공에게는 세 명의 부인과의 사이에 다섯 명의 아들이 있었지만, 일찍 죽거나 정나라 밖으로 내쫓았다. 정나라 문공의 아들인 공자 난(蘭)은 진(晉)나라로 망명하여 진나라 문공을 아주 공경스럽게 섬겨 총애를 받고 있다가, 문공을 따라 정나라를 공격하는데 참전하고 있었다. 진(晉)나라 문공은 공자 난을 정나라 세자로 책봉하는 조건으로 우호관계를 맺고 진나라의 군대가 비로소 철수하였다.

기원전 628년, 정나라 문공이 세상을 떠나자 세자 난이 즉위하여 정나라 목공(繆公)이 되었다. 같은 해, 진(晉)나라 문공도 68세의 나이로 세상을 떠났다. 패업을 이룬지 불과 4년 만이었다. 진(晉)나라 문공의 뒤를 이어 세자인 환(驩)이 즉위하여 진(晉)나라 양공(襄公)이 되었다.

한편, 진(秦)나라 목공이 정나라를 도우라고 남겨 둔 진(秦)나라 세 장군인 기자, 봉손, 양손은 정나라 북문을 지키고 있었다.

그러나 진(晉)나라가 내세운 세자 난이 즉위한 이후 이들에 대하여 어떠한 예우도 해주지 않았다. 마침내 불만이 쌓인 이들은 진(秦)나라 목공에게 비밀리에 사람을 보내 이렇게 보고하였다.

"정나라 도읍의 북문을 우리가 맡아서 지키고 있습니다. 정나라 군주가 즉위한 지 얼마 되지 않은 이때에 군사를 보내어 정나라를 치시면 우리가 안에서 호응하겠습니다. 마침 진(晉)나라도 국상을 당하여 이번에는 정나라를 구원하러 올 수 없을 것입니다."

진(秦)나라 목공은 이 보고에 마음이 움직여 건숙(蹇叔)과 백리해(百里奚)에게 의견을 물었다.

백리해(百里奚)와 건숙(蹇叔)이 반대하면서 말했다.

“정나라와 진(晉)나라 군주가 모두 승하하였는데, 우리가 조문하지 않고 도리어 그런 곤경을 이용하여 침략한다면 도리에 어긋나는 일입니다. 또한 정나라는 여기서 천 여리나 떨어져 있어 점령하여도 그 땅을 다스릴 수도 없습니다. 득보다 실이 많은 일은 하지 않는 것이 좋습니다.”

그러나 목공은 중신들의 만류를 듣지 않았다.

기원전 627년 봄이 되자 진(秦)나라 목공은 백리해의 아들 맹명시(孟明視)와 건숙의 아들 서걸술(西乞術) 및 백을병(白乙丙) 세 사람을 장군으로 삼아 정벌군을 출병시켰다. 백리해와 건숙은 동문 밖까지 나와 배웅하면서 눈물을 흘리며 한딘했다.

“너희들이 만약 패한다면, 그곳은 반드시 효산 골짜기일 것이다.”

출병을 한 진나라 군대가 진(晉)나라를 거쳐 활(活)나라 연진에 다다랐을 때, 우연히 정나라의 소 장수인 현고(弦高)를 만났다. 그는 소 12마리를 끌고 주(周)나라로 팔러 가던 도중에 진나라 군대를 보고 겁이 나서 소를 바치면서 거짓으로 말했다.

“진나라가 정나라를 치러 온다는 말을 듣고 정나라 군주는 조심스럽게 방비를 갖추고 신에게 소 12마리를 바쳐 군사들을 위로하도록 했습니다.”

진나라의 세 장군은 서로 의논하면서 이렇게 말했다.

“불시에 정나라를 기습하려고 하였는데 정나라에서는 이미 우리 계획을 알아차린 모양이오. 기습을 해 봤지 실패할 것 같소. 차라리 여기까지 온 김에 진(晉)나라의 속국인 활(滑)나라를 기습하여 전리품이나 갖고 돌아갑시다. 일단 출병하였으니 무엇이든 명목이나 세웁시다.”

그날 밤 세 장군은 군사를 세 방면으로 나누어 활나라를 기습하여 점령하였다. 진나라 군사들은 닥치는 대로 노략질을 하여 활나라는 순식간에 아수라장이 되었다.

이때 진(晉)나라 양공은 활나라가 점령되었다는 소식을 듣고 분노하여 검은 상복을 입고 출병하였다. 양공은 진(秦)나라 군사들이 회군하여 돌아가는 길목인 효산(肴山)에 군사들을 매복시켰다. 마침내 진(秦)나라 군사들이 효산 골짜기로 들어오자 이들을 포위하고 맹공격을 퍼부었다. 진(秦)나라 군사들은 갑자기 당한 기습에 전멸하고 맹명시 등 세 장군도 포로가 되었다.

진(晉)나라 양공은 이들을 죽이려고 했다. 그러자 이 소식을 들은 양공의 계모인 문영(文嬴)이 나서서 말렸다. 문영은 진(晉)나라 문공의 부인으로 진(秦)나라 목공의 딸인 회영(懷嬴)을 말한다. 문영은 친정의 젊은 장수들이 죽는 것을 두고 볼 수 없었던 것이다.

문영이 진(晉)나라 양공에게 말했다.

"왕명을 거역하고 활나라를 공격한 이 장군들을 내 아버님 목공께서는 뼈에 사무치도록 원망하고 계실 것이오. 그러니 이 자들을 다시 돌려보내서 아버님께서 이들을 삶아 죽일 수 있게 해 주면 어떻겠소."

그러자 양공이 말했다.

"한번 붙잡은 호랑이를 어찌 산으로 돌려보내겠습니까?"

문영이 다시 말했다.

"진(秦)나라에도 군법이 있소. 그리고 그대의 아버지인 문공이 군주가 된 것도 모두 진(秦)나라 덕분인데 우리가 의리가 없어서야 되겠소?"

마침내 양공이 이를 허락하고 세 장군을 진(秦)나라로 돌려보냈다.

여기서 문영이 진(晉)나라 양공에게 한 말인 "뼈에 사무치도록 원망하다"는 말인 **'원입골수(怨入骨髓)'**라는 고사성어가 유래하였고, **'원철골수(怨徹骨髓)'**라고도 한다.

이 소식을 전해 들은 중군 원수 선진(先軫)이 양공에게 달려왔다. 선진이 분노하며 갑자기 양공의 얼굴에 침을 뱉으며 말했다.

"참으로 통탄할 일이다. 아무리 나이가 어리다고 하지만 이토록 세상 물정에 어둡단 말인가? 우리 무장들이 천신만고 끝에 붙잡은 적장들을 일개 아녀자의 말 한마디에 보내 주어 일을 망치게 했도다. 훗날 아무리 후회한들 무슨 소용이 있겠느냐?”

양공은 태연하게 얼굴에 묻은 침을 닦으면서 선진의 꾸짖는 소리에 이렇게 말하였다.

“이것은 과인의 잘못이로다.”

그해 8월 책(翟)나라 군주 백부호(白部胡)가 진(晉)나라를 침입하였다. 선진이 지휘한 진나라 군사들은 책나라 군주를 사로잡았다. 승전을 눈앞 두게 되자 선진은 지난날 주군에게 침을 뱉은 자신의 무례를 참회하는 상소문을 남기고 일부러 적진에 홀로 뛰어들었다. 선진은 책나라 군사들이 퍼붓는 화살을 무수히 맞고 장렬히 전사하였다.

진(晉)나라 양공은 선진의 죽음을 애석하게 여기고, 그의 아들 선저거(先且居)를 중군 원수로 임명하여 선진의 뒤를 잇게 하였다.

한편 죽음의 문턱에서 겨우 목숨을 부지한 맹명시 등 세 장군이 돌아오자 진(秦)나라 목공은 상복을 입고 성 밖으로 마중 나왔다. 세 장군은 땅에 꿇어앉아 죄를 청하였다. 하지만 목공은 그들을 일으켜 세우고 눈물을 글썽이며 말했다.

“내가 백리해와 건숙의 의견을 따르지 않았기 때문에 그대들을 욕되게 하였는데 내 어찌 그대들을 나무라겠는가? 그대들이 전사한 장병들을 잊지 못할 것인데, 내 어찌 그대들을 벌할 수 있겠는가? 앞으로 이 수치를 씻을 수 있도록 몸과 마음을 다해 주시오.”

그러면서 세 사람을 이전과 같은 관직에 복위시키고 더욱 잘 대우하였다. 세 장군은 눈물을 흘리며 목공을 위해 충심을 다할 것을 다짐했다.

그로부터 3년 후인 기원전 624년 봄에 진(秦)나라 목공은 지난번 효산에서의 패전을 설욕하고자 또다시 맹명시 등 세 장군을 출정시켜 진(晋)나라를 공격하였다. 황하를 건넌 진(秦)나라 군사들은 타고온 배를 모두 불사르면서 전쟁에 승리하지 않으면 귀환하지 않겠다는 결심을 굳게 하였다.

이 출정에서 진(秦)나라는 진(晋)나라에 크게 이겨 진(晋)나라 영토인 산서성 문희현(聞喜縣) 남쪽의 왕관(王官)과 교(郊) 땅을 빼앗았다. 진(晉)나라 군사들은 모두 성을 지키며 감히 나오지 못했다. 이에 목공은 몸소 모진(茅津)에서 황하를 건넌 뒤 효산 전투에서 죽은 병사들을 위해서 봉분을 쌓아 장례를 치르고 사흘 동안 곡을 했다.

그리고는 군사들을 모아놓고 말했다.

"군사들이여! 내 말을 들어보라, 내가 너희에게 맹세하며 고하노라. 옛사람들은 일을 도모할 때 백발노인과 의논하였기에 잘못이 없었다."

즉 자신이 백리해와 건숙의 의견을 무시하고 억지로 군대를 동원했기 때문에 효산 전투에서 패한 것을 시인하고 후대에 자신의 과실을 경계로 삼도록 한 것이다.

이후에 목공은 서융 토벌에 나서 12개 나라를 병합하고 서쪽 지방을 완전히 평정하여 1천 리의 영토를 새로 개척하였다. 이로써 서융(西戎)지역의 패자(覇者)로 인정받았다.

제24장
동호직필(董狐直筆)

董 동독할 동 · 狐 여우 호 · 直 곧을 직 · 筆 붓 필

동호의 곧은 붓이란 말. 죽음을 두려워하지 않고 사실을 바르게 기록한다는 것을 비유하는 의미이다.

*** 출전: 좌구명, 춘추좌씨전(春秋左氏傳) 선공(宣公) 2년**

진(晉)나라의 문공(文公)과 양공(襄公)을 보좌했던 대부 조쇠(趙衰)가 세상을 떠나자 그의 아들인 조돈(趙盾)이 승상이 되어 국정을 장악하였다.

이후 기원전 621년, 진나라 양공이 재위 7년 만에 세상을 떠나자, 세자인 이고(夷皐)가 겨우 7세의 나이에 즉위하여 영공(靈公)이 되었다.

영공이 장성하자 사치스러워져 세금을 무겁게 거두고 궁실의 담장을 그림으로 치장하였다. 도안이(屠岸夷)의 손자인 도안가(屠岸賈)를 총애했으며, 수도 강성(降城) 안에 기이한 화초로 꾸민 도원(桃園)을 세우고 그 곳에서 정사를 보았다.

또한 포악하고 잔인하여 높은 누대 위에서 길가는 백성들을 향해 탄환을 쏘고 이를 피하여 허겁지겁 달아나는 모습을 보면서 즐거워했다.

곰 발바닥 요리를 빨리하라고 재촉하여 궁중 요리사가 덜 익은 음식을 내오자 홧김에 바로 죽이고, 그 시신을 대나무 바구니에 넣어 버리라고 하였다.

조돈이 이러한 사실을 알고 그 부당함을 여러 차례 간언했으나 영공은 듣지 않았다. 오히려 영공은 간언이 귀찮아서 은밀하게 자객 서예(鉏麑)를 보내 조돈을 죽이라고 하였다.

서예는 모두가 잠든 새벽을 틈타서 조돈의 집에 잠입하였다. 조돈의 침실로 다가가 그 방 안을 엿보았다. 조돈은 조복과 관모를 갖춰 입고 출근 준비를 끝낸 단정한 옷차림으로 의자에 앉은 채 날이 밝기만 기다리고 있었다. 그 행동거지가 절제가 있어 서예가 뒤뜰로 물러나 탄식하며 말했다.

"아, 그야말로 진정한 재상의 자세로다. 재상은 백성의 어버이다. 그런 백성의 어버이 되신 분을 죽인다는 것은 불충이다. 그렇다고 하여 저분을 죽이라는 어명을 거역할 수도 없다. 어명을 받들 수도 없고 거역할 수도 없다면 남은 길은 오직 하나 죽음뿐이다.'

서예는 앞에 있는 홰나무로 달려가 머리를 부딪치게 하여 자살하였다.

이렇게 조돈을 살해하려던 계획이 실패하자 영공은 조돈을 궁궐로 불러들여 술을 먹여 취하게 만든 후에 매복시킨 군사로 습격하여 죽이려 하였다.

이때 궁궐에 시미명(示眯明)이란 요리사가 근무하고 있었다.

조돈은 평소 수산(首山)으로 자주 사냥을 나갔는데, 어느 날 뽕나무 아래에서 굶주려 누워있는 시미명을 발견하고 먹을 것을 주자 그 절반만 먹고 남겼다. 그 까닭을 물었더니 집에 계신 노모를 드리려고 한다기에 그를 의롭게 여겨 먹을 것과 고기를 더 주었다. 얼마 뒤 시미명은 궁궐의 요리사가 되었지만 조돈은 알지 못했다. 시미명이 영공의 계획을 알아채고 조돈에게 다가가 낮은 목소리로 암시를 주었다.

"군주께서 신하에게 베푸는 술자리는 술이 석 잔씩 돌면 끝나는 것입니다."

이 말을 들은 조돈은 다른 핑계를 대고 서둘러 자리를 떠났다. 이를 안 영공이 오(獒)라는 사나운 개를 풀어 조돈을 쫓게 하였으나 시미명이 그 개를 때려죽였다.

뒤이어 영공이 매복시킨 병사들이 쫓아왔으나, 소식을 들은 조돈의 아들 조삭(趙朔)이 가병을 이끌고 달려와 조돈을 구출하였다. 그 길로 조돈 부자는 다른 나라로 망명하려고 서쪽 국경으로 달아났다.

조돈 부자는 달아나는 도중에 서쪽 교외로 사냥을 갔다가 돌아오는 대부 조천(趙穿)과 마주쳤다. 조천은 조돈의 조카이다. 조돈으로 부터 그간의 된 연유를 듣게 된 조천이 말했다.

"숙부께서는 국경을 나가시면 안됩니다. 우선 수양산에 머물고 계시면 수일 내에 제가 소식을 보내겠습니다."

조천은 영공을 시해하기로 마음먹고 영공의 가까이에서 비위를 맞추어 나갔다. 그리고 도안가를 영공에게서 떼어놓기 위해 미녀를 뽑는 책임자로 임명되도록 하여 각 지방으로 다니게 하였다. 다음으로 도원의 경비인력을 보강한다는 구실로 자신의 부하 중에서 날쌘 자 200명을 선발하여 배치하였다. 기회를 엿보던 조천이 도원에서 영공과 술을 마시다가 소매를 흔드는 것을 신호로 200명의 부하들이 달려들어 창으로 영공을 찔러 죽였다. 백성들은 오랫동안 고통을 받고 원한에 사무쳤기 때문에 영공이 죽었다는 소문을 듣고서 도리어 통쾌하다고 했다. 조천을 욕하는 사람은 한 사람도 없었다.

그 이튿날 소식을 들은 조돈은 강성(絳城)으로 돌아와 대신들과 의논하여 종실의 최고 연장자인 공자 흑둔(黑臀)을 보위에 올렸다. 그가 바로 성공(成公)으로 기원전 607년의 일이다.

조돈은 영공이 시해되었다는 사실이 늘 마음에 걸렸다. 그래서 하루는 역사적 사실을 기록하고 관리하는 태사인 동호(董狐)에게 가서 영공에 관한 기록을 보여 달라고 청하였다. 동호가 기록을 보여주자 조돈은 깜짝 놀랐다. 기록에는 다음과 같이 적혀 있었기 때문이다.

'가을 9월 을축일에 조돈이 도원에서 그 군주인 이고를 시해하였다.'

놀란 가슴을 겨우 가라앉히고 조돈은 항의했다.

"태사는 이 기록을 잘못 적었소. 그때 나는 강성에서 2백여 리나 떨어져 있는 수양산에 몸을 피해 있었소. 그런데 그대는 군주를 죽였다는 끔찍한 허물을 나에게 뒤집어 씌우는구려. 이것은 멀쩡한 생사람을 잡는 게 아니고 무엇이오. 후세 사람이 이 기록을 볼 때 나를 뭐라고 하겠소?"

동호는 냉정히 대답했다.

"승상께서는 국경을 넘지 않았고 이 나라 안에 있었습니다. 뿐만 아니라 그 후 강성로 돌아왔으나 군주를 죽인 자를 찾아내어 그 죄를 벌하지 않았습니다. 그러니 승상이 그 일을 꾸민 것이 아니라고 변명하더라도 누가 곧이 듣겠습니까?"

조돈이 식은땀을 흘리며 사정했다.

"이 기록을 고칠 수 없겠소?"

동호의 대답은 단호했다.

"옳은 것은 옳다 하고 그른 것은 그르다는 것이 사관의 직책입니다. 그러기에 군주도 사관의 기록에 대해선 간섭하지 못하는 법입니다. 승상께서 내 목숨을 끊을 수는 있지만 기록만은 고치지 못합니다."

조돈이 길게 탄식했다.

"훌륭한 사관이 가진 붓의 위력은 정승의 위세보다 더하구나. 나는 그때 국경을 넘어가지 않았다가 천추만세에 누명을 쓰게 됐으니 한이로다. 내 지금 후회한들 무슨 소용이 있겠는가."

그 뒤로 조돈은 군주인 성공(成公)을 더욱 공경하고 매사에 더욱 조심하여 섬겼다.

조천이 폭군인 영공을 시해하여 국정을 바로 잡았다고 자랑하면서 자기에게 정경벼슬을 시켜 달라고 숙부인 조돈에게 청했다. 그러나 조돈은 세상 사람들의 공론이 두려워서 조천의 청을 거절하였다. 이에 조천은 울화병이 생겨 마침내 등창이 나서 죽었다.

또한 조천의 아들 조전(趙旃)이 조돈에게 죽은 아버지의 벼슬을 이어받을 수 있도록 주선해 달라고 간청하였다. 그러자 조돈이 거절하면서 말했다.

"네가 앞으로 큰 공만 세운다면 정경벼슬이라도 못할 리 있겠느냐?"

후세의 사관들이 이 일에 대해 다음과 같이 논평하였다.

"조돈이 조천 부자에게 조금도 사사로운 정을 두지 않은 것은 다 동호(董狐)의 직필(直筆)에 영향을 받았기 때문이다."

이를 계기로 권력에 굽히지 않고 진실을 기록하려는 정신과 행동은 후세의 사관은 물론 모든 기록자에게 커다란 본보기가 되었다.

이와 같이 '동호의 곧은 붓'이란 말인 **'동호직필(董狐直筆)'**은 권세에 아부하거나 두려워하지 않고 원칙에 따라 사실대로 기록하는 동호의 사관으로서의 태도에서 유래한 고사성어이다.

제25장
불비불명(不飛不鳴)

不 아니 불 · 飛 날 비 · 不 아니 불 · 鳴 울 명

(봉황이) 날지도 않고 울지도 않는다는 말. 큰일을 하기 위하여 조용히 적절한 때를 기다리는 것을 비유하는 의미이다.

*** 출전: 여씨춘추(呂氏春秋) 중언(重言)**

초(楚)나라 성왕(成王)은 장남인 상신(商臣)을 세자로 책봉하였으나, 서자인 직(職)을 총애하였다. 그래서 상신을 폐출하고 직을 세자로 세우려고 마음먹었다.

이를 알게 된 상신의 스승인 반숭(潘崇)이 상신을 충동질하여 반란을 일으켰다. 기원전 626년 반숭은 군사를 거느리고 왕궁을 에워싸고 내실로 들어가 성왕에게 자결을 강요하였다.

성왕은 자신의 세력이 반란을 진압하러 올 때까지 시간을 끌기 위해 조리 시간이 오래 걸리는 곰 발바닥 요리를 먹고 자결하겠다고 하였으나, 반숭은 이를 듣지 않고 허리띠로 성왕의 목을 졸라 죽였다. 이어서 상신이 투월초(鬪越椒)를 시켜 동생 직을 죽이고 즉위하니 초나라 목왕(穆王)이다

목왕은 즉위 후 강(江) · 육(六) · 요(蓼)나라 등 중원으로 진출하는 길목에 위치한 회수(淮水) 유역 소국들을 차례로 정벌하였다. 또한 중원에 있는 진(陳)나라와 정나라 등을 침입하기도 하는 등으로 초나라

의 영역과 세력 범위를 더욱 확장해나가던 목왕은 기원전 614년에 급사하였다.

목왕의 뒤를 이어 아들인 웅려(熊侶)가 어린 나이에 즉위하여 장왕(莊王)이 되었다. 그러나 초나라 내부 권신들의 세력이 강하였고, 어린 나이에 즉위한 그의 왕권은 불안정하였다.

거기에다 홍수와 냉해로 인한 기근까지 발생하여 민심이 흉흉해졌다. 이 틈을 노려 투극(鬥克)이 반란을 일으켜 공자 섭(燮)을 왕으로 내세웠다.

그러나 진압 세력의 공세에 위협을 느낀 이들은 장왕을 납치하여 사신들의 근거지인 상밀(商密)로 도주하였다. 도중에 여(廬) 땅에 이르러 그곳의 대부 집리(戢黎)와 숙균(叔麇)이 투극과 공자 섭을 유인하여 죽이고 장왕은 간신히 궁궐로 돌아왔다.

이러한 수모를 겪고 난 뒤 장왕은 정사를 돌보지 않고 조회도 폐지한 채로 매일 사냥과 주연을 벌여 방탕한 생활을 계속하였다. 몇몇 대신들이 간언을 했으나 소용이 없었다.

오히려 장왕은 누구든지 나에게 간언하려는 자가 있다면 오직 죽음뿐이다고 엄명을 내리자, 모두가 지켜만 보고 있을 뿐이었다. 이런 생활이 3년이나 계속되면서 간신들이 국정을 농단하고 국력은 나날이 쇠락해져 갔다.

이에 참다못한 대부 오거(伍擧)가 간언을 올리려고 입궐하자, 장왕은 양팔에 미녀를 껴안은 채 무희들 틈에서 놀고 있었다.

이를 본 오거가 장왕에게 수수께끼 하나를 내겠다고 아뢰자, 장왕이 내어 보라고 하였다.

"봉황 한 마리가 언덕에 앉아 있는데, 3년 동안 날지도 울지도 않습니다. 이 봉황은 어떤 봉황이겠습니까?"

그러자 장왕이 말했다.

"그 봉황은 3년을 날지 않았으나 한번 날면 하늘을 뚫고 솟아오를 것이요, 3년을 울지 않았으나 한번 울면 천하를 뒤흔들 것이다. 그대의 수수께끼를 과인이 풀었으니 돌아가 있어라."

그러나 이후에도 장왕의 태도에 변화가 없자 이번에는 대부 소종(蘇從)이 나섰다. 소종은 장왕을 보자마자 대성통곡하며 말하였다.

"이제 신이 죽고 우리 초나라도 망할 것이니 참으로 슬프옵니다."

장왕이 의아해하며 물었다.

"어째서 경이 죽는단 말이오? 초나라는 또 어째서 망한다는 것이오?"

소종이 대답했다.

"오늘 신은 간언을 올리고자 왔습니다. 대왕께서는 간언을 한 신을 죽일 것이니, 신이 죽고 나면 이 나라에는 더 이상 간언을 할 사람이 없을 것입니다. 그러면 정치가 타락하고 초나라가 망할 것은 불 보듯 뻔합니다."

장왕은 격노하여 말했다.

"과인에게 간언하는 자는 죽음뿐이라고 분명히 엄명을 내렸다. 간언하면 죽는다는 것을 알면서 지금 그대가 간언하니, 참으로 어리석은 짓이 아닌가?"

소종이 차분하게 말했다.

"신의 어리석음이 대왕의 어리석음만 하겠습니까? 지금 대왕께서 신을 죽이신다면 후세 사람들은 저를 충신이라 부를 것입니다. 그러나 대왕께서는 한때의 즐거움에 빠져 군왕으로서 누릴 만세의 이익을 내버리고 계십니다. 이 얼마나 어리석은 일입니까? 대왕의 어리석음을 바로 잡을 수만 있다면 신은 기꺼이 죽음을 택하겠습니다."

그 순간 장왕은 표정을 바꾸고 자리에서 일어났다. 그리고는 소종에게 정중히 예를 표하며 말했다.

"참으로 충언이오. 과인은 경의 말을 따를 것이오."

장왕은 정사를 오거와 소종에게 맡겨 바르게 처리토록 하였다. 그동안 권력을 농단한 자들을 숙청하고 유능한 인재들을 찾아 등용하였으며, 새벽부터 밤늦게까지 업무에 몰두하여 국정을 정상궤도에 올려놓았다.

그리고 총애하던 후궁들을 물리치고 번희(樊姬)를 정실부인으로 맞으면서 말했다.

"과인이 사냥에 빠져있을 때 오직 번희만이 내게 그래서는 안 된다며 간언했기 때문이다."

장왕은 그동안 짐짓 방탕한 채, 자신을 숨기며 사람들을 관찰하고 있었던 것이었다. 누가 충신인지 그리고 능력이 있는 신하인지, 자신에게 진실한 말을 해 줄 사람인지를 가려내고 있었던 것이었다

여기에서 큰일을 하기 위하여 조용히 적절한 때를 기다린다는 의미로 '(봉황이) 날지도 울지도 않는다.'는 말인 **'불비불명(不飛不鳴)'**이라는 고사성어가 유래하였다.

제26장
문정경중(問鼎輕重)

問 물을 문 · 鼎 솥 정 · 輕 가벼울 경 · 重 무거울 중

솥의 무게를 묻는다는 말. 권좌를 노리거나 상대방의 실력을 떠보는 마음을 비유하는 의미이다.

*** 출전: 좌구명, 춘추좌씨전(春秋左氏傳) 선공(宣公) 3년**

초나라 장왕(莊王)은 기원전 611년 용(庸)나라를 정벌하고, 기원전 608년 송나라를 굴복시켰다. 그리고 기원전 606년에는 낙양(洛陽) 부근까지 쳐들어온 육혼(陸渾)의 융족(戎族)을 토벌하고 돌아오는 길에 일부러 우회하여 낙수(洛水) 근처에 군사를 주둔시켰다.

낙수의 북쪽에는 주(周)나라의 도성인 낙양(洛陽)이 있었는데, 장왕은 주나라 국경 근처에서 대군을 사열하면서 은근히 주나라에 군사적 위협을 가하였다.

이에 놀란 주나라 정왕(定王)은 대부 왕손만(王孫滿)을 보내 장왕의 노고를 치하하고 달래도록 하였다.

왕손만을 만난 장왕은 대뜸 구정(九鼎)의 크기에 대해서 물었다.

구정은 고대 하(夏)나라의 우(禹)임금이 천자로 등극하여 9주(州) 지방의 관원들이 바친 구리를 모아 주조하였다고 전해 내려오는 거대한 솥이다. 이는 천자의 덕을 상징하는 보물로 하나라와 은(殷)나라를 거쳐 주나라에 이르기까지 대대로 천자에게 계승되어 오는 물건이었다.

왕손만이 대답하지 않자 장왕이 다시 물었다.

"크기를 모른다면 구정의 무게는 어떠한가?"

장왕이 왕손만에게 구정의 크기와 무게를 물었던 것은 천자의 상징이기도 한 구정을 차지하여 천자의 자리에 앉아 보겠다는 속마음을 표현하면서 은근한 협박이기도 하였다.

이를 간파한 왕손만이 이렇게 대답했다.

"어째서 구정의 크기와 무게를 알려고 하십니까? 실제로 구정의 크기와 무게는 중요하지 않습니다."

장왕이 이째서 중요하지 않은지를 반문하자. 왕손만이 대답하였다.

"구정의 크기와 무게보다도 더 중요한 것은 덕(德)입니다. 크기와 무게는 덕에 있는 것이지 구정 자체에 있는 것은 아닙니다."

은근한 왕손만의 비유에 화가 난 장왕은 이렇게 말하였다.

"난 덕 같은 것은 모르오. 내 말은 우리 초나라에서는 부러진 창끝만 주워 모아도 그대 나라의 구정 같은 솥은 얼마든지 만들 수 있소."

이에 왕손만은 이렇게 대답하였다.

"순(舜)임금이나 우(禹)임금 같은 성덕의 시대에는 먼 지방에서조차 모두 그분들의 덕에 감복하였습니다. 그래서 천하 9주의 구리를 공납받아 제왕의 덕을 상징하는 보물로서 정(鼎)을 만들었습니다. 이 정을 구정이라 부른 것은 바로 이러한 연유 때문입니다. 온갖 사물의 형상을 새겨 신령한 것이나 간악한 것을 알게 하고 온 백성들이 안전하게 살 수 있는 수호물로서의 상징이었을 뿐입니다. 그러하니 구정의 무게와 크기가 무슨 소용이 있습니까? 천자의 덕이 있다면 작은 솥이라도 무겁게 버티고 있는 것이고, 덕이 흐려져 있다면 큰 솥이라도 가볍게 옮길 수 있으니 솥은 항상 덕이 있는 곳으로 옮겨져 왔기 때문입니다. 하(夏)나라의 걸(桀)왕은 덕이 없고 무도했기로 구정은 하(夏)왕조를 떠나 은(殷) 왕조로 옮겨져 왔습니다. 그 후 6백 년이 지나 은왕조는 31왕 629년 만에 주(紂)왕이 부덕하고 포악하였기에 망하고,

구정은 다시 주(周) 왕조로 옮겨왔던 것입니다. 이처럼 천자의 덕이 아름답고 빛날 때에는 구정이 작다 하더라도 반드시 무거우며, 천자의 덕이 간사하고 혼란스러울 때는 구정이 아무리 크다 하더라도 반드시 가벼운 법입니다. 오래전에 주(周) 성왕(成王)께서 구정을 낙양에 안치한 후 점을 쳤습니다. 그러자 '30세대 700년'이라는 점괘가 나왔습니다. 그것은 하늘의 명령이니 천명인 것입니다. 이처럼 주 왕조의 덕이 아무리 쇠퇴하였다고 하나 천명은 아직 끝이 난 것은 아닙니다. 따라서 비록 군왕께서 아무리 덕이 많다 하더라도 구정의 크기와 무게를 물어보시는 것은 안되는 것입니다."

왕손만의 이와 같은 정중한 대답에 장왕은 무력만으로는 아직 주나라를 칠 수 없다는 걸 깨닫고 군대를 철수시켰다.

이와 같이 **'문정경중(問鼎輕重)'**이라는 고사성어는 장왕이 주나라 구정의 크기와 무게를 물은 데에서 유래하였다.

제27장
낭자야심(狼子野心)

狼 이리 낭 · 子 아들 자 · 野 들 야 · 心 마음 심

이리 새끼의 거칠고 사나운 성질. 흉포한 사람이나 신의가 없는 사람은 쉽게 교화시킬 수 없다는 것을 비유하는 의미이다.

*** 출전: 좌구명, 춘추좌씨전(春秋左氏傳) 선공(宣公) 4년**

초나라 성왕(成王) 때 영윤 투자문(鬪子文)의 아우로 사마(司馬)인 투자량(鬪子良)이 아들을 낳았는데, 이름을 월초(越椒)라고 하였다. 조카인 월초를 본 투자문이 투자량에게 다음과 같이 말했다.

"이 아이는 곰과 범의 용모를 가졌으면서도 이리의 울음소리를 내니 멸족의 상을 타고 났다. 이 아이를 반드시 죽이지 않으면 우리 가문이 망할 것이다. 이리 새끼는 마음이 늘 들판 있어 거칠고 사나운 성질을 고치기 어렵다. 이 아이는 이리와 같은데 어떻게 키울 수가 있겠느냐?"

그러나 자량은 아들을 죽이지 않았다.

투자문은 성득신이 성복대전에서 진(晉)나라에 패배하였다는 소식을 듣고 피를 토하고 쓰러져 다시 일어나지 못했다. 자문은 아들 투반(鬪般)을 불러 유언을 남겼다.

"머지않아 월초가 초나라의 영윤이 될 것이다. 월초는 성미가 거칠고 살생을 즐기니 그가 정사를 맡게 된다면 이치에 어긋난 짓을 많이

하여 우리 투씨의 제사가 끊어질지도 모른다. 내가 죽고 난 다음에 만약 월초가 정권을 잡게 되거든, 너는 몸을 피해 화를 입지 않도록 하여라."

투자문이 세상을 떠나자 투반이 뒤를 이어 초나라의 영윤이 되었다.

기원전 626년에 성왕의 아들 상신(商臣)이 부왕을 시해하고 목왕(穆王)이 되었다. 목왕은 영윤인 투반에게 공자인 직(職)을 죽이라고 지시하였으나 이를 거절하자 투반을 직접 쇠망치로 격살하였다. 이 소식을 듣고 달아난 공자 직을 투월초가 추격하여 죽이고 투반을 대신하여 영윤의 자리에 올랐다.

목왕의 뒤를 이어 기원전 614년 장왕(莊王)이 즉위하였다. 장왕은 3년 동안 자신이 정사를 돌보지 않고 방탕한 생활을 하고 있었다. 【☞ 제1편 제25장 '불비불명' 참조】

이러함에도 한 번도 간언을 올리지 않은 영윤 투월초를 장왕은 못마땅하게 여겼다. 그래서 투월초의 권한을 분산하기 위해 위가(蔿賈), 반왕(潘尫), 굴탕(屈蕩) 등을 중용하여 영윤의 권한을 나누어 맡겼다.

이에 투월초는 장왕을 원망하며 불만을 품고 모반을 꾀하였다. 장왕이 육혼(陸渾)의 융족을 토벌하러 간 사이에 투월초는 일족들을 이끌고 도성을 지키고 있던 위가를 습격하여 죽이고 반란을 일으켰다. 투월초는 증야(蒸野)의 들판으로 나가 군사를 주둔시키고 장왕이 돌아오는 길목에서 공격하려고 하였다.

장왕은 융족을 토벌하고 초나라로 돌아오는 길에 반란이 일어났다는 소식을 들었다. 장왕은 군사를 장서(漳澨)에 주둔시키고, 대부 소종(蘇從)을 투월초의 진영으로 보내 강화를 요청하였다. 투씨 가문의 역대 공적을 생각하여 투월초가 사죄하면 사태를 수습하려고 한 것이다.

그러나 투월초는 이를 거부하고 공격을 개시해 왔다. 투월초는 직접 활시위를 당겨 장왕을 쏘았다. 첫 번째 화살은 장왕이 탄 수레 위를 지나갔으나, 두 번째 화살은 장왕의 갓을 뚫고 지나갔다. 이에 당황한 장왕의 군사들이 투월초의 뛰어난 활 솜씨를 무척 두려워하여 진을 버리고 후퇴하려고 하였다.

그때 장왕이 군사들을 독려하며 말했다.

"투월초는 우리 초나라에 보물로 내려오는 신시(神矢:신묘한 화살) 두 대를 훔쳐 가서 두 대를 모두 다 쏘았다. 이제 두려워할 화살이 없으니 동요하지 말고 공격하라."

장왕의 독려로 군사들은 더 이상 동요하지 않고 공격해 나갔다. 그러다가 양쪽 군사들은 강을 끼고 대치하게 되었다.

투월초는 강 건너편에서 활을 높이 들고 외쳤다.

"내게 맞설 놈이 있으면 어디 나오너라."

이때 하급 장교인 양유기(養由基)가 앞으로 나오면서 말했다.

"여기 양유기가 있다. 네가 활을 잘 쏜다고 들었는데 군사들을 피흘리게 하지 말고 우리 둘이서 활쏘기로 승부를 내는 것이 어떠냐?"

많은 군사들이 보고 있는 앞이라 양유기의 제의를 투월초는 거절하지 못하고 이를 받아들이면서 말했다.

"좋다. 각각 세 번씩 활을 쏘아 승부를 결정하기로 하자. 내가 먼저 쏘겠다."

투월초는 양유기가 제아무리 활 솜씨가 좋아도 먼저 쏘아 죽여 버리면 이길 수 있다는 속셈이었다.

투월초는 먼저 양유기에게 화살을 쏘았다. 양유기는 처음 날아온 화살을 활로 쳐서 떨어뜨리고, 두 번째 날아온 화살은 몸을 옆으로 기울여 피해 버렸다.

마지막 화살 하나만 남자, 투월초는 몹시 당황해 소리쳤다.

"대장부가 몸을 피하다니 비겁하지 않느냐?"

투월초가 억지를 썼지만 양유기는 태연하게 말했다.

"그렇다면 이번에는 피하지 않겠다."

양유기는 그 자리에 꼿꼿하게 서서 세 번째로 날아오는 화살의 촉을 두 이빨로 물었다. 그러고는 투월초에게 큰 소리로 외쳤다.

"이번에는 내 차례다. 세 번씩 쏘기로 했다만 나는 이 한 번으로 승부를 결정하겠다."

이렇게 말한 양유기는 화살 없이 빈 줄만 튕겨 소리를 보냈다. 투월초는 줄이 우는 소리를 듣자 화살이 날아오는 줄 알고 옆으로 몸을 기울였다. 그 순간, 진짜 화살이 번개처럼 날아와 투월초 머리에 꽂혔다. 투월초는 그 자리에 고꾸라져 죽었고, 자연적으로 반란은 진압되었다.

반란이 진압되자 장왕은 도성으로 돌아와서 투씨 일족을 몰살시켰다.

이때 투반의 아들 투극황(鬪克皇)이 장왕의 명을 받고 제(齊)나라에 사신으로 다녀오는 길에 송나라에 이르렀을 때, 투월초의 반란 소식을 전해 들었다. 주위 사람들이 돌아가면 역적의 친족으로 죽임을 당할 것이니 돌아가지 말라는 간청에도 마다하고 그는 초나라로 돌아왔다.

투극황은 장왕에게 죄인임을 자처하고 아뢰었다.

"소신의 조부이신 투자문께서는 일찍이 투월초가 반역할 상이라서 반드시 멸족당할 것이라고 하시며, 임종 시에 신의 부친에게 타국으로 피신하라고 말씀하셨습니다. 그러나 부친께서는 대대로 입어온 초나라의 은혜를 저버릴 수 없어서 차마 피신하지 못하다가 세상을 떠났습니다. 오늘에야 조부님의 말씀이 옳았다는 것을 알게 되었지만, 신은 역신의 일족이니 어찌 감히 형벌을 피하겠습니까?"

투극황의 말을 들은 장왕은 찬탄하며 말했다.

"투자문은 참으로 신인이로다. 그가 초나라를 위한 공적이 지대한데 어찌 그 자손의 대를 끊을 수 있겠는가?"

장왕은 투극황을 사면하고 다시 살아났다는 의미로 투생(鬪生)이라는 이름을 지어주었다.

이와 같이 투자문이 조카인 투월초가 태어났을 때 그를 보고 "이리 새끼는 마음이 늘 들판 있어서 거칠고 사나운 성질을 고치기 어렵다."라고 말한 것에서 '낭자야심(狼子野心)'이라는 고사성어가 유래하였다.

제28장
혜전탈우(蹊田奪牛)

蹊 지름길 혜 · 田 밭 전 · 奪 빼앗을 탈 · 牛 소 우

밭을 가로질러 짓밟은 그 소를 빼앗았다는 말. 상대방의 조그만 실수를 빌미로 큰 이익을 취한다는 것을 비유하는 의미이다.

*** 출전: 좌구명, 춘추좌씨전(春秋左氏傳) 선공(宣公) 11년**

정나라 문공(文公)의 아들인 공자 난(蘭)은 아버지에게서 쫓겨나 진(晉)나라로 망명하였다가, 진나라 문공(文公)의 도움을 받아 세자로 책봉되어 정나라 목공(繆公)이 되었다. 【☞ 제1편 제23장 '원입골수' 참조】

목공의 막내딸로 태어난 하희(夏姬)는 춘추전국시대 일곱 명의 미녀 중의 한 사람이다. 일곱 명의 미녀란 포사(褒姒), 선강(宣姜), 문강(文姜), 식규(息嬀), 서시(西施), 여희(麗姬), 하희(夏姬)를 말한다.

하희의 생김새는 초승달처럼 아름다운 눈썹에 봉황과 같은 눈을 가지고 있었으며 살구 같은 얼굴에 그 뺨은 복숭아꽃이 활짝 핀 것처럼 탐스러웠다고 한다.

여희와 식규와 같은 아름다운 용모에 달기(妲己)와 문강과 같은 요염함과 음욕을 선천적으로 지니고 있었다. 누구나 그녀를 한번 보면 넋을 잃을 정도였다.

하희가 15세 되던 해에 꿈속에서 머리에는 별 모양의 관을 쓰고 몸에는 새의 깃으로 만든 옷을 입은 늠름한 남자를 만났다. 스스로 말하기를 자기는 천계의 신선이라 하희와 성교를 하여 남자의 정기를 빨아들이는 기법을 가르쳐 주겠다고 했다. 꿈속에서 그 남자와 성교를 하면서 양기를 빨아들이고 음기를 보충하는 방중술을 배웠다. 그 이후로 하희는 나이가 들수록 젊어졌으며, 꿈속에서 배운 것을 이름하여 소녀채전지술(素女采戰之術)이라 하였다.

하희는 이복오빠이자 세자인 자이(子夷)와 눈이 맞아 처음으로 정을 통하였다. 이를 알게 된 하희의 친척 오빠인 자공(子公)이 근친상간을 약점으로 잡아 협박하므로 그와도 정을 통하게 되었다. 이렇게 자이와 자공 그리고 하희는 서로 간에 삼각관계가 형성되어 버렸다.

이들의 근친상간 관계를 나중에 알게 된 정나라 목공은 더 부끄러운 일이 일어나지 않도록 하려고 하희를 진(陳)나라 대부 자만(子蠻)에게 멀리 시집을 보냈다.

정나라 목공이 세상을 떠나자 세자인 자이가 정나라의 10대 군주로 등극하여 영공(靈公)이 되었다. 하희를 두고 삼각관계를 이루었던 영공과 자공은 서로의 마음속에 가시와 같은 존재였다.

하루는 영공이 자공을 불러놓고 자라탕을 혼자만 먹고 자공에게 주지 않았다. 약이 오른 자공이 자라탕에 손가락을 집어넣어 찍어 먹었고, 분노한 영공이 자공을 죽이려 하였다. 이에 자공이 먼저 선수를 쳐 칼로 영공을 시해하고 공자 견(堅)을 정나라 11대 군주인 양공(襄公)으로 옹립하였다.

하희와 결혼한 자민은 신혼 초야에 복상사로 세상을 떠났고, 하희는 그해에 자민의 집안 어른인 하어숙(夏御叔)에게 다시 시집을 가서 아들인 하징서(夏徵舒)를 낳았다. 그러나 오래되지 않아 하어숙도 양기를 잃고 요절하였다.

하어숙이 죽자 진(陳)나라 대부 공영(孔寧)과 의행부(儀行父)가 하희에게 접근하여 관계를 맺었다. 나중에는 이들의 안내로 진(陳)나라 영공(靈公)과도 통정하였다.

이 세 사람은 하희와 관계를 한 증표로 속옷을 각각 얻어 그것을 조정의 회의 석상에도 입고 나와 서로 자랑하였다.

대부 설야(泄冶)가 영공에게 간언을 올렸다.

"조정에 있는 사람들이 모범을 보이지 않으면 백성들이 따르지 않습니다. 공영과 의행부를 멀리하시고 하희와의 관계를 끊어시기 바랍니다."

설야의 간언을 들은 영공이 이를 두 대부에게 전하자, 이들은 방해물을 제거한다면서 자객을 시켜 설야를 죽여버렸다.

어느 날 영공은 공영과 의행부를 거느리고 하희의 집으로 가서 하희의 아들 하징서를 옆에 앉혀 두고 술을 마셨다. 이때 영공은 하징서가 의행부를 닮았다고 장난을 쳤다. 이에 질세라 의행부도 하징서가 자신은 물론 영공도 닮았다고 거리낌 없이 희롱하였다.

자신을 두고 장난치며 희롱하는 이들의 말을 듣고 있던 하징서는 끓어오르는 분을 참지 못했다. 하징서는 슬그머니 집을 나와 활을 잘 쏘는 저격수 몇 명을 거느리고 마굿간 옆에 숨어 있었다.

이들의 술자리는 밤이 이슥해서야 끝이 났고, 영공과 두 대부는 하희의 집을 나섰다. 대문 앞에 세워 둔 횃불에 영공과 공영, 의행부의 취한 모습이 보이자 하징서는 강궁을 힘껏 당겨서 영공을 향해 시위를 놓았다. 화살은 수레에 오르던 진나라 영공의 목을 정통으로 관통하여 소리도 지르지 못하고 앞으로 고꾸라져 죽었다.

이에 놀란 공영과 의행부는 말을 훔쳐 타고 그길로 곧 바로 초나라로 도주하였다. 그리고 이 소식을 들은 세자 진오(陳午)가 급하게 진(晉)나라로 피신하게 되자, 하징서가 스스로 왕이 되었다.

초나라로 도주한 진나라 대부 공영과 의행부는 초나라 장왕(莊王)에게 하징서가 진(陳)나라 영공을 시해하였다면서 도움을 요청하였다. 그러자 초장왕은 이를 명분으로 삼아 진나라를 차지할 욕심으로 친히 군사를 이끌고 출병하기로 마음먹었다.

이듬해 겨울, 초나라 장왕은 하징서가 영공을 시해한 죄상을 징벌하겠다면서 진나라 토벌에 나섰다. 군주가 시해당한 진나라는 큰 혼란을 겪고 있는 와중이라 하징서의 명령을 제대로 따르지 않았다. 진나라 군사들은 제대로 저항도 하지 않게 되자 하징서는 자기의 집이 있는 주림(株林)으로 도주하였다. 장왕은 하징서를 찾아내어 주살한 다음, 진나라 영토를 초나라의 일개 현으로 편입시켜버렸다. 그러자 초나라의 내신들은 모두 장왕에게 축하의 인사를 건넸다.

이때 제나라에 사신으로 갔던 신숙시(申叔時)가 돌아왔는데 사신으로 갔던 일을 복명하고 물러가면서 축하의 인사를 하지 않았다.

장왕이 신숙시를 다시 불러 그 까닭을 묻자 그는 이렇게 대답했다.

"세간에는 우리 초나라가 진나라 영토를 차지한 것을 두고 '소를 끌고 가다가 남의 밭을 가로질러 짓밟았다고 그 소를 빼앗아 버린 격'이라고 말합니다. 소를 끌고 가로질러 간 것은 확실히 잘못이지만, 소를 빼앗는 것은 벌이 너무 무겁습니다. 소가 남의 밭을 짓밟는 것은 분명 나쁜 일입니다. 그렇다고 소를 빼앗는 것도 지나친 일이 아니겠습니까? 애초에 군주께서는 수군을 죽인 하징서를 징벌한다고 제후들의 호응을 얻어 정의의 이름으로 정벌에 나섰습니다. 그런데 그 일이 끝나자 아예 진나라 영토 전체를 차지해 버리셨습니다. 그렇게 하셔서야 훗날에 어찌 천하의 패자가 되시겠습니까? 그래서 저는 축하 인사를 드리지 않은 것입니다."

장왕이 말하였다.

"듣고 보니 경의 말이 옳은 것 같소. 과인의 생각이 거기에 미치지 못했음을 사과하고 즉시 진나라 영토를 돌려주도록 하겠소."

장왕은 진(晉)나라로 피신하였던 세자 진오를 즉시 데려오게 하여 영공의 뒤를 이어 진(陳)나라 군주의 자리에 앉히고 차지했던 진(陳)나라 영토를 전부 돌려주었다.

공영과 의행부도 진오를 따라 진나라로 돌아왔다. 그러나 돌아온 지 한 달도 못 되어 공영은 헛것을 보고 미쳐 괴상한 웃음을 터뜨리며 돌아다니다가 연못 속에 뛰어들어 죽었다. 공영이 죽은 지 며칠 후, 이번에는 의행부가 잠을 자다가 꿈속에서 어디론가 끌려가는 꿈을 꾸다가 숨이 끊어졌다.

이와 같이 신숙시가 장왕에게 축하 인사를 하지 않은 까닭을 대답하면서 비유한 "소를 끌고 가다가 남의 밭을 가로질러 짓밟았다고 그 소를 빼앗았다."는 말인 **'혜전탈우(蹊田奪牛)'**라는 고사성어가 유래하였다.

한편 초나라 군사들에게 잡혀 끌려온 하희의 미모를 본 초나라 장왕은 그녀를 후궁으로 삼고자 초나라로 데려왔다. 그러자 초나라 대부인 굴무(屈巫)가 말렸다.

"하희는 상서롭지 못한 여인입니다. 그녀가 정나라에 있을 때 정나라 영공과 자공 사이에서 동시에 통정하여 정나라 영공이 비명횡사하는 원인을 제공하였습니다. 그리고 시집와서도 남편을 요절시켰고, 진(陳)나라 영공과 두 명의 대부 사이에서 음란한 짓으로 진(陳)나라까지 망하게 하였습니다. 천하의 미인들은 도처에 널려 있는데 대왕께서는 무엇 때문에 이 음란하고 상서롭지 못한 여자를 취하려 하십니까?"

초나라 장왕은 굴무의 간언을 듣고 천하를 품기 위해서는 하희를 곁에 두면 안되겠다고 생각하였다.

그러자 이번에는 공자 측(側)이 하희를 아내로 맞이하겠다고 장왕에게 간청하였다. 이에 굴무가 또다시 나서며 하희는 천지간의 불길한 요물이고, 하희와 관계한 남자는 모두 제명대로 살지 못했다고 역설하여 역시 만류시켰다.

이에 장왕은 연윤(連尹)인 양로(襄老)가 얼마 전 상처하여 홀아비로 있다는 것을 생각해내고는 그에게 하희를 아내로 삼도록 하였다.

제29장
절영지회(絶纓之會)

絶 끊을 절 · 纓 갓끈 영 · 之 갈 지 · 會 모일 회

갓 끈을 끊고 즐기는 잔치라는 말. 남의 잘못을 관대하게 용서하거나, 너그러운 덕을 베푸는 것을 비유하는 의미이다.

*** 출전: 유향, 설원(說苑) 복은(復恩)**

춘추시대에 정(鄭)나라는 강대국인 초(楚)나라와 진(晉)나라 사이에 끼어 바람 잘 날이 없었다. 초나라가 강하면 초나라를 섬기고, 진나라가 강하면 진나라를 섬기는 등 두 강대국 사이를 오가는 외교전략을 펼칠 수밖에 없었다.

초나라를 섬기던 정나라가 다시 진(晉)나라를 섬기게 되자, 기원전 597년 초나라 장왕(莊王)은 대군을 일으켜 정나라를 공격하였다.

장왕은 정나라의 도성인 신정(新鄭)의 목전에 있는 형양(滎陽)에 이르러 군사들을 다시 정비하였다. 형양에서 신정을 향해 출전할 때 장왕은 하희와 결혼한 연윤(連尹) 양로(襄老)에게 선봉부대를 맡겼다.

선봉부대의 부장(副長)인 당교(唐狡)가 양로에게 요청하였다.

"정나라는 소국이라 많은 군사로 번거롭게 할 필요가 없습니다. 소장에게 100명의 군사를 내어주신다면 하루를 앞서 나가 본대를 위해 길을 열겠습니다."

양로가 그 뜻을 장하게 여겨 허락하고 군사 100명을 내어주었다.

당교는 있는 힘을 다하여 만나는 정나라 군사들을 모두 무찌르고는 매일 저녁때가 되면 영채를 세울 수 있도록 깨끗이 땅을 청소해 놓고 본대를 기다리곤 하였다.

장왕이 여러 장수들을 이끌고 정나라 도성 밖에 당도하였으나 중도에 단 한 명의 정나라 군사들도 구경할 수 없었고 단 하루도 군사들의 진격을 지체시키지도 않았다.

장왕이 이를 장하게 여겨 양로를 불러 치하의 말을 했다.

"경이 연로함에도 불구하고 뜻밖의 용기를 내어 본대의 전진을 수월하게 해주어서 치하하오."

장왕의 치하에 양로가 말했다.

"그것은 신이 힘써 그렇게 된 것이 아니라, 바로 제가 데리고 있는 당교라는 부장이 있는 힘을 다하여 싸웠기 때문입니다."

장왕이 즉시 당교를 물러 후한 상을 주고자 하였다.

그러나 당교가 사양하며 말했다.

"신은 이미 대왕으로부터 후한 은혜를 입었습니다. 이번 출정에서 그 은혜를 갚고자 하는 일인데 어찌 감히 다시 상을 받을 수 있겠습니까?"

장왕이 의아해하며 물었다.

"과인이 그대를 본 적이 없는데 어찌 나에게 은혜를 입었다고 하는가?"

당교가 말했다.

"대왕께서 몇 년 전에 태평연을 열었을 때 술에 취하여 허희(許姬)의 옷소매를 잡아당긴 사람이 바로 소장이었습니다. 그때 저는 마땅히 죽을 목숨이었습니다. 그러나 이를 감추시고 제게 벌을 내리시지 않은 대왕의 온정으로 살아날 수 있었습니다. 그래서 소장은 늘 간과 뇌를 땅에 들어내고, 목의 피를 땅에 뿌려서라도 그 은혜를 갚을 것을 소원해 왔습니다. 그래서 이제 한목숨을 바쳐 대왕의 은혜에 보답하려 했을 뿐입니다."

당교가 말하는 몇 년 전의 태평연을 열었을 때의 일이란 이러했다.

장왕은 투월초의 반란을 진압하는데 큰 공을 세운 양유기를 친위군 대장으로 임명하고 신하들을 위로하기 위하여 점대(漸臺)라는 누대에서 태평연이라는 성대한 주연을 베풀었다.

이 자리에는 장왕의 비빈들도 참석했다. 왕과 신하들은 푸짐한 음식과 흥겨운 풍류로 하루를 즐겼다. 그러나 저녁이 되어도 무르익은 흥이 그치지 않자, 장왕은 촛불을 밝히고 후궁 허희(許姬)를 시켜 신하들에게 술을 돌리게 하였다. 술잔을 받은 신하들은 자리에서 일어나 받아 마셨다.

허희가 반쯤 술을 돌리고 있을 즈음, 열린 창문으로 바람이 불어와 촛불이 일시에 꺼지게 되자 누군가가 허희를 끌어안으려고 옷소매를 당겼다. 허희는 이를 뿌리치면서 그 신하의 갓끈을 당겨 끊고는 장왕에게로 돌아가 조용히 고하였다.

"첩이 명을 받들어 신하들에게 술을 돌리는데, 그중 한 사람이 무엄하게도 촛불이 꺼진 틈을 타서 첩을 끌어안았습니다. 첩이 그자의 갓끈을 끊었으니 빨리 불을 밝혀 그 무례한 자를 찾아내도록 하소서."

그러자 장왕이 말하였다.

"우리의 연회를 즐겁게 하고자 촛불이 꺼진 것이니, 모두 갓을 벗어 끈을 끊은 뒤에 편안하게 술을 마십시다."

신하들이 모두 갓끈을 끊은 뒤 장왕은 촛불을 밝히라고 명하고 계속 여흥을 즐겼다. 결국 허희의 옷소매를 당긴 범인은 찾아낼 수 없게 되었다.

연회가 끝나자 허희가 장왕을 원망하며 말하였다.

"신첩은 남녀지간에는 예의가 있어야 한다고 들었습니다. 더구나 군신지간에는 더 말할 것도 없습니다. 대왕께서 여러 신하들에게 술을 돌리라 시키신 것은 신하들에게 존경의 뜻을 표하신 것입니다. 그런데 무엄하게도 누군가 신첩을 끌어안았습니다. 그런데도 대왕께서는 그자를 색출하지 않으셨으니, 어떻게 상하 관계가 유지되며 남녀의 예의가 바로잡히겠습니까?"

장왕이 말하였다.

"이 일은 더 이상 얘기하지 말라. 예로부터 군신이 술자리를 같이 할 때 술은 석 잔을 넘지 않으며, 밤에는 술자리를 벌이지 않았다. 그러나 이번에는 과인이 모든 신하들에게 마음껏 즐기도록 명하였고, 낮에 이어 밤까지 불을 밝혀 즐기도록 하였다. 술 취한 뒤의 취기로 탈선하는 것은 인지상정이다. 만약 그자를 찾아내어 그대의 절개를 표창하고 그를 처벌하여 서로의 마음을 상하게 한다면, 신하들은 흥취가 사라지게 될 것이고 그렇게 되면 내가 잔치를 차린 의의가 없어지고 말 것이 아니겠는가?"

이에 허희도 장왕의 큰 도량에 감복했다고 한다.

장왕이 그때의 일을 상기하여 매우 가상하게 여기면서 말했다.

"참으로 기이한 일이로다. 그때 과인이 만약 촛불을 밝혀 죄인을 잡아들여 벌을 주었다면 어찌 오늘과 같이 목숨을 바쳐 힘써 싸우려는 훌륭한 장수를 얻을 수 있었겠는가?"

장왕이 이번 출정에서 당교의 공을 일등으로 기록하게 하고 정나라를 굴복시킨 후에 돌아가 장차 중용하려고 하였다. 당교가 장왕 앞에서 물러 나와 친구에게 말하였다.

"내가 군주에게 죽을죄를 지었으나 군주가 이를 감추어 주어 죽임을 면하게 해주었기 때문에 내가 그 은혜를 갚고자 하는 것이었다. 이제 내가 그 일을 이미 밝혔는데 어찌 감히 죄인의 몸으로써 후일에 그 상을 다시 탐할 수 있겠는가?"

당교는 말을 마치고 그날 밤으로 어디론가 사라져 숨어 버렸다. 아무도 그가 어디로 갔는지 알 수가 없었다.

장왕이 이 소식을 듣고 탄식하였다.

"당교는 참으로 열사(烈士)로다."

이렇게 장왕과 같이 넓은 도량이 있어야 아랫사람의 마음을 살 수 있다는 의미로 '갓끈을 끊고 즐기는 잔치'라는 말인 **'절영지회(絶纓之會)'**의 고사성어는 여기에서 유래하였는데, **'절영지연(絶纓之宴)'**이라고도 한다.

제30장

지과위무(止戈爲武)

止 발 지 · 戈 창 과 · 爲 할 위 · 武 굳셀 무

무력은 싸움을 그치게 하는 것이라는 말. 무력의 본질은 싸움에 이기는 것이 아니라 싸움을 억제하고 그치게 하는 것이라는 것을 비유하는 의미이다.

*** 출전: 좌구명, 춘추좌씨전(春秋左氏傳) 선공(宣公) 12년**

절영지회(絶纓之會) 당시의 일로 장왕에 대한 은혜를 갚고자 전력을 다한 당교(唐狡)의 활약으로 초나라 장왕이 이끄는 초나라 본대는 정나라 도성 밖까지 아무런 제지 없이 진격하였다. 이에 정나라 양공(襄公)은 동맹을 맺고 있던 진(晉)나라에 구원을 청했다.

당시 진나라는 성공(成公)이 승하하고, 그 아들인 경공(景公) 즉위한 지 얼마 되지 않은 데다, 상경 극결(郤缺)도 사망하여 분위기가 어수선하였다. 진나라 경공은 순림부(荀林父)를 중군 원수로 삼고, 선곡(先縠)에게 보좌를 맡겼다. 상군 원수는 사회(士會)가 맡았고, 극극(郤克)을 보좌로 삼았다. 하군 원수는 조삭(趙朔)이 맡았고, 난서(欒書)가 보좌를 맡았다. 이렇게 구성된 상, 중, 하 3군은 정나라를 구원하기 위해 출진했다.

하지만 초나라군은 진(晉)나라군이 채 도착하기 전에 정나라 양공을 굴복시키는 데 성공하였다. 양공은 웃옷을 벗은 채 성문을 열고 나와서 초나라 장왕에게 충성을 맹세한 뒤, 동생인 공자 거질(去疾)을

인질로 보냈다. 초나라 군신들은 정나라를 병합하자고 제안했지만, 장왕은 이를 거절하고 다시 정나라와 동맹을 맺었다.

얼마 후 진나라군이 황하를 건넜다는 보고가 들어오자, 장왕이 진나라 군사와 싸울 것인지 아니면 철군할 것인지를 두고 신하들에게 물었다.

영윤 손숙오(孫叔敖)는 정나라를 굴복시켜 소기의 목적을 달성했으니 철군하자고 주장했다. 반면 장왕의 총애를 받던 대부 오삼(伍參)은 정나라를 영구히 복종시키기 위해서는 진나라와 싸워야 한다고 강력히 주장하면서 그 이유를 다음과 같이 말했다.

"진나라의 순림부는 중군 원수로 임명된 지 얼마 되지 않아 그의 명령을 따르는 사람이 별로 없습니다. 그리고 부장인 선곡(先穀)은 고집이 세고 인정이 없어 명령에 따르려 하지를 않을 것입니다. 그러므로 이번에 나가 싸우면 진나라 군대를 분명히 패퇴시킬 수 있습니다."

장왕은 오삼의 설득에 진나라군과 일전을 벌이기로 마음먹었다.

한편, 황하에 도착한 진나라군은 정나라가 이미 초나라에 항복했다는 소식을 접했다. 순림부는 일이 틀어졌으니 돌아가려 했고 사회도 동의하였다. 그러나 선곡은 공세를 이어가야 한다고 주장하고, 순림부의 허락도 받지 않은 채 제멋대로 자기 휘하 병력을 이끌고 황하를 건넜다.

이렇게 되어 결전은 임박했지만, 양측은 함부로 맞붙지 않고 사절을 여러 차례 보내 화친을 논의하였다.

그러나 선곡이 계속 반대해서 화친이 이뤄지지 않았다. 게다가 정나라 양공이 진(晉)나라군과 초나라군의 싸움 결과에 따라 어느 쪽을 섬길지를 결정하려는 계산으로 진나라 군영에 대부 황술(皇戌)을 보내 초나라와의 싸움을 부추겼다.

"정나라가 초나라에 굴복한 것은 멸망을 피하기 위해서이지, 진나라를 저버리는 것이 아닙니다. 초나라군은 승리감에 취해 교만해졌고 수 개월간 원정으로 피로에 지쳐 있으니, 이때 공격을 해야 합니다."

하지만 순림부는 여전히 망설이다 위기(魏锜)와 조전(趙旃)을 보내 초나라 장왕과 화친을 다시 논의하려 하였다.

그러나 강경파인 두 사람은 내심 화친을 싫어하였고, 화친의 사자로 별동대를 이끌고 초나라 군영 가까이에 이르렀을 때, 갑자기 태도를 바꾸고 돌연 공세를 감행했다. 이리하여 정나라의 지배권을 둘러싸고 필읍(邲邑)이란 곳에서 양측간의 전투가 시작되었다.

하지만 초나라군의 수비가 견고하여 뜻을 이루지 못하자 퇴각했다. 이에 장왕은 본영의 군대를 이끌고 이를 추격하였고, 추격 행렬은 진나라군 한가운데까지 이르렀다. 이를 본 손숙오는 장왕이 고립되는 것을 우려하여 전군에 출격 명령을 내렸다.

당시 진나라군은 위기와 조전이 초왕과 화친 논의를 한창 진행할 줄 예상하고 방비를 소홀히 하고 있었는데, 난데없이 초나라군이 쳐들어오자 당황했다. 순림부는 전군에 강을 건너 퇴각하라는 명령을 내렸고, 중군과 하군은 전의를 상실하고 순식간에 붕괴되었다. 패잔병들은 황하 쪽으로 달아났으나, 배는 적고 추격해오는 초나라군이 가까이 오고 있어서 상황이 급했다. 이에 순림부가 급히 북을 치며 명령했다.

"먼저 황하를 건너는 자에겐 상을 주겠나."

그러자 병사들은 먼저 배를 타려고 하다가 서로 밟고 죽이며 아우성을 쳤다. 배들은 순식간에 꽉 찼고, 뒤에 온 자들은 올라타려고 뱃전을 끼앙세 붙들었다. 그 바람에 여러 배가 가라앉았고, 배에 탔던 이들은 물 아래로 떨어져 익사하자, 선곡이 배 위에서 명령했다.

"매달리는 놈들의 손을 내리쳐라!"

이에 병사들이 배를 붙잡은 손을 칼로 사정없이 마구 내리쳤다. 이걸 본 다른 배에서도 똑같은 짓을 했다. 울부짖는 소리가 진동하고 무수한 손가락과 팔이 배 안에까지 굴러떨어졌다.

강을 건너지 못한 진나라 패잔병들은 초나라군을 상대로 한동안 항전하다 끝내 항복하였다. 이 과정에서 초나라의 노장인 연윤 양로가 화살을 맞고 전사하였다.

한편 진(晉)나라 상군 원수 사회는 이런 일이 일어날 줄 예상하고 매복병을 숨겨두었다가 초나라 군사의 추격을 막았고, 덕분에 그가 이끄는 상군은 별다른 피해 없이 황하를 건널 수 있었다.

진나라군이 황하를 건너자, 오삼이 장왕에게 속히 추격하여 모조리 무찌르자고 제안하였으나 장왕은 머리를 흔들며 말했다.

"내가 필읍에서 진나라와 싸운 것은 진나라 군사들을 죽이기 위해서가 아니다. 나는 다만 지난날 우리가 성복 땅에서 진나라 문공에게 패한 것에 대한 원한을 풀려고 했던 것뿐이다."

이리하여 필읍 전투는 초나라의 완승으로 마무리되었다.

이렇게 하여 형옹(衡雍) 땅에서 초나라의 승전을 축하하는 잔치를 베풀었다. 주변 소국의 군주들이 앞다투어 찾아와 장왕에게 축하 인사를 올렸다.

이 자리에서 초나라의 장군인 반당(潘黨)이 장왕에게 말했다.

"신이 듣기로 큰 싸움에서 이기면 반드시 후손에게 그 표시를 만들어 무공을 잊지 않게 한다고 하였습니다. 왕께서는 진(晉)나라 군사들의 시체들을 모아 큰 무덤을 만들어 후손에게 자랑거리로 삼으십시오."

장왕이 말했다.

"그것은 잘 모르는 말이다. 글자를 보아라. 무(武)자는 지(止)와 과(戈)가 합쳐져 만들어진 글자이다. 무릇 武(무)의 일곱 가지 德(덕)은, ①금폭(禁暴: 폭력을 금함) ②집병(戢兵: 무기를 거두어 보관함), ③보대(保大: 큰 나라를 유지함) ④정공(定功: 세상을 평정하는 공을 세움) ⑤안민(安民: 백성을 편안히 함) ⑥화중(和衆: 세상 사람들을 화합시킴) ⑦풍재(豊財: 재물을 풍성하게 함)에 있다. 그래서 자손이 그 가르침을 기억하도록 하는 것이다. 이제 내가 두 나라 군사들의 뼈가 들판에 흩어지게 하였으니, 금폭을 하지 못하였다. 무력을 과시하여 제후들에게 위협을 하였으니 집병하지 못하였고, 그러니 어찌 보대할 수 있겠는가? 진(晉)나라가 여전히 존재하고 있으니, 정공을 하였다고도 할 수 없고, 백성들이 바라는 것에 거스른 것이 많아 어찌 안민할 수 있으며, 덕이 없으면서 제후들과 강함을 나두었으니 무엇으로 화중할 수 있으며, 남의 위태로움을 나의 이익으로 여기고 남의 환난을 나의 평안으로 삼아 내 영화를 누리고자 하니 어찌 풍재할 수 있겠는가. 이렇듯 무(武)의 일곱 가지 덕 중 나는 한 가지도 가진 게 없는데, 무엇을 자손에게 보여줄 수 있겠는가? 그저 선대 왕을 모시는 사당을 지어, 전쟁에 이겼음을 고할 수 있을 뿐이다. 그러니 무(武)는 나의 공적이 아니다. 옛날의 밝은 왕들은 불경한 자들을 토벌하여 그 우두머리를 죽여 땅에 묻고 흙을 쌓아 올려 큰 치욕을 받게 하였다. 그런 일로 그들의 시체로 큰 무덤을 만들어 불의하고 부정한 무리를 징계한 것이다. 지금 진나라는 죄로 삼을 만한 짓을 하지 않았고, 백성들은 모두 충성을 다해 그 군주의 명에 따라 죽었으니, 내가 어찌 그들을 구경거리 무덤으로 만들 수 있겠는가?"

장왕은 황하의 신에게 세사를 지내고, 선군(先君)의 사당을 지어 전승을 고한 후 초나라로 돌아갔다.

초나라 장왕이 밝힌 것처럼 '무(武)'자는 '지(止)'와 '과(戈)'가 합쳐져 만들어진 것이므로, 무력의 본질은 싸움에 이기는 것이 아니라 싸움을 그치게 하는 것이란 말인 **'지과위무(止戈爲武)'**라는 고사성어가 여기에서 유래하였다.

이리하여 정나라의 지배권을 확고히 장악한 장왕은 본국으로 돌아온 뒤 장수와 군사들에게 논공행상을 베풀었다. 이때 오삼은 일등 공신으로서 대부로 승진하였다. 영윤 손숙오는 보잘 것 없다고 괄시하던 오삼이 1등 공신이 되자 크게 부끄러워하다가 세상을 떠났다.

한편, 진(晉)나라로 쓸쓸히 귀환한 순림부는 진나라 경공에게 참형에 처해달라고 청하였다. 이때 사악탁(士渥濁)이 나서서 초나라 성왕이 성득신을 참수했을 때 진나라 문공이 크게 기뻐한 일을 거론하며, 순림부를 용서하여 공을 세울 기회를 줘야 한다고 주장하였다. 진나라 경공은 이에 따르기로 하여 순림부를 용서하고, 대신 제멋대로 행동하여 군대를 패망으로 몰고 간 선곡과 일족을 참수하였다.

필읍 전투 이후, 초나라 장왕은 계속 승승장구하였다.

기원전 595년 9월, 초나라는 송나라를 공격하여 도읍인 상구(商丘)를 포위하였다. 송나라는 진나라에 구원을 요청하였으나, 필읍전투에서 초나라에 대패한 진나라는 구원병을 보내주지 못하였다.

송나라는 양식이 떨어지는 바람에 백성들이 서로 자식을 바꿔 뜯어먹는 지경에 이르자, 이듬해 3월에 초나라에 투항하였다. 송나라가 투항하자 노나라도 초나라를 두려워하여 장왕에게 복종 의사를 밝혔다. 이로써 장왕은 명실공히 춘추시대 제3대 패공의 자리를 완전히 굳혔다.

제31장
결초보은(結草報恩)

結 맺을 결 · 草 풀 초 · 報 갚을 보 · 恩 은혜 은

풀을 엮어 은혜를 갚는다는 말. 죽어서도 결코 은혜를 잊지 않고 갚는다는 것을 비유하는 의미이다.

.* 출전: 좌구명, 춘추좌씨전(春秋左氏傳) 선공(宣公) 15년

진(晉)나라 북방에는 적적(赤狄)의 한 종족으로 노적(潞狄)이 있었다. 노적의 군주인 영아(嬰兒)는 진(晉)나라 성공(成公)의 큰딸인 백희(伯姬)와 혼인하여 진나라 경공(景公)과는 처남 매부 사이이었다.

영아는 나약하고 소심하였으며 정치에는 관심이 없었다. 그러자 재상인 풍서(酆舒)라는 인물이 전권을 휘두르게 되었다. 풍서는 군주인 영아의 뜻과는 다르게 진(晉)나라의 영향권에서 벗어나고자 진(秦)나라 환공(桓公)과 가까이 지냈다.

그러던 중에 진(晉)나라가 필읍에서 초나라에게 패하는 수모를 당하게 되자, 이때부터 풍서는 노골적으로 진(晉)나라를 무시하기 시작하였다.

군주인 영아의 침실에 함부로 드나들며 사사건건 잔소리를 하거나, 진상품도 자기가 가로채기도 하고, 다른 대신들 앞에서 욕설도 주저하지 않았다.

그러던 어느 날 사냥을 같이 가자는 풍서의 기세에 마지못해 영아는 사냥을 함께 나섰다. 몰이꾼들이 열심히 사슴을 몰던 중 이를 잡기 위해 풍서가 활을 쏘았는데 그만 영아의 한쪽 눈을 맞히고 말았다.

신하가 군주의 신체를 훼손했음에도 풍서는 오히려 영아가 거기 서 있어서 몸을 상하게 하여 자기 입장을 곤란하게 만들었다고 다른 신하들 앞에서 모욕을 주었다. 이를 전해 들은 백희는 풍서에게 호통을 치고 다시는 이런 일이 발생하지 않도록 엄히 경고했다. 풍서는 이 사건을 계기로 왕비에게 앙심을 품었다.

그날 이후 풍서는 매일 밤마다 매춘부를 데려와 영아의 침소로 보냈다.

유약한 영아는 풍서가 시키는대로 순순히 매춘부와 동침을 하였고, 백희는 더 이상 참지 못하고 풍서에게 이를 따졌다.

그러나 풍서는 백희에게 밤에 주군을 제대로 모시지 못하여 오죽하면 자기가 나섰겠느냐며 면박을 주었다. 이에 백희는 그만 수치심을 이기지 못하고 목을 매어 자살하였다.

노적의 군주인 영아는 자신의 힘으로는 풍서의 포악함을 제압할 수 없다고 판단하고, 몰래 진(晉)나라에 밀서를 보내 풍서를 토벌해 달라고 요청하였다.

진(晉)나라 경공은 영아가 자기의 누이도 지켜주지 못한 것에 화가 나서 순림부(筍林父)를 대장으로 삼고, 위과(魏顆)를 부장으로 하여 노적의 정벌에 나섰다.

진나라 군사는 곧장 노적으로 진격하여 풍서를 잡아 죽이고, 아예 노적을 멸망시켜 버렸다. 영아는 망국을 통탄하다가 자결하고 말았다.

이에 순림부는 직산(稷山)에 머물고 있던 경공에게 먼저 가서 승전보를 올리고, 부장인 위과는 노적에 남아서 나머지 적적의 땅을 평정하게 하였다.

적적의 땅을 모두 평정한 위과가 회군하는 길에 갑자기 진(秦)나라의 대장 두회(杜回)가 위과의 군사를 공격해 온다는 소식이 전해졌다.

진(晉)나라가 노적을 멸망시켰다는 보고를 받은 진(秦)나라 환공(桓公)이 즉시 두회를 보내 노적의 영토를 빼앗도록 하였던 것이다.

두회는 이름난 장사였다. 그는 나면서부터 이빨이 강철 같고 눈이 부리부리하며, 주먹은 쇠망치 같았다. 게다가 뺨은 쇠주발 같고, 꼬불꼬불한 수염은 고수머리였다. 신장은 1장(丈)이 넘고, 힘은 1천균(千鈞)을 들어 올려 늘 120근이나 되는 개산대부(開山大斧)라는 큰 도끼 한 자루를 가지고 다녔다.

두회는 본래 백적(白翟) 사람이었는데, 일찍이 청미산(靑眉山)에서 하루에 다섯 마리 호랑이를 맨주먹으로 때려잡아 그 가죽을 벗겨 온 일이 있었다. 환공이 그의 용맹함을 듣고 불러들여 차우(車右) 장군으로 삼았다. 그 후 두회는 군사 3백 명을 거느리고 가서 차아산(嵯峨山)의 산적 만여 명을 쳐부수어 그 명성을 떨쳤다.

위과는 진세를 펼치고 접전할 준비를 갖추었다. 그러나 두회는 병거도 타지 않은 채 손에는 큰 도끼를 들고 병사 3백 명을 데리고 곧장 진(晉)나라 군사의 영채로 걸어 들어왔다. 두회가 도끼를 휘두르니, 말 다리가 부러지고 군사들이 마구 죽어 넘어졌다. 진(晉)나라 군사들은 여태껏 이러한 광경을 본 적이 없었다. 위과는 도저히 당할 수 없음을 알고 신문을 굳게 닫고 싸움에 응하지 않았다.

두회는 한 무리의 도부수(刀斧手)를 이끌고 진문 앞에 와서 펄펄 뛰며 고래고래 소리를 질러댔지만, 위과는 감히 나가서 응전하지 못하고 있었다. 이때 위과의 동생 위기(魏錡)가 원군을 거느리고 왔다. 위과는 위기에게 두회의 용맹을 도저히 당할 수 없음을 설명하였으나, 위기는 이를 믿지 못하였다.

다음 날 두회가 와서 다시 도전하자, 위기는 위과의 만류도 듣지 않고 자기가 데리고 온 병사들을 이끌고 분연히 뛰쳐나갔다. 그러나 두회가 큰 도끼를 마구 휘둘러 말과 병사들을 찍어 넘기기 시작하자, 위기는 대패하여 달아났다. 위과가 군사를 이끌고 달려 나와 겨우 위기를 구출하여 돌아갔다.

그날 밤 위과는 군영 안에서 잠을 이루지 못하고 고민했다. 이리저리 생각해보았으나 두회를 꺾어 누를 만한 묘한 계책이 떠오르지 않았다. 삼경이 되어서야 위과는 너무나 피곤해서 자리에 쓰러져 혼곤히 잠이 들었다. 그때 누가 귓전에서 속삭였다.

"청초파(青草坡)! 청초파! 청초파!"

위과는 자다 말고 이 소리에 깜짝 놀라 일어났다. 그러나 장막 안엔 아무도 없었다.

"분명 누가 내 귓가에 대고 청초파라고 말했는데, 이게 무슨 뜻일까?"

그러나 아무리 생각해도 그 뜻을 알 수 없었다. 다시 자리에 누워 잠이 들려는데 비몽사몽 간에 또 '청초파'하는 소리가 분명히 들려왔다. 위과는 다시 잠에서 깨어났다. 그는 동생 위기에게 이 일을 말하자, 위기가 대답했다.

"여기서 가까운 곳에 10여 리가 되는 보씨(輔氏)의 못에 청초파라는 둑이 있는데 혹시 그곳을 말하는 것이 아닐까요? 꿈에 신인이 나타나 진(秦)나라 군사가 청초파에서 패할 것이란 걸 형님께 일러준 거나 아닌지요? 좌우간 저는 군사들을 거느리고 미리 청초파에 가서 매복하고 있겠습니다. 날이 새면 형님은 진(秦)나라 군사들을 유인해서 청초파로 끌고만 오십시오. 형님과 제가 그곳에서 진나라 군사들을 좌우로 협공해봅시다."

즉시 위기는 군사들을 거느리고 청초파로 가고, 위과는 군사들에게 거짓으로 크게 소리를 질렀다.

"우리는 지금부터 다시 여성(黎城)으로 돌아간다. 그리 알고 모두 퇴각 준비를 하여라."

진(晉)나라 군사들은 일제히 영채를 뽑고 여성 쪽으로 출발했다. 아니나 다를까, 두회는 군사를 거느리고 떠나가는 위과를 추격하였다. 위과는 한편으론 싸우며 한편으론 달아나면서 두회를 점점 청초파로 유인하였다. 두회가 달아나는 위과를 뒤쫓아 청초파에 이르렀을 때였다. 난데없는 포성이 우렁차게 일어나며, 동시에 위기의 복병이 일시에 일어났다. 지금까지 달아나던 위과도 돌연 돌아서서 두회에게 달려들었다.

삽시간에 위과와 위기의 군사들은 두회를 겹겹이 에워싸고 앞뒤에서 그를 협공했다. 그러나 두회는 조금도 두려워하지 않고 120근이나 되는 개산대부를 바람개비 돌리듯 휘두르면서 닥치는 대로 진(晉)나라 군사들을 찍었다. 진(晉)나라 진영은 많은 사상자를 내었다. 그래도 위과 형제는 군사들을 지휘하며 두회를 공격할 뿐 한 발짝도 물러서지 않았다.

싸움이 점차 자리를 옮겨 청초파 중간쯤에 이르렀을 때였다. 갑자기 두회는 걸음을 옮길 때마다 비틀거리기 시작했다. 마치 기름칠한 신발을 신고 얼음판을 건너는 듯한 모습이었다. 이를 보자 진(晉)나라 군은 일제히 함성을 지르면서 급히 두회를 공격하였다.

이때 위과의 눈에 이상한 광경이 나타났다. 저편에서 삼베 도포를 입고 짚신을 신은 한 노인이 마치 농군처럼 둑 위의 푸른 풀을 한 묶음씩 잡고 두회가 움직일 때마다 그 발을 묶는 것이있다.

그러나 다른 사람과 두회의 눈엔 그 노인이 보이지 않았다. 이리하여 두회의 걸음걸이는 더욱 비틀거렸다. 무엇이 자꾸 발을 묶었기 때문에 두회는 몸의 중심을 잡지 못했다. 이를 놓칠세라 위과와 위기 두 형제는 쏜살같이 달려가 창을 번쩍 늘어 두회를 찔렀다. 두회는 겨우 몸을 피했으나 묶어놓은 풀에 두 발이 걸려서 큰소리를 지르며 벌렁 나자빠졌다. 진(晉)나라 군사들은 기회를 놓치지 않고 일제히 달려들어 쓰러진 두회를 산 채로 잡아 결박했다.

진(秦)나라 도부수 300명은 대장인 두회가 사로잡히는 걸 보자 사방으로 흩어져 달아났다. 위과와 위기의 군사들은 즉시 도부수들을 뒤쫓아가서 닥치는 대로 무찔렀다. 이에 두회를 따르던 300명의 도부수 중 무사히 달아난 자는 겨우 4, 50명에 불과했다. 위과가 결박당한 두회를 굽어보고 물었다.

"너는 스스로 영웅이라고 뽐내더니 어째서 사로잡혔느냐?"

두회가 한숨을 쉬면서 말하였다.

"참 이상한 일이다. 무엇이 내 두 발을 자꾸 묶어서 맘대로 몸을 놀릴 수가 없었다. 이건 하늘이 내 목숨을 빼앗은 것이다. 사람의 힘으론 어쩔 수 없었다."

위과가 속으로 참으로 이상한 일도 있다고 생각하였다.

이때 위기가 위과에게 말하였다.

"두회는 무서운 힘을 가진 장수입니다. 그냥 우리 군중에 두었다간 무슨 변이 생길지 모릅니다."

위과는 위기와 함께 두회의 목을 잘라 직산에 가서 경공에게 바치고 승전을 보고하였다.

그날 밤에 위과는 오랜만에 편안히 잠을 잤다. 꿈에 청초파에서 두회의 발을 풀로 묶던 노인이 나타났다. 노인이 위과에게 정중히 읍하며 말하였다.

"장군은 두회가 사로잡힌 까닭을 아시오? 이 늙은 몸이 풀로 발을 묶었기 때문에 두회가 풀에 걸려서 쓰러진 것입니다. 그래서 장군은 그를 사로잡을 수 있었습니다."

위과는 꿈속에서도 황급히 일어났다.

"나는 노인이 누구신지를 전혀 모르오. 이런 큰 도움을 받았으니 장차 무엇으로 그 은혜를 갚아야 좋을지 모르겠습니다."

노인이 웃으며 말하였다.

"나는 다른 사람이 아니라 바로 조희(祖姬)의 아비 되는 사람이오. 장군은 생전에 부친께서 말씀하신 것을 잘 지켜서 내 딸을 다시 좋은 곳으로 개가시켜주었기에 이 늙은이는 구천에서도 여간 감격하지 않았습니다. 그러니 장군은 내 딸을 다시 살려주신 은인입니다. 도리어 내가 장군에게 은혜를 갚고자 미미한 힘이나마 기울여 도운 데 불과합니다. 장군은 앞으로 더욱 힘쓰십시오. 반드시 대대로 영귀하고 후손 중에 군주가 되는 사람도 있을 것이오. 결코 내 말을 잊지 마시오."

노인은 문득 사라졌다. 동시에 위과도 꿈에서 깨어났다.

그러면 조희란 어떤 여자인가? 조희는 위과와 위기의 아버지 위주(魏犨)의 첩이었다. 위주가 살아 있을 때의 일이었다. 위주는 전쟁에 나갈 때마다 아들 위과에게 다음과 같은 부탁을 했다.

"내가 이번 싸움에 나가서 죽거든 너는 조희를 좋은 사람에게 개가시켜라. 결코 조희가 적막한 인생을 보내지 않게 해야 한다. 그래야만 내가 죽어도 눈을 감을 것이다."

그러던 위주가 정작 병이 들어서 죽게 됐을 때는 그 태도가 일변하여, 큰아들 위과에게 분부하였다.

"조희는 내가 평소 사랑하고 아끼던 여자다. 내가 죽거든 조희를 나와 함께 순장시켜다오. 그러면 나는 땅속에 묻혀도 외롭지 않을 것이다."

그러나 위과는 아버지를 장사지낼 때 살아 있는 조희를 함께 묻지 않자, 위기가 물었다.

"형님은 아버지께서 세상을 떠나실 때 분부하신 말씀을 잊었습니까?"

위과가 조용히 대답하였다.

"아버지는 살아 계실 때 평소 말씀하시기를, 내가 죽거든 조희를 좋은 곳으로 개가시켜주라고 하셨다. 임종 때 말씀은 정신없이 하신 것이다. 효자는 부모께서 평소에 하시던 말씀을 따르는 법이다. 숨을 거두실 때 정신없이 하신 말씀을 어찌 따를 수 있겠는가?"

위과는 장례를 마친 후 조희를 개가시켰다. 이러한 음덕이 있었기에 조희의 아버지 혼령이 나타나 풀을 묶어 그 은혜를 갚은 것이었다.

이렇게 '풀을 엮어 은혜를 갚는다.'는 말인 **'결초보은(結草報恩)'**이라는 고사성어는 여기에서 유래하였다.

진(晉)나라 경공은 위과의 공로를 크게 찬양하고 그에게 영호(令狐) 땅을 봉토로 하사하였다. 또한 청초파 싸움의 승리를 기념하기 위해 큰 종을 만들어 위과가 승전한 연월일을 새기게 하였다. 경공 시대에 만들어진 이 종을 후세 사람들은 경종(景鐘)이라 명명했다.

또한 노인의 예언대로 위과의 후손은 날로 번창하여 마침내는 나라를 세워 군주의 자리까지 오르게 되는데, 이것이 전국시대 때 세워진 삼진(三晉) 중의 하나인 위(魏)나라이다.

제32장
초재진용(楚材晉用)

楚 나라 이름 초 · 才 재목 재 · 晉 나아 갈 진 · 用 쓸 용

초나라의 인재를 진나라에서 이용한다는 말. 자기 것을 남이 이용하거나 남의 것을 자기가 이용하는 것, 또는 다른 나라의 인재를 자국에서 등용하는 것을 비유하는 의미이다.

*** 출전: 좌구명, 춘추좌씨전(春秋左氏傳) 양공(襄公) 26년**

진(陳)나라를 정벌하고 하희(夏姬)를 초나라로 데려온 장왕이 대부인 굴무(屈巫)의 만류에 따라 하희를 곁에 두지 않고, 홀아비인 연윤(連尹) 양로(襄老)에게 아내로 삼도록 하였다.【☞ 제1편 제23장 '혜전탈우' 참조】

하희를 얻게 된 양로는 한동안은 매우 즐겁게 보냈으나, 날이 갈수록 색녀인 하희의 요구에 진절머리를 내게 되었다.

이러다간 제명대로 살지 못할 것 같다는 생각을 하고 있을 즈음 초나라를 섬기던 정나라가 다시 진나라를 섬기게 되자, 이를 괘씸하게 여긴 장왕이 정나라 정벌에 나섰다. 이때 양로는 하희를 멀리 할 수 있는 좋은 기회라고 생각하고, 장왕에게 자신의 출진을 요청하여 선봉부대를 맡아 전쟁터에 나가게 되었다. 그는 정나라를 구원하러 온 진나라와 싸운 필읍전투에서 대승을 거두었으나, 화살을 맞고 전사하였으며 그의 시신을 찾지 못하였다. 【☞ 제1편 제30장 '지과위무' 참조】

이러한 틈에 하희는 양로의 아들 흑요(黑要)와 정을 통하였다. 양로가 전사하자 흑요는 하희의 미색에 빠져 그 부친의 시신을 찾으러 가지도 않았다. 이 일을 두고 백성들의 의논이 분분하자, 하희가 부끄럽게 여겨 양로의 시신을 찾는다는 핑계를 대고 정나라로 돌아가려고 하였다.

굴무는 그녀의 시녀를 매수하여 하희에게 말을 전하게 하기를, "만약 부인이 정나라로 돌아가게 되면, 부인을 너무나 사모하는 저도 곧 뒤따라가겠습니다."라고 하였다.

또한 정나라 양공(襄公)에게 사람을 보내어 하희가 친정으로 돌아가고자 하니 데려가야 하지 않겠느냐고 하였더니, 양공이 사신을 초나라에 보내 하희를 데려가려고 했다.

초나라 장왕이 신하들에게 물었다.

"정나라 군주가 하희를 데려가겠다고 하는 것은 무슨 뜻인가?"

굴무가 나서서 말했다.

"하희가 정나라로 돌아가서 전사한 양로의 시신을 찾아 장례를 치르길 원하고 있어, 정나라에서 하희를 데려가려고 하는 것입니다."

그러자 장왕이 다시 물었다.

"양로의 시신은 진(晉)나라에 있는다고 들었는데, 정나라가 어떻게 그 일을 할 수 있단 말인가?"

이에 굴무가 대답하였다.

"지금 진(晉)나라 중군 보좌로 있는 순수(荀首)의 아들인 순앵(荀罃)이 필읍전투 당시에 포로로 잡혀 우리 초나라에 있습니다. 순수는 정나라 대부 황술(皇戌)과는 매우 친한 사이인데, 황술에게 초나라와 교섭하여 양로의 시신을 순앵과 교환하게 해 달라고 부탁했습니다."

이때 하희가 조정에 들어와 장왕에게 정나라로 돌아가려는 까닭을 말하고, 눈물을 흘리며 말하였다.

"만약 제가 지아비의 시신을 찾지 못하면 결코 초나라에 돌아오지 않겠습니다."

이에 장왕이 이를 가엽게 여겨 정나라로 돌아가겠다는 청을 허락하였다. 굴무의 계략대로 하희는 무사히 정나라로 돌아갔다.

사실 굴무는 하희에 대하여 은밀히 연정을 불태우고 있었다. 그래서 하희를 후궁으로 삼으려던 장왕에게 간언하여 이를 단념토록 하고, 하희를 아내로 맞이하려던 공자 측(側)에게도 충고하여 손을 떼게 했던 것이었다.

기원전 591년, 초나라 장왕이 승하하고 아들인 공왕(共王)이 즉위하였고, 기원전 589년 진(晉)나라가 제나라를 치기 위해 군사를 일으켰다. 제나라 경공(頃公)이 초나라에 구원을 요청하였으나, 초나라는 공왕이 즉위한 지 얼마 되지 않아 구원병을 보낼 수가 없었고, 결국 제나라가 안(鞍)땅의 싸움에서 크게 패하여 진나라에 굴복하였다.

이 소식을 들은 초나라 공왕이 신하들에게 말하였다.

"제나라가 패한 것은 우리가 구원병을 보내지 않았기 때문이다. 과인은 제나라를 위해 위나라와 노나라를 쳐서 안(鞍)땅에서 패한 치욕을 갚도록 해야겠소. 누가 과인의 뜻을 제나라 군주에게 전달하겠소?"

이에 굴무가 자신이 가겠다고 하자, 공왕은 굴무가 제나라에 가는 길에 정나라에 들러서 정나라 군사들도 위나라 경계에서 합류할 수 있도록 하라고 지시하였다.

공왕의 명령을 받은 굴무는 정나라에 들어가서 정나라 양공(襄公)에게 군사를 출동시켜 위나라 경계에서 초나라 군사와 합류하라는 초나라 공왕의 명령을 전하였다.

그리고 굴무는 하희를 만나 혼례를 올리고 초나라와 적대관계에 있는 진(晉)나라로 함께 달아나면서, 공왕에게는 다음과 같이 서신을 보냈다.

"정나라 군주가 하희를 저의 내실로 삼게 해준 은혜를 베풀길래, 신은 거절하지 못했습니다. 왕께서 저의 죄를 물을까 두려워서 잠시 진(晉)나라에 머물겠습니다. 제나라에 사신으로 가는 일은 따로 훌륭한 신하를 보내시기 바랍니다."

초나라 공왕은 굴무가 보낸 서신을 보고 크게 노하여 공자 영제(嬰齊)와 공자 측(側)을 불러 굴무의 서신을 보여주자, 측이 말했다.

"초나라와 진(晉)나라는 대대로 원수지간입니다. 지금 굴무가 진나라로 간 것은 반역입니다."

공자 영제도 말하기를, 양로의 아들인 흑요(黑要)가 계모인 하희와 사통한 것 역시 죄가 되니, 마땅히 함께 죄를 물어야 한다고 하였다. 공왕이 그 말을 따라서 공자 영제를 시켜 굴무의 일족들을 몰살시키고, 공자 측을 시켜 흑요를 참하도록 하고 두 집안의 재산과 노비들은 공자 영제와 공자 측이 나눠 가졌다.

진(晉)나라 경공(景公)은 '필읍(邲邑) 전투'에서 초나라에 패한 일을 치욕으로 생각하고 있다가 굴무가 망명해 왔다는 말을 듣고 기뻐하며, 하늘이 보내준 것이라고 하였다. 그날로 굴무를 대부에 임명하고 형(邢) 땅을 하사하여 식읍으로 삼게 하였다. 굴무는 굴(屈)성을 버리고 무씨(巫氏)로 바꾸고 이름은 신(臣)이라고 했다.

무신은 초나라에 남아있던 일족들이 몰살되었다는 소식을 듣고 격분하여 이를 갈며 복수를 다짐하였다. 그래서 무신은 초나라에 대항하려면 진나라가 오나라와 연합하여야 한다고 경공을 설득하였다.

무신은 자신이 직접 오나라로 건너가 중원의 새로운 병법인 마장술과 기병의 운용 등을 오나라 군사들에게 가르쳐 수군과 육군을 양성하였다. 또한 무신의 아들 굴호용(屈狐庸)은 오나라 행인(行人)으로 임명되어 외교와 정보업무를 관장하면서 오나라의 국력은 날로 강성해졌다.

당시 오나라 군주인 수몽(壽夢)은 스스로 왕이라 칭하고, 세력을 넓히면서 중원진출을 꾀하고 있었다. 마침내 오나라가 초나라 속국인 소(巢)나라와 서(徐)나라를 공격하고 남쪽 국경지대인 주래(州來)를 빼앗았다. 이때부터 오나라와 초나라는 적대관계가 되었다.

훗날, 초나라의 영윤인 자목(子木)이 채(蔡)나라의 대부인 성자(聲子)를 만난 자리에서 초나라와 진(晉)나라 중에서 어느 나라의 인재가 역량이 뛰어난지 물었다.

성자는 이렇게 대답했다.

"초나라의 좋은 목재와 가죽을 진(晉)나라에서 쓰듯이, 초나라에 인재가 있으나 실제로 그들을 쓰는 건 진(晉)나라입니다."

이어서 성자는 초나라의 가혹한 형벌의 남용이나 무고로 인해 진나라로 망명하여 초나라를 위태롭게 한 인재들로는 하희를 데리고 진나라에 들어온 무신(巫臣)을 비롯하여 석공(析公), 옹자(雍子), 묘분황(苗賁皇) 등의 사례를 들었다.

여기에서 '초나라의 인재를 진나라에서 이용한다.'는 말인 **'초재진용(楚才晉用)'**이라는 고사성어가 유래하였다.

제33장
병입고황(病入膏肓)

病 병 병 · 入 들 입 · 膏 살찔 고 · 肓 명치 끝 황

병이 몸속 깊은 곳에 들었다는 말. ①병이 깊어져 더 이상 치료가 불가능하거나 ②나쁜 습관이 몸에 배어 도저히 고칠 수 없거나 ③상황이 어려워 재기 불능의 상태를 비유하는 의미이다.

*** 출전: 좌구명, 춘추좌씨전(春秋左氏傳) 성공(成公) 10년**

기원전 600년 진(晉)나라 성공(成公)의 뒤를 이어 즉위한 경공(景公)은 법을 집행하는 사구(司寇)에 도안가(屠岸賈)를 임명하였다. 도안가는 진나라 재상인 조돈(趙盾)의 조씨 집안과는 사이가 좋지 않았다.

진나라 군주였던 영공(靈公)이 조돈의 간언에도 불구하고 방탕한 폭정을 일삼게 되자, 조돈의 조카인 조천(趙穿)이 영공을 시해하고 영공의 숙부였던 흑둔(黑臀)을 성공(成公)으로 옹립하였다. 【☞ 제1편 제24장 '동호직필'참조】

이 당시 도안가는 영공의 총애를 받고 있었으나, 영공이 시해되면서 겨우 목숨만 부지하며 숨을 죽이고 살아왔기 때문에 조씨 집안을 미워하였다. 도안가는 주군이었던 영공의 원수를 갚기 위해 조씨 집안을 멸족시키기로 마음먹고 기회를 엿보고 있었다.

기원전 597년, 진나라의 양산(梁山)이 이유도 없이 무너져 내려 황하의 물길을 막는 일이 일어났다. 불길한 징조라고 여긴 경공은 태사에게 점을 치게 했다. 도안가는 이를 기회로 조씨 집안을 없앨 구실을 만들고자 태사에게 옛적의 형벌을 제대로 시행하지 않아서 이러한 일이 생겼다고 말하도록 하였다.

옛적 형벌이란 무엇일까? 그것은 조천이 영공을 시해한 일을 두고 한 말이었다.

도안가가 경공에게 아뢰었다.

"영공이 조천에게 시해당하였을 때 승상인 조돈은 그 사건의 주범이었습니다. 신하가 군주를 시해한 것은 용서할 수 없는 죄임에도 계속 국정을 맡아왔고, 지금 그의 자손들이 조정에 있는데 어찌 죄악을 저지른 다른 사람들을 징벌할 수 있겠습니까? 지금 양산이 무너진 것은 그 당시 조씨들의 죄상을 밝히라는 하늘의 뜻입니다."

경공은 이 말을 믿고 도안가가 죄상을 밝혀 처리하라고 명을 내렸다.

이러한 도안가의 음모를 눈치챈 중군장 한궐(韓厥)이 조돈의 아들 조삭(趙朔)에게 급히 연락하여 얼른 도피하라고 하였다.

그러나 조삭은 도피를 거부하면서, 한궐에게 부탁하였다.

"지금 태중에 있는 나의 혈육을 장군이 잘 보호해 주신다면, 나는 죽어도 여한이 없습니다."

한궐은 눈물을 흘리며 반드시 그렇게 하겠다고 대답하였다.

조삭은 부인인 장희(莊姬)를 불렀다. 장희는 성공의 누이이자 경공의 고모로서, 조삭의 아이를 임신하고 있었다. 조삭은 장희에게 곧 닥쳐올 재앙에 대해 알려주면서 말했다.

"만일 아들이 태어난다면 장차 조씨의 원한을 갚고 대업을 이룰 수 있을 것이니, 그 이름을 무(武)로 지으시오. 그러나 딸이 태어난다면 그것 또한 하늘의 뜻이니 문(文)으로 지으시오."

장희는 눈물을 흘리며 뒷문을 통해 빠져나와 궁중으로 들어가 어머니인 성부인(成夫人)에게 의탁하였다.

다음날 새벽에 도안가가 이끄는 사구 소속의 군사들이 들이닥쳐 조삭을 비롯하여 조돈의 아우들인 조동(趙同), 조괄(趙括), 조영제(趙嬰齊) 등 그 일족을 모두 도륙하였다.

도안가는 병사들을 시켜 시체를 일일이 점검하였으나, 아무리 찾아봐도 조삭의 부인인 장희의 시신이 보이지 않았다.

도안가는 장희를 꼭 죽일 필요는 없었지만, 만삭이어서 만일 남자아이를 낳게 되면 후환을 남기는 것이라고 생각하고 장희의 행방을 찾았다.

나중에 장희가 궁중에 들어와 성부인의 보호를 받고 있다는 소식을 들은 도안가는 기회를 엿보기 위해 밤낮없이 내궁의 동태를 살피고 있었다.

과연 얼마 후에 장희가 아들을 분만하였고, 조삭의 유언대로 이름을 무(武)라고 지었다. 장희가 아이를 낳았다는 소식을 들은 도안가가 내궁을 수색하면서 아이를 보여달라고 하였다. 장희는 몹시 당황하여 아이를 감추고는 간밤에 죽었다고 말하였다.

아이를 찾지 못하고 돌아간 도안가는 며칠 후에 내궁을 다시 기습 방문하였다. 아이에게 젖을 먹이고 있던 장희는 느닷없는 도안가의 기습에 놀라 허둥지둥 아이를 속바지 안에 넣고 그 겉으로 열두 폭 치마를 입고는 속으로 하늘에 빌었다.

"하늘이시여! 조씨의 일점혈육을 없애시려거든 이 아이를 울게 하시고, 조씨의 피를 잇게 하시려거든 아이를 울지 않게 해주십시오."

도안가는 장희를 밖으로 끌어내고 직접 내궁 여기저기를 수색하였다. 장희는 오로지 아이가 울지 않기만을 빌고 또 빌었는데, 다행히 아이는 울지 않았다. 아이를 찾지 못한 도안가는 내궁에서 철수하긴 했지만, 계속해서 의심을 가지고 있었다.

조삭의 문객으로 공손저구(公孫杵臼)가 있었는데, 그가 조삭의 가속인 정영(程嬰)을 찾아가 왜 주인을 따라 죽지 않았냐고 물었다.

정영이 대답하였다.

"임신 중인 장희 부인이 다행히 아들을 낳으면 어린 주인을 내가 돌볼 것이나, 만약 딸을 낳으면 그때 나도 죽을 것이다."

장희가 도안가의 기습으로부터 위기를 넘겼다는 소식을 들은 정영이 공손저구에게 물었다.

"이번에는 다행히 들키지 않았지만, 나중에 또다시 기습하여 수색하면 그때는 어떻게 하지?"

그러자 공손저구가 아이를 지키는 것과 죽는 것 중에 어느 것이 어려운지를 물었다. 정영이 죽기는 쉽고, 어린 주인을 지키는 것이 더 어렵다고 말했다.

이에 공손저구가 말하였다.

"조삭의 집안사람들이 나보다 자네에게 더 후대하였으니, 자네가 어려운 일을 하고 내가 쉬운 일을 하겠다. 그러니 내가 먼저 죽는 일을 하겠다."

이에 정영이 공손저구에게 계책을 말하였다.

"갓난아이 하나를 구해 조삭의 유복자로 꾸며 일부러 도안가의 눈에 띄게 하고, 그 틈에 궁중에 있는 조삭의 아이를 밖으로 빼내어 숨어지내면 될 것이네."

두 사람은 그렇게 하기로 하였고, 다음 날 정영은 갓난아이인 자기 아이를 공손저구에게 데리고 와서 수양산 골짜기의 초가에 함께 가 있도록 하였다.

얼마후 정영은 도안가를 찾아가 조삭의 아들이 숨어있는 곳을 알아냈다고 말하자, 도안가는 급히 정영을 앞세우고 조삭의 아들을 죽이러 갔다. 수양산 골짜기에 이르자, 정말 정영의 말대로 작은 초가 하나가 있었고, 그 초가에는 공손저구가 갓난아이와 함께 있었다.

정영이 소리쳤다.

"저놈이 조삭의 심복 공손저구란 놈이고, 조삭의 아들이 여기 있다."

그러자 군사들이 달려들어 공손저구를 끌어내자, 그가 외쳤다.

"정영, 네 이놈 소인배야! 은혜를 입은 주공을 따라 죽지 않고 나와 함께 조씨 고아를 숨기려 해놓고서는 오늘 다시 나를 팔아먹는구나. 하늘이시여! 조씨 고아에게 무슨 죄가 있습니까?"

그리고는 도안가에게 제발 아이는 살려주고, 자기만 죽여달라고 사정하였다. 하지만 도안가는 공손저구와 함께 아이를 죽였다. 도안가는 조씨의 마지막 아이가 죽어 화근이 제거된 것으로 여기고 기뻐하며 돌아왔다. 정영은 자신의 아들이 죽었으나, 일체의 미동도 하지 않고 도안가가 주는 상금도 사양하였다.

도안가는 조삭의 유복자를 죽였다는 안도감으로 장희에 대한 경계심이 없어졌다. 이 틈을 타 아이는 한궐의 도움을 받아 무사히 궁중을 빠져나왔고, 정영이 아이를 안고 산서성 우현(盂縣)에 있는 우산(盂山) 으로 들어가 은거하면서 자기 아들로 삼아 키웠다. 후세 사람들은 이 우산을 아이를 감춘 산이라 하여 장산(藏山)이라 불렀다.

한편 세월이 흘러 경공은 즉위 19년인 기원전 581년에 병이 들었다.

경공의 꿈에 키가 크고 머리를 땅에 닿도록 늘어뜨린 귀신이 가슴을 치며 나타나 외치며 말하였다.

"너는 어째서 나의 자손을 죽였는가? 용서할 수 없다!"

그리고는 대문과 침실의 문을 부수고 들어왔다. 경공이 무서워 거실로 피하자, 귀신은 다시 방문을 부수었다. 꿈에서 깨어난 경공은 그길로 일어나지 못하고 병이 들었다.

경공은 상문(桑門) 근처에 용한 무당이 있다는 말을 듣고, 꿈에 나타난 귀신을 쫓아내도록 그 무당을 불렀다.

궁중으로 들어온 무당은 경공에게 이뢰었다.

"귀신이 매우 화가 나 있어 굿을 해 봐야 소용이 없을 듯합니다."

경공이 무당에게 물었다.

"그렇다면 병이 든 나는 언제까지 살 수 있겠는가?"

무당이 대답했다.

"제가 죽음을 무릅쓰고 직언을 드리자면, 주공께서는 햇보리를 맛보지 못할까 두렵습니다."

옆에 있던 도안가가 무당을 꾸짖으며 말했다.

"보리는 한 달 안에 익을 것인데, 만약 주공께서 햇보리를 맛보면 너를 반드시 죽일 것이다."

무당이 물러간 뒤에 경공의 병이 더욱 심해지자, 진(秦)나라의 고완(高緩)이라는 명의를 보서 오도록 하였다.

그런데 고완이 진(晉)나라에 도착하기 전에 경공은 또 이상한 꿈을 꾸었다.

두 동자가 경공의 콧구멍에서 뛰어나오더니, 한 동자가 말했다.

"진(秦)나라 고완(高緩)이 최고의 명의라고 하는데, 만약 그가 오면 우리는 어디로 피하면 되겠는가?"

그러자 다른 한 동자가 말했다.

"우리가 명치끝에 들어가 숨어있으면, 아무리 명의라도 우리를 어찌할 수 없을 것이다."

고완이 입궁하여 경공을 진맥하고 나서 말하였다.

"이 병은 고황(膏肓)에 있어 뜸을 뜰 수도 없고, 침을 놓을 수도 없으며, 약을 사용하여도 약이 미치지 못합니다. 그러므로 이 병은 고칠 수 없습니다."

경공이 고완의 말이 자기의 꿈과 일치한다고 탄식하면서, 고완에게 예물을 후하게 주고 진(秦)나라로 돌려보냈다.

이렇게 병이 깊어져 더 이상 치료가 불가능한 것을 비유하는 말인 '병입고황(病入膏肓)'이라는 고사성어는 여기에서 유래하였다.

이때 강충(江忠)이라는 내시가 잠을 자다가 경공을 업고 날아서 하늘로 올라가는 꿈을 꾸었다. 강충은 경공에게 꿈 이야기를 들려주면서 주군의 병은 틀림없이 점차 나아질 것이라고 하였다. 경공도 명치의 통증이 조금 나아져서 그 말을 듣고 매우 기뻐하면서 햇보리를 맛보려고 요리사에게 죽을 쑤어 오라고 하였다.

그러자 도안가는 지난번에 입궁하였던 무당을 불러놓고 꾸짖었다.

"햇보리가 여기에 있는데 맛보지 못할 것을 걱정하겠는가?"

불려온 무당이 아직은 알 수 없다고 말하자, 화가 난 도안가가 무당을 참수하였다.

경공이 바로 햇보리 죽을 맛보려는 순간, 갑자기 배가 더부룩해지면서 설사가 나오려고 하였다. 내시 강충을 불러서 자기를 업고 측간에 가자고 하였다.

강충이 업고 있던 경공을 측간에 내려놓으니, 경공은 통증으로 가슴을 움켜쥐다가 헛발을 디뎌 측간 안으로 떨어져 버렸다. 강충이 더러운 것을 생각할 겨를도 없이 경공을 잡아당겨 일으켰으나, 이미 숨이 넘어간 뒤였다.

강충이 꿈속에서 경공을 업고 하늘로 올라갔고, 그 뒤에 경공을 업고 측간에 모시고 갔으니 그 꿈이 잘 부합된다고 하여, 경공의 장례식 때 강충도 같이 순장하였다.

경공의 뒤를 이어 그의 아들인 여공(厲公)이 즉위하였다.

제34장
백보천양(百步穿楊)

百 일백 백 · 步 걸음 보 · 穿 뚫을 천 · 楊 버들 양

백 걸음 떨어진 곳의 버드나무 잎을 맞힌다는 말. ①백발백중(百發百中)과 비슷한 뜻으로, 활이나 총을 매우 잘 쏘는 것이나 ②계획한 것이 잘 들어맞거나 ③하는 일마다 실패 없이 잘되는 것을 비유하는 말이다.

* **출전: 좌구명, 춘추좌씨전(春秋左氏傳) 성공(成公) 16년/ 사마천, 사기(史記) 주본기(周本紀)**

정나라는 강대국인 진(晉)나라와 초나라 사이에 끼어있어 이 두 나라의 눈치를 보며, 힘의 강약과 상황에 따라 번갈아 가며 섬겼다.

기원전 575년 봄, 초나라 공왕(共王)이 공자 성(成)을 정나라로 보내 여음(汝陰) 땅을 돌려주면서 초나라를 섬기라고 요청하였다. 이에 정나라는 진(晉)나라를 버리고 초나라와 동맹을 맺었다.

이에 대로한 진나라 여공(厲公)은 난서(欒書), 사섭(士燮), 극기(郤錡), 순언(荀偃), 한궐(韓厥), 극지(郤至), 위기(魏錡), 난침(欒鍼) 등의 장수와 병거 6백 대를 친히 거느리고 정나라 토벌에 나서게 되었다.

정나라 성공(成公)은 초나라에 구원을 요청하자, 초나라 공왕은 친히 군사를 거느리고 정나라를 구하려고 출발하였다.

하루 백여리 이상을 행군한 초나라 군사가 언릉(鄢陵) 지역을 통과하게 되자, 진나라 군사는 더 이상 전진하지 않고 팽조강(彭祖崗)에 머물러 주둔하면서 양측이 각각 진영을 세워 대치하였다. 양측 군사들은 각자 진영을 지키기만 하고, 나가 싸우지 않고 있었다.

진세(陣勢)로만 보았을 때는 초나라 진영이 유리한 형국이었다. 진(晉)나라 진영이 폭풍전야처럼 팽팽한 긴장감에 사로잡혀 있을 때, 초나라 진영은 어느 정도 여유를 가지고 느긋한 편이었다.

초나라 장수 중에 반당(潘黨)이라는 사람이 있었다. 그는 필읍(邲邑) 전투에서도 많은 공을 세운 초나라 명장 중의 한 사람으로서, 힘이 세고 활을 잘 쏘았다.

그는 양측이 대치만 하고 있는 틈을 이용하여 진영 뒤편으로 가서 활쏘기 연습을 하였다. 어느새 다른 장수들도 모여들어 반당의 활 솜씨를 구경하였다. 반당은 열 대의 화살을 쏘아 열 대 모두 과녁에 맞히자, 구경하던 장수들이 감탄하며 박수를 보냈다.

그때 마침 우광 대장 양유기(養由基)가 그곳에 나타났다. 양유기는 초나라 장왕 시절에 반란을 일으킨 투월초(鬪越椒)를 화살 한 대로 쏘아 죽여 일약 초나라 제일의 영웅으로 떠오른 명궁 중의 명궁이었다. 【☞ 제1편 제27장 '낭자야심'참조】

양유기를 본 초나라 장수들이 반당과 서로 겨루어보라고 부추겼다.

양유기가 그 제안을 듣고 웃으며 말했다.

"무릇 장수라면 과녁을 맞히는 것은 당연한 일이오. 적어도 1백 보 떨어진 곳에서 버드나무잎을 맞히는 정도는 되어야 하지 않겠소?"

양유기는 군사를 시켜 버드나무 잎사귀 셋에다 먹칠을 하고 각기 1·2·3 번호를 써넣게 하고는, 백 보를 물러나서 표시한 버나무 잎사귀 셋을 향해 화살 3대를 연달아 쏘아 명중시켰다. 장수들은 감탄하면서 양유기 앞으로 가서 두 손을 모아 공경의 뜻을 표했다.

반당도 감탄하였으나, 자존심이 상해서 이렇게 말했다.

"그대의 활 솜씨는 교묘한 기술에 불과하오. 화살에는 힘이 있어야 하는데, 나는 한 대의 화살로 몇 겹이나 되는 갑옷을 뚫을 수 있소. 그대는 나와 갑옷 뚫기 내기를 해보는 것이 어떻소?"

이로써 반당과 양유기 간에 갑옷 뚫기 내기가 시작되었다. 반당은 군사들에게 과녁 앞에 갑옷 일곱 벌을 벗어 쌓게 하고는, 1백 보를 물러 나와 활시위를 당겼다. 반당이 쏜 화살은 갑옷을 정확하게 맞혔을 뿐 아니라 일곱 벌을 모두 뚫고 과녁판에 가서 굳게 박혔다. 모여 있던 장수들이 일제히 감탄하자 반당은 만족한 듯 자부심이 가득한 표정으로 말했다.

"저 갑옷을 끄집어내려면 과녁판을 쪼개야 할 것이오."

그러자 양유기가 빙그레 웃으며 아무렇게나 화살을 집어 들어 번개처럼 쏘았다. 화살은 날아가 반당이 꽂아놓은 화살 꼭지에 가서 정확하게 맞았다. 순간 반당의 화살은 과녁판 뒤편으로 빠져 떨어지고 양유기의 화살 또한 반당의 화살만 밀어내고 땅바닥으로 떨어졌다. 이에 과녁판에 박혀 있던 일곱 벌의 갑옷은 다시 끈에 매달린 채 허공에 건들거렸다. 그제야 반당은 부끄러움을 느끼고 머리 숙여 사죄하면서 승복하였다.

모여 있던 장수와 군사들도 하나 같이 믿을 수 없다는 듯 경이의 눈으로 양유기만을 바라볼 뿐이었다.

이와 같이 백 걸음 떨어진 곳에서 활을 쏘아 버드나무 잎을 맞힌 것처럼 활을 매우 잘 쏘는 것을 이르는 말인 **'백보천양(百步穿楊)'**이라는 고사성어는 여기에서 유래되었다.

양유기와 반당의 활 솜씨를 본 장수들은 두 장수의 화살과 갑옷 일곱 벌을 들고 군막으로 가서 공왕에게 조금 전의 일을 자랑하며 이렇게 아뢰었다.

"우리나라에 이와 같은 신궁이 두 분이나 있는데 진나라 군사가 백만 명이라 한들 어찌 걱정하겠습니까?"

그러자 공왕이 노기를 띠며 말하였다.

"전쟁이란 한두 사람의 능력으로 이기는 것이 아니다. 그런데 그대들은 힘껏 싸워 이길 생각은 하지 않고 어찌 화살 한 대에 의지하려는 것인가? 이것은 요행수를 바라는 것밖에 되지 않는다. 그대들이 이렇듯 활을 믿다가는 반드시 활 쏘는 재주 때문에 죽을 것이다."

그러고는 양유기의 화살을 모두 몰수하여 두 번 다시 활을 쏘지 못하게 하였다. 장수들은 모두 부끄러움을 이기지 못하고 얼굴을 붉힌 채 군막에서 물러 나왔다.

초나라와 진나라 군사들이 서로 대치한 지 이틀이 지나서야 양측은 정면으로 맞붙었다. 이때의 장소가 언릉(鄢陵)이라 하여 이 싸움을 '언릉 전투'라고 불렸다.

'언릉 전투'는 양측간에 결전장을 보내어 거의 동시에 이루어졌다.

진나라 측에서는 상군 대장 극기가 왼편 길로 나가 초나라 좌군 원수인 영제(嬰齊)와 대적했고, 하군 대장 한궐은 오른편 길로 나가 초나라 우군 원수인 임부 및 정나라 군대와 맞붙어 싸웠다. 중군 대장 난서와 좌장 사섭은 중군을 이끌고 가운데 길로 진격하여 초나라 공왕과 공자 측(側)을 공격하였다.

이때 초나라 공왕은 친위대 중 우광 군대를 이끌고 가려 했으나, 전날 우광 대장 양유기가 경박스럽게 재주를 발휘한 것이 생각나 좌광 군대를 거느리고 싸움터로 나섰다. 병거는 팽명(彭名)으로 하여금 조정하게 하고, 차우(車右)에는 굴탕(屈蕩)을 임명하여 호위하게 하였다.

반면 진나라 여공은 극의가 모는 병차를 타고 난침을 차우로 삼아 초나라 중군을 향해 돌진하자, 난서와 사섭이 여공의 병거를 좌우로 호위하였다. 진나라 여공의 병차가 전쟁터를 향해 힘껏 달리던 중에 갑자기 진흙 수렁 속으로 빠져버렸다.

이것을 초나라 공왕의 아들 웅패(熊茷)가 보았다. 웅패는 나이는 어렸으나 공명심이 컸다. 그는 진흙 수렁에 빠진 여공을 공격하기 위해 홀로 나는 듯이 달렸다. 그러나 여공을 호위하던 난서와 진나라 군사들이 한꺼번에 몰려들어 웅패는 이들에게 사로잡히고 말았다.

다음날 난서가 웅패를 함거에 가두어 진영 앞에 세워 놓고 초나라를 자극하여 유인하려고 싸움을 걸었다.

이때 대장 위기(魏錡)가 난서에게 물었다.

"제가 간밤에 꿈을 꾸었는데, 하늘에 떠 있는 둥근달을 제가 활을 쏘아 달 가운데를 맞췄습니다. 그러자 달 속에서 한 가닥 금빛이 아래로 쏟아져 나와 제가 뒤로 물러나던 중 발을 헛디뎌 진창에 빠졌습니다. 이것은 무슨 징조입니까?"

난서가 해몽을 해주며 말했다.

"달을 쏘아 맞힌 것은 틀림없이 초나라 왕을 쏘아 맞힐 것이오. 그러나 진창에 빠진 것은 길조가 아니오. 장군은 부디 조심하시오."

초나라 공왕은 아들 웅패가 함거에 실려 진영 앞에 있는 것을 보고 화가 치밀어 올라 그곳으로 자신의 병차를 달려가게 하였다.

위기가 이러한 공왕을 향해 화살을 쏘아 공왕의 왼쪽 눈을 정확히 맞췄다. 공왕은 아픔을 참고 화살을 뽑아 눈동자를 화살집에 담고는 양유기를 불렀다. 공왕은 양유기에게 자신의 화살통에서 화살 두 대를 꺼내 주며 명령했다.

"과인을 쏜 자는 푸른 전포를 입은 곱슬머리 수염을 기른 자요. 장군은 나를 위해 원수를 갚아 주시오."

양유기는 공왕으로부터 화살을 받아 들기 무섭게 진나라 진영 쪽으로 달려가서 화살을 날려 위기의 목을 정확히 맞추었다. 위기는 화살을 맞고 활집 위에 엎어져 죽었다.

양유기는 돌아와서 공왕에게 남은 화살 한 대를 바치며 위기를 사살했음을 보고하자, 공왕은 크게 기뻐해 친히 입고 있던 금포와 낭아전 100대를 하사하였다.

공왕은 다음날 다시 싸우기로 하고 초나라 진영으로 돌아왔으나, 노나라와 위나라가 진나라를 돕기 위해 지원군을 보냈다는 보고를 받고 대책을 논의하기 위해 중군 원수인 공자 측을 불렀다. 그러나 공자 측은 공왕의 부름에 응하지 못하였다.

공자 측은 술을 몹시 좋아하였다. 한 번 술을 입에 대면 술이 바닥날 때까지 마셔댔고, 취하면 아무리 깨워도 종일토록 깨지 않았다. 공왕은 이러한 그의 술버릇을 잘 알기 때문에 이번 전쟁에 나갈 때 그에게 술을 마시지 못하게 하였다.

공자 측은 전투가 끝난 뒤 자신의 군막으로 돌아와 시중을 들고 있던 수양곡(豎陽穀)에게 물을 달라고 하였다. 수양곡은 공자 측의 마음에 들기 위해 미리 술을 구해 놓았다가 이때다 싶어 물 대신에 술을 갖다 바쳤다. 공자 측은 냉수인 줄 알고 받아 마시려다가 냄새가 달라 깜짝 놀라며 이를 물리치려고 하였다. 그러나 수양곡은 술이 아니라 차(茶)라고 하며 마시기를 권하자, 공자 측은 못 이기는 척하며 마셨다. 그리고 술을 입에 대자 술을 더 가져오라고 하여 정신없이 계속 마셨고 이내 몸을 가누지 못할 정도로 대취하여 자리에 쓰러졌다.

초나라 공왕은 공자 측이 대취하여 의식을 잃었다는 보고를 받고, 어쩔수 없이 좌군 대장인 영윤 영제(嬰齊)와 논의하여 즉시 회군하기로 결정하였다.

그리고 공왕은 길게 한숨을 내쉬며 말했다.

“가장 중요한 시기에 중군 원수가 술에 취해 일어나지 못하고 있으니, 하늘이 우리 초나라를 버리려는 것 같소. 여기 앉아 패배를 기다릴 수는 없으니 지금 당장 장수들을 불러 회군하라 이르시오."

그날 밤, 초나라 군사들은 서둘러 진영을 정리하여 본국으로 퇴각하면서 '언릉 전투'는 진나라의 승리로 끝났다.

공자 측은 퇴각하는 병차에 실려 한참을 가다가 겨우 깨어나 그간의 상황을 알게 되자, 가는 동안 내내 자책하며 괴로워하였다.

퇴각하던 공왕은 하(瑕)라는 땅에 이르러 휴식을 취하면서 문득 생각하니, 공자 측이 술에 취해서 왕명을 따르지 못한 죄책감으로 자결할 것 같아서 사자를 보내 자기 뜻을 전하게 하였다.

"이번 전투는 과인이 직접 참전했으니, 중군 원수에게는 잘못이 없으며, 패전의 책임은 과인에게 있소. 그러니 자책하지 말라고 하여라."

그러나 좌군대장 영윤 영제는 평소 공자 측과 사이가 좋지 않았다. 그는 이번 기회에 공자 측을 완전히 제거하고 자신이 군사권을 장악하리라 마음먹었다.

그래서 공왕의 사자보다 자기의 심복을 공자 측에게 먼저 보내어 자신의 말을 이렇게 전하였다.

"지난날 성득신(成得臣)은 진나라에 패하고 스스로 목숨을 끊었소. 그대는 무슨 면목으로 초나라 군사를 다시 지휘할 것인가? 죽음으로 속죄하는 것이 더 떳떳할 것이오."

공자 측은 침통한 어조로 말했다.

"영윤의 말씀이 옳소. 내가 초나라를 망쳤는데 어찌 구구히 살기를 바라겠소."

그러고는 목을 매어 자결하였다.

나중에 이 소식을 들은 공왕은 두고두고 슬퍼하였다.

제35장

휴척상관 (休戚相關)

休 쉴 휴 · 戚 슬퍼할 척 · 相 서로 상 · 關 빗장 관

기쁨과 슬픔이 서로 연관되어있다는 말. 관계가 밀접하여 이해가 일치되거나 고락을 함께하는 사이를 비유하는 말이다.

*** 출전: 좌구명, 국어(國語) 주어(周語) 하(下)**

진(晉)나라는 '언릉 전투'에서 승리한 이후 다시 패자국이 되었다. 진나라 여공(厲公)은 자긍심을 넘어서서 기고만장하였고, 교만과 사치와 방탕은 날이 갈수록 심해졌다.

여기에 여공의 총신(寵臣)들이 눈과 귀를 가리는 간신배가 되어 여공의 곁에 머물며 온갖 비위를 맞추었으며, 이들의 아첨에 눈이 멀어 여공은 전형적인 암군(暗君)이 되어갔다. 이들은 서동(胥童) · 이양오(夷陽五) · 장어교(長魚矯) 등이다.

게다가 진나라의 군사력을 장악한 삼극(三郤)씨가 정권을 휘두르고 있었는데, 이들은 상군 대장 극기(郤錡) · 상군 부장 극주(郤犨) · 신군 대장 극지(郤至)의 삼형제이다.

그런데 이들 간신배들과 극씨 형제들 간에 사이가 좋지 않았다. 서동의 아버지 서극(胥克)은 진나라 성공(成公) 시절에 재상직에 있었는데, 정신착란 병이 있어 그 자리를 극씨 형제의 조부인 극결(郤缺)에게 내어주게 되었다.

그 이후로 서동은 아버지 서극이 극씨 집안에 의해 쫓겨났다며 이를 몹시 원망하고 미워하였다. 이양오는 극기에게 땅을 빼앗겨 원한을 품고 있었고, 장어교는 땅 문제로 극주와 다툼이 생겼을 때 그의 부모 처자와 함께 극주의 수레에 묶여 모욕을 당했다.

서동 일당은 여공에게 극씨 형제들의 세력이 커져 전횡을 일삼고 있으며, 틀림없이 모반을 일으킬 수 있으니 제거해야 한다고 은밀히 말하였다. 이에 여공은 극씨 형제들을 제거할 결심을 굳히고 기회만 엿보고 있었다.

그러던 어느 날 여공이 내시 맹장(孟張)에게 사슴고기를 구해 오라고 시켰는데, 시장을 다 찾아봐도 사슴고기가 없었다. 그때 마침 극지가 사냥으로 잡은 사슴 한 마리를 수레에 싣고 지나가고 있는 것을 보고 달려들어 사슴을 빼앗아 갔다. 극지가 화가 나서 화살을 쏘아 맹장을 죽이고 사슴을 다시 찾아갔다.

이 소식을 들은 여공은 극지가 자기를 업신여겼다고 화를 내며 서동·이양오·장어교를 불러 극씨 형제를 죽이라고 지시하였다. 그리고 힘이 센 장사 청비퇴(淸沸魋)를 보내어 이들을 지원하도록 하였다.

이때 극씨들은 자신들의 강무당(講武堂)에 모여 종친회를 하고 있었는데, 장어교와 청비퇴는 일부러 두 사람이 몸싸움으로 다투면서 강무당에 들어가 판결을 해달라고 하소연하였다.

극수가 두 사람의 다툼을 판결하기 위해 자리에 앉으며 그들이 싸우는 이유를 물었다. 청비퇴가 거짓으로 고하는 척하면서 단도를 뽑아 극주를 찔러 죽이고, 곧이어 극기도 단도로 찔러 죽였다. 이에 놀라 도망가는 극지를 서동과 이양오가 가로막고 있는 사이에 뒤쫓아온 장어교가 칼을 휘둘러 죽였다.

이로써 조정에 대변혁이 일어났다.

서동은 극기를 대신하여 상군 대장의 자리에 올랐다. 이양오는 신군 대장이 되어 극지의 자리를 차지하였고, 청불퇴는 신군 부장이 되었다. 그러나 장어교는 후일에 다가올 신변의 불안을 느끼고 서융(西戎)으로 피신하였다.

서동 일당은 경(卿)의 반열에 올라서서 국정과 군부를 좌지우지하게 되었고, 연일 궁중에서 여공에게 아첨하며 사치와 향락을 즐겼다.

그 무렵 중군 대장 난서(欒書)와 상군 좌장 순언(荀偃)은 극씨 형제들처럼 서동 일파로부터 언제 모함을 당할지 모른다는 생각으로 집에 틀어박힌 채 조정 출입을 하지 않았다.

그러던 어느 날 여공은 서동을 데리고 궁궐을 벗어나 장려씨(匠麗氏)라는 신하의 집으로 놀러 나갔다. 장려씨의 집은 옛 도읍인 익성(翼城)에서 20리 떨어진 태음산(太陰山) 남쪽 기슭에 있었다. 여공은 장려씨의 집에서 노느라고 며칠째 궁궐로 돌아갈 생각을 하지 않았다.

이 기회를 이용하여 난서와 순언은 정변(政變)을 일으켜 여공을 폐위시키고 새 군주를 옹립하기로 하였다.

난서는 중군 아장 정활(程滑)을 시켜 군사 3백을 태음산에 매복하도록 하고, 순언과 함께 장려씨 집으로 가 여공에게 궁궐로 돌아가기를 주청하였다. 여공도 궁궐을 떠난 지 며칠이 되었으므로 그곳에 더 머물겠다는 명분을 찾을 수 없었다.

여공은 서동을 앞세우고 궁궐을 향해 출발하였다. 이들이 태음산 아래에 이르렀을 때, 매복했던 정활과 군사들이 나타나 서동을 칼로 목을 쳐 죽이고, 여공은 감금하였다가 독주를 마시게 하여 독살하였다.

난서는 대부들을 조당으로 불러 정변을 알리고 의논한 끝에 새로운 군주로 주(周)나라 도성인 낙양에 있는 공손 주(周)를 모셔오기로 하였다. 공손 주가 바로 진나라 도공(悼公)이며, 이때 나이가 14살이었다.

공손 주는 진나라 양공(襄公)의 서장자 담(淡)의 아들이다. 담(淡)은 자신보다 나이 어린 이복형제인 영공(靈公)이 군주로 추대되자, 주나라 귀족인 선양공(單襄公)의 문객이 되어 주나라에 와서 살고 있었다. 후에 담이 아들을 낳았는데 주나라에 있으면서 낳았다고 해서 이름을 주(周)라고 하였다.

주나라의 선양공이 어느 날 중병이 들자 그의 아들 경공(頃公)을 불러 다음과 같이 당부하였다.

"반드시 공손 주에게 잘 대해라. 그는 앞으로 진나라의 왕이 될 것이다. 그의 품행은 문(文)이라 칭할 수 있다. 문덕을 갖추면 하늘과 땅의 도움을 받게 된다. 하늘과 땅이 복을 내리면 최소한 왕이 될 수 있는 것이다. ①경(敬)은 공손과 겸손의 미덕이다. ②충(忠)은 성실의 미덕이다. ③신(信)은 믿음의 미덕이다. ④인(仁)은 자애의 미덕이다. ⑤의(義)는 절제의 미덕이다. ⑥지(智)는 덕행의 기탁이다. ⑦용(勇)은 덕행의 본보기이다. ⑧교(教)는 덕행의 교화이다. ⑨효(孝)는 덕행의 원천이다. ⑩혜(惠)는 덕행의 은혜이다. ⑪양(讓)은 덕행의 운용이다. 이 열 한 가지의 장점을 공손 주는 모두 갖추고 있다. 공손 주 역시 이런 덕행을 갖추고 있고, 또한 진나라 왕과의 혈연관계도 아주 가깝다. 그러므로 능히 왕위를 잇게 될 것이다. 그가 서 있을 때에도 몸을 비뚤게 하지 않는 것은 정(正)이다. 곁눈질을 하지 않는 것은 단(端)이다. 곁 소리를 듣지 않는 것은 성(成)이다. 말을 할 때에 큰 소리를 내지 않는 것은 신(愼)이다. 정은 덕행의 근본이다. 단은 덕행의 증거이다. 성은 덕행의 귀착점이다. 신은 덕행의 수호이다. 신(愼) · 성(成) · 단(端) · 정(正)은 덕행의 도움이다. 공손 주가 진나라에 근심이 있다면 슬퍼하지 않을 때가 없고 경사가 있다면 기뻐하지 않을 때가 없다. 진나라를 위해 기뻐하고 슬퍼하니 그 근본을 저버리지 않고 있어 반드시 진나라의 군주가 될 것이다."

이와 같이 공손 주가 진나라를 위해 기쁨과 슬픔을 서로 같이한다는 말인 **'휴척상관(休戚相關)'**이라는 고사성어는 여기에서 유래하였으며, '휴척여공(休戚與共)', '휴척상동(休戚相同)'이라고도 한다.

마침내 기원전 573년 도공이 즉위하였고, 그는 즉위식이 끝나자마자 바로 이양오와 청비퇴를 불러다 임금을 잘못 모신 죄를 묻고, 정활에게는 여공의 시해 사건의 죄를 물어 모두 참수하였다.

이에 놀란 난서는 중군 대장의 직책을 내어놓으면서 한궐(韓厥)을 자기의 후임으로 천거하였다. 도공은 한궐이 어질다는 소문을 듣고 난서의 직을 대신하게 하였다. 난서는 은퇴를 한지 얼마 안 있어 울화병이 들어 죽었다.

한궐이 감사의 말을 드린다는 핑계로 도공에게 독대를 청하여 조씨 집안의 일을 소상하게 아뢰었다.【☞ 제1편 제33장 '병입고황' 참조】

"우리 진나라에 세운 공로 중에는 조씨 문중의 공로가 으뜸입니다. 조씨 문중을 일으킨 조쇠는 충성과 성의를 다하여 문공을 보필했습니다. 그의 아들 조돈도 양공을 모셔 나라에 위엄을 갖추게 만들어 우리 진나라가 패업을 계속 이어갈 수 있는 공을 세웠습니다. 불행하게도 영공께서 실정을 하고 간신 도안가(屠岸賈)를 총애하여 조돈을 죽이려고 했습니다. 조돈이 화를 면하기 위해 국경 밖으로 피신하려던 사이에 영공은 군사들의 반란을 맞이하여 도원에서 피살되고, 그 뒤를 주나라에서 머물고 계시던 성공(成公)께서 귀국하여 보위를 이어왔습니다. 이어서 선군이신 경공에 의해 다시 기용된 도안가는 이미 죽은 조돈이 시역(弑逆)의 죄를 저질렀다고 무고했습니다. 도안가는 조돈의 죄를 치죄한다고 하면서 조씨 일족을 멸절(滅絶)시켜 버렸습니다. 그 일로 인해 지금도 신료들과 백성들의 원성이 상당합니다. 다행히 조씨 문중의 유복자인 조무(趙武)가 아직 살아있어 지금이라도 주공께서 상벌을 분명히 하신다면 우리 진나라는 크게 일으킬 수 있습니다. 이미 이양오 등의 죄는 벌하여 바로 잡으셨으면서, 어이하여 조씨들의 공로에 대해서는 눈을 감고 그 억울함을 풀어 주시지 않으십니까?"

도공은 한궐에게 아무도 모르게 조무를 궁궐로 데려오라고 분부하였다. 한궐은 그길로 조무와 정영(程嬰)이 은거하고 있던 우산(盂山)으로 가서 이들을 데리고 나왔다. 그리고 아무도 몰래 궁궐의 내궁으로 들어가서 도공을 배알(拜謁)하였다.

이튿날 도공은 조정 대신들이 모두 모인 자리에서 도안가를 끌어내 조씨 일족을 무고 한 죄를 물어 참수하였다.

도공은 조무를 다시 조정으로 불러 도안가의 사구 벼슬을 대신하게 하고, 옛날의 조씨 문중의 전답을 다시 거두어 돌려주었다. 그리고 정영이 행한 의로운 이야기를 듣고 그를 군정(軍正)에 임명하려고 하였다.

도공의 부름을 받은 정영이 사람들에게 말했다.

"당시 내가 주인인 조삭(趙朔)을 따라 죽지 않은 이유는 고아인 조무를 돌봐 주기 위해서였다. 이제 조씨들의 관직이 복권되고 원수도 갚았으니 어찌 내가 스스로 부귀를 탐하여 공손저구(公孫杵臼)만 홀로 죽게 만들겠는가? 내가 지하에 있는 공손저구에게 가서 이 기쁜 일을 알려야 되겠다."

정영은 말을 마치고 스스로 목을 찔러 죽자, 조무가 그 시체를 가두면서 통곡하였다. 도공에게 청하여 장례를 후하게 치르고 공손저구와 함께 운중산(雲中山)에 묻었다. 사람들이 그 무덤을 이의총(二義冢)이라고 불렀다. 조무가 정영의 은혜에 보답하기 위해 그의 장례를 치르고 난 후에도 3년 동안 상복을 입어 부친상을 행하는 것과 같이 하였다.

한편 도공은 즉위 이후 백성들에게는 체납한 세금은 면제해 주고 부세를 가볍게 했으며, 가난한 사람을 구제하고 부역을 줄여주었다 경제가 막힌 것은 뚫고 침체된 것은 부흥시켰고, 홀아비와 과부를 구훌하자 진나라의 국정은 크게 혁신되어 백성들은 도공의 선정에 크게 기뻐하였다.

송나라와 노나라 등의 중원 제후국은 그 소식을 듣고 진나라와 친선을 도모하지 않을 수 없었다. 그러나 정나라 성공(成公)은 정나라를 구하기 위해서 진나라와 싸우다 한쪽 눈을 잃은 초나라 공왕에게 진실로 마음속으로 승복하고 있었기 때문에 진나라를 받들지 않았다.

제36장
기해천수(祁奚薦讎)

祁 성할 기 · 奚 어찌 해 · 薦 천거할 천 · 讎 원수 수

기해가 원수를 추천한다는 말. 사사로움 없이 공평하게 사람을 추천하는 것을 비유하는 의미이다.

*** 출전: 사마천, 사기(史記) 진세가(晉世家)**

정나라 성공(成公)은 병이 위중해지자 세자 곤완(髡頑)을 불러 유언하였다.

"초나라 군주가 우리 정나라를 구하러 왔다가 눈에 화살을 맞았다. 나는 그 일을 결코 잊을 수가 없다. 내가 죽은 후에도 절대 초나라를 배신하지 말라."

성공이 세상을 떠나자 세자 곤완이 즉위하여 희공(僖公)이 되었다. 희공은 성공의 유언을 지키기 위해 여전히 초나라를 섬기고, 진(晉)나라에는 복종하지 않았다.

이를 괘씸하게 여긴 진(晉)나라 도공(悼公)은 정나라를 치기로 하고 제나라를 비롯하여 송(宋) · 노(魯) · 위(衛) · 조(曹) · 거(莒) · 주(邾) · 등(鄧) · 설(薛)나라 등 9개 제후국들과 회맹을 한 후 침공을 준비하였다.

도공은 9개 제후국의 군사를 규합하여 정나라와 초나라가 왕래하는 중요한 길목인 호뢰(虎牢)라는 곳으로 나가 성을 쌓고 돈대(墩臺)까지 높게 설치하였다.

이 소식을 들은 정나라 희공은 진(晉)나라 등 연합군 세력이 두려운 나머지 진나라와 강화를 맺었다. 진나라 도공은 정나라 희공으로부터 복종의 서약을 받고 궁궐로 돌아왔다.

당시 진나라 중군위(中軍尉) 기해(祁奚)는 나이가 70여 세이었다. 도공에게 알현을 청한 기해는 자신이 늙었으므로 벼슬에서 물러날 뜻을 아뢰자, 도공이 물었다.

"후임자로 누구를 임명하면 되겠소?"

기해가 대답하였다.

"해호(解狐)가 가장 적임자입니다."

도공이 깜짝 놀라 다시 물었다.

"과인이 듣기로 그대와 해호는 원수처럼 사이가 나쁘다고 하던데, 어째서 그를 천거하는 것이오?"

기해가 대답하였다.

"주공께서 신에게 적임자를 물어보셨지, 신의 원수에 대하여 물어보지 않았습니다."

도공이 해호는 중군위로 임명하기로 하였으나 갑자기 병으로 죽었다.

도공이 다시 기해를 불러 물었다.

"해호 이외의 적임자로 누가 있소?"

기해가 대답하였다.

"해호에 버금가는 적임자로는 기오(祁午)가 있습니다."

도공이 다시 놀라며 물었다.

"기오는 그대의 아들이 아니오?"

기해가 대답하였다.

"주공께서 신에게 적임자를 물어보셨지, 신의 자식에 대하여 물어보지 않으셨습니다."

도공이 또 물었다.

“지금 중군 부위 양설직(羊舌職)도 죽었으니, 그대가 그를 대신할 만한 사람을 천거하도록 하시오.”

기해가 대답하였다.

“양설직에게 두 아들이 있는데, 적(赤)과 힐(肹)이라고 합니다. 두 아들 모두 현명하니 그 가운데 한 사람을 선택하십시오.”

도공은 기해의 천거에 따라 기오를 중군위, 양설적(羊舌赤)을 중군 부위로 임명하였다. 모든 대부들이 도공이 사람을 공정하게 쓰는 것을 보고 승복하지 않은 사람이 없었다.

이와 같이 비록 원수처럼 나쁜 사이일지라도 능력이 있으면 천거한다는 말의 ‘기해천수(祁奚薦讐)’라는 고사성어는 여기에서 유래되었고, ‘기해지거(祁奚之擧)’, ‘기해천자(祁奚薦子)’ 등으로 표현하기도 한다.

제37장
유비무환(有備無患)

有 있을 유 · 備 갖출 비 · 無 없을 무 · 患 근심 환

준비되어 있으면 근심할 것이 없다는 말. 무슨 일이든지 미리 대비해 두면 걱정할 일이 없다는 것을 비유하는 의미이다.

*** 출전: 좌구명, 춘추좌씨전(春秋左氏傳) 양공(襄公) 11년**

정나라를 놓고 벌이는 진(晉)나라와 초나라 간의 다툼은 수십 년째 반복되고 있었다. 정나라가 진나라를 섬기면 초나라가 쳐들어오고, 반대로 초나라를 섬기면 이제는 진나라가 배신했다고 쳐들어오는 식으로 다람쥐가 쳇바퀴를 돌리는 것 같은 형국이 반복되었다.

진(晉)나라에서는 나이 많은 한궐이 중군 원수직에서 스스로 물러나고, 그 뒤를 이어받은 순앵(荀罃)이 도공에게 새로운 계책을 아뢰었다.

"우리가 정나라를 제압하지 못하는 것은 초나라가 강하기 때문입니다. 따라서 군사 운용을 우리는 편안하고, 초나라는 피곤하게 해야 합니다. 우리나라 군제는 상 · 중 · 하 · 신군으로 4군이 편성되어 있습니다. 이것을 당분간 3개 군단으로 나누어 1군단씩 교대로 출동시키되, 나머지 2개 군단은 쉬게 합니다. 초나라 군사가 오면 우리는 물러서고, 초나라 군사가 물러가면 우리는 전진합니다. 또한 상대가 싸움을 걸면 피하고, 상대가 쉬려고 하면 싸움을 겁니다. 이것을 여러 번 반복하면 우리는 교대로 나가기 때문에 피로하지 않지만, 초나라 군사는 먼 길을 여러 번 오가기 때문에 지쳐버릴 것이 분명합니다."

도공은 당장 실행에 옮기라고 분부하였다. 순앵은 4군을 3개 군단으로 재편성하고 각 군단별로 출동 순서를 정해주었다.

도공의 친동생으로 양간(楊干)이라는 사람이 있었는데, 열아홉 살로 혈기왕성하였다. 양간이 제3군단에 배치되자, 순앵에게 선봉인 제1군단에 배치해 달라고 요청하였으나 거부당하였다.

그러나 양간은 자기가 도공의 동생인 것을 믿고, 부하들을 거느린 채 자기 마음대로 제1군단에 가 있었다.

이때 위강(魏絳)이 중군 사마(司馬)로 있었다. 사마는 군대 내의 질서와 법령을 다스리는 직책으로, 위강은 군령을 바르게 집행하는 사람으로 유명하였다.

위강은 1군단의 정렬 상태를 둘러보던 중 양간이 그 소속된 부대가 아님에도 그곳에 있는 것을 발견하고, 군령을 위반하였다며 양간의 마부를 참수하였다.

양간은 그 즉시 궁궐로 도공을 찾아가 자신의 잘못은 빼고, 위강이 자신의 마부를 참수한 일만 강조하며 그를 처벌해 달라고 호소하였다. 도공은 동생을 아끼는 마음에 자세한 내막을 알아보지도 않은 채, 중군위 부장 양설적(羊舌赤)에게 당장 위강을 잡아 오라고 분부하였다. 그러나 양설적은 위강이 곧고 바른 성품으로 반드시 자기 발로 걸어들어와 자초지종을 아뢸 것이라고 하였다.

과연 위강은 한 손에는 칼을 들고 다른 한 손에는 상소상을 들고 궁궐로 들어왔다. 그는 도공 앞에 가서 상소장을 바치고 스스로 목숨을 끊을 생각이었다.

이때 위강이 염려되어 뒤따라 온 하군 좌장 사방(士魴)과 대부 장노(張老)가 위강의 칼을 빼앗아버리고, 상소문은 도공에게 바쳤다.

상소문을 읽고 자초지종을 알게 된 도공은 맨발로 달려나가 위강의 손을 잡아 일으키며 말했다.

"과인이 동생을 제대로 가르치지 못해 군령을 어기게 했으니 이는 모두 나의 허물이오. 그대는 아무 죄도 없으니 나의 허물을 용서하시오."

이 사건 이후 위강에 대한 도공의 신임은 더욱더 두터워졌다.

얼마 후 융족(戎族)인 무종국(无終國)의 군주인 가부(嘉父)가 대부 맹락(孟樂)을 진나라에 사신으로 보내 호랑이와 표범 가죽을 바치면서 화친을 청해 왔다.

도공이 중신들을 불러 모아 상의하자, 융족은 믿을 수 없는 종족이라면서 모두 하나같이 화친에 반대하였다. 그런데 사마 위강은 융족들과 화친을 하게 되면, 북쪽 변방에 대한 근심을 덜 수 있고 남쪽의 일에만 전념할 수 있는 이점이 있다면서 의견을 달리하였다.

도공이 위강의 의견을 받아들여 무종국을 비롯한 융족의 여러 나라들과 화친을 맺었다.

그들은 그 보답으로 자기 나라의 땅에서 나는 각각의 특산물을 위강에게 선물로 바쳤다. 그러나 위강은 하나도 받지 않고 모두 돌려주자, 융족들은 위강의 청렴함을 모두 칭찬하였다.

기원전 563년 진(晉)나라가 정나라를 공격하려고 우수(牛首)에 주둔하면서 호뢰(虎牢)에 군사를 증파하고 있었다.

그때 정나라의 대부 위지(尉止)가 내부 변란을 일으켰다가 진압되었으나, 정나라 내부가 어수선하였다.

진나라 하군 대장 난염(欒黶)이 정나라의 변란을 틈타 공격하자고 하였으나, 중군 원수 순앵이 상대국의 내정이 어지러워진 틈을 타서 공격하는 행위는 옳지 않다며 공세를 늦추도록 하였다. 이러한 진나라의 호의를 알게 된 정나라가 화의를 청하자, 진나라가 이를 받아들였다.

이때 초나라 영윤인 공자 정(貞)이 진(晉)나라의 공격으로부터 정나라를 구원하기 위해 군사를 이끌고 도착하자, 정나라는 진나라와의 화의를 파기하고 또다시 초나라와 맹약을 맺었다.

이처럼 정나라가 진(晉)나라와 초나라 사이를 번갈아 줄타기하면서 완전한 복종을 하지 않자, 진나라 도공은 그다음 해인 기원전 562년 여름에 다시 정나라를 정벌하려고 나섰다.

진(晉)나라 도공이 송·위·예(郳)나라 군사들과 함께 정나라로 출병하자, 정나라 군주와 신하들이 두려워하며 다시 화의를 청하였다. 중군 원수 순앵이 정나라의 화의 신청을 다시 받아들여, 송나라의 박성(亳城)에서 정나라 간공(簡公)과 순앵이 삽혈 의식을 행하고 맹약을 맺었다.

이번에는 반대로 정나라가 다시 진나라와 화의를 맺었다는 소식을 전해들은 초나라 공왕이 대로하여 정나라를 정벌에 나섰다.

그러자 정나라의 대부 공손사지(公孫舍之)가 간공에게 계책을 아뢰었다.

"이번 기회에 진나라군과 초나라군을 직접 싸우게 하여 이기는 쪽을 섬기는 것이 좋겠습니다. 우리가 먼저 선수를 쳐서 우리를 공격하려고 출발한 초나라와 함께 송나라를 공격하면, 진(晉)나라는 송나라를 구원하러 출병하여 초나라와 싸우게 됩니다. 우리는 기다렸다가 싸움에서 이긴 나라와 맹약을 체결하고 받들면 됩니다."

정나라 간공이 공손사지의 계책을 받아들여 그로 하여금 정나라 남쪽의 국경에서 초나라 공왕을 마중하며 말했다.

"송나라는 진나라의 수족이 되어 수시로 우리나라를 괴롭히고 있습니다. 이번 기회를 맞아 대왕께서는 송나라를 쳐서 그들의 버릇을 고쳐주시면 우리 정나라는 대왕께 충성을 다하는 동시에 앞으로 절대 배신을 하지 않겠습니다."

공왕이 공손사지의 말을 기쁘게 받아들여 두 나라 군사가 힘을 합하여 송나라를 공격하여 많은 인명과 재물을 약탈하였다.

이에 송나라 평공(平公)이 진(晉)나라에 도움을 요청하자, 도공이 과연 크게 노하더니 그 날로 즉시 동원령을 내렸다. 도공은 송(宋)·노(魯)·위(衛)·제(齊)·조(曹)·거(莒)·주(邾)·등(滕)·설(薛)·기(杞)·소주(小邾) 등 11개국의 제후군들을 대대적으로 규합하여 출병하였다.

진나라를 비롯한 12개국 연합군이 성난 파도처럼 밀려오자, 초나라 공왕은 대경실색하고 회군하였다. 이로써 정나라를 놓고 대결을 벌이던 진(晉)나라와 초나라의 다툼은 진나라의 승리로 막을 내렸으며, 진나라 도공이 이룬 업적 중 가장 빛나는 업적으로 평가받았다. 이때부터 정나라는 진나라를 섬기며 다른 마음을 품지 않게 되었다.

그해 겨울 12월에 정나라 간공이 친히 진나라에 와서 삽혈을 행하여 맹약 맺기를 청하자 도공이 말했다.

"두 나라간의 맹약은 옛날에 이미 맺었습니다! 정나라 군후께서 신의가 있다면 하늘이 굽어보고 있을 터인데, 구태여 또다시 삽혈을 하면서 맹약의 의식을 치를 필요가 있겠습니까?"

정나라 간공이 감격하여 눈물을 흘리고 정나라로 돌아간 그 다음날 대부 공손사지를 시켜 사은의 예물로 악사 3인·여자 악공 16인·가종(歌鐘) 32개·장구와 북 1쌍·바느질 여인 30인·초거(輴車)와 광거(廣車) 50대·갑옷과 무기를 적재한 수레 100대를 진나라 도공에게 바쳤다.

도공이 예물들을 받아들여 그중 여자 악공 8인과 가종 12개를 위강에게 주며 말했다.

"그대가 나에게 융적의 여러 종족들과 화의하도록 깨우쳐 주었기 때문에 여러 제후국을 바르게 이끌수 있게 되었소. 그 결과 여러 제후들이 나의 옆에 모이게 해서 즐거움을 같이 나눌 수 있게 되었소. 이 즐거움을 같이 이 나누고자 함이니 결코 사양하지 말기 바라오."

그러자 위강은 이를 사양하며 도공에게 아뢰었다.

"평안히 지낼 때에도 위태로울 때를 생각해야 하고, 위태로운 때를 생각한다면 언제나 준비가 있어야 하며, 충분한 준비가 되어있으면 근심할 일이 없을 것입니다."

위강은 이렇게 일시적인 성과에 마음이 풀어진 도공을 일깨워 주었고, 도공은 이 말을 듣고 그의 넓은 지략과 이치에 탄복하면서 예물을 모두 정나라로 돌려보냈다.

이와 같이 "준비되어 있으면 근심할 것이 없다."는 말인 **'유비무환(有備無患)'**이라는 고사성어는 위강이 도공에게 평안히 지낼 때에도 위태로울 때를 생각하여야 한다는 데에서 유래하였다.

제38장
우수마육(牛首馬肉)과 병필직서(秉筆直書)

牛 소 우 · 首 머리 수 · 馬 말 마 · 肉 고기 육

쇠머리를 걸어놓고 말고기를 판다는 말. 겉은 그럴듯하나 실제로는 보잘것없는 것을 비유하는 의미이다.

*** 출전: 안영, 안자춘추(晏子春秋)**

秉 잡을 병 · 筆 붓 필 · 直 곧을 직 · 書 쓸 서

붓을 잡고 바르게 기록한다는 말. 사관(史官)의 추상같은 기록 정신이나 역사기록의 엄정성을 일깨우는 것을 비유하는 의미이다.

*** 출전: 사마천, 사기(史記) 제태공세가(齊太公世家)**

제나라 제24대 군주인 영공(靈公)은 아버지인 경공(頃公)의 뒤를 이어 기원전 581년 즉위하였다.

영공이 총애하는 첩인 융자(戎子)가 남장하고 다니자, 궁녀들도 따라서 남장하였고, 이것이 각지에 유행이 되어 남장하고 다니는 여성들이 많아졌다. 이로 인해 남녀 구별이 곤란하게 되자, 영공은 여성들이 남장하고 다니면 그 옷을 찢고 허리띠를 잘라버리라고 명령하였다. 그러나 이에 아랑곳하지 않고 여전히 남장한 여성들이 많았다.

영공은 대부 안영(晏嬰)에게 물었다.

"과인이 관원을 시켜 여성들의 남장을 금지시키고, 옷을 찢고 허리띠를 자르는데도 서로 바라만 보면서 그치지 않는 것은 무엇 때문이오?"

안영이 대답하였다.

"군주께서 궁녀들이 남장하는 것은 그냥 두시면서 백성들에게만 하지 말라고 하시는 것은, 마치 쇠머리를 문에 걸어 놓고 안에서는 말고기를 파는 것과 같은 일입니다. 궁중에서도 남장을 못 하게 하시면 백성들 사이에서도 감히 못 할 것입니다."

영공은 옳다고 여겨 궁녀들도 남장을 금지시키고, 한 달여가 지나자 아무도 남장을 하지 않았다.

이와 같이 안영이 말한 쇠머리를 문에 걸어 놓고 안에서는 말고기를 파는 것이라는 말인 **'우수마육(牛首馬肉)'**이라는 고사성어는 여기에서 유래되었다.

그 후 이 고사성어가 쇠머리는 양 머리로, 말고기는 개고기로 말이 바뀌어, '양 머리를 걸어놓고 개고기를 판다.'는 **'양두구육(羊頭狗肉)'**이 일반화되었다.

영공은 잉첩 종희(鬷姬)와의 사이에 낳은 아들 광(光)을 세자로 삼았다가 폐하고, 애첩 중자(中子)와의 사이에 낳은 아들 아(牙)를 세자로 삼았다.

기원전 554년 영공이 병이 든 틈을 타 대부 최저(崔杼)가 광을 다시 세자로 세웠고, 영공이 죽자 광이 즉위하여 장공(莊公)이 되었다. 이러한 장공을 등에 업고 최저가 제나라의 국정을 장악하였다.

최저는 부인과 사별 후에 자신의 가신인 동곽언(東郭偃)의 여동생에게 장가들었다. 그런데 동곽언의 여동생은 원래 대부 당공(棠公)의 부인으로, 그녀는 당강(棠姜)이라 불리며 절세미인이었다.

최저는 당공이 죽었을 때 문상을 갔다가 당강의 아름다움에 반해 그 즉시로 오라비인 동곽언에게 부탁하여 과부 당강을 후처로 맞이하였고, 당강의 아들인 당무구(棠無咎)도 집으로 데려와 가신으로 삼았다.

이 무렵 제나라 장공은 자주 최저의 집으로 놀러와 함께 술을 마시곤 했는데, 하루는 최저가 당강을 불러 장공에게 술을 따르게 하였다.

장공은 당강의 아름다운 용모를 보고 이에 반해 갑자기 자리에서 일어나더니 당강을 껴안고 내실로 들어가 겁탈하였다. 최저는 벌떡 일어나며 칼을 잡으려 하자, 가신인 동곽언이 참으라며 극구 말렸다. 그 뒤로도 장공은 최저가 집에 없는 틈을 노려 당강을 찾아와 간음하였다. 최저는 분개하여 장공을 살해할 결심을 하고 호시탐탐 기회를 엿보았다.

기원전 548년 5월에 거(莒)나라 군주 여비공(黎比公)이 제나라를 방문하자 장공은 임치성 북곽에서 연회를 베풀고 대신들을 참석하도록 하였다. 그러나 최저는 중병에 걸렸다는 핑계를 대고 연회에 참석하지 않았다. 최저는 장공이 연회가 끝난 뒤에 당강을 보러 반드시 자신의 집에 들릴 것이라고 예상을 하고 가신인 동곽언과 당무구를 시켜 집안 곳곳에 가병들을 매복시켰다.

연회가 파하자, 예상대로 장공은 문병을 구실로 최저의 집을 방문하였다. 장공은 먼저 최저의 방에 들러 얼른 쾌차하기 바란다는 형식적인 문병을 하고 당강이 있는 내실로 들어갔다.

이때 내실 좌우에 매복하고 있던 당무구와 가병들이 장공을 향해 달려들자, 장공은 화단으로 도주하며 담을 넘어 달아나려고 하였다. 그러나 당무구가 쏜 화살에 왼쪽 허벅지를 맞고 담장 위에서 굴러떨어지자 가병들이 일제히 달려들어 장공을 찔러 죽였다.

이 소식을 들은 대부 경봉(慶封)이 최저의 편에 서서 장공의 측근들을 참살하거나 추방하였다. 이들은 장공의 이복동생인 저구(杵臼)를 보위에 올려 경공(景公)이 되었다.

최저가 태사(太史) 백(伯)에게 명하여 장공이 학질로 죽었다고 사서(史書)에 쓰도록 하였으나, 태사 백이 이에 따르지 않고 사서에 이렇게 썼다.

"여름 5월 을해(乙亥) 일에 최저가 그의 군주인 광(光)을 시해(弑害)하였다."

최저가 이를 보고 대노하여 태사 백을 처형하였다. 태사 백에게는 동생이 셋 있었는데 중(仲) · 숙(叔) · 계(季)라고 하였다. 태사 백의 뒤를 이어 태사가 된 중(仲)이 다시 사서에 전과 같이 쓰니, 최저가 또 중을 처형하였다. 숙(叔)이 또한 그와 같이 쓰니, 최저가 다시 그도 처형하였다. 계(季)가 다시 쓰자, 최저가 계를 회유하였다.

"네 형 셋이 다 죽었는데, 너는 목숨이 아깝지 않느냐? 내가 시키는대로 하면 너는 살려주겠다."

계가 대답하였다.

"붓을 잡고 바르게 기록하는 것이 태사의 직분입니다. 자기 직분을 잃고 사느니 차라리 죽는 것이 낫습니다. 권력으로는 사직(史職)을 누를 수 없습니다. 설사 내가 쓰지 않더라도 누군가가 이 사실을 기록하는 사람이 있을 것이니, 아무리 해도 재상이 저지른 일은 감출 수가 없습니다."

최저가 체념하면서 탄식 조로 말하였다.

"내가 사직이 망하는 것을 두려워하여 부득이 그렇게 하였으니, 비록 사실대로 쓴다고 할지라도 사람들이 나를 이해할 것이다."

태사 계가 기록한 사서를 들고 집무실로 가던 중에 태사를 보좌하는 남사씨(南史氏)를 만났다.

"그대는 무슨 일로 그리 바삐 오는가?"

남사씨가 대답하였다.

"저는 그대 형제가 모두 죽임을 당했다는 소식을 듣고, 혹시 이번 사건이 후세에 사실대로 전해지지 못할까 염려하여 사서를 바르게 기록하려고 오는 길입니다."

태사 계는 자신이 기록한 사서를 남사씨에게 보여주었다. 그제야 남사씨는 안심하고 물러났다.

이와 같이 "붓을 잡고 바르게 기록한다."는 말인 '병필직서(秉筆直書)'라는 고사성어는 여기에서 유래되었고, '태사직필(太史直筆)'이라고도 한다.

제39장
상하기수(上下其手)

上 위 상 · 下 아래 하 · 其 그 기 · 手 손 수

손을 위와 아래로 들어 암시한다는 말. 권세에 아부하려거나 사사로운 정에 얽매여 잘잘못을 뒤바뀌게 만드는 것을 비유하는 말이다.

*** 출전: 좌구명, 춘추좌씨전(春秋左氏傳) 양공(襄公) 26년**

오(吳)나라는 19대 군주인 수몽(壽夢)때 부터 국력 신장으로 영토 확장에 힘쓰면서 초나라와 앙숙 관계가 형성되고 있었다. 수몽의 뒤를 이어 즉위한 제번(諸樊)은 기원전 548년 초나라 땅인 소(巢)를 공격하다가 화살에 맞아 전사하고, 그 동생인 여제(餘祭)가 즉위하였다.

장강 중류 일대에는 초나라의 속국인 서구(舒鳩)라는 작은 나라가 있었는데, 여제가 즉위한 이듬해 서구를 회유하여 초나라에 반란을 일으키도록 하였다.

초나라는 영윤 굴건(屈建)을 대장으로 하여 서구 정벌에 나섰다. 이 무렵 신궁이라 불리는 양유기(養由基)는 예순이 넘은 노인이었지만 자원하여 서구 정벌에 참전하였다.

이에 맞서 오나라 군주 여제는 동생 여매(餘昧)와 재상 굴호용(屈狐庸)에게 군사를 내주어 서구를 구원하게 했다. 굴호용은 지난날 초나라에서 진(晉)나라로 망명한 굴무의 아들이다. 【☞ 제1편 제32장 '초재진용' 참조】

초나라과 오나라 양군은 서구(舒鳩) 땅에서 치열한 전투를 벌였다. 초나라의 선봉장은 노장 양유기였고, 오나라의 선봉장은 굴호용이었다. 양유기는 비록 나이가 많았지만, 활 쏘는 솜씨는 조금도 줄지 않아, 쏘는 화살마다 적중하였다. 오나라 군사들은 두려움을 느끼고 물러나기 시작하였다. 양유기는 굴호용이 타고 달아나는 병거를 추격하다 보니 오나라 진영 깊숙이 들어왔다.

이때 오나라의 철엽거(鐵葉車: 쇠조각으로 장식한 병거)가 달려와 그의 주위를 에워싸고 일제히 화살을 쏘아 양유기는 화살을 무수히 맞고 죽었다.

언젠가 초나라와 공왕이 반당과 활쏘기 시합을 벌였던 양유기에게 활 솜씨를 믿다가는 반드시 활 쏘는 재주 때문에 죽을 것이다고 꾸짖은 말이 사실이 되어 버렸다. 【☞ 제1편 제34장 '백보천양' 참조】

굴건이 한탄하며 말했다.

"양유기는 자신이 바라던 죽음을 맞이한 것이다."

그리고는 정예군을 이산(栭山)에 매복시키고, 별장 자강(子彊)을 시켜 휘하 군사를 이끌고 오나라 군사를 유인하게 하였다.

여매는 초나라 군사들이 물러가는 기색을 보이자 뒤를 쫓다가 이산 계곡에 이르러 초나라 군사들의 공격을 받고 포위당했다. 때마침 굴호용이 달려와 구출하여 달아났다. 이 싸움에서 오나라가 대패하면서 초나라는 서구를 정벌하였다.

초나라 강왕(康王)은 이 여세를 몰아 오나라를 정벌하기 위해 신(秦)나라에 원군을 요청하자, 진나라 경공(景公)은 그의 동생 공자 침(鍼)을 시켜 군사를 거느리고 초나라를 돕게 하였다.

초나라와 진나라 연합군은 장강 하류 쪽으로 쳐들어갔다. 그러나 오나라는 만반의 방어 태세를 갖추면서, 강어귀를 수백 대의 선박이 지키고 있어 도저히 공격할 수가 없었다.

초나라 강왕은 아무런 성과도 거두지 못하고 회군하면서, 정나라를 침략하였다. 초나라 군사는 정나라 성균(城麇) 땅까지 진격하여 유린하였다.

이 싸움에서 초나라 장수 천봉술(穿封戌)은 정나라 수비대장 황힐(皇頡)을 사로잡는 전과를 올리자, 함께 공격했던 강왕의 동생 웅건(熊虔)은 천봉술이 전공을 세우는 것에 질투가 났다.

그는 왕의 동생인 것을 믿고 천봉술에게 황힐을 자기에게 넘기라고 요구했으나, 단호하게 거절당했다.

웅건은 강왕에게 자신이 황힐을 사로잡았는데 천봉수에게 빼앗겼다고 모함하였다.

강왕이 천봉술을 불러 사실 여부를 물어보자, 황힐을 사로잡은 경위를 아뢰면서 억울함을 호소하였다. 강왕은 누구 말을 믿어야 할지 몰라 하다가, 태재(太宰)인 백주리(伯州犁)에게 판단을 맡겼다. 명을 받은 백주리는 황힐에게 바로 물어보면 가장 정확하니, 어려운 일이 아니라고 하였다.

백주리는 황힐을 뜰 아래에 세우고, 웅건과 천봉술을 그 왼쪽에 서게 하였다. 백주리는 두 손을 앞으로 모아 잡고 위로 높게 들어 올린 채 웅건을 가리키며 말했다.

"이분은 왕의 친동생인 공자 웅건이라는 분이시다."

다음으로 모아 잡은 두 손을 아래로 낮게 내린 채 천봉술을 가리키며 말했다.

"이분은 방성(方城) 고을을 다스리시는 천봉술이란 분이시다. 어느 분이 그대를 사로잡았는가?"

황힐은 백주리 손의 위와 아래 가리킴에서 마음속으로 웅건을 편들어주고 싶어 한다는 것을 짐작했다.

그래서 그는 웅건에게 사로잡혔다고 대답하였다. 그 순간 천봉술은 분노하여 옆에 있던 군사의 창을 빼앗아 웅건을 향해 지르려고 하자,

웅건이 깜짝 놀라 달아났다.

흥분해 날뛰는 천봉술을 진정시키고, 백주리는 강왕에게 이번 공로는 서로 반씩 나누는 것이 좋겠다고 아뢰었다.

이와 같이 "손을 위와 아래로 들어 암시한다."는 말인 '상하기수(上下其手)'는 여기에서 유래된 고사성어이다.

제40장
귤화위지(橘化爲枳)와 의기양양(意氣揚揚)

橘 귤나무 귤 · 化 될 화 · 爲 할 위 · 枳 탱자나무 지

귤이 탱자로 된다는 말. 환경과 조건에 따라 사물의 성질이 변하는 것을 비유하는 의미이다.

*** 출전: 안영, 안자춘추(晏子春秋)**

意 뜻 의 · 氣 기운 기 · 揚 오를 양 · 揚 오를 양

뜻과 기운이 오르다는 말. 기세가 살아 우쭐거리고 뽐내거나, 기세가 당당하여 자랑스러워하는 모양새를 비유하는 의미이다.

*** 출전: 사마천, 사기(史記) 관안열전(管晏列傳)**

초나라 영왕(靈王)은 공왕의 차남으로, 기원전 541년 조카인 겹오(郟敖)를 죽이고 보위를 찬탈하여 초나라 26대 군주가 되었다.

그 무렵, 제나라는 경공(景公)이 대부 안영(晏嬰)을 재상으로 임명하여 내정이 크게 안정되고, 백성들의 살림살이는 날이 갈수록 풍요로워졌다. 안영은 제나라 환공(桓公) 시절의 명재상 관중(管仲)에 버금가는 인물로까지 평가받고 있었다.

그러나 군사 부문에 있어서는 아직 환공 시절에 미치지 못하여 강대국인 초나라는 제나라의 불안 요인이었다. 경공은 초나라와 친하게 지낼 필요가 있어 안영을 사신으로 보냈다.

초나라 영왕은 사신으로 오는 안영이 키가 작다는 소문을 듣고는 이를 조롱하려고 태재 원계강(薳啓彊)에게 지시하였다.

"제나라 사신이 오면 성문을 열어주지 말고, 뚫어놓은 구멍으로 들어오라고 하여라."

이윽고 안영이 초나라 도성인 영성(郢城)에 도착하자, 성문은 닫힌 채 성루 위에서 수문장이 소리쳤다.

"제나라 사신께서는 성문 밑에 뚫어놓은 작은 구멍으로 들어오십시오. 그 체구로 충분히 들어올 수 있으므로 성문을 열 필요가 없습니다."

누가 보아도 안영의 작은 키를 조롱하는 것이 분명하였다. 여기서 그냥 돌아간다면 사신의 임무를 저버리는 행위가 되고, 반면 몸을 굽혀 들어간다면 안영 뿐만 아니라 제나라 전체가 치욕을 당하는 셈이 되고 만다.

안영이 성루의 수문장을 향해 큰소리로 말했다.

"저것은 사람 구멍이 아니라 개 구멍이오. 내가 개나라에 왔다면 당연히 저 구멍으로 들어가야 하겠지만, 나는 개나라에 온 것이 아니라 초나라를 찾아왔소. 초나라가 언제부터 개나라가 되었는지 말해보시오."

수문장은 안영이 정말로 작은 구멍으로 들어오면 초나라는 졸지에 개나라가 되는 꼴이어서 이를 보고하자, 영왕은 성문을 열어 안영을 맞이하게 하였다.

성안으로 들어서서 영빈관으로 들어가니, 이미 초나라의 대신들이 안영을 맞으려고 십여 명이 늘어서 있었다. 이때부터 초나라 대신들이 안영을 비꼬거나 제나라를 깎아내리는 여러 가지 질문을 하였지만, 안영은 임기응변으로 맞대응하여 그들의 기세를 꺾었다.

마지막으로 왕족인 낭와(囊瓦)가 물었다.

"자고로 군주는 용모와 풍신이 뛰어난 자를 신하로 삼고 있는네, 그대는 용모는 고사하고 겨우 5척의 키에 힘이라고는 닭을 잡을 정도이니 어찌 훌륭한 신하라 할 수 있겠소? 시중에서 배워먹은 방자한 말장난으로 입만 놀려서 제나라의 신하가 된 것이 아니오?"

안영이 빙긋이 웃으며 대답하였다.

"우리 제나라에서는 작은 저울추로써 천근의 무게를 달며, 작은 노로써 큰 배를 움직입니다. 지난날 남궁만(南宮萬)은 천하의 장사였으나 자루 속에서 죽었고, 교여(僑如)는 키가 10척이었지만 수레 위에서 죽었습니다. 그대도 키가 크고 힘이 장사이니, 그들과 견주어 어떻소?"

낭와는 무색해져 아무 대꾸도 못하였다.

이렇듯 안영이 입담 좋은 초나라 대부들을 상대로 설전을 벌이고 있을 때, 초나라 영윤 원파(薳罷)와 좌윤 오거(伍擧)가 와서 안영을 초나라 영왕이 있는 전각으로 안내하였다.

전각 안에서 안영이 영왕에게 인사를 드리자, 영왕은 키 작고 볼품없는 안영의 외모에 대하여 비꼬면서 말했다.

"그대 같은 못난이를 사신으로 보내는 것을 보니, 제나라에는 정말 인재가 없는 모양이오,"

안영이 대답했다.

"우리 제나라에는 인재가 길을 걸으면 어깨에 부딪힐 정도로 많으며, 외국에 사신을 보낼 적에도 정해진 법도에 따라 보내고 있습니다. 잘난 신하는 잘난 나라로 사신을 보내며, 못난 신하는 못난 나라로 보냅니다. 저는 그중에서 가장 못난 신하이기에 우리 주군께서 초나라로 보낸 것입니다."

안영이 제나라의 못난 신하라면 초나라 지체도 못난 나라인 셈이다.

안영의 재치있는 입담에 수모를 만회하려고 짐짓 손짓을 하였다. 그러자 군사 둘이서 죄수 한 사람을 끌고 들어오면서. 도적을 잡았는데 조사해 보니 제나라 사람이라고 보고하였다.

영왕이 안영에게 빈정대며 말했다.

"제나라 사람들은 원래 하던 버릇을 못 버리고 다른 나라에 와서도 저렇게 도적질을 하는가?"

안영은 즉시 대답하였다.

"귤나무는 회수(淮水) 남쪽에서 자라면 귤이 열리지만, 회수 북쪽으로 옮겨 심으면 귤이 열리지 않고 탱자가 열립니다. 그 이유는 기후와 토질이 다르기 때문입니다. 사람도 마찬가지라서 제나라에 사는 사람들은 일절 도둑질을 모르지만, 초나라에 오면 도둑질을 하는 것은 오로지 초나라 풍토 때문입니다. 그러므로 저 죄수와 우리 제나라와는 아무런 관련이 없습니다."

안영의 뛰어난 기지에 영왕은 탄복하면서 예를 다하여 대했다고 한다.

이와 같이 강남의 귤을 강북으로 옮겨 심으면 탱자가 된다는 안영이 말한 **'귤화위지(橘化爲枳)'**라는 고사성어는 여기에서 유래하였고, **'남귤북지(南橘北枳)'**로 표현하기도 한다.

안영이 초나라에서 제나라의 위상을 높이고, 사신의 임무를 잘 수행하고 돌아온 공로를 치하하러 경공은 안영의 집으로 행차하였다.

안영의 늙은 아내가 직접 나와서 음식상을 준비하고 있었는데, 경공이 그 모습을 보고 말했다.

"경의 부인이 너무 늙었도다. 왕실에 젊고 아름다운 여인이 많으니, 과인이 그대에게 공녀를 시집보내야겠소."

그러자 안영이 대답했다.

"여자가 남자에게 시집오는 것은 후일 늙어서 보기 싫게 되더라도, 보살펴줄 것이라는 믿음을 지니고 있기 때문입니다. 신의 아내가 비록 늙었으나, 아내는 그런 믿음을 갖고 동고동락해 왔는데 어찌 아내를 버릴 수 있겠습니까?"

경공이 부끄러워하며 말하였다.

"그대은 충신이오. 늙은 아내를 버리지 않는데, 하물며 군주를 저버리겠는가."

그 뒤로 경공은 안영을 스승처럼 존경하였다.

하루는 안영이 수레를 타고 출타하였는데, 수레를 끄는 마부의 아내가 길을 가다가 이를 보게 되었다. 남편은 재상의 말을 몰면서 머리 위에 큰 일산을 펼쳐 햇빛을 가리고 채찍을 휘두르며 네 필의 말을 몰았는데, 우쭐거리고 뽐내면서 매우 만족한 모습이었다.

마부가 집에 돌아오자 아내는 이혼하자고 요구하였다. 마부가 그 까닭을 묻자 아내가 대답하였다.

"안영은 키는 5척 밖에 안 되지만 이나라의 재상이 되어 제후들 사이에 명성이 높습니다. 오늘 제가 그분께서 외출할 때 보니 뜻과 생각이 깊은데도 항상 자신을 낮추는 모습이었습니다. 그런데 당신은 키가 8척이나 되지만 남의 마부에 지나지 않으면서도, 우쭐거리고 뽐내면서 스스로 만족하고 있으니 제가 떠나겠다고 하는 것입니다."

그 후로 마부는 항상 자신을 억제하고 겸손한 태도를 취하자, 안영이 이상하게 여겨 까닭을 물었다. 마부는 그의 아내가 지적해 준 이후 크게 깨달았기 때문이라고 말하자, 안영이 그를 천거하여 대부(大夫)가 되게 하였다.

이와 같이 안영의 마부가 수레의 말을 몰 때, 우쭐거리고 뽐내면서 매우 만족한 모습의 **'의기양양(意氣揚揚)'**이라는 고사성어는 여기에서 유래되었다.

제41장
이도삼살사(二桃三殺士)

二 두 이 · 桃 복숭아 도 · 三 석 삼 · 殺 죽일 살 · 士 선비 사

복숭아 두 개로 세 용사를 죽이다는 말. 기발한 계책을 써서 큰 효과를 본 경우를 비유하는 의미이다.

*** 출전: 안영, 안자춘추(晏子春秋)**

제나라 경공(景公)은 안영을 재상으로 등용한 후부터 제나라의 국력이 신장되자, 환공(桓公)처럼 패자가 되고 싶어졌다.

그래서 동쪽 일대의 소국들을 규합하려고 그 나라의 군주들을 초청하였다. 거(莒)나라와 담(郯)나라 군주는 제나라의 도성인 임치(臨淄)로 찾아와 예를 올렸으나, 서(徐)나라 군주만은 오지 않았다. 이에 경공은 기원전 526년, 군사를 일으켜 서나라를 침공하였다.

제나라에는 전개강(田開彊)이라는 지략이 뛰어난 용사가 있었는데, 그를 대장으로 삼아 서나라로 밀고 들어갔다. 전개강은 기묘한 복병 전술로써 서나라 군대를 대파하고 포수(蒲隧)라는 땅까지 진격하였다.

포수 전투에서 전개강(田開彊)은 서나라 장수 영상(嬴爽)을 목 베어 죽이고 군사 5백여 명을 사로잡았다.

서나라 군주는 즉각 화평을 요청하고, 화평 선물로 갑부(甲父)의 가마솥을 제나라 경공에게 바쳤다. 갑부란 산동성(山東省) 금향(金鄕) 부근에 있었던 옛날 국가이다.

이로써 제나라 경공은 동방의 패자로 자처하게 되었다고, 전개강의 공로를 크게 치하하였다. 경공은 전개강을 고야자(古冶子)와 함께 오승지빈(五乘之賓)으로 대우하였다.

지난날 경공이 진(晉)나라 소공(昭公)을 만나기 위해 황하를 건너갈 때, 커다란 자라가 나타나 경공의 말을 물고 물속으로 끌고 들어가는 것을 고야자가 강물로 뛰어들어가 자라를 잡아 죽이고 경공의 말을 빼앗아 와서 용맹을 떨친 용사였다.

'오승지빈'이란 보통의 장수들은 병거 1대나 2대만을 소유하지만, 5대의 병거를 소유할 수 있는 특혜를 가진 장수로써, 대단한 영광이 아닐 수 없었다.

그 후 전개강은 친구인 공손접(公孫接)을 경공에게 천거하였는데, 그는 천근의 무게를 들어 올릴 수 있는 장사였다.

어느 날 경공은 공손접을 데리고 임치성 교외에 있는 동산(桐山)으로 사냥을 나갔다. 한창 사냥하는 중에 갑자기 바위 뒤편에서 커다란 호랑이 한 마리가 뛰어나와 경공을 향해 덮쳐들었다. 그때 공손접이 수레에서 뛰어내려 맨손으로 호랑이의 목을 움켜잡고 주먹으로 그 머리를 후려갈겨 죽였다.

그 일이 있고 나서 경공은 공손접을 고야자, 전개강과 더불어 오승지빈으로 삼았다.

언제부터인가 제나라 사람들 사이에 고야자 · 전개강 · 공손접을 가리켜 '3걸(三傑)'이라 불렀다. 실제로 세 사람은 절친해서 늘 그림자처럼 붙어 다니며 결의 형제를 맺었다.

경공의 총애를 등에 업고 '3걸'은 마침내 오만한 마음이 생겨났다. 자신들이 천하에서 가장 용감하고 뛰어난 용사라고 생각하고, 점차 다른 사람들을 깔보기 시작하며 방자하고 교만하였다.

재상인 안영은 이들이 사직(社稷)을 어지럽힐까 봐 걱정스러웠다. 경공에게 '3걸'을 멀리하라고 직간을 올리는 것이 가장 좋은 방법이지만, 경공이 이를 듣지 않을 경우 도리어 '3걸'에게 원한만 살 수 있어 고민하고 있었다.

그러던 중에 노나라 소공(昭公)이 제나라와 가까이 지내기 위해 친선 방문하였다. 경공은 노나라 소공을 극진히 대접하기 위해 잔치를 벌였고, 그 자리에 안영과 노나라 대부 숙손착(叔孫婼)이 참석하였다.

잔치가 열리고 있는 전각 계단 아래에는 고야자 · 전개강 · 공손접 등 '3걸'을 비롯하여 여러 명의 용사들이 호위하고 있었다.

두 군주가 취흥이 올랐을 때, 안영이 경공에게 아뢰었다.

"후원에 금도(金桃)라는 귀한 복숭아가 있는데, 지금 잘 익었습니다. 제가 후원에 가서 금도를 따오겠으니, 두 분께서 맛보시고 장수하십시오."

안영은 후원에 가서 금도 여섯 개를 따서 쟁반에 담아 바쳤다.

경공과 노나라 소공은 금도 한 개씩을 먹고, 독특하고 비상한 맛에 찬탄하였다. 경공은 금도를 안영과 숙손착에게도 하나씩 내려주었다. 두 사람은 금도를 받아먹고 맛있다며 감사의 절을 올렸다.

이제 쟁반에는 두 개의 금도만이 남아 있게 되자, 안영이 경공에게 아뢰었다.

"쟁반에 두 개의 금도가 남아 있습니다. 주군에게는 하늘을 찌를 듯한 용맹스런 장수들이 많이 있는데, 그중 천하제일이라고 여겨지는 장수에게 금도를 내리시어 그 용맹을 널리 알리는 것이 어떻습니까?"

경공은 좋은 생각이라며 안영에게 분부를 내렸다.

"전각 계단 아래 있는 용사들로 하여금 자신의 공적을 말하게 하되, 재상께서 그 경중을 가늠하여 복숭아를 주도록 하시오."

안영은 복숭아 2개를 들고 계단 아래로 내려가 용사들을 향해 외쳤다.

"그대들 중 자신이 가장 용맹스럽고 나라에 기여한 공이 크다고 생각되는 용사는 앞으로 나와 그 공적을 말하면, 내가 주군을 대신하여 이 복숭아를 내려주겠소."

그러자 공손접이 앞으로 나서며 말하였다.

"지난날 동산으로 사냥을 나갔을 때, 주군을 습격하려는 호랑이를 제가 맨손으로 때려잡은 일이 있습니다. 이 정도면 제가 천하제일의 용사라고 생각합니다."

안영이 고개를 끄덕이며, 복숭아 하나를 공손접에게 건네주자, 그는 의기양양해 하였다.

이번에는 전개강이 앞으로 나서며 자신의 공을 말했다.

"호랑이를 때려죽인 것은 특별할 것 없습니다. 저는 서나라와의 싸움에서 적장의 목을 베고 5백 명을 사로잡았습니다. 우리 제나라가 오늘날 동방의 패자국이 된 것은 나의 공이라 할 수 있습니다."

안영은 두말할 필요도 없다는 듯 전개강에게 복숭아를 내주었다.

그러자 고야자는 두 사람의 행동이 괘씸하기도 하고 가소롭기도 하여 분노를 참지 못하고 두 사람을 향해 이렇게 외쳤다.

"일찍이 주군께서 황하를 건너실 때 커다란 자라가 나타나 주군의 말을 물고 물속으로 끌고 들어갔을 때, 나는 강물에 뛰어들어 그 자라를 잡아 죽이고 말을 구하였다. 내 어찌 그대들에게 힘이나 용맹스러움이 뒤진다 할 수 있겠는가. 그대들은 어서 복숭아를 내놓아라."

분위기가 삽시간에 어색해지자, 안영이 재빨리 경공에게 아뢰었다.

"고야자의 용맹이 두 용사보다 몇 배는 더 높다고 생각되나, 하사할 복숭아가 더 이상 없습니다. 우선 고야자에게 술을 한 잔 내리시고, 복숭아는 내년에 하사하십시오."

경공이 고야자를 불러 술을 따라주며 위로하였다.

이 광경을 지켜보고 있던 공손접과 전개강은 자신들의 경솔한 행동에 심한 부끄러움과 자책감을 느꼈다. 천하제일의 용사임을 알리고 싫어 결의형제인 고야자를 모욕한 셈이 되고 만 것이다.

공손접이 하늘을 우러르며 탄식하였다.

"아! 나는 복숭아를 차지하려는 탐욕 때문에 두 나라 군주와 재상들이 보는 앞에서 고야자에게 모욕을 주었다. 이 어찌 부끄러운 일이 아닐 수 있겠는가?"

그러고는 갑자기 칼을 뽑아 자기 목을 찔러 자결하고 말았다.

그 뒤를 이어 전개강도 칼을 뽑아 들고는, 염치 없는 일을 저질러 놓고 죽지 않는 것은 참다운 용기가 아니라고 탄식하며 그 역시 자기 목을 찌르고 죽었다.

이 광경을 바라보고 있던 고야자도 자기 때문에 두 사람이 죽은 것을 깨닫고 외쳤다.

"내가 부끄럽구나! 남을 부끄럽게 하면서까지 나의 이름을 높이려 했던 것이 불의임을 어찌 몰랐던가?"

고야자도 칼로 자신의 목을 찌르고 죽었다.

순식간에 '3걸'이라 불리는 제나라 제일의 용사 3명이 모두 싸늘한 시체로 변하자, 경공이 몹시 애석하게 여겼다.

안영이 경공 앞으로 나서며 태연자약한 표정으로 말하였다.

"그들은 비록 약간의 공이 있긴 하지만, 용맹만이 있었을 뿐입니다. 주군께서는 너무 애석해하지 마십시오."

노나라 소공이 의아하여 물었다.

"제나라에는 이런 용맹스런 장수들이 또 있다는 말이오?"

안영이 대답하였다.

"우리 제나라에는 가난히 잎이 있어도 만 리 밖에 명성을 떨치는 장수만 해도 수십 명은 됩니다. 이 세 사람의 죽음은 우리 제나라의 앞날에 아무런 영향이 없습니다."

이에 노나라 소공은 제나라를 더욱 두려워하게 되었다.

이와 같이 "복숭아 두 개로 세 용사를 죽이다."는 말인 **'이도삼살사(二桃三殺士)'**라는 고사성어는 안양이 장차 사직을 어지럽게 할 위험이 있는 세 용사를 복숭아를 이용하여 스스로 죽게 만든 것에서 유래하였다.

제42장

동병상련(同病相憐)

同 한가지 동 · 病 병 병 · 相 서로 상 · 憐 불쌍히 여길 련

같은 병을 앓는 사람끼리 서로 가엾게 여긴다는 말. 어려운 처지에 있는 사람끼리 서로 동정하고 도움을 주는 경우를 비유하는 의미이다.

*** 출전: 조엽, 오월춘추(吳越春秋) 합려내전(闔閭內傳)**

기원전 529년 초나라 영왕(靈王)의 폭정에 불만을 가진 영왕의 동생들인 비(比) · 자석(子晳) · 기질(棄疾)이 합세하여 정변을 일으켜 비를 군주로 옹립하였다. 그러나 기질이 다시 정변으로 비와 자석을 살해하고 즉위하여 평왕(平王)이 되었다.

평왕은 맏아들인 건(建)을 세자로 삼고, 연윤(連尹)인 오사(伍奢)를 세자의 스승인 태부(太傅)로, 비무극(費無極)을 작은 스승인 소부(少傅)로 임명하였다. 비무극은 천성적으로 평왕의 마음을 잘 읽고 비위를 잘 맞추었는데, 이러한 비무극을 세자 건은 싫어하였다.

기원전 523년 세자 건과 진(秦)나라 애공(哀公)의 딸인 맹영(孟嬴)이 혼인하기로 하였는데, 맹영은 절세미인이었다.

비무극은 호색한인 평왕에게 맹영을 직접 취하도록 부추겨 평왕이 가로채도록 하고, 세자 건은 맹영의 몸종인 동강(東姜)과 혼인시켰다. 이 공로로 비무극은 평왕을 모시는 측근이 되었다.

평왕은 비무극의 부추김에 따라 맹영을 가로채기는 했으나, 세자 건이 이 일을 알게 되지나 않을까 늘 불안하였다. 그래서 비무극과 짜고 세자 건을 중원으로 통하는 변방인 성부(城父) 태수로 임명하여 태사인 오사와 함께 보냈다.

그러나 비무극은 언젠가 세자 건이 복수하지 않을까 하는 불안감으로 계속해서 평왕에게 건이 반란을 일으킬 수 있다고 참소하자, 평왕은 건의 태부인 오사를 불러들여 사실을 추궁하였다. 오사는 비무극이 평왕에게 참소한다는 것을 알고 있으므로 평왕이 며느리감을 빼앗은 것부터 잘못이라고 직언을 서슴지 않았다.

오사의 직언에 수치심을 느낀 평왕은 오사를 옥에 가두고, 성부의 사마(司馬)인 분양(奮揚)에게 건을 참수하라고 명령하였다. 그러나 분양은 건에게 사람을 미리 보내 도망치라고 알려주자, 건은 동강과의 사이에서 난 아들 승(勝)을 데리고 송(宋)나라로 도피하였다.

그러자 평왕은 맹영이 낳은 아들 진(珍)을 세자로 책봉하였다.

세자 건을 내쫓은 비무극은 후환을 없애기 위해 오사와 함께 두 아들인 오상(伍尙)과 오자서(伍子胥)도 처형해야 한다고 참소하였다.

평왕은 사람을 보내 오사의 목숨을 살려 준다는 조건으로 오상과 오자서를 궁궐로 부르자, 오자서가 형인 오상에게 아버지 오서와 함께 죽임을 당할 수 있다며 오상이 궁궐로 가려는 것을 만류하였다.

그러나 오상이 동생 오자서에게 아버지의 원수를 갚아 달라는 말 한마디를 남기고 자진해서 궁궐로 들어가자, 평왕은 오사와 오상 부자를 함께 처형해 버렸다.

오자서는 초나라에서 도망쳐 송나라에 있는 세자 건에게로 갔다.

그 무렵 송나라 원공(元公)에 대항하여 화씨(華氏)들이 반란을 일으켰다. 원공은 진(晉)나라에 도움을 요청하고, 화씨 일족은 초(楚)나라에 원군을 요청하였다.

이에 초나라 평왕은 화씨를 돕는다는 명분으로 장수 원월(薳越)을 송나라로 파견하여 세자 건과 오자서를 잡으려 하였는데, 이를 눈치 챈 세자 건과 오자서는 정나라로 달아났다.

정나라 정공(定公)은 건과 오자서를 극진히 예우해 주었다. 그러나 건은 정나라가 작은 나라여서 초나라와 대적할 힘이 없다고 생각하고, 진(晉)나라 경공(頃公)을 찾아가 초나라를 치기 위해 군대를 빌려 달라고 호소하였다.

그러자 진나라 경공은 건의 다급함을 이용하여 정나라를 병탄하려는 계획을 세웠다. 즉 건이 정나라 안에서 내응하고 진나라가 밖에서 공격하여 정나라를 멸망시키면, 그곳의 통치를 건에게 맡기겠다는 조건을 내걸었다.

세자 건은 다시 정나라로 돌아와 진나라와 내통하기 위한 준비를 하고 있었다. 오자서가 이를 알고 정나라와 신의를 저버리면 안된다고 충고하였으나, 헛바람이 든 세자 건은 이를 듣지 않았다.

이때 건이 심부름을 보낸 노복이 늦었다는 이유로 기둥에 묶어두고 채찍을 가한 일이 있었다. 이에 앙심을 품은 노복이 정나라 대부 유길(游吉)에게 이 음모를 고발하자, 정나라에서는 태자 건을 주살하였다.

이 소식을 들은 오자서는 건의 아들 승(勝)을 데리고 허둥지둥 오나라로 도피했다. 도피 도중에 당읍(堂邑)이라는 곳에서 용력이 뛰어난 전제(專諸)를 만나 서로 결의 형제를 맺은 등 우여곡절 끝에 오나라에 도착한 오자서는 대부 피리(被離)를 통하여 군주 요(僚)의 조카인 공자 광(光)에게 의탁하였다.

오자서는 공자 광이 오나라의 군주가 되려는 야심을 가지고 있음을 알고, 그에게 전제를 소개해 주었다. 그리고는 뒤로 물러나 양산(陽山)에서 세자 건의 아들 승과 함께 농사를 지으면서 때를 기다렸다.

이렇게 5년이 지난 기원전 515년 초나라 평왕이 죽고, 맹영의 아들인 진(珍)이 보위에 올라 소왕(昭王)이 되었다. 그러자 오나라 군주 요는 측근인 엄여(掩餘)와 촉용(燭庸)을 대장으로 하여 국상 중인 초나라를 공격하게 하였다.

엄여와 촉용이 없는 틈을 이용하여 공자 광은 자기 집에서 연회를 열고 군주인 요를 초대하였다. 이때 전제는 요리사로 변장하여 요가 좋아하는 생선 요리를 올리면서 생선 뱃속에 숨겨 둔 어장검(魚腸劍)이라는 비수를 꺼내어 요를 살해하고 그도 죽었다.

공자 광은 미리 배치한 군사들로 궁궐을 장악하여 스스로 군주 자리에 오르고, 이름을 합려(闔閭)로 개명하였다. 오나라 군주가 된 합려는 오자서를 외교 고문인 행인(行人)으로 삼고 국사를 함께 의논하였다.

전쟁터에서 변란 소식을 들은 엄여는 서(徐)나라로, 촉용은 종오(鍾吾)나라로 달아나면서 오나라 군사들은 대패하였다.

오나라와의 전투에서 대승을 거두고 돌아온 초나라 좌윤(左尹) 백극완(伯郤宛)을 초나라 소왕(昭王)은 두터운 신임을 보였다.

이를 시기한 비무극(費無極)이 영윤(令尹)인 낭와(囊瓦)에게 백극완이 낭와를 자기 집으로 초대하여 죽인 후에 반란을 일으키려 계획하고 있다고 참소하였다.

낭와가 이를 믿고 군사를 동원하자, 이 소식을 들은 백극완은 결백을 보여주기 위해 칼을 물고 자결하였고, 그의 아들 백비(伯嚭)는 오나라로 도피하였다.

낭와는 뒤늦게 비무극의 참소로 빚어진 일임을 알고, 그동안 그의 소행으로 인한 죄상을 밝혀 비무극을 참형하고 효수하였다.

오나라로 도피한 백비는 오자서를 찾아가 자신의 처지를 호소하였다. 이를 가엽게 여긴 오자서는 그를 합려에게 천거하여 오나라의 대부로 임명되었다.

그러자 오나라 대부 피리(被離)가 오자서에게 말하였다.

"백비의 눈길은 매와 같고 걸음걸이는 호랑이와 같으니, 눈 하나 깜짝하지 않고 살인을 저지를 성품입니다. 친하게 지내서는 안 됩니다."

오자서는 백비의 처지가 자기와 같이 비무극의 참소로 가족이 몰살당했음을 상기시키며 말하였다.

"그를 가까이 하는 이유는 그가 나와 같은 원한을 지니고 있기 때문입니다. 하상가(河上歌)라는 노래 구절에 '같은 병을 앓으니 서로 가엾게 여기고, 같은 걱정이 있으니 서로 구해 주네. 놀라서 날아오르는 새들은 서로 따르며 날아가고, 여울을 따라 흐르는 물은 그로 인하여 다시 함께 흐르네.'라고 하였습니다."

그러나 대부 피리는 오자서에게 백비를 너무 가까이하다가는 반드시 해를 당할 것이라 충고하였지만, 오자서는 이 충고를 듣지 않았다.

뒷날 백비는 월나라에 매수당해 오나라 멸망의 결정적인 원인을 제공했으며, 오자서는 백비의 무고로 자결하게 된다. 【☞ 제1편 제48장 '당랑포선(螳螂捕蟬)과 여화여도(如火如荼)' 참조】

이와 같이 "같은 병을 앓으니 서로 가엾게 여긴다."는 말인 **'동병상련(同病相憐)'**이라는 고사성어는 오자서가 피리에게 백비를 가까이하는 이유를 말한 것에서 유래되었다.

제43장
삼령오신(三令五申)과 오월동주(吳越同舟)

三 석 삼 · 令 영 령 · 五 다섯 오 · 申 거듭 신

세 번 명령하고 다섯 번 되풀이한다는 말. 여러 번 되풀이하여 말하거나 설명한다는 것을 비유하는 의미이다.

*** 출전: 사마천, 사기(史記) 손자오기열전(孫子吳起列傳)**

吳 나라 이름 오 · 越 넘을 월 · 同 한가지 동 · 舟 배 주

오나라와 월나라 사람들이 같은 배를 탄다는 말. 서로 원수지간이거나 사이가 나빠도 공동의 목적을 달성하거나, 공동의 위기에 봉착하면 서로 협력한다는 것을 비유하는 의미이다.

*** 출전: 손자, 손자병법(孫子兵法) 구지편(九地篇)**

기원전 515년 합려(闔閭)가 오나라 군주가 되자, 손무(孫武)는 평소 교분이 있던 오자서의 천거를 받아 오나라의 군사(軍師)가 되었다.

합려가 손무의 용병술을 시험하고자 궁녀 180명을 내어주며 훈련을 시켜 시범을 보이라고 하였다. 손무는 합려가 가장 아끼는 궁녀인 좌희(左姬)와 우희(右姬)를 대장으로 세웠다.

그리고 '앞' 하면 가슴을 보고, '왼쪽' 하면 왼손을 보고, '오른쪽' 하면 오른손을 보고, '뒤' 하면 등을 보아야 한다고 명령을 내리자, 궁녀들은 모두 알겠다고 대답하였다.

손무는 이렇게 군령을 정하고, 세 번 군령을 들려주고 다섯 번을 설명하였다. 손무는 북을 치며 '오른쪽!' 하고 명령을 내렸다.

그러나 궁녀들은 크게 웃기만 하고 명령대로 하지 않았다.

손무가 말하였다.

"군령이 분명하지 못하고 전달이 충분하지 못한 것은 장수의 책임이다."

다시 세 번 군령을 들려주고 다섯 번 설명을 한 다음, 북을 치며 '왼쪽!'하고 명령을 내렸다.

이번에도 궁녀들은 크게 웃기만 하며 장난처럼 여겼다.

손무가 말하였다.

"군령이 분명치 못하고 제대로 전달되지 않은 것은 장수의 죄이지만, 이미 분명히 전달되었는데도 수하들이 군령대로 움직이지 않는 것은 대장의 책임이다."

손무는 군령을 세우기 위해 좌희와 우희를 처형하도록 하였다. 합려가 용서해 줄 것을 간청하였으나, 손무는 군령은 왕명보다 중요하다고 말하며 사형을 집행하였다.

그리고 다시 다음가는 궁녀를 뽑아 대장으로 삼고 훈련을 시키자, 모든 궁녀가 일사불란하게 움직였다.

이렇게 하여 손무는 오나라의 군대를 훈련 시켜 강력한 군대를 만들었고, 초나라와 대항할 수 있는 국력을 키울 때까지 무리한 군사행동을 자제하였다.

이와 같이 "세 번 명령하고 다섯 번 되풀이한다."는 말인 **'삼령오신(三令五申)'**이라는 고사성어는 손무가 궁녀들에게 엄정한 군령을 세우려고 한 것에서 유래하였다.

합려가 변란을 일으켜 보위에 오를 당시, 초나라와 싸우던 오나라 장수 엄여(掩餘)는 서(徐)나라로, 촉용(燭庸)은 종오(鍾吾)나라로 달아난 일이 있었다. 【☞ 제1편 제42장 '동병상련' 참조】

합려는 이들을 응징하기 위해 손무에게 종오나라와 서나라를 공격하도록 하자, 엄여와 촉용은 다시 초나라로 달아나 양읍(養邑)에서 그곳을 다스리며 군사를 훈련시켰다.

기원전 512년 겨울, 손무는 군사를 일으켜 종오나라와 서나라로 쳐들어가 두 나라의 도성을 점령하고 군주를 사로잡고 두 나라를 멸망시켰다.

이어서 손무는 엄여와 촉용이 지키고 있는 양읍으로 군대를 진격시켜 대승을 거두었고, 엄여와 촉용은 전쟁 중에 살해당했다.

이러한 승세를 이용하여 합려와 오자서는 손무에게 초나라 수도인 영성(郢城)까지 진격하자고 하였다.

그러나 손무는 군사들이 많이 지쳐서 안된다고 하면서, 그 대신 군대를 3군(三軍)으로 편성하여 1군(一軍)씩 교대로 출동과 퇴각을 반복하여 초나라 군사를 피로하게 만든 후에 기회를 엿보자고 하였다.

이듬해인 기원전 511년 가을에 손무는 오자서와 함께 초나라 성부(城父)로 쳐들어갔다가 초나라 대군이 오자 재빨리 퇴각하였다. 이러한 방법으로 손무는 두 달 동안 오나라 국경 근처의 초나라 지역인 잠(潛), 육안(六安). 현(弦) 등의 땅을 공격하는 등 무려 네 번이나 초나라를 침공하여 퇴각하는 수법으로 그들을 괴롭혔다. 그 바람에 초나라 군사들은 지칠 대로 지쳤다.

손무와 오자서가 다섯 번째로 초나라를 쳐들어가려 할 때 합려가 초나라 침공을 잠시 미뤄두고 월(越)나라부터 치자고 하였다.

합려는 네 번째 초나라 침공인 현 땅을 공격하기 전 월나라 군주 윤상(允常)에게 사자를 보내어 함께 쳐들어가자고 제안했지만, 월나라는 오래전부터 초나라와 친했기 때문에 이를 거절하였다. 합려는 이에 앙심을 품고 월나라부터 치자고 한 것이다.

손무는 자신의 계책이 무르익어갈 무렵 엉뚱하게 월나라를 치라는 명을 받자, 합려에게 간언하였다.

"주군께서 월나라를 미워하는 마음은 이해하지만, 월나라와 한배를 탔다고 가정해 보십시오. 풍랑이 일고 있는데 둘이 싸우면 배는 뒤집힙니다. 그러나 왼손과 오른손이 서로 돕는 것처럼 협력하면 능히 파도를 헤치고 무사히 육지에 다다를 수 있습니다. 지금이 바로 그러한 때입니다."

초나라를 주적으로 하고 있는 오나라로서는 이웃 나라인 월나라마저 적으로 삼는다면 오나라는 어려운 상황에 빠질 수밖에 없다는 점을 손무는 염려하였다. 초나라를 멸망시키기 전까지는 싫어도 월나라와 협력하지 않으면 안 된다고 역설한 것이었다.

손무는 후일 '손자병법'을 저술하면서 자신의 이 말을 제11편인 '구지(九地)' 편에 기록해 넣었다.

손무가 이렇게 '오월동주'를 거듭 간언을 하였지만, 합려는 끝내 이를 듣지 않았다.

이듬해인 기원전 510년 여름, 손무와 오자서는 합려의 명에 따라 월나라로 쳐들어갔다. 이때부터 오나라와 월나라는 돌이킬 수 없는 원수 관계가 되어 수십 년 동안 엄청난 소모전을 벌였다.

손무는 월나라와 취리(檇李) 땅에서 싸워 대승을 거두고 돌아오는 길에 오자서에게 말했다.

"40년 후 월나라를 수호하는 별자리에 세성(歲星: 목성)이 자리잡을 때, 월나라는 흥하고 오나라는 운수를 다할 것입니다."

오자서가 그것이 무슨 뜻이냐고 묻자, 손무는 더 이상 말하지 않았다.

이와 같이 오나라 사람과 월나라 사람은 서로 미워하지만, 같은 배를 타고 건너가다가 풍랑을 만나게 되면 서로 돕기를 좌우의 손이 함께 협력하듯이 한다는 말의 **'오월동주(吳越同舟)'**라는 고사성어는 여기에서 유래하였다.

제44장
굴묘편시(掘墓鞭屍)와 일모도원(日暮途遠)

掘 팔 굴 · 墓 무덤 묘 · 鞭 채찍 편 · 屍 주검 시

묘를 파헤쳐 시체에 채찍질한다는 말. 지나친 복수를 비유하는 의미이다.

*** 출전: 사마천, 사기(史記) 오자서열전(伍子胥列傳)**

日 날 일 · 暮 저물 모 · 途 길 도 · 遠 멀 원

날은 저물고 갈 길은 멀다는 말. 할 일은 많은데 시간이 없다는 뜻으로, 이미 늙고 쇠약하여 목적한 일을 쉽게 달성하기 어렵거나 앞으로 해야 할 일은 많음을 비유하는 의미이다.

*** 출전: 사마천, 사기(史記) 오자서열전(伍子胥列傳)**

초나라의 속국으로 자수(溠水) 상류에 소국(小國)인 채(蔡)나라와 당(唐)나라가 있었다.

채나라 군주인 소공(昭公)에게는 아끼는 보물로 양지백옥패(羊脂白玉佩) 한 쌍과 은초서구(銀貂鼠裘)라 불리는 갖옷 두 벌이 있었고, 당나라 군주인 성공(成公)은 숙상(驌驦)이라 불리는 명마 한 쌍을 갖고 있었다.

그런데 초나라 영윤 낭와(囊瓦)가 그것이 갖고 싶어 탐내고 있었다.

그러던 어느 날, 두 나라 군주가 초나라를 방문하게 된 것을 기회로 이들을 감금하고, 이 보물과 명마를 요구하여 빼앗다시피하여 받고 풀어준 일이 있었다. 이에 두 나라 군주는 오나라 군주 합려와 동맹을 맺고 초나라에 대하여 이러한 원한을 갚고자 하였다.

기원전 506년 가을, 합려는 채(蔡)·당(唐)나라와 함께 6만 군사로 연합군을 편성하고, 손무와 오자서를 대장으로 삼아 초나라 원정에 나섰다.

오자서로서는 부형의 원수를 갚으리라 결심하고 초나라를 떠나 오나라로 망명한 지 17년 만의 일이기도 하였다.

손무는 군사들의 신속한 이동을 위하여 오나라의 모든 배들을 여수(汝水)와 회수(淮水)가 만나는 곳에 매어두고 육로로 침공하였다. 오나라 군사를 비롯한 3개국 연합국은 장산(章山) 땅을 경유하여 황(黃)과 현(弦) 땅을 지나 운수(溳水) 강가에 이르렀다. 운수를 중심으로 낭와가 이끄는 초나라 군사들이 서쪽에 진을 치고 있자, 손무는 운수 동쪽에 진을 쳤다.

그리고 양쪽 군사들은 운수 인근의 소별산(小別山)과 대별산(大別山)에서 두 번의 싸움을 치르면서 초나라 군사는 대패하고, 낭와는 정나라로 도주하였다.

손무와 오자서는 이 기세를 이용하여 초나라의 수도 영성(郢城)을 향하여 진격하였다.

오자서는 영성의 길목에 있는 맥성(麥城)의 동쪽에 노새 모양으로 길고 좁은 성곽을 쌓아 여성(驢城)이라 하고, 서쪽에는 정원형(正圓形)으로 맷돌처럼 성곽을 쌓아 마성(磨城)이라 하는 성을 만들어 맥성을 공격하여 함락시켰다.

손무는 영성 북쪽의 당양(當陽)에 이르러 지형을 살펴보니, 그 일대로 장강(漳江)이 흘러 남쪽 장강(長江)과 합류하고, 서쪽 적호(赤湖)의 호숫물이 영성 아래까지 흘러내린다는 것을 알았다.

손무는 장강(漳江) 물을 끌어들여 적호(赤湖)로 흐르도록 하고 그 어귀에 둑을 쌓았다가 호숫물이 넘칠 즈음해서 둑을 무너뜨렸다. 이렇게 영성 아래로 흐르는 강물이 급격히 불어나자, 손무는 곧장 뗏목 부대를 거느리고 영성을 공격하였다.

초나라 소왕은 이에 당황하여 영성을 버리고 초나라 속국인 수(隨)나라로 도주하였다.

영성이 함락되자, 합려는 병거를 타고 초나라 궁궐로 들어와 계속 머무르면서 승리의 기쁨을 만끽하였다.

채나라 소공과 당나라 성공은 초나라 영윤 낭와의 집을 뒤져 양지 백옥패와 은초서구, 그리고 명마 숙상을 찾아내어 합려에게 선물로 바쳤다.

오자서는 합려에게 초나라 종묘를 불태우고, 세자 건(建)의 아들인 공자 승(勝)을 초나라 군주로 세우자고 하였다.

하지만 오왕 합려는 초나라가 다시 강성해지는 것이 두려워 초나라 종묘를 불태우는 것만 허락하고, 공자 승에 대해서는 아무런 대답을 하지 않았다.

오자서는 원한을 풀기 위해 평왕의 무덤을 수소문한 끝에, 동문 밖 요대호(寥臺湖)라는 호수 안에 있다는 것을 알게 되었다, 오자서는 즉시 잠수하는 군사들을 시켜 호수를 수색하고, 물속에서 석곽을 발견하여 열어보니 평왕의 시체가 나왔다.

오자서는 평왕의 시체를 보자 새삼 원한이 하늘을 찌를 듯 치솟았다. 시체를 밖으로 꺼낸 오자서는 구리로 만든 아홉 마디의 채찍으로 3백 번을 후려쳤다. 시체의 살이 뭉개지고 뼈가 부서졌지만, 다시 배를 밟고 손으로 두 눈을 후벼팠다. 이윽고 오자서는 칼을 들고 시체의 목을 끊었다. 그 행위가 어찌나 끔찍하고 잔인했던지 군사들조차 외면할 정도였다.

이와 같이 "묘를 파헤쳐 시체에 채찍을 가하다."는 말인 **'굴묘편시(掘墓鞭屍)'**라는 고사성어는 여기에서 유래하였다.

한편 초나라 대부 신포서(申包胥)는 오자서의 오랜 친구이었다.

오자서가 초나라에서 도피할 때, 신포서와 헤어지면서 이렇게 말했다.

"나는 무슨 일이 있어도 초나라를 멸망시켜 부형의 원수를 갚겠네."

그러자 신포서는 이렇게 대답했다.

"그대가 초나라를 멸망시키려 들면, 나는 초나라를 끝까지 지키겠네."

신포서는 손무에 의해 영성이 함락당할 때 이릉(夷陵) 땅의 석비산(石鼻山)으로 피신하여 있었다. 그러다가 오자서가 평왕의 무덤을 찾아내어 그 시체에 채찍 3백 대를 가했다는 소식을 듣고 탄식하며 오자서에게 편지를 보내왔다.

신포서의 편지 내용은 대략 이러했다.

"그대는 원래 초나라 신하로서 한때는 평왕을 섬기기도 했는데, 어찌 군주의 시체를 무덤 속에서 꺼내 매질하고 눈알까지 뽑을 수 있는가? 아무리 원수를 갚기 위해서라고 하지만, 그대의 행동은 너무 잔혹한 일이었네. 때로는 사람이 비도(非道)를 감행하기도 하지만, 천도(天道)가 바로 정해지면 비도를 감행한 사람은 반드시 천벌을 받게 되네. 지금이라도 늦지 않았으니, 속히 군사를 거두어 오나라로 돌아가시게. 만일 그렇지 않으면 지난날 내가 맹세했듯이 반드시 초나라를 지킬 것이네."

편지를 읽어본 오자서는 신포서에게 이렇게 전하도록 하였다.

"해는 저물고 갈 길은 멀기 때문에, 도리에 어긋나는 짓을 할 수밖에 없었네."

이러한 오자서의 의도는 '할 일은 많은데 시간이 없어서 도리에 어긋나지만, 어쩔 수 없이 그 일을 할 수밖에 없었다.'라는 것이다.

이와 같이 "날은 저물고 갈 길은 멀다."는 말인 **'일모도원(日暮途遠)'**이라는 고사성어는 여기에서 유래하였다.

제45장
공성자퇴(功成自退)

功 공 공 · 成 이룰 성 · 自 스스로 자 · 退 물러날 퇴

공을 이룬 뒤에 스스로 물러난다는 말. 성공을 이루되 그것을 자랑하지 않거나, 때로는 마음을 비우고 내려놓아야 한다는 의미이다.

*** 출전: 채원방, 동주열국지(東周列國志)**

오자서로부터 '해는 저물고 갈 길은 멀기 때문에, 도리에 어긋나는 짓을 할 수밖에 없었다.'라는 말을 전해 들은 초나라 대부 신포서(申包胥)는 오자서가 기어코 초나라를 멸망시키고야 말 작정인 것을 알았다. 【☞ 제1편 제44장 '굴묘편시와 일모도원' 참조】

그렇다고 지금 당장 초나라 군사의 힘만으로 함락된 영성을 수복하기에는 역부족이어서, 초나라 북쪽에 있는 진(秦)나라에 원군을 요청하기도 하였다.

초나라 소왕(昭王)의 어머니인 맹영(孟嬴)이 진나라 애공(哀公)의 딸이고, 소왕은 애공의 외손자이므로 반드시 도와줄 것이라 기대하였다.

신포서는 진나라 도성인 옹성(雍城)으로 가서 애공을 알현하고 도움을 청하였으나, 애공은 진나라도 여유가 없다며 냉랭한 반응을 보였다.

그러자 신포서는 애공의 궁궐 뜰에 엎드려 7일간을 피눈물을 흘리며 도와줄 것을 호소하자, 이에 감동한 애공은 병거 500승을 초나라에 지원하였다. 신포서는 그 길로 수(隨)나라에 피신해 있던 소왕을 모셔오고, 패잔병을 수습하여 2만의 군사를 만들었다. 초나라와 진나라 연합군은 직(稷) 땅과 상(祥) 땅에서 오나라 군사를 물리치고 수도인 영성을 향해 진격하였다.

이즈음 오나라 군주 합려의 동생인 부개(夫槪)는 직 땅의 싸움에서 초나라에 패하자, 군사들을 데리고 오나라로 몰래 귀국하여 반란을 일으키고, 스스로 군주로 자칭하고 월나라 윤상(允常)과 내통하였다.

다급해진 합려는 손무와 함께 오나라로 먼저 귀국하여 부개의 반란을 진압하자, 부개는 초나라로 도피하였다.

부개와 내통하여 오나라로 쳐들어 왔던 월나라 윤상은 손무가 돌아왔다는 소식을 듣고 두려워 회군하였다.

영성에 남아있던 오자서는 신포서와 '초나라에서 공자 승에게 백공의 작위와 허(許) 땅을 식읍으로 내려 달라'는 것을 조건으로 서로 강화를 맺고, 군사들을 영성에서 철수 시켜 오나라로 회군하였다.

합려가 초나라 정벌과 부개의 반란을 진압한 논공행상을 하면서 손무의 공을 으뜸으로 쳐 포상하려 하였다. 그러자 손무는 합려에게 포상을 사양하고 오나라의 군사(軍師) 자리에서도 물러나 은거하겠다는 뜻을 밝혔다.

오자서가 손무를 3일 밤낮으로 만류하자, 손무가 오자서에게 말했다.

"여름이 가면 가을이 오고, 겨울이 가면 봄이 오는 것이 하늘의 이치요. 지금 합려는 오나라의 강성함을 과신하고 있어 교만해지고, 교만하면 쇠락해집니다. 한 개인의 일신도 마찬가지로 공을 이루고 스스로 물러나야지, 그렇지 않으면 반드시 큰 불행이 닥칩니다."

손무는 오자서에게 작별을 고하고 오나라 수도인 오성(吳城)을 떠났다.

그 후 손무의 행적을 아는 사람은 아무도 없었다. 다만 그가 남긴 것은 오늘날까지도 병가의 경전으로 평가받고 있는 '손자병법 13편'이다.

이와 같이 공을 세운 뒤에 스스로 물러난다는 말의 **'공성자퇴(功成自退)'**라는 고사성어는 손무가 은거할 뜻을 밝히며 말한 것에서 유래되었고, 노자의 '도덕경'에 나오는 **'공성신퇴(功成身退)'**와 같은 뜻이다.

한편 초나라의 대부 신포서도 손무처럼 '공성자퇴'의 길을 걸었다.

초나라 소왕은 수도 영성 수복에 결정적인 공을 세운 신포서에게 우윤(右尹)의 벼슬을 내리자, 신포서는 벼슬을 사양하면서 말하였다.

"신이 진(秦)나라 군사를 청해 오나라 군사를 물러가게 한 것은 초나라를 구하기 위해서이지, 제 일신을 위해서가 아닙니다. 초나라를 끝까지 지키겠다는 소원을 이루었으니, 이제 소신은 물러날까 합니다."

신포서가 가족들을 데리고 영성을 떠나 깊은 산속으로 숨어 버리자, 소왕은 사람들을 풀어 신포서의 행방을 찾았으나 끝내 그를 찾지 못하였다.

그 후에도 신포서를 보았다는 사람은 일절 나타나지 않자, 소왕은 신포서가 살던 집에 정려문을 세우고 이를 '충신지문(忠臣之門)'이라고 하였다.

제46장
회계지치(會稽之恥)와 와신상담(臥薪嘗膽)

會 모일 회 · 稽 머무를 계 · 之 갈 지 · 恥 부끄러워할 치

회계산에서 받은 치욕이란 말. 결코 잊을 수 없는 수모를 의미한다.

*** 출전: 사마천, 사기(史記) 월왕구천세가(越王勾踐世家)**

臥 엎드릴 와 · 薪 섶나무 신 · 嘗 맛볼 상 · 膽 쓸개 담

섶나무 위에 눕고 쓸개를 맛보다는 말. 큰 뜻을 이루기 위해 분투하는 모습이나 고난을 감내하는 것을 비유하는 의미이다.

*** 출전: 사마천, 사기(史記) 월왕구천세가(越王勾踐世家)**

오나라가 초나라와 강화를 맺은 뒤, 합려(闔閭)는 오자서를 재상으로, 백비를 태재(太宰)로 삼아 국정을 보살피게 하고, 수도인 오성(吳城)의 서쪽 성문을 '파초문(破楚門)'이라 불렀다. 서쪽 문으로 나가 초나라를 깨뜨리고 돌아왔기 때문에 그런 이름을 붙였다. 그리고 남쪽 경계에는 월나라 침공을 막기 위해 돌을 쌓아 요새를 만들어 석문관(石門關)이라 명명하였다.

이렇게 오나라가 월나라에 대한 경계를 강화하자, 월나라 군주 윤상(允常)은 절강(浙江) 어귀에다 큰 성을 쌓고 견고하게 지킨다는 의미로 고릉(固陵)이라 불렀다. 이때부터 오나라와 월나라는 더욱 사이가 나빠졌다.

기원전 497년 월나라 군주 윤상이 세상을 떠나자, 그 아들 구천(勾踐)이 보위에 올랐다. 이러한 틈을 노려 이듬해인 기원전 496년 봄, 합려가 3만 대군을 이끌고 월나라 땅으로 쳐들어갔다.

월나라 군주 구천은 대부 범려(范蠡)를 군사(軍師)로 삼아 군사 3만을 이끌고 오나라 군대에 맞서 싸우게 되었다.

오와 월 두 나라 군대는 취리(檇李) 땅 용문산(龍門山) 근처에서 마주쳤다.

구천은 월나라 사형수 3백 명을 선두에 세워 오나라 군사와 혈전을 벌이도록 한 후, 월나라 군사들이 오나라 진영을 포위하여 공격하였다.

이 싸움에서 합려는 월나라 선봉장인 영고부(靈姑浮)의 칼날에 오른 발이 끊어져 나가는 중상을 입었고, 오나라는 월나라에 대패하였다.

합려는 회군하여 오나라로 돌아오던 중 피를 너무 많이 흘려 숨을 거두었다. 그는 숨지기 전, 세자인 부차(夫差)에게 월나라를 절대 잊지 말고 복수하라고 유언을 남겼다.

합려의 뒤를 이어 오나라 군주에 오른 부차는 자신의 복수심이 약해질까 봐 시자(侍者) 열 사람을 궁궐 좌우에 배치한 후 부차가 출입할 때마다 이렇게 외치도록 하였다.

"부차야, 월나라가 네 아버지를 죽였다는 사실을 잊지 말아라."

그때마다 부차는 눈물을 흘리고 월나라에 대한 복수심을 다지면서, 군사들을 맹렬하게 훈련을 시켰다.

태호(太湖)에는 늘 수군들이 나와 훈련에 임했고, 영암산 골짜기는 보병들이 진을 치고 활을 쏘며, 나가고 물러나는 함성으로 오나라는 조용할 날이 없었다.

이렇게 시간이 흐른 기원전 495년 봄, 부차는 오사서를 대장으로 하여 월나라 정벌에 나섰다. 그러자 구천은 이에 맞서기 위해 진함을 타고 수로를 거슬러 상류 쪽인 태호(太湖) 방면으로 나아갔다.

구천이 부초산(夫椒山) 아래를 지나갈 때, 매복한 오자서의 전함에 포위당해 기습을 받고 군사 5천 명과 함께 소흥현(紹興縣) 동남쪽의 회계산(會稽山)으로 도주하였다.

그러나 부상자가 너무 많아 오나라 군사와 대적할 형편이 되지 못하였다. 구천은 회계산에서 목숨을 구걸하며 부차 앞에 무릎을 꿇고 항복하였다. 그러면서 구천은 마음속으로 이 수모와 굴욕, 울분을 잊지 않으리라 결심하였다.

이와 같이 회계산에서 받은 치욕이란 뜻의 **'회계지치(會稽之恥)'**라는 고사성어는 여기에서 유래하였다.

부차는 월나라를 속국으로 삼고, 구천을 인질로 오나라에 데리고 와서 마구간에서 말똥을 치우는 일을 하게 하였다. 그러나 구천은 속마음을 숨기며 시키는 대로 하면서, 부차가 아플 때는 대변을 직접 맛보며 간호하는 등 거짓 충성을 보이면서 부차를 안심시켰다.

기원전 491년, 마침내 부차는 오자서의 극렬 반대에도 불구하고 구천의 충성심을 더 이상 의심하지 않는다며 월나라로 돌려보냈다.

월나라로 돌아온 구천은 회계산에서 받은 치욕을 잊지 않기 위해 도성을 제기(諸暨)에서 회계(會稽)로 옮기고 고난스러운 생활을 시작하며, 스스로 자신을 가혹하게 다루었다.

자정이 넘을 때까지 잠자리에 들지 않고, 잠이 오면 송곳으로 무릎을 찔렀다. 겨울에 발이 시리면 오히려 찬물을 가져다 발을 담그고, 여름이면 방 안에 화로를 갖다 놓았다.

또 침상 위에는 섶나무를 깔아 누우면 나뭇가지에 등이 배기도록 해놓고, 침상 위에 매달아 놓은 곰 쓸개를 매일 핥아 그 쓴맛을 되씹으며 '회계지치'를 한순간도 잊지 않았다.

이와 같이 섶나무 위에 눕고 쓸개를 맛보다는 말의 **'와신상담(臥薪嘗膽)'**이라는 고사성어는 구천이 회계산에서의 수모를 잊지 않기 위해 자신을 가혹하게 다루는 생활에서 유래하였다.

제47장
동시효빈(東施效顰)과 심복지환(心腹之患)

東 동녘 동 · 施 베풀 시 · 效 본받을 효 · 顰 찡그릴 빈

동시가 눈살 찌푸리는 것을 흉내 낸다는 말. 옳고 그름의 판단 없이 남의 흉내를 내는 것을 비유하는 의미이다.

*** 출전: 장자, 장자(莊子) 천운(天運)**

心 마음 심 · 腹 배 복 · 之 갈지 · 患 근심 환

가슴이나 뱃속에 생긴 병이라는 말. 쉽게 치료하기 어려운 질병, 또는 해결하기 어려운 근심이나 병폐를 비유하는 의미이다.

*** 출전: 좌구명, 춘추좌씨전(春秋左氏傳) 애공(哀公) 11년**

오나라에서 석방되어 월나라로 돌아온 구천(勾踐)이 와신상담을 하고 있는 가운데 월나라 재상 문종(文種)은 나라 살림을 다스리고, 범려(范蠡)는 군대 양성에 온 힘을 쏟았다.

그리고 이들은 오나라에 복수하기 위한 일곱 가지 계책을 다음과 같이 세워 실천에 옮기기로 하였다.

첫째, 수시로 오나라에 재물을 보내 부차와 그 신하들을 기쁘게 하여 방심케 한다.

둘째, 수시로 오나라에 곡식을 꾸어달라고 요청하여 창고를 비게 한다.

셋째, 아름다운 미인을 오나라에 보내 부차의 마음을 흐리게 한다.

넷째, 훌륭한 목공과 목재를 보내어 화려한 궁궐을 짓게 하여 재물을 탕진하게 한다.

다섯째, 수시로 오나라에 지혜 있는 신하를 보내 내부에 자중지란이 일어나도록 부추긴다.

여섯째, 오나라 충신들을 궁지로 몰아 물러나거나 자결을 유도하여 인재를 제거한다.

일곱째, 그 사이 월나라는 재물을 비축하고 군사를 조련하여 기회를 기다린다.

구천은 월나라에 돌아와서도 부차(夫差)에게는 지극히 충성하는 거짓된 모습을 계속 보이며, 오나라의 의심을 사지 않으려고 노력하였다. 그리고 오나라에 복수하기 위한 일곱 가지 계책을 하나씩 실천해 나갔다.

먼저 첫 번째 계책으로 한 달에 한 번씩 오나라로 사자를 보내어 부차에게 문안 인사를 올리며, 그때마다 월나라의 특산품을 한가득 보내 부차가 감복하도록 만들었다. 이러한 구천에게 현혹된 부차는 더욱 자만심에 빠져들었다.

부차는 안락한 생활과 즐거운 시간을 보내기 위해 풍광이 좋은 고소산(姑蘇山)에 고소대(姑蘇臺)라는 큰 궁궐을 짓기 시작하였다.

이러한 소식을 들은 구천은 월나라의 목공 30명과 질 좋은 목재들을 오나라로 보냈다. 고소대(姑蘇臺) 공사는 5년이나 걸렸는데, 이 공사의 노역에 동원된 오나라 백성들은 밤낮없는 중노동으로 원망이 하늘을 찔렀다.

월나라의 일곱 가지 계책 중 첫째와 넷째를 실행에 옮긴 구천은 문종과 범려와 의논하여 다음 계책으로 월나라의 미인을 부차에게 보내기로 하였다.

기원전 485년 구천은 월나라의 미인 서시(西施)를 부차에게 보냈다. 서시는 절강성 저파(宁波) 근처의 저라산(苧蘿山) 아래에 사는 나무꾼의 딸이었다.

저라산 밑에는 동촌(東村)과 서촌(西村)이라는 두 마을이 있는데, 그곳은 시씨(施氏)의 집성촌이었다. 서시(西施)란 서촌에 사는 시씨(施氏)라는 뜻이다.

서시는 가슴앓이 병이 있어서 통증이 올 때면 가슴에 손을 얹고 지그시 누르면서 눈살을 찌푸리고 다녔는데, 이 모습이 서시의 아름다움을 돋보이게 만들었다.

그런데 동촌(東村)마을의 여인인 동시(東施)들이 서시(西施)처럼 아름답게 보이기 위해 모두 가슴에 손을 얹고 눈살을 찌푸리고 다니는 버릇이 생겼다.

못생긴 여인들마저 눈살을 찌푸리며 다니자 마을 남자들은 그 꼴이 보기 싫어서 이사를 가버리거나, 대문 밖을 일절 나다니지 않았다.

이와 같이 동시가 서시의 눈살 찌푸리는 것을 흉내 낸다는 말의 **'동시효빈(東施效顰)'**이라는 고사성어는 여기에서 유래하였다.

아름다운 서시는 요염하고 부차의 비위를 잘 맞추어 차츰 두 사람이 같이 있는 시간이 많아졌다. 부차는 정사를 돌보는 시간보다 고소대로 나가 음악과 술과 춤을 즐기는 시간이 많아졌다. 부차는 서시에게 빠졌고, 그녀를 위한 일이라면 무엇이든지 행하였다.

부차는 서시를 위해 영암산 한쪽 기슭에 '미인이 머무는 궁'이라는 뜻의 '관왜궁(館娃宮)'이라는 별궁을 지었다. 또 서시를 즐겁게 하기 위해 '향섭랑(響屧廊)'이라는 복도를 만들었다. '향섭랑(響屧廊)'이란 땅을 파서 큰 독을 묻어놓고 그 위에 두꺼운 판사를 깐 복도인데, 나무로 만든 신발을 신고 그 위를 걸을 때면 부드럽고 아늑한 음향이 은은히 울려 퍼졌다. 향(響)은 '진동하다'라는 뜻이요, 섭(屧)이란 나무로 만든 신발을 말한다.

그뿐만 아니라 '서시동(西施洞)'이라는 아늑한 동굴을 만들어 두 사람은 그 속에 들어가 놀았다.

또 '완화지(翫花池)'와 '완월지(翫月池)'라는 두 연못을 파고 '벽천정(碧泉井)'이라는 샘물도 팠다. 서시는 때때로 그 샘물에 가서 자신의 모습을 비추며 화장을 하고, 부차는 옆에 서서 서시가 화장하는 것을 도왔다.

부차의 이러한 향락과 서시에 대한 총애는 고스란히 구천의 귀에 들어갔다.

구천은 다음 계책으로 월나라의 흉년을 핑계로 곡식 1만 석을 빌렸다. 그 이듬해 월나라는 풍년이 들고 오나라는 흉년이 들자, 구천은 빌린 곡식 1만 석에 이자까지 계산하여, 질 좋은 상등품으로 갚았다. 그런데 범려와 문종의 계책대로 모두 살짝 쪄서 보냈다.

오나라에서는 월나라가 갚은 곡식들이 상등품이라서 이듬해 봄에 종자로 사용하였다가 싹이 트지 않아 농사를 망치게 되었는데, 찐 곡식인 줄 눈치채지 못하고 토질이 달라 그런 줄만 알고 있었다.

기원전 484년, 제나라 간공(簡公)이 노나라를 공격하려고 하자, 노나라에서 오나라 부차에게 도와주기를 요청하였다. 이에 부차가 동원령을 내려 제나라를 치러 갈 준비를 하고 있었다.

이때 월나라 구천은 부차의 환심을 얻기 위해 군사 3천 명을 이끌고 와서 부차를 알현하고 선봉에 서겠다고 하였다. 부차는 이를 기쁘게 생각하며 구천까지 굳이 따라나설 필요는 없다고 말렸다.

그러자 오자서는 불안한 마음으로 부차에게 간언을 올렸다.

"월나라는 우리에게 가슴이나 뱃속에 생긴 병과 같습니다. 땅이 서로 인접해 있을 뿐 아니라 우리를 노리고 있습니다. 그들이 제나라를 치는 것을 돕고자 하는 것은 우리를 노리는 것이므로, 일찌감치 멸망시켜 버리는 것이 낫습니다. 설령 제나라를 쳐서 뜻을 이룬다 해도 자갈밭을 얻는 것과 같아 아무런 쓸모가 없습니다. 월나라가 망하지 않으면 오나라가 반드시 그 해를 입게 됩니다."

오자서는 월나라는 오나라에게 치료하기 어려운 가슴이나 뱃속의 질병과 같으므로 지금 멸망시키지 않으면 반드시 후환이 있을 것이라고 간언하였지만, 부차는 오자서의 말에 귀 기울이지 않고 점차 그를 멀리하였다.

이와 같이 가슴이나 뱃속에 생긴 병이라는 말의 **'심복지환(心腹之患)'**이라는 고사성어는 오자서가 부차에게 월나라를 경계해야 한다고 간언하면서 유래하였다.

제48장
당랑포선(螳螂捕蟬)과 여화여도(如火如荼)

螳 사마귀 당 · 螂 사마귀 랑 · 捕 사로잡을 포 · 蟬 매미 선

사마귀가 매미를 잡으려 하고 있다는 말. 닥쳐올 재난은 모르고 눈앞의 이익에만 눈이 먼 것을 비유하는 의미이다.

* **출전: 유향, 설원(說苑) 정간(正諫)**

如 같을 여 · 火 불 화 · 如 같을 여 · 荼 씀바귀 도

불이 타오르는 것 같고, 띠꽃이 만발한 것 같다는 말. 기세가 왕성하거나 사물의 형세가 활발한 것을 비유하는 의미이다.

* **출전: 좌구명, 국어(國語) 오어(吳語)**

기원전 484년 여름, 오나라 군주 부차(夫差)는 10만 대군과 월나라 군사 3천 명을 거느리고 애릉(艾陵) 땅에서 제나라 군사와 싸워 승리하였다. 이에 제나라 간공이 화평을 청하자, 부차는 이를 수락하고 기고만장하여 오나라로 귀환하였다.

오자서는 자신의 만약을 생각하여 아들 오봉(伍封)을 제나라 대부 포식(鮑息)의 집에 맡겼는데, 이를 알게 된 오나라 태재 백비(伯嚭)가 부차에게 역모를 꾸미려고 준비하려는 것이라고 음해하였다. 또한 부차가 제나라를 공격하려 할 때 오자서가 반대하다가, 막상 제나라에 승리하자 이를 원망했다고 비난하였다.

그러자 부차는 평소에 간언을 자주 하던 오자서가 못마땅하던 차에, 음흉한 백비의 말을 그대로 믿고 오자서에게 '촉루(屬鏤)'라는 보검을 보내 자결을 명하였다.

오자서는 자결하면서 이렇게 유언을 남겼다.

"내가 죽거든 두 눈을 뽑아 동문 위에 걸어 두면, 월나라 군사들이 오나라를 멸망시키는 것을 내 눈으로 직접 보겠다. 또한 나의 무덤 위에 가래나무를 한 그루 심어 부차가 구천의 손에 죽게 될 때, 그 가래나무로 부차의 관을 짜도록 하라."

부차는 이 말을 듣고 분노하여 오자서의 시체를 말가죽 부대에 담아 강에 버리도록 하였다. 강물에 던져진 오자서의 시체는 가라앉지 않고 떠다니다가 어느 어부가 발견하고 강소성 오현(吳縣) 서남쪽의 오산(吳山)에다 장사 지냈는데, 그 산을 오자서가 묻힌 산이라 하여 서산(胥山)이라 불렀다.

애릉 전투에서 제나라를 격파한 이후 부차는 '천하 패업'이라는 새로운 야망에 부풀어 있었다. 부차는 주변의 군주들과 황지(黃池)에서 회맹하여 '패공(霸公)'의 지위를 얻어낼 결심이었다.

이때 오나라 세자인 우(友)는 부차가 월나라에 대한 경계 없이 전군을 거느리고 회맹에 참석하려는 것이 염려스러워 만류하고 싶었다. 그러나 섣불리 간언했다가 단단히 혼날 것이 두려워 여러 날을 고심하다가, 풍자와 비유로써 부차에게 간언하기로 하였다.

어느 날 아침, 세자 우(友)는 활을 들고 후원으로 들어갔다가 점심 때쯤 되어 진흙탕에 빠진 것처럼 흙투성이가 되어 내궁으로 돌아왔다.

부차가 이상히 여기고 물었다.

"어디서 무얼 했길래 그렇게 옷을 버렸느냐?"

세자 우가 대답하였다.

"소자는 후원으로 새를 잡으러 갔다가 높은 나무 위에서 매미가 우는 것을 보았습니다. 그 매미는 노래 부르는 데 열중한 나머지 사마귀가 잡아먹으려고 가까이 오는 걸 전혀 눈치채지 못하고 있었습니다. 그때 그 옆 나뭇잎 사이에는 참새 한 마리가 사마귀를 노리고 있었는데, 사마귀도 매미에 정신을 팔려 자기에게 닥친 위험을 알지 못했습니다. 소자는 기회다 싶어 사마귀를 노리고 있는 참새를 향해 활을 들고 조심스럽게 다가갔는데 제 발밑에 진흙 구덩이가 있는 줄 몰랐습니다. 결국 소자는 참새에 정신이 팔려 발을 헛디뎌 그 구덩이에 빠져 옷을 버리게 되었습니다."

세자 우로부터 옷을 버리게 된 연유를 들은 부차가 말하였다.

"너는 눈앞의 이익만 탐하고 뒷일을 생각하지 않았으니 현명하지 못하였다. 이래서야 어찌 나의 뒤를 이어받겠느냐?"

세자 우가 대답했다.

"부왕의 말씀이 옳습니다. 소자는 천하에 가장 어리석은 자입니다. 주공 단(旦)의 후예인 노나라를 제나라는 무고하게 침범하였습니다. 그러나 제나라는 우리 오나라가 장강과 회수를 건너와 칠 줄은 전혀 몰랐습니다. 우리 오나라는 제나라를 쳐서 이겼지만, 월나라가 등 뒤에서 칼을 갈며 쳐들어올 궁리를 하고 있다는 것을 알지 못하고 있습니다. 부왕의 말씀대로라면 천하에 이보다 더 어리석은 일은 없을 것입니다."

부차는 그제야 세자 우가 자신에게 간언하고 있다는 것을 알고 화를 내며 말하였다.

"너는 내가 장차 패업을 이루려는 계획을 망치려 드는 것이냐? 한 번 더 그런 소리를 하면 너를 세자로 취급하지 않을 것이다."

이 한마디에 세자 우는 겁이 나서 도망치듯 그 자리를 떠났다.

사마귀가 자기 뒤에 참새가 있다는 것을 모르고 매미를 잡으려 하고 있다는 비유로 월나라가 오나라를 칠 궁리를 하고 있다는 것을 모른 채 패업만 도모하려는 부차를 깨닫게 하려던 세자 우의 계책은 이렇게 수포가 되었다.

이와 같이 "사마귀가 매미를 잡으려 하고 있다."는 말인 **'당랑포선(螳螂捕蟬)'**이라는 고사성어는 여기에서 유래하였으며, **'당랑규선(螳螂窺蟬)'**이나 **'당랑박선(螳螂搏蟬)'**이라고도 한다.

기원전 482년 여름, 마침내 오왕 부차는 정예병 3만의 군사를 거느리고 회맹 장소인 위나라의 황지(黃池)로 갔다.

이 자리에 노(魯)나라 애공(哀公), 위(衛)나라 출공(出公), 진(晉)나라 정공(定公)이 참석하였다.

회맹에서 맹주 자리에 오른다는 것은 곧 패공(霸公)이 되는 것을 의미한다. 그런데 진나라에서 문공(文公) 이래 대대로 중원의 맹주로 군림해왔는데 오나라에 넘겨줄 수 없다며 반대하여 회맹이 며칠씩 연기되었다.

누구를 맹주로 할 것인지를 정하지 못하고 있을 때, 월나라 구천(勾踐)이 오나라에 쳐들어와 세자 우가 전사했다는 급보가 날아들었다.

월나라의 구천이 부차가 오나라의 정예병을 거느리고 회맹에 참석한 틈을 노려 오나라를 기습적으로 쳐들어온 것이다.

부차는 이 소식을 듣고 급히 신하들과 대책을 논의하였다. 대부 왕손락(王孫雒)이 서둘러 맹주의 지위를 쟁취한 뒤에, 오나라로 돌아가 월나라와 싸워야 한다는 의견을 내었다.

부차는 왕손락의 의견에 따라 3만 명의 군사를 좌군과 우군, 중군으로 나눈 뒤에, 각 군은 1줄에 100명씩 1만 명의 방진(方陣)을 갖추어 정렬하였다.

좌군은 붉은색 옷에 붉은 깃발을 들고 붉은 갑옷을 입고 붉은 깃털로 장식한 화살로 무장하고 있어, 멀리서 보면 마치 불이 활활 타오르는 것처럼 보였다.

우군은 모두 검은 옷에 검은 깃발, 검은 갑옷을 입고 검은 깃털로 장식한 화살로 무장하고 있어 멀리서 보면 마치 먹물처럼 새까맣게 보였다.

중군은 모두 흰옷에 흰 깃발을 들고 흰 갑옷을 입고 흰 깃털로 장식한 화살로 무장하고 있어, 멀리서 보면 마치 하얀 띠꽃들이 흐드러지게 피어 있는 것처럼 보였다.

이러한 진영으로 오나라의 대군은 제후들이 회맹하고 있는 황지 땅을 포위하였다.

부차는 친히 부월을 들고 군진의 중앙에 우뚝 서서 북소리에 맞추어 3만의 군사가 일제히 함성을 지르니, 각 나라의 제후들은 그 기세에 눌려 부차를 맹주로 추대하였다.

이와 같이 부차가 오나라 군사 3만 명을 정렬시킨 모습이 "불이 타오르는 것 같고, 띠꽃이 만발한 것 같다"는 말의 **'여화여도(如火如荼)'**라는 고사성어는 여기에서 유래하였다.

마침내 부차는 꿈에 그리던 맹주가 되었으나, 회맹이 끝나자마자 군사들을 이끌고 부리나케 오나라로 돌아왔다.

오나라 군사들은 오성(吳城) 교외에서 월나라 군사를 상대로 한 차례 싸웠으나 대패하였다. 비로소 사세가 여의치 않음을 알게 된 부차는 이 위기를 넘기기 위하여 구천에게 강화를 요청하였다. 구천도 오나라 정예병들이 황지에서 돌아왔기 때문에 앞으로의 승패를 예측할 수 없어 강화를 맺고 싸움을 멈추었다.

제49장
장경오훼(長頸烏喙)와 토사구팽(兎死狗烹)

長 길 장 · 頸 목 경 · 烏 까마귀 오 · 喙 부리 훼

긴 목에 까마귀 부리라는 말. 어려움은 함께할 수 있으나 즐거움은 함께 누리지 못할 사람을 비유하는 의미이다.

*** 출전: 사마천, 사기(史記) 월왕구천세가(越王句踐世家)**

兎 토끼 토 · 死 죽을 사 · 狗 개 구 · 烹 삶을 팽

(사냥감인) 토끼가 죽으면 사냥개도 삶긴다는 말. 필요할 때는 이용하다가 필요가 없어지면 버림을 받는 것을 비유하는 의미이다.

*** 출전: 사마천, 사기(史記) 월왕구천세가(越王句踐世家)**

월나라 군주 구천(勾踐)이 오나라를 기습하여 강화를 맺고 돌아온 지 만 9년이 지났지만, 한 번의 승리만으로 만족할 수 없었다. 그는 기어코 오나라를 멸망시켜 '회계지치'을 씻고야 말겠다는 결심으로 군사들을 더욱 강하게 훈련을 시켰다.

반면 오나라 군주 부차(夫差)는 중원의 맹주라는 자부심만 내세우며, 서시와 여전히 향락을 즐기면서 민심은 갈수록 흉흉해졌다.

기원전 473년 가을, 마침내 월나라 군주 구천은 13만의 군사를 거느리고 오나라로 쳐들어갔다.

월나라 군사들이 오강(吳江) 남쪽 언덕에 도착하자, 오나라 군사들은 오강 북쪽 언덕에 진영을 구축하고 대치하였다.

한밤중이 되자 월나라의 범려와 문종은 군사들을 데리고 길을 돌아 오나라 진영 뒤편에서 기습하였다. 그러자 오나라 군사들은 어둠 속에서 우왕좌왕하다가 제대로 싸워보지도 못하고 대패하였다.

부차는 월나라 군사들에게 쫓겨 도성인 오성(吳城) 안으로 들어가 성문을 닫아걸고 일체 싸움에 응하지 않았다.

구천은 오성 교외에 주둔하면서 성을 포위하고, 장기전에 대비하여 서문 밖에 오성을 공격하기 위한 성을 쌓고 월성(越城)이라 명명하였다.

이렇게 되자 오성 안의 오나라 군사들은 전의를 상실하였고, 신하들은 어떻게 하면 성 밖으로 빠져나가 목숨을 부지할 것인가만 궁리하였다. 재상인 백비(伯嚭)도 집 안에 틀어박혀 모습조차 드러내지 않았다.

부차는 할 수 없이 대부 왕손락(王孫駱)을 구천에게 보내 항복의 의사를 전하였다.

그때 월나라 재상 범려(范蠡)가 구천에게 간언하였다.

"지난날 회계산(會稽山)의 일은 하늘이 월나라를 오나라에 선물로 주시려 했지만, 오나라는 하늘의 뜻을 거역하고 항복을 받아들였습니다. 이와는 반대로 오늘의 일은 하늘이 오나라를 월나라에 주려고 하는 축복입니다. 우리는 오늘과 같은 날이 오기를 20년 가까이 와신상담하며 기다려왔습니다. 군주께서 하늘이 내린 선물을 거절하시고 오나라의 항복을 수락하신다면 언젠가는 또다시 부차의 노예가 될 거라는 사실을 잊지 마십시오."

범려의 간언을 듣고 구천은 오나라의 항복을 거부하고, 오성을 함락시키라는 명령을 내렸다.

다급해진 부차는 오성의 서쪽 문을 빠져나가 양산(陽山)으로 달아났다가, 월나라 군사들이 추격해오자 허리에 차고 있던 보광검(步光劍)으로 자결하였다.

오성을 함락하고 오나라를 평정한 구천은 오나라 재상 백비가 부차에게 충성하지 못하고 월나라로부터 많은 뇌물을 받고 내통한 간신이라며 참수하고, 서시를 후궁으로 삼으려 하였다.

그러자 범려는 서시가 후궁이 되면 나라를 망칠까 염려되어 반대하는 간언을 올렸으나, 구천은 이를 듣지 않고 후궁으로 삼았다.

범려의 말이라면 무조건 들어주던 구천은 이때부터 범려를 멀리하기 시작하였다.

그리고 구천은 오나라를 멸망시킨 뒤 기고만장하여, 부차의 맹주 지위를 자신이 이어받으려 하였다. 그래서 그는 군사를 이끌고 회수를 건너 산동성 서주(徐州) 땅으로 진출하여, 그곳에서 제 · 노 · 송 · 진(晉)나라들과 회합하고 삽혈농맹을 맺었다. 이렇게 패공의 지위에 오른 구천은 이를 기념하기 위해 회계산에 큰 대(臺)를 쌓고 이름을 문대(文臺)라고 하였다.

그러나 오나라를 멸망시키고 중원 패업을 달성하는 데 공로가 큰 신하들에게 일절 상을 내리지 않았다.

구천은 오늘날 이룬 모든 것이 자신의 공이라며 이렇게 생각하였다.

"내가 부차의 대변을 맛보고 있을 때나 와신상담을 하고 있을 때 신하들은 무엇을 하고 있었는가?"【☞ 제1편 제46장 '회계지치와 와신상담' 참조】

이러한 구천을 지켜보던 범려는 속으로 생각하였다.

"구천은 장경오훼(長頸烏喙)의 인물이 분명하다. 이대로 있다가는 나의 종말이 평탄치 않을 것이다. 이제 내가 떠날 때가 되었구나."

장경오훼란 목이 길고 입이 까마귀 부리같이 삐죽하게 튀어나와 있는 사람을 말한다. 관상학적으로 이런 사람은 끈기가 있고 인내심이 강하지만, 뜻을 이루었을 때는 고집이 세고 오만하기 짝이 없으며 가까운 사람도 의심한다. 그래서 어려움은 함께할 수 있어도, 즐거움은 같이할 수 없는 사람이다.

이와 같이 "긴 목에 까마귀 부리"라는 말인 **'장경오훼(長頸烏喙)'**라는 고사성어는 여기에서 유래하였다.

범려는 홀연히 월나라에서 제나라로 떠나면서 문종에게 한 통의 편지를 보냈다.

"이제야 말하지만, 구천은 목이 길고 입이 까마귀 부리처럼 뾰족한 '장경오훼'의 형상이오. 이런 사람은 어려움은 함께할 수 있어도 즐거움은 같이할 수 없소. 하늘을 나는 새가 잡히면 활은 거두어지게 마련이고, 숲속의 토끼가 잡히면 사냥개는 삶아지는 법이오. 그래서 나는 떠나는 것이오. 그대에게 우정으로 말하노니, 편안한 여생을 보내고 싶거든 벼슬을 버리고 강호(江湖)로 들어가시오. 그렇지 않으면 반드시 불행을 면치 못할 것이오."

그러나 문종은 범려가 구천에 대한 지나친 염려로 떠났다고 생각하였다.

그러던 중 누군가가 구천에게 문종이 공이 있는 신하에게 상을 내리지 않아 불만을 품고 있다고 참소하였다. 이에 의심 많은 구천이 문종의 집을 방문하여 자결의 암시로 칼을 한 자루 놓고 나오자, 문종은 그 칼로 자결하였다.

범려는 제나라로 가서 과거의 신분을 숨기고, 이름도 '말가죽으로 만든 술 부대'라는 뜻의 치이자피(鴟夷子皮)로 바꾸었다. 그는 제나라와 송나라 국경 근처의 산동성 정도현(定陶縣) 서북쪽에 있는 도(陶) 땅에서 장사로 거부가 되었으며, '도주공(陶朱公)'이라 불리며 존경받았다고 한다.

이후 서시는 나라를 망칠 것을 우려한 구천의 부인인 월(越)부인에 의해 강에 수장되었고, 구천도 오래지 않아 병사하면서 월나라는 쇠퇴의 길을 걷다가 기원전 334년에 재기에 성공한 초나라에 의해 멸망 당하게 된다.

이와 같이 범려가 월나라를 떠나면서 문종에게 보낸 편지에서 "사냥감인 토끼가 죽으면 사냥개도 삶긴다."는 말인 **'토사구팽(兎死狗烹)'** 이라는 고사성어가 유래하였다.

어떤 이들은 '토사구팽'의 유래를 한(漢) 고조 유방(劉邦)과 그 장수 한신(韓信)의 고사에서 찾기도 하는데, 한신이 죽으면서 말한 '토사구팽'은 범려의 말을 인용한 것뿐이다.

제50장
칠신탄탄(漆身呑炭)

漆 옻 칠 · 身 몸 신 · 呑 삼킬 탄 · 炭 숯 탄

몸에 옻칠을 하고 숯을 삼키다는 말. 은인을 위해서라면 아무리 어려운 일이라도 해내는 것을 비유하는 의미이다.

*** 출전: 사마천, 사기(史記) 자객열전(刺客列傳)**

진(晉)나라는 춘추시대 두 번째 패공에 오른 24대 군주인 문공(文公) 이래로 오랜 세월 막강한 권위를 누려왔다. 그런 중에 33대 군주인 경공(頃公)대에 접어들면서 여섯 귀족 가문이 각기 파당을 만들어 번갈아 정권을 잡으며 군주의 권한을 약화시켜 나갔다.

그 여섯 귀족 가문은 다음과 같다.

* 조씨(趙氏) : 조쇠(趙衰)의 후손

* 위씨(魏氏) : 위주(魏犨)의 후손

* 한씨(韓氏) : 한궐(韓厥)의 후손

* 순씨(荀氏) : 순언(荀偃)의 후손, 중항씨(中行氏)라고도 함.

* 범씨(范氏) : 사회(士會)의 후손, 원래 사씨였으나 범씨로 바꿈.

* 지씨(知氏) : 순수(荀首)와 순앵(荀罃)의 후손, 원래 순씨였으나 지씨로 바꿈.

이 여섯 가문은 서로 정권을 장악하려고 끊임없이 음해하고 다투며 죽이고 하였다. 이 중에서 범씨와 중항씨는 먼저 멸망하였고, 나머지

네 가문이 세력 다툼을 벌이게 되었다.

기원전 454년, 이 당시 지씨의 당주는 지백(智伯), 조씨의 당주는 조양자(趙襄子), 한씨의 당주는 한강자(韓康子), 위씨의 당주는 위환자(魏桓子)로 이들 네 사람이 각 가문을 이끌고 있었다.

재상으로 있던 지백이 정나라와의 싸움에서 대승을 거둔 이후 이들 중에서 맹주 행세를 하면서, 조씨 · 한씨 · 위씨 등 세 가문의 힘을 약화시키는 일에 골몰하였다.

그러다가 지백은 이 세 가문에게 월나라를 정벌할 군자금을 마련하기 위해 사방 1백 리씩의 땅을 자신에게 바치라고 요구하였다. 한강자와 위환자는 이에 굴복하여 요구하는 땅을 내어놓았으나, 조양자는 지백의 요구를 거절해 버렸다.

조양자는 젊었을 적에 지백이 던진 술잔에 이마가 깨진 적이 있었는데, 이후로 지백을 원수처럼 미워하였다.

조양자의 거절을 괘씸하게 생각한 지백은 그를 토벌하기 위해 나서면서, 한강자와 위환자에게 토벌 후에 조씨의 토지를 3등분 하여 나누자고 제의하여 같이 거병하였다.

조양자는 이에 맞서 그의 본거지인 진양성(晉陽城)에서 완강히 대항하였다. 1년 이상을 버티다가 막바지에 몰린 조양자는 새로운 돌파구를 찾아야만 하였다.

이때 조양자의 모사인 장맹담(張孟談)이 계책을 올렸다.

"한강자와 위환자는 어쩔 수 없이 지백을 따르고 있으므로, 이들을 잘 설득하여 지백을 배반하고 우리와 연합하게 하여 함께 지씨를 공격하면 될 것입니다."

장맹담은 한강자와 위선자의 진영에 잠입하여 이들을 설득하였다.

"조씨가 멸망하고 나면 지백은 바로 당신들을 칠 것입니다. 오히려 우리와 연합하여 지백을 치고, 땅을 나누어 가집시다."

한강자와 위환자는 장맹담의 설득에 넘어가 제안을 받아들였다.

이들은 조양자가 대항하고 있는 진양성으로 흘러들어오는 물길을 지백의 진영으로 돌려 순식간에 물에 잠기도록 하고, 뗏목을 이용하여 지백을 공격하였다.

예상하지 못한 공격에 지백의 군대는 전멸당하고, 지백은 도주하다가 조양자 수하 군사들의 창에 찔려 죽었다.

이제 진나라 권력은 조, 한, 위씨의 세 가문에 의해 장악되었다.

조양자는 어릴 적 자신에게 모욕을 준 지백에 대해 원한이 꽤 컸던 모양이었다. 그는 지백의 두개골을 옻칠하여 요강으로 사용하였다.

지백의 가신으로 예양(豫讓)이라는 사람이 있었다.

그는 원래 범씨(范氏)와 중행씨(中行氏)의 가신으로 있다가, 이들 가문이 멸문되자 지백의 문객이 되어 그를 섬겼다.

지백이 죽을 때 예양은 산속으로 도피하였다가, 조양자가 지백의 두개골을 요강으로 사용한다는 말을 듣고 분개하여 조양자를 죽이기로 결심하였다.

그는 일부러 이름을 바꾸고 죄수가 되어 궁궐 변소의 벽을 바르는 일을 하면서 몸에 비수를 품고 있다가 조양자를 찔러 죽이려 하였다.

조양자가 변소에 가다가 갑자기 가슴이 두근거려 벽을 바르고 있는 예양을 잡아다 심문하니, 지백의 원수를 갚고자 하였다며 자백하였다.

측근들이 그를 죽이려 하였으나, 조양자가 그를 풀어주며 말하였다.

"예양은 의로운 자이고, 내가 조심하여 피하면 그만이다. 지백은 죽고 없는데 그의 가신이 원수를 갚겠다고 하니, 예양이야말로 천하의 현인이다."

얼마 후 예양은 다시 몸에 옻칠하여 문둥이처럼 꾸미고, 숯을 삼켜 목을 쉬게 만들어 형상을 알아볼 수 없게 하고 저자에서 구걸하였는데, 그의 아내도 알아보지 못하였다.

예양의 친구가 지나가다가 그를 알아보고 몸을 해치는 이러한 방법보다는 조양자의 가신이 되어 그의 신임을 받은 후에 복수하는 방법이 쉽다고 조언하였다. 그러나 그는 남의 가신이 되어 두 마음을 품을 수 없다며 거부하였다.

얼마 후 조양자가 외출할 때 지나야 하는 다리 밑에 숨어 있었다. 조양자가 다리에 이르자, 말이 놀라는 바람에 이번에도 예양은 목적을 이루지 못하고 잡혔다.

조양자는 그의 충정을 안타깝게 여기며 말했다.

"그대가 지백을 위해 충성한 것은 이미 세상 사람들에게 널리 알려졌다. 내가 그대를 석방하는 것도 이미 충분하였으니, 더 이상 그대를 용서할 수 없다."

예양이 말하였다.

"제가 듣건대 현명한 군주는 남의 훌륭함을 가리지 않고, 충신은 명예를 위하여 죽는 의기가 있다고 합니다. 일전에 저를 너그럽게 용서한 일로 천하 사람들은 모두 당신의 어진 마음을 칭찬하지 않는 이가 없었습니다. 오늘 저는 죽어 마땅하나, 당신의 옷을 얻어 그것을 칼로 베어 원수를 갚으려는 뜻을 이루도록 해 주신다면 죽어도 여한이 없겠습니다. 이것은 제가 감히 바랄 수 없는 일이지만, 저의 속마음을 말씀드렸습니다."

조양자는 그를 의롭게 여겨 자기 옷을 예양에게 내주었다.

그러자 예양은 칼을 뽑아 들고 세 번 뛰면서 옷을 내려치고는 칼에 엎어져 자결하였다.

이와 같이 "몸에 옻칠을 하고 숯을 삼키다."라는 말인 **'칠신탄탄(漆身呑炭)'**이라는 고사성어는 예양이 지백의 원수를 갚기 위해 온 몸에 옻칠을 하고 숯을 먹어 벙어리가 되면서까지 자신의 모습을 바꾼 데서 유래하였다.

列國志 제2편

전국시대(戰國時代)편

제1장

살처구장(殺妻求將)

殺 죽일 살 · 妻 아내 처 · 求 구할 구 · 將 장수 장

아내를 죽여 장군이 되다는 말. 명성이나 이익을 얻기 위하여 수단과 방법을 가리지 않는 것을 비유하는 의미이다.

*** 출전: 사마천, 사기(史記) 손자오기열전(孫子吳起列傳)**

오(吳)나라의 멸망과 더불어 3백 년 동안 이어온 '춘추(春秋)시대'가 막을 내리기 시작한 이후, 또 다른 난세인 '전국(戰國)시대'가 등장하였다.

전국시대라고 하면 가장 먼저 떠오르는 것이 제(齊) · 초(楚) · 진(秦) · 연(燕) · 위(魏) · 한(韓) · 조(趙)나라의 '칠웅(七雄)'이다.

이들 중 제 · 초 · 진(秦) · 연나라는 춘추시대부터 내려온 나라였고, 위 · 한 · 조나라는 진(晉)나라에서 갈라져 나온 나라로 삼진(三晉)이라 부른다. 물론 이들 일곱 개 나라 외에 노(魯) · 송(宋) · 위(衛) · 정(鄭)나라 등도 존재하였지만 그 영향력이 극히 미약하여 위의 일곱 개 나라의 속국이나 다름없었다.

진(晉)나라에서 갈라져 나온 삼진은 각각 독립된 국가로 있었지만, 주(周)나라 왕실로부터 제후국으로 인정받지 못하고 있었다.

그러다가 기원전 403년, 주나라 위열왕(威烈王)으로부터 제후국으로 봉하여졌는데, 이때부터 전국시대가 시작되었다.

전국시대 개막 후 가장 먼저 위세를 떨친 나라는 삼진 중 하나인 위(魏)나라였다. 위나라는 신흥국다운 패기로 나라의 모든 제도를 일신하고 발빠르게 중원을 주도해나갔다.

위나라 문후(文侯)는 이회(李悝)를 재상으로 삼아 업적이 있는 자에게 벼슬과 녹봉을 주고, 상과 벌을 정확하게 시행하는 법가(法家)적 개혁을 단행하였다. 악양(樂羊)을 장수로 삼아서 중산국(中山國)을 멸망시키고 그 땅을 차지하였다.

또한 지금의 하북성 임장현(臨漳縣) 일대에 업(鄴) 땅이 있었는데, 한나라의 상당(上黨)과 조나라의 한단(邯鄲) 사이에 있는 고을이다. 위·한·조의 세 나라가 국경을 이루는 곳으로 교통과 군사의 요충지이다. 문후는 서문표(西門豹)를 등용하여 그 지역을 다스리게 하였다. 그는 이곳에 부임하여 혹세무민하는 관리와 무당을 타파하고, 열두 곳에 커다란 저수지를 만들고 장수(漳水)의 물을 끌어들이는 관개시설로 농민들의 생활 수준을 크게 향상시켜 백성들로부터 칭송을 받았다.

이렇게 위나라 문후는 내정에 힘을 쏟아 국정은 안정되었으나, 대외적으로 위세를 떨치기 위한 군대를 믿고 맡길 장수가 필요하였다. 그러자 재상 적황(翟璜)은 문후에게 오기(吳起)를 천거하였다.

오기를 세상에서는 흔히 '오자(吳子)'라고 부르며, '오자병법'의 저자로 손자(孫子)와 더불어 병법의 대가로 불리는 사람이다.

오기는 위(衛)나라 태생으로 어릴 적부터 싸움질하지 않는 날이 없을 정도였는데, 싸움에 지면 이길 때까지 쫓아다니며 싸움을 걸었다. 그는 공부할 생각은 하지 않고 뇌물을 써서 벼슬자리를 구하려고 여기저기 떠돌아다녔지만, 뜻을 이루지 못하고 가산만 탕진하였다. 그러자 마을 사람 30여 명이 이를 조롱하는 것을 참지 못하고 모두 칼로 베어 죽이는 끔찍한 살인을 저지르게 되었다. 그는 어머니에게 재상이 되기 전에는 고향에 돌아오지 않겠다는 말만 남기고 노나라로 도망가서 증자(曾子)의 문하에 들어가 공부하였다.

제나라 대부 전거(田居)가 노나라에 왔다가, 공부하는 오기의 높은 식견과 해박한 지식에 반해 딸을 오기에게 시집보냈다.

그러던 중, 그의 어머니가 돌아가셨다는 소식을 듣고도 재상이 되지 못했다는 이유로 고향에 가지 않자, 근본을 잊은 처사라며 증자의 문하에서 쫓겨났다.

그는 병가(兵家)에 들어가 3년 동안 병법을 공부한 후, 노나라 재상 공의휴(公儀休)의 천거로 노나라 대부가 되어 군사 훈련을 담당하게 되었다.

그럴 즈음 제나라 재상 전화(田和)가 노나라를 침공하였다. 노나라 목공(穆公)은 오기를 대장으로 하여 출병을 시키려다가, 그가 제나라 전거의 사위인 것을 알고 주저하였다.

이 소식을 들은 오기는 목공의 의심을 풀기 위해 집으로 달려가 단칼에 아내를 죽이는 잔인함을 보이고, 자신은 제나라와 아무런 관련이 없다는 것을 증명하였다. 그리고는 목공을 찾아가 대장으로 출병시켜 달라고 졸랐다.

목공은 오기의 잔인성에 기가 막혀 대답 대신 눈쌀을 찌푸리자, 재상 공의휴가 목공에게 가까이 다가가 속삭였다.

"오기는 자기 아내보다 공명(功名)을 더 생각하는 사람입니다. 만일 주군께서 그를 등용하지 않으시면 그는 반드시 노나라를 버리고 제나라로 갈 것입니다."

이에 노나라 목공은 어쩔 수 없이 오기를 대장으로 삼아 출병하도록 하였다.

이와 같이 오기가 목공의 의심을 풀고 출정군의 대장이 되기 위한 공명심으로 아내를 죽인 것을 두고, "아내를 죽여 장군이 되다"는 말인 **'살처구장(殺妻求將)'**이라는 고사성어가 생겨났다.

이렇게 하여 군사를 거느리고 출병한 오기는 남비(南鄙) 땅에 이르러 제나라 군사와 대치하다가, 제나라 장수 장축(張丑)과 화평을 의논하는 척하며 틈을 노려 기습공격으로 제나라 군사들을 혼란에 빠뜨렸다. 이러한 기세로 제나라 군사들을 평륙(平陸) 땅까지 몰아붙여 대승을 거두었다.

이를 계기로 약한 노나라가 강한 제나라를 대파하였다며 오기의 이름을 천하에 알리게 되었다.

그러나 노나라 대부의 대부분은 유가(儒家) 출신으로 그들은 오기가 위(衛)나라에서 살인을 저질렀고, 아내를 죽이면서까지 대장이 된 것에 대해 격분하며 비난하였다.

노나라 목공도 오기의 성품이 잔인하고 위(衛)나라에서 살인을 저지른 죄인을 계속 중용하게 되면 위나라와 관계가 껄끄럽다는 이유로 오기의 병권을 거둬들였다.

이에 낙심한 오기는 위(魏)나라의 문후(文侯)가 현명하다는 말을 듣고 위나라 재상인 적황을 찾아가 자신의 천거를 요청하게 된 것이다.

제2장
연저지인(吮疽之仁)

吮 빨 연 · 疽 등창 저 · 之 갈 지 · 仁 어질 인

종기를 입으로 빨아주는 인자함. 윗사람이 아랫사람을 극진히 아끼고 사랑하는 것, 또는 의도를 가지고 베푸는 선행을 비유하는 의미이다.

*** 출전: 사마천, 사기(史記) 손자오기열전(孫子吳起列傳)**

위(魏)나라 문후(文侯)는 재상인 적황(翟璜)으로부터 오기(吳起)를 천거 받고, 그를 장군 겸 서하(西河) 태수로 삼아 서쪽 국경을 지키도록 하였다.

오기는 서하 땅으로 내려가 신분이 가장 낮은 병졸들과 같은 옷을 입고, 식사도 같이하였다. 잠을 잘 때는 자리를 깔지 않았고 행군할 때는 말이나 수레를 타지 않았으며, 자기가 먹을 식량은 자신이 친히 가지고 다녔다. 이처럼 오기는 모든 수고로움을 병졸과 함께 나누었다.

그는 장수와 병졸을 하나로 단합하기 위해 부하들과 동고동락하는 방법을 사용한 것이다. 이것은 커다란 효과를 거두었다.

서하는 섬서성 땅을 흐르는 황하 서쪽에 있는 군사 요충지였다. 용맹하기로 소문난 진(秦)나라와 인접하여 잦은 싸움으로 늘 조금씩 영토를 빼앗겼다.

그런데 오기가 서하 태수로 내려오면서부터 상황이 달라졌다. 병졸들과 모든 고통을 함께 나누는 오기의 태도에 감복한 군사들이 전과

달리 목숨을 걸고 싸움에 임하는 것이었다. 승전 횟수가 많아지면서, 위나라 땅을 오히려 늘려나갔다. 이렇게 오기는 십여 년을 서하를 지키며 진나라의 동진(東進)을 철저하게 막았다.

한번은 이런 일이 있었다.

한 군졸이 다리에 종기가 나서 걸음을 제대로 걷지 못했다. 이것을 본 오기가 그 군졸의 종기에 입을 대고 고름을 빨아내었다. 그 뒤에도 오기는 종종 그 군졸의 종기에 입을 대고 고름을 빨아내어 결국 낫게 되었다.

그 군졸은 물론이고 서하의 모든 군사들이 감격하여, 훈련과 전두에 임하는 군사들의 행동은 더욱 날렵해지고 강해졌다.

오기가 군졸의 종기를 빨아 낫게 했다는 소식이 그 군졸의 어머니 귀에도 들어가자, 그 어머니는 별안간 대성통곡하였다.

옆에 있던 사람들이 영문을 알 수 없어 물었다.

"군졸인 당신 아들을 장군이 직접 종기를 빨아 낫게 하였는데, 어찌하여 통곡하는 것이오?"

그 어머니가 흐느끼며 대답하였다.

"수년 전에도 내 남편이 지금처럼 종기가 나자, 오기 장군이 그 상처를 빨아 낫게 한 적이 있었소. 이에 내 남편은 감격하여 전쟁터에 앞장서서 싸워 결국은 전사하였다오. 그런데 지금 또 오기 장군이 내 아들의 종기를 빨아주었다고 하니, 내 아들 또한 전쟁터에 앞장서서 싸워 전사할까 봐 우는 것이오."

오기는 서하에 머물면서 총 76회의 전투를 벌였다. 그중 64회를 이기고 나머지는 승패를 내지 못했다. 이로 인해 중원진출의 야심을 품고 있던 진(秦)나라는 한 발자국도 동쪽으로 나오지 못하였다.

이와 같이 "종기를 입으로 빨아주는 인자함"이란 말의 **'연저지인(吮疽之仁)'**이란 고사성어는 오기가 군졸의 종기에 입을 대고 고름을 빨아낸 것에서 유래하였다.

기원전 387년, 위나라 문후의 뒤를 이어 무후(武侯)가 보위에 올랐다. 그러나 오기는 공을 세워도 재상이 되지 못하고 여전히 서하 태수로 있어 불만이 있었다. 무후는 이러한 오기가 반란을 일으키지나 않을까 하는 의심을 가지게 되었고, 이를 눈치 챈 오기는 초나라로 망명하였다.

초나라 도왕(悼王)은 망명 온 오기를 반기며, 영윤(令尹)으로 삼아 나라의 모든 살림살이를 맡겼다. 드디어 재상이 된 오기는 국가 재정을 튼튼히 하기 위한 개혁으로 대부들의 거센 반대에도 불구하고, 그들의 땅을 나라에 헌납하도록 하였다.

그러나 기원전 381년, 도왕이 노환으로 승하하자 대부들이 개혁 정책에 반발하며 오기를 죽이려 하였다.

오기는 이들에게 쫓기다가 궁궐의 침전으로 들어가 도왕의 시체를 끌어안았다. 그러자 오기를 쫓던 이들이 화살을 쏘았는데, 오기와 도왕의 시체에 무수히 꽂히며 오기는 도왕의 시체 위에서 죽었다.

도왕의 뒤를 이어 보위에 오른 숙왕(肅王)은 선왕의 시체에 활을 쏜 자들은 대역무도한 죄를 저질렀다며 모두 색출하여 참수형에 처하였다. 이를 두고 어떤 이는 죽으면서까지 자신의 원수를 갚는 오기의 묘책이라고 하였다.

그러나 오기는 살인을 저질렀고, 출세욕의 노예가 되어 어머니를 버리고 아내까지 죽여가며 재상 자리에 올랐지만, 끝내 비참한 종말을 맞이하면서 난세인 전국시대를 대표하는 전형적인 인물이 되었다.

제3장

이목지신(移木之信)과 도불습유(道不拾遺)

移 옮길 이 · 木 나무 목 · 之 갈 지 · 信 믿을 신

나무를 옮겨 믿도록 한다는 말. 남을 속이지 않고 약속을 반드시 지키거나, 신용을 지키는 것을 비유하는 의미이다.

*** 출전: 사마천, 사기(史記) 상군열전(商君列傳)**

道 길 도 · 不 아니 불 · 拾 주울 습 · 遺 끼칠 유

길에 떨어진 것을 줍지 않는다는 말. 나라가 잘 다스려져 사회가 풍요롭거나, 또는 형벌이 엄격하여 법을 어기는 사람이 없다는 것을 비유하는 의미이다.

*** 출전: 사마천, 사기(史記) 상군열전(商君列傳)**

전국시대 칠웅의 반열에 오른 진(秦)나라는 지리상으로 중원과 멀리 떨어진 서쪽 변방에 위치하여 있었다. 한때 목공(穆公)에 의해 크게 일어나 패자를 자처하기는 했지만, 늘 중원으로 통하는 길목을 가로막고 있는 진(晉)나라 때문에 좀처럼 국세를 확장할 수 없었다.

진(秦)나라 25대 군주인 효공(孝公)은 중원진출을 자신의 목표로 삼고, 재능있는 인재를 등용하기 위해 애쓰고 있었다.

이 당시, 위(衛)나라에 앙(鞅)이라는 이름을 가진 사람이 있었다. 그는 위나라 공손(公孫)이었기 때문에 흔히 공손앙(公孫鞅)이라고 불렸으며, 형명학(刑名學)을 공부한 법가(法家)의 인물이다.

그런데 위(衛)나라에서는 자신의 뜻을 펼치기에는 국세가 너무 약하다고 생각되어, 강대국인 위(魏)나라로 가서 재상인 공숙좌(座)의 가신(家臣)이 되었다.

공숙좌가 병이 들자, 혜왕(惠王)이 문병을 와서 후임 재상으로 누가 좋으냐고 물었다. 공숙좌는 공손앙을 천거하였으나, 혜왕은 끝내 공손앙을 부르지 않았다.

그때 진(秦)나라 효공이 널리 인재를 구한다는 소문을 듣고 공손앙은 진(秦)나라 태감(太監)인 경감(景監)을 찾아갔다.

경감의 천거로 공손앙과 3일 밤낮을 토론한 효공은 공손앙의 생각대로 법으로 나라를 다스리기로 하고, 좌서장(左庶長)에 임명하였다. 좌서장은 진(秦)나라에만 있는 직책으로, 재상 아래에서 내정을 담당하는 곳이었다.

기원전 359년, 공손앙은 진나라를 부강 시킬 새로운 법령을 마련하여 완성시켰다.

그러나 그 법령을 바로 공포하지 않고, 백성들이 믿고 따를 수 있도록 나라의 신뢰를 먼저 보여주는 작업을 하였다.

도성인 옹성(雍城) 남문 안 시장에다 3장(丈) 길이의 나무를 세우고 그 옆에 이런 내용의 방문(榜文)을 붙였다.

"이 나무를 북문으로 옮기는 사람에게 10금(金)의 상을 내리겠다."

금(金)은 고대 화폐의 단위로, 1금은 대략 1근(斤)이다.

시장에 나온 많은 사람들이 그 방문을 보았지만, 설마라는 생각만 할 뿐 아무도 그 나무를 옮기려 들지 않았다.

며칠이 지나도 나무가 그대로 있자, 공손앙은 상금을 50금으로 올렸다.

그러나 사람들은 더욱 의심만 가질 뿐, 며칠이 지나도록 나무는 여전히 그 자리에 서 있었다.

그러던 어느 날, 술 취한 한 사람이 방문을 보고 호기를 부리기 위해 나무를 북문 앞에다 옮겨 놓았다. 그러자 공손앙이 크게 기뻐하며 그 사람에게 약속한 상을 내렸다.

이와 같이 "나무를 옮겨 믿도록 한다"는 말의 **'이목지신(移木之信)'** 이란 고사성어는 공손앙이 법령을 공포하기 전에 백성들에게 믿음을 주려고 한 방편에서 유래하였고, **'사목지신(徙木之信)'**이나 **'사목입신(徙木立信)'**이라고도 한다.

이처럼 나라가 백성들을 속이지 않는다는 것을 알린 다음, 기원전 359년 마침내 법령을 공포하였는데, 그 내용은 대략 다음과 같았다.

첫째, 십오법(什伍法)과 연좌제 시행이다.

민가는 10집 혹은 5집을 한 조로 묶어 서로 잘못을 감시하도록 하고, 한 집이 죄를 지으면 10집이 똑같이 벌을 받는다. 죄지은 것을 알리지 않는 사람은 허리를 자르는 벌로 다스리고, 그것을 알린 사람에게는 적의 머리를 벤 것과 같은 상을 주며, 죄를 숨기는 사람은 적에게 항복한 사람과 똑같은 벌을 준다. 모든 여관과 가정집에도 통행증이 없는 자에게 잠자리를 제공하면 처벌한다.

둘째, 분가(分家)의 의무이다.

한 집안에 두 사람 이상의 성년 남자가 있으면 무조건 분가하지 않으면 세금을 2배로 물린다. 일정한 농토를 한 집안에서 경작할 경우 가족 수가 많아도 생산이 늘지 않기 때문에 소가족 제도를 의무화한 것이다.

셋째, 군공(軍功)의 장려와 사투(私鬪)의 금지다.

전쟁에서 공을 세운 사람은 그 공의 경중에 따라 벼슬을 올려주고, 사사로이 싸움을 일삼는 자는 각각 그 죄의 경중에 따라 벌을 준다.

넷째, 농업의 장려 및 상공업의 억압 정책이다. 본업에 힘써 밭을 갈고 길쌈을 하여 곡식이나 비단을 많이 바치는 사람에게는 부역과 부세를 면제해 준다. 상공업에 종사하여 이익만을 추구하는 자와, 게

을러서 가난한 자는 모두 체포하여 관청의 노비로 쓴다.

다섯째, 공족과 귀족들의 특권 박탈이다.

공족이나 귀족들이라도 군공이 없으면 작위를 박탈했고, 심사를 거쳐 족보에서 삭제하기도 했다. 따라서 모든 공족과 귀족들은 새로운 법에 각기 작위와 봉록을 받았으며, 집과 토지와 의복과 노비의 수가 결정되었다. 공을 세운 사람은 영예를 누리지만, 공을 세우지 못한 사람은 부유해도 영예를 누릴 수 없다.

이렇게 새로운 법령이 공포되자 많은 사람들이 불평을 하였지만, 공손앙은 법 앞에 성역이 없다면서 강력하게 법을 시행하였다.

법령이 시행된 초창기 몇 해 동안은 길가에 물건이 떨어져도 줍는 사람이 없었고, 집집마다 생활 형편이 넉넉해져 도둑이 사라졌다. 또한 전쟁에서는 용감히 싸웠으나, 개인의 싸움에는 힘을 쓰지 않아 나라는 잘 다스려졌다.

이와 같이 "길에 떨어진 것을 줍지 않는다"는 말인 **'도불습유(道不拾遺)'**라는 고사성어는 공손앙의 법령으로 나라가 잘 다스려지고 있다고 부각 시킨 것에서 유래하였다.

그러나 시간이 갈수록 사소한 잘못에도 가혹한 형벌이 그치지 않고 감옥에는 죄수들로 넘쳐났다.

이러다 보니 진나라 백성들은 나라의 눈치만 살피고, 사람들 간에도 정이 메말라 가는 삭막한 사이로 변해갔다.

후에 기술하는 바와 같이 공손앙 자신도 자기가 만든 법 때문에 자기가 죽게 되는 '작법자폐(作法自斃)'의 지경에 이르게 되었다. 【☞ 제2편 제6장 '작법자폐' 참조】

제4장
위위구조(圍魏救趙)

圍 둘레 위 · 魏 나라 이름 위 · 救 건질 구 · 趙 나라 조

위(魏)나라를 포위하여 조(趙)나라를 구하다는 말. 정면충돌을 피하고 상대의 허점을 공략하는 것을 비유하는 의미이다.

*** 출전: 사마천, 사기(史記) 손자오기열전(孫子吳起列傳)**

주나라 낙양에서 멀지 않은 양성(陽城)의 귀곡(鬼谷) 골짜기에 귀곡자(鬼谷子)가 은거하면서 학문을 가르치고 있었는데, 귀곡자 문하에는 위(魏)나라 출신의 방연(龐涓)과 제나라 출신의 손빈(孫賓)이 함께 병법을 배우고 있었다.

방연의 가계에 대해서는 알려져 있지 않으나, 손빈은 '손자병법'으로 유명한 오나라 병법가 손무의 후손으로 제나라 아읍(阿邑)에서 태어났다.

두 사람은 어린 시절 부모를 일찍 여의고 여기저기 떠돌아다니다가 귀곡자의 문하로 들어왔다. 두 사람은 서로의 처지가 같음을 알고 결의를 맺어 두 살 많은 손빈이 형으로, 방연은 동생이 되었다.

그러나 성격상 방연은 성격이 급하고 음흉한 반면, 손빈은 순수하고 맑은 심성을 지녔다. 또한 방연은 세상에 빨리 나가 그의 능력을 과시하고 싶은 반면, 손빈은 더욱 열심히 공부하여 손무의 후손답게 병법에 통달한 사람이 되려고 하였다.

이즈음 위(魏)나라 혜왕(惠王)은 공손앙의 활약으로 진(秦)나라가 강대국으로 성장하고 있는 것을 보고, 그를 기용하지 않은 것을 거듭 후회하였다. 그래서 혜왕도 천하의 인재를 모집하는데 나섰다.

이 소식을 들은 방연은 위나라로 가서 재상 왕착(王錯)의 천거로 혜왕을 알현하게 되었다. 방연은 자신감 넘치는 태도로 병법을 논하자, 혜왕은 몹시 기뻐하며 그 즉시로 방연을 원수(元帥)로 삼아 모든 병권을 맡겼다.

방연은 군사들을 조련하여 강한 군대로 만든 뒤에 매년 위(衛)나라나 송나라 등 주변국을 공격하여 싸울 때마다 승리하여, 위(魏)나라의 위상은 점점 높아갔다.

그러던 중 누군가로부터 귀곡자의 제자인 손빈이 방연보다 더 뛰어나다는 이야기를 들은 혜왕이 손빈을 즉시 초빙하여 정책 고문인 객경(客卿)으로 삼았다.

방연은 자기보다 재능이 더 뛰어난 손빈에 대해 평소 질투하고 있었는데, 이제는 자신의 자리를 손빈이 차지할까 봐 조바심이 났다.

이를 고민하던 방연은 혜왕에게 손빈이 고국인 제나라와 내통하여, 위나라를 버리고 제나라로 가려고 한다며 참소하였다.

처음에는 혜왕이 이를 믿지 않았으나, 내통의 증거라며 방연이 위조한 편지를 제출하면서 말했다.

"손빈이 제나라와 내통한 죄목을 들어 처벌하지 않고, 제나라로 가도록 내 버려두면 위나라의 큰 근심거리가 됩니다"

혜왕은 방연으로부터 여러 차례 참소를 듣게 되자 마음이 흔들려, 손빈이 다른 나라로 떠날 수 없도록 다리를 끊는 월형(刖刑)에 처하였다.

월형으로 앉은뱅이가 된 손빈(孫賓)을 이때부터 사람들은 손빈(孫臏)으로 바꿔 불렀는데, '빈(臏)'은 다리를 잘린 사람이라는 뜻이다

손빈은 방연의 참소로 이렇게 되었다는 사실을 전혀 모르고 있다

가, 방연의 심복인 성아(誠兒)가 손빈의 인품에 감복하여 이제까지의 내막을 모두 알려주었다.

이에 분개한 손빈은 반드시 방연에게 복수하겠다는 결심을 하고, 이를 속이기 위해 미친 사람처럼 행동하였다. 밥을 먹다가 별안간 앞으로 꼬꾸라져 토하는가 하면, 방바닥에 엎드려 침을 흘리며 개처럼 기어 다녔다.

방연은 미치광이가 된 손빈이 거짓인가 의심스러워 돼지우리에 가두자, 그는 머리를 풀어헤치고 돼지 똥구덩이 속에 벌렁 드러누워 코를 골며 잠을 잤다.

방연이 이러한 손빈을 완전히 미친 사람으로 확신하게 되자, 그에 대한 감시가 느슨해졌다.

이때 제나라의 원수 전기(田忌)는 군대를 통솔하면서 병법에 밝은 사람이 없어 이를 아쉬워하고 있었다.

그러던 차에 위(魏)나라를 다녀온 사람으로부터 손빈의 이야기를 듣는 순간, 일부러 미친 척하는 것이라고 직감하였다.

전기는 이러한 사실을 제나라 위왕(威王)에게 아뢰고, 객경 순우곤(淳于髡)을 위(魏)나라에 사신으로 보내면서 돌아오는 길에 아무도 모르게 손빈을 제나라로 데려오게 하였다.

손빈은 아무도 눈치채지 못하게 영구차 수레를 타고 순우곤과 함께 제나라로 돌아와, 군사(軍師)에 임명되었다.

위(魏)나라는 문후(文侯) 시절에 악양(樂羊)이 중산국을 정벌한 바 있었다. 위나라 속국이 된 중산국은 끈질기게 독립 투쟁을 펼쳤는데, 무후(武侯) 대에 이르러 조나라의 도움을 받아 마침내 독립을 쟁취하였다.

기원전 354년, 위나라는 방연이 5만 군사를 거느리고 중산국의 독립을 도와준 조나라로 쳐들어갔다. 위나라 군대는 거침없이 진격하여 급기야는 조나라 도성인 한단(邯鄲)에 이르렀다. 이때 조나라 군주 성후(成侯)는 제나라에 원군을 요청하였다.

제나라는 조나라를 돕기 위해 출병하기로 하자, 군사인 손빈이 원수인 전기에게 말했다.

"우리 제나라 임치에서 한단까지는 1천 리가 넘는데, 우리가 가는 도중 한단은 이미 함락된 뒤일 것입니다. 그러니 우리는 한단으로 가지 말고 위(魏)나라의 대량(大梁)으로 진격하면 방연은 반드시 대량을 지키기 위해 한단 땅에서 물러날 것입니다. 그때 그 길목을 지키고 있다가 회군하는 그들을 치면 쉽게 이길 수 있지 않겠습니까?"

전기가 좋은 계책이라며 동의하였다.

제나라 군대는 대량을 향해 질풍같이 진격하였다. 대량은 지금의 하남성 개봉(開封)으로 춘추시대에는 정나라의 땅이었으나, 전국시대에 들어와서 위나라의 땅이 되었다.

제나라 군사들이 대량으로 쳐들어오고 있다는 보고를 받은 방연은 한단에서 군사를 돌려 대량으로 향하였다. 한단에서 대량으로 향하는 길목인 하남성 장원현(長垣縣) 서북쪽 일대에 계릉(桂)이라는 곳이 있다.

제나라 전기는 손빈의 계책에 따라 계릉 남쪽에 '전도팔문진(顚倒門陣)'이라는 진을 치고 방연이 오기를 기다리고 있었다.

'전도팔문진'은 팔괘(八卦)의 이치에 따른 진법으로 팔방에 군사를 배치하였다가, 적의 공격을 받으면 장사진(長蛇陣)으로 변하면서, 머리를 치면 꼬리가 와서 휘감고, 꼬리를 치면 머리가 와서 휘감고, 중간을 치면 머리와 꼬리가 동시에 와서 휘감기 때문에 공격하기가 매우 어려운 것이 특징이다.

위나라 방연이 계릉 북쪽에 도착하여 제나라의 진영을 살펴보다가 일전에 손빈으로부터 '전도팔문진'에 대하여 설명을 들은 것이 생각나서, 장사진으로 변할 것에 대비한 작전을 수하 장수들에게 전달하였다.

먼저 위나라 군사들이 공격에 나섰다. 그러나 제나라 진영은 방연이 예상한 장사진이 아니고, 원형으로 변하면서 위나라 군사들이 포위되어 몰살당하였다.

손빈은 방연이 장사진에 대비한 작전으로 나올 것을 알고, 방연이 돌진해왔을 때 장사진으로 변하지 않고 원진(圓陣)으로 변화시켜 위나라 군사들을 포위한 것이었다. 그 바람에 방연의 군대는 정신을 못 차리고 삽시간에 무너져내린 것이었다.

이렇게 방연은 계릉 전투에서 제나라의 전기에게 크게 패하여 패잔병만 수습하여 위나라 도성인 안읍(安邑)으로 쫓기듯 돌아갔다.

이와 같이 "위(魏)나라를 포위하여 조(趙)나라를 구하다."라는 말인 '위위구조(圍魏救趙)'라는 고사성어는 손빈의 계책에서 유래하였다.

제5장
감조지계(減竈之計)

減 덜 감 · 竈 부엌 조 · 之 갈 지 · 計 꾀 계
아궁이 수를 줄이는 계책이라는 말. 상대를 속여 오판하게 하거나, 방심하게 만드는 계책을 비유하는 의미이다.
*** 출전: 사마천, 사기(史記) 손자오기열전(孫子吳起列傳)**

기원전 375년, 한나라 애후(哀侯)는 정나라를 점령하여 멸망시켰다. 정나라를 멸망시킴으로써 전국칠웅의 반열에 올라선 한나라는 소후(昭侯) 대에 이르러 본격적으로 천하 패업 다툼에 끼어들게 되었다.

영토가 인접해 있는 위(魏)나라와 한나라는 자주 충돌하였는데, 시일이 지나면서 위나라가 한나라를 압도하기 시작하였다.

기원전 342년, 조나라 숙후(肅侯)가 한나라 소후에게 두 나라가 서로 동맹을 맺고 위나라를 정벌하자고 제안을 하여 한나라가 동의하였다.

이를 알게 된 위(魏)나라 혜왕(惠王)은 조나라에 접근하여 오히려 위나라와 조나라가 동맹을 맺고 한나라를 치기로 하였다.

이윽고 위나라 세자 신(申)과 방연(龐涓)은 10만 대군을 거느리고 한나라 수도 남정(南鄭)을 향해 쳐들어갔다.

위나라와 한나라 양쪽 군사들은 남정성 밖에서 여러 번 교전이 있었으나 그때마다 한나라 군사들이 패하자, 한나라 소후는 제나라에 원군을 요청하였다.

계릉 전투 이후 13년의 세월이 흐른 기원전 341년, 제나라 선왕(宣王)은 전기를 총대장으로, 손빈을 군사로 삼아 군사 5만 명으로 한나라를 지원하도록 하였다.

이때 손빈이 총대장 전기에게 계책을 말하였다.

"지난번 조나라를 구원할 때처럼 위나라의 대량을 공격하게 되면 방연은 틀림없이 남정에서 군사를 거두어 대량(大梁)으로 달려올 것입니다."

전기는 손빈의 말에 따라 위나라 대량을 향해 진격하기 시작했다.

이 소식을 들은 방연은 한나라에서 군사를 돌리기는 했지만, 대량으로 곧장 가지 않고 제나라 군대의 후방을 기습할 계획을 세웠다.

방연의 군대가 후방으로 뒤쫓아 온다는 소식에 이미 국경을 넘어 위나라 땅에 발을 들여놓은 손빈은 급히 후퇴를 명령하였다.

이 모든 것이 손빈이 예측하고 계산해 놓은 함정이었다. 출선에 앞서 손빈은 총대장 전기에게 이렇게 당부해 놓았다.

"방연이 이끄는 위나라 병사들은 사납고 용맹스러워서 우리 제나라 군대를 겁쟁이라고 깔보고 있습니다. 병법에 이르기를, 이익에 눈이 멀어 무작정 적을 쫓아가면 파멸에 이른다고 하였습니다. 총대장께서는 위나라 땅에 들어가면 첫날에는 밥 짓는 아궁이를 10만 개 만들고, 둘째 날에는 절반으로 줄여 5만 개, 셋째 날에는 다시 3만 개로 줄이십시오. 방연은 틀림없이 자신의 용맹함과 우리를 깔보는 마음에 하루 1백리 이상을 무리하게 뒤쫓아 올 것입니다."

전기는 손빈의 계책에 따라 겁먹은 것처럼 후퇴하면서 아궁이 수를 점차 줄여나갔다.

추격하던 방연은 이런 상황을 보고는 기뻐서 외쳤다.

"제나라 군사들의 밥을 짓는 아궁이 숫자가 불과 사흘 만에 절반도 넘게 줄어들었다. 이것은 제나라 군사들이 우리의 위세에 눌려 날마다 탈영하고 있다는 걸 말해준다. 빨리 쫓아가서 나머지 오합지졸들을 모조리 쳐부수자."

이렇게 손빈은 방연의 군대를 마릉(馬陵) 계곡으로 유인하였다. 마릉은 계곡이 깊고 길이 좁아 복병을 배치하기에 안성맞춤인 곳이었다. 손빈은 병사들을 시켜 큰 통나무로 길을 막은 다음에 나무껍질을 벗겨서 흰 부분에 이렇게 썼다.

"방연은 이 나무 아래서 죽을 것이다."

저녁이 되자 방연이 이끄는 군사들은 계곡에 도착하였다. 그러나 계곡 곳곳에는 나무들이 어지럽게 잘려 넘어져 있었다. 방연은 이는 제나라 군사들이 퇴로를 뚫은 흔적이라 여겼다.

그런데 나무 한 그루가 껍질이 벗겨진 채 만이 서 있었고, 어두워서 잘 보이지는 않지만, 무슨 글자가 새겨져 있었다. 방연은 글자를 읽기 위하여 횃불을 밝히고, 글자를 읽은 그는 깜짝 놀랐다.

이 모든 것이 손빈의 계략이었다. 방연의 햇불을 표적으로 하여 사방에서 무수히 많은 화살이 날아왔고, 위나라 군사들은 화살을 맞고 몰살당했다. 방연 역시 화살을 맞고 죽었다.

그러나 마릉에서 방연을 죽임으로써 복수를 마친 손빈의 이후 행적은 그의 조부인 손무처럼 어디에도 기록되어 있지 않으며, 갑자기 역사 무대에서 사라졌다.

이와 같이 "아궁이를 줄이는 계책"이라는 말의 '감조지계(減竈之計)'라는 고사성어는 아궁이의 숫자로 알 수 있는 병력 규모를 속이는 손빈의 계책으로, 방연의 군사를 마릉 계곡으로 유인하여 몰살시킨 것에서 유래하였다.

마릉 전투는 당시 중국 전체에 엄청난 영향력을 미치게 되었다. 위(魏)나라는 문후(文侯)와 무후(武侯)의 치세 아래 번영을 누리며 전국 칠웅 가운데 패자를 자임하던 위상이 흔들려, 다시는 천하 쟁패를 노리지 못하게 되었다. 반면, 승전국인 제나라는 새로운 패자로 부상하게 되었다.

또한 진(秦)나라의 중원 진출을 가로막는 역할을 하였던 위나라가 서서히 몰락하고, 중원으로 나온 진나라가 나머지 나라들을 공략하면서 천하의 판도는 서서히 진으로 기울어지게 되었다.

제6장
작법자폐(作法自斃)

作 지을 작 · 法 법 법 · 自 스스로 자 · 斃 넘어질 폐

자기가 만든 법에 자기가 죽는다는 말. 자기가 한 일로 인하여 자기가 어려움을 당하는 것을 비유하는 의미이다.

*** 출전: 사마천, 사기(史記) 상군열전(商君列傳)**

진(秦)나라 좌서장((左庶長) 공손앙(公孫鞅)의 법령 제정으로 시행한 제1차 개혁이 성공적으로 시행되었다고 진나라 효공(孝公)은 판단하였다. 【☞ 제2편 제3장 '이목지신과 도불습유' 참조】

그로부터 9년 후인 기원전 350년에 공손앙이 계획한 제2차 개혁을 다음과 같이 시행하였다.

첫째, 군현제도(郡縣制度)의 실시이다.

모든 향(鄕)과 읍(邑)과 촌락을 모아 현(縣)으로 삼아 중앙의 통제에서 벗어나지 못하게 되었다. 이때 구획된 현(縣)은 모두 31개였는데, 현의 책임자를 현령(縣令)이라 하고, 그 보좌관을 승(丞)이라 하여 강력한 중앙집권체제를 구축하였다.

둘째, 농토 구획 및 도량형(度量衡)의 통일이다.

수레와 말이 다니는 도로를 제외하고는 보수(步數)로써 농토를 구획했다. 농지의 넓이를 계산하는 단위로는 '묘 (畝)'를 사용하여 공평하게 세금을 징수하였다. 즉, 사방 6척을 1보(步)로 했고, 사방 240

보를 1묘로 정했다. 이밖에 무게를 재는 단위도 통일했다.

셋째, 소가족제도의 확립이다.

제1차 개혁 때의 소가족제도를 더욱 세분하여 한 집안에 부자나 형제가 같이 사는 것을 금지시켜 생산을 증대하고, 부자나 형제가 한 집안에 사는 융적(戎狄)의 풍습을 없앴다.

공손앙은 또 도성인 옹성(雍城)이 너무 낡았다 하여 함양(咸陽)으로 천도를 계획하자, 세자 사(駟)가 이제까지 참았던 불만을 터뜨리며 천도에 반대하였다.

공손앙은 백성이 법을 따르지 않는 것은 위에서부터 위반하기 때문이라며 세자는 처벌할 수는 없지만, 세자의 태부(太傅)인 공자 건(虔)을 코를 베는 의형(劓刑)에 처하고, 태사(太師)인 공손가(公孫賈)를 얼굴에 먹물을 새기는 경형(黥刑)에 처하였다.

이 소문이 퍼지자 아무도 법령을 비판하는 자가 없었고, 마침내 도읍을 함양 땅으로 옮겼다.

공손앙은 여전히 법령을 엄하게 적용하여 추호라도 법을 어기는 자가 있으면 위수(渭水)가로 압송하여 7백 명씩 죄수들을 처형하였다. 진나라 곳곳에선 원망과 곡성이 그칠 날이 없었다. 백성들은 법이 무서워 잠을 자다가도 소스라치게 놀라 깨곤 했다. 이웃을 믿지 못하고 늘 불안에 떨었다.

그러나 효공은 강력한 중앙집권체제를 구축하고 강대국으로 변모시킨 공손앙의 공적을 크게 치하하며, 그를 재상급에 해당하는 대량조(大良造)에 임명했다.

이듬해인 기원전 349년, 공손앙은 군사를 일으켜 초나라를 쳤다. 상(商) 땅을 빼앗고 무관(武關) 땅 밖의 6백 리를 점령하였다. 이에 진나라의 위세는 천하를 위압했다.

이후 진나라는 천하를 통일할 때까지 줄곧 초강대국의 면모를 유지하게 되는데, 이 모든 것이 공손앙에 의해 이루어졌다고 해도 과언이 아니다.

방연이 마릉 전투에서 죽은 이듬해인 기원전 340년, 공손앙은 5만 대군을 거느리고 위(魏)나라 서하 땅을 점령하기 위해 진군하였다.

위나라에서는 공자 앙(仰)이 5만 군사를 거느리고 서하 땅 오성(吳城)에서 주둔하였다.

공손앙은 위나라에 있을 때 공자 앙(仰)과 쌓은 친분을 이용하여 화평을 의논하자며, 공자 앙(仰)을 옥천산(玉泉山)으로 유인하여 사로잡고 오성을 함락시켰다.

이 여세를 몰아 도성인 안읍으로 진나라 군사들이 진격하자, 이에 당황한 위나라 혜왕(惠王)은 황히 서쪽 일대의 서하 땅을 모두 내주는 조건으로 공손앙과 화친을 맺고, 대량(大梁)으로 천도하였다.

진나라 효공은 승전하고 개선한 공손앙의 공로를 높이 평가하며, 상어(商於) 땅을 비롯한 열다섯 고을을 식읍으로 하사하고, 상군(商君)에 봉해졌다. 이때부터 공손앙은 상앙(商鞅)으로 불리게 되었다.

기원전 337년, 진나라 효공이 갑자기 병에 걸려 승하하자, 세자 사(駟)가 즉위하여 혜문왕(惠文王)이 되었다. 진나라는 혜문왕 대에 이르러 공호(公號)를 버리고 왕호(王號)를 사용하기 시작했다.

혜문왕이 즉위하자, 상앙에 원한을 가진 태부(太傅)인 공자 건과 태사(太師)인 공손가 등이 상앙이 권세를 이용하여 반란을 일으키려 한다고 참소하였다.

혜문왕이 공손가에게 군사를 거느리고 가서 상앙을 잡아 오라고 하자, 상앙은 도주하다가 함곡관(涵谷關) 근처에 이르러 하루를 묵으러 여관으로 들어갔다.

여관 주인이 신분증인 소신첩(照身帖)을 보여달라고 하였다. 그 신첩이 없는 상앙이 그냥 재워 달라고 사정하자, 여관 주인이 말하였다.

"당신은 상군(商君)의 법도 모르시오? 조신첩이 없는 자를 재우면 이에 연좌되어 같이 형벌을 받게 되므로 안됩니다."

아무리 사정을 해도 통하지 않았다. 결국 상앙은 여관에서 쫓겨나며 탄식했다.

"법을 만든 폐해가 이렇게 혹독할 줄이야. 내가 만든 법 때문에 내가 죽는구나."

상앙은 후일을 도모하려고 상읍(商邑)으로 갔다가 공손가에게 사로잡혀 함양으로 압송당했다. 혜문왕은 상앙의 죄목을 일일이 열거하여 거열형(車裂刑)에 처하였다. 거열형이란 환형(轘刑)이라고도 하는데, 수형자의 두 팔과 다리 및 머리를 각각 매단 수레를 달리게 하여 신체를 찢는 형벌을 말한다.

이와 같이 "자기가 만든 법에 자기가 죽는다"라는 말인 **'작법자폐(作法自斃)'**란 고사성어는 상앙이 자신이 만든 법 때문에 곤란을 겪게 된 것에서 유래하였고, **'위법자폐(爲法自弊)'**라고도 한다.

제7장
자고현량(刺股懸梁)

刺 찌를 자 · 股 넓적다리 고 · 懸 매달 현 · 梁 들보 량

허벅지를 찌르고, 대들보에 매단다는 말. 지독한 마음으로 나태함을 이겨내며 공부에 매진한다는 의미이다.

*** 출전: 유향, 전국책(戰國策) 진책(秦策) / 이방, 태평어람(太平御覽) 지선(志先)**

귀곡자(鬼谷子) 문하에 손빈과 방연이 동문수학하고 세상으로 나온 이후에, '합종연횡책(合從連橫策)'을 주장했던 소진(蘇秦)과 장의(張儀)가 동문수학하였다.

이들이 귀곡자로부터 배운 학문은 병법이 아니라 유세술(遊說術)이었다. 유세술은 춘추시대에도 있긴 했으나 그다지 성행하지는 못했다.

그러나 춘추시대 말기부터 퍼지기 시작한 유세술은 전국시대로 접어들면서 급속도로 유행하였다.

큰 노력을 기울이지 않고 손쉽게 출세할 수 있는 방법이었기 때문이다. 많은 젊은이들이 그것을 배우기 위해 유명하다는 스승을 찾아다니는 것이 열풍처럼 번졌다.

소진과 장의도 그러한 사람 중의 하나로 그들의 목적은 입신양명(立身揚名)이었다. 시간이 지나 소진과 장의도 귀곡자의 문하를 떠나 세상으로 나왔다.

소진의 고향인 낙양(洛陽)에는 늙은 어머니와 과부인 형수, 그리고 소대(蘇代)·소여(蘇厲)라는 두 동생이 함께 살았다.

그는 고향으로 돌아와 며칠을 쉬다가 하루빨리 자신의 능력을 발휘해보고 싶어 견딜 수가 없어, 주(周)나라 왕궁을 찾아가 어렵사리 현왕(顯王)을 만나 부국강병에 대하여 일장 연설을 펼쳤다.

그러나 주나라 현왕은 소진의 말에 전혀 귀를 기울이지 않았고, 집에 돌아가 기다리라고만 하였다. 소진은 집으로 돌아와 주나라 현왕의 부름을 기다렸으나 일 년이 지나도록 아무런 기별이 없었다.

이에 실망한 소진은 어머니와 형수의 반대를 무릅쓰고 집과 살림살이를 팔아 노잣돈을 마련하여 여러 나라를 돌아다니며 유세하였다. 그러나 어느 나라도 그의 말에 귀를 기울이는 군주나 재상은 없었다.

그는 마지막으로 진(秦)나라를 찾아갔다. 상앙(商鞅)이 죽은 직후이어서, 잘하면 상앙을 대신하여 자신을 써줄지도 모른다는 기대감을 품었다.

소진은 진나라 혜문왕(惠文王)을 알현하고 천하대세를 논하며, 자신을 기용하면 진나라가 천하를 지배하도록 만들겠다고 역설하였다. 그러나 혜문왕은 소진을 변설(辯舌)만 늘어놓는 세객(說客)으로 평가 절하하여 기용하지 않았다.

결국 그는 빈 털털이가 되어 고향으로 다시 돌아왔다.

집안으로 들어서는 순간부터 어머니는 몇 날 며칠 욕설을 퍼부었고, 형수는 눈을 흘기며 빈정거리며 박대하였다.

소진이 집안에서 여러 끼를 굶다가 배가 고파 형수에게 밥을 좀 달라고 애원하였으나, 밥이 없다며 매정하게 외면하였다.

소진은 자신도 모르는 사이에 서글퍼졌다.

"이 한 몸 천해지니, 어머니도 자식으로 보지 않고, 형수도 시동생으로 대하지 않는구나. 아, 이것이 사람의 본성인가?"

소진은 서러운 마음에 자신을 되돌아보았다. 이제까지 여러 나라를 돌아다니며 유세하였지만, 아무도 그의 말에 귀를 기울이지 않은 것은 자신의 공부가 부족한 때문이라고 생각되었다.

소진은 이때부터 자신의 방문을 닫아걸고 공부를 다시 하기 시작하였다.

밤낮없이 공부하면서 책 속에 담긴 심오한 뜻을 깨달으려고 노력하였다. 졸음이 오면 송곳으로 넓적다리를 찔렀다. 피가 흘러 방바닥을 적셔도 그는 책에서 눈을 떼지 않았다.

이와 같이 소신이 졸음이 오면 송곳으로 허벅다리를 찌른 것을 **'자고(刺股)'**라고 하고, 이와 더불어 한(漢)나라의 손경(孫敬)이 머리카락을 새끼로 묶어 대들보에 내달아 졸음을 쫓았다는 것을 **'현량(懸梁)'**이라고 한다. 이 두 낱말을 합하여 **'자고현량(刺股懸梁)'**이라는 고사성어가 유래하였는데, **'현두자고(懸頭刺股)'**라고도 한다.

소진은 이런 식으로 공부한 지 1년 만에 췌마법(揣摩法: 다른 사람의 속마음을 헤아리는 법)을 터득하자, 그의 머릿속으로 천하대세가 선명하게 그려지면서, 각 나라의 움직임이 손금처럼 들여다보였다.

그는 각 나라의 형세를 세밀히 살펴본 끝에, 진(秦)나라의 세력이 점차로 커지면서 연(燕) · 조(趙) · 한(韓) · 위(魏) · 제(齊) · 초(楚)의 나머지 여섯 나라를 압박하고 있는 것으로 판단되었다.

따라서 서로 간의 세력 균형을 이루려면 막강한 신(秦)나라에 대항하여 나머지 여섯 나라가 동맹을 맺고 하나로 연합하여야 한다는 결론에 도달하였다. 소진은 이를 '합종책(合從策)'이라 하고, 동맹을 성사시키기 위한 논리를 개발하여 정립시켰다.

제8장
계구우후(鷄口牛後)와 전거후공(前倨後恭)

鷄 닭 계 · 口 입 구 · 牛 소 우 · 後 뒤 후

닭의 입이 소의 뒤(항문)보다 낫다는 말. 큰 조직의 말석보다 작은 조직의 우두머리가 되는 편이 낫다는 것을 비유하는 의미이다.

*** 출전: 사마천, 사기(史記) 소진열전(蘇秦列傳)**

前 앞 전 · 倨 거만할 거 · 後 뒤 후 · 恭 공손할 공

전에는 거만했는데, 나중에는 공손하다는 말. 상대방의 입지에 따라 태도를 달리하는 것을 비유하는 의미이다.

*** 출전: 사마천, 사기(史記) 소진열전(蘇秦列傳)/ 유향, 전국책(戰國策) 진책(秦策)**

1년간의 '자고현량(刺股懸梁)'한 노력으로 '합종책(合從策)'의 논리를 정립한 소진은 이를 설파하고 동맹을 추진하기 위해 또다시 유세의 길을 떠났다.

그는 여섯 나라 중 가장 약하고 멀리 떨어져 있는 연(燕)나라부터 찾아갔다. 연나라 문공(文公)을 알현한 소진은 이렇게 설파했다.

"이 난세에 연나라가 다른 나라로부터 침공을 받지 않는 이유는 인접한 조나라가 연나라의 방패 노릇을 하며 중원의 여러 나라를 막아주고 있기 때문입니다. 먼저 조나라와 손을 잡은 후, 진나라를 제외한 다른 나라와 합종하는 것만이 연나라가 난세의 바다에서 살아남을 수 있는 백년대계입니다."

소진의 논리가 옳다고 여긴 문공은 소진을 연나라 사신으로 임명하고, 나머지 나라를 순방하여 합종을 성사시켜 달라고 하였다.

소진은 다음 나라로 조나라를 찾아가 숙후(肅侯)를 알현하고, 연나라 문공에게 했던 식으로 조나라의 형세를 말했다.

"진나라는 조나라를 치고 싶어도 한나라와 위나라가 배후를 공격할까 봐 겁이 나서 공격을 하지 못하는 것입니다. 그러므로 한나라와 위나라는 조나라의 방패 노릇을 해주고 있는 셈이니, 한나라와 위나라를 비롯한 여섯 나라가 한자리에 모여 서로 동맹을 맺고 진나라에 대항하는 것이 각 나라의 살길입니다."

조나라 숙후는 소진의 웅변에 매료되어 찬탄하면서, 조나라 재상의 인(印)을 내주었다. 재상의 인을 내준 것은 재상으로 대우를 해 준 것이다.

소진은 조나라에 이어서 한나라로 가서, 소후(昭侯)의 뒤를 이어 막 즉위한 선혜왕(宣惠王)을 알현하였다.

이 무렵 선혜왕은 진나라 혜문왕으로부터 영토 일부를 바치라는 협박을 받고 있었는데, 소진은 특유의 언변술을 발휘하였다.

"지금 진나라는 한나라 땅을 떼어 달라고 요구하고 있는데, 금년에 땅을 떼어 주면 내년에 또 땅을 떼어 달라고 요구할 것입니다. 떼어 주면 줄 땅이 없게 되고, 주지 않으면 전에 땅을 수었넌 공은 없이지고 화를 입게 됩니다. 한나라 땅은 한정되어 있지만, 진나라의 욕심은 끝이 없습니다. 군주께서는 닭의 입(부리)이 될지언정 소의 뒤(항문)가 되어서는 아니 됩니다. 만약 군주께서 진나라에 땅을 바치고 섬긴다면 소의 뒤가 되는 것이며, 현명한 군수와 강한 군사력을 가진 한나라가 소의 뒤가 된다면 부끄러운 일이 될 것입니다."

소진은 한나라가 처한 상황에 맞게, '보잘것없는 작은 닭에 붙어 있지만 먹는 것을 즐길 수 있는 입이 될 것인가, 아니면 덩치 큰 소에 붙어 있지만 배설하고 뒤치다꺼리하는 항문이 될 것인가.'라는 화두를 던진 것이다. 이렇게 소진이 선혜왕의 자존심을 적당히 건드려 가며 유세를 하자, 소의 뒤가 될 수 없다며 한나라도 합종에 참여하게 되었다.

소진이 한나라 선혜왕을 설득하기 위해 인용한 "닭의 입이 되는 것이 소의 뒤(항문)가 되는 것보다 낫다"는 말의 **'계구우후(鷄口牛後)'**라는 고사성어는 여기에서 유래되었다.

'계구우후'의 '구(口)'와 '후(後)'는 신체의 맨 앞부분과 맨 뒷부분을 상징하는 '입과 꼬리'가 아니라 '먹는 것을 즐기는 입과 입이 먹은 것을 배설이나 해 주는 뒤(항문)'라는 뜻이다.

연나라를 필두로 조나라와 한나라를 합종에 참여하게 한 소진은 위나라 양왕(讓王)을 찾아갔다. 소진은 양왕에게 진나라에 대한 원한을 들먹이며 감정선을 건드렸다.

"지난날 위나라는 진나라에 많은 땅을 빼앗기고, 도읍을 대량으로 옮겼습니다. 여섯 나라가 합종하여 하나가 되면, 진나라가 감히 위나라를 넘볼 수 없습니다."

이에 양왕은 망설임 없이 동맹에 가입하였다.

위나라에 이어 소진의 발걸음이 향한 곳은 제나라이었다. 소진의 유세법은 무엇보다도 사전 조사를 치밀하게 하는 특징이 있었다. 그 나라의 장단점을 정확하게 파악한 후 군주를 찾아가 때로는 부추기고 때로는 겁을 줌으로써 자신의 목적을 달성하였다.

지금까지 소진은 연·조·한·위나라을 순방하며 각 나라의 약점을 부각하여 합종의 당위성을 역설해왔다. 이런 주장에 네 나라 군주들은 한결같이 진나라에 대한 경계심으로 합종 동맹에 가입하였다.

그러나 제나라에 와서는 다른 방법을 사용하였다. 선왕(宣王)을 알현하고, 제나라가 강대국임을 부각시켜 이렇게 말했다.

"제나라 도성인 임치(臨淄)성에는 7만 호가 있는데, 집집마다 최소한 세 명이상의 장정이 있으므로, 최소한 21만 명의 군사를 보유하고 있는 것과 같습니다. 그리고 임치의 도로에는 수레바퀴가 서로 부딪치고, 사람들 어깨가 서로 스치며, 옷깃과 옷소매가 펄럭이며 장막을 이루고 있습니다. 이처럼 제나라는 강대국입니다."

이어서 그는 제나라가 합종 동맹에 가입해야 하는 이유를 설명했다.

"서쪽에는 진나라가 있고, 동쪽에는 제나라가 있다는 말이 있을 정도로 두 나라는 강대국이지만 멀리 떨어져 있어, 진나라는 결코 제나라를 침범할 수 없습니다. 진나라와 제나라 사이에 있는 위·한·조나라만 잘 어우르기만 해도 동방의 패자가 될 수 있으며, 제나라가 동맹에 가입하면 나머지 다섯 나라를 호령하며 진나라를 상대할 수 있습니다. 이것이 제나라가 합종 동맹에 가입해야 하는 까닭입니다."

제나라 선왕은 소진의 말을 듣는 동안 자신이 맹주가 된 듯한 기분이 들어 합종 동맹국의 일원이 되었다.

소진은 마지막 남은 남방 대국인 초나라로 가서 위왕(威王)을 상대로 유세를 펼쳤다. 초나라는 대대로 고집이 세고 자존심이 강한 특징이 있어, 소진은 위협과 부추김을 동시에 사용하기로 했다.

"초나라는 천하에 으뜸가는 강대국이라서 진나라가 가장 경계하는 나라입니다. 지난날 역사에서 보듯이 초나라가 강해지면 진나라가 약해지고, 진나라가 강해지면 초나라가 약해집니다. 초나라가 합종을 한다면 진나라는 약해지고, 합종을 거부하면 진나라가 강해 질 것입니다. 합종 동맹에 대한 판단은 오로지 군주께 달렸습니다."

그러자 위왕은 국경을 마주한 진나라에 대한 근심이 소진의 말을 듣고 해소되었다며 합종 동맹에 가입하였다.

이로써 여섯 나라가 하나가 되는 합종 동맹은 소진의 세 치 혀로 완벽하게 성사되었다.

기원전 333년, 연(燕)·조(趙)·한(韓)·위(魏)·제(齊)·초(楚)의 여섯 나라 군주는 하남성 북부를 흐르는 원수(源水) 땅에 모여 삽혈동맹 의식을 치르고, 만일 한 나라가 동맹을 이탈하면 나머지 다섯 나라가 그 나라를 친다는 맹세도 하였다.

또 이 자리에서 소진을 합종맹약(盟約)의 장(長)으로 임명하고 아울러 육국의 재상을 겸임하게 하였다.

하루아침에 육국의 재상이 된 소진은 우선 조나라로 가서 머물기로 하고 조나라의 도성인 한단(邯鄲)으로 향했다. 여섯 나라에서 보내온 마차와 뒤따르는 수행원들로 인해 그의 귀환 행렬은 20리가 넘었고, 앞뒤로 깃발이 펄럭이며 장관을 이루었다.

한단으로 가기 위해서는 소진의 고향인 주나라 낙양 땅을 통과해야 했다.

주나라 현왕(顯王)은 과거에 부름을 기다리는 소진에게 기별조차 하지 않았던 일을 미안하게 생각하고, 친히 교외까지 나가 영접하였다.

현왕의 영접을 받고 다시 길을 떠나려던 소진의 눈에 문득 낯익은 얼굴들이 들어왔다. 어머니와 형수, 그리고 소대와 소여의 두 동생이었다. 그들은 길바닥에 엎드려 감히 소진을 쳐다볼 엄두를 내지 못했다. 소진은 수레를 멈추고 지난날 배가 고파 밥을 달라고 애걸했던 자신을 외면해 버린 형수를 내려다보며 웃음 띤 얼굴로 물었다.
【☞ 제2편 제7장 '자고현량' 참조】

"전에는 형수가 나에게 밥도 주지 않고 거만하게 홀대하더니, 오늘은 어쩐 일로 이다지도 공손하시오?"

형수는 더욱 몸을 굽혀 이마를 땅에 대며 대답했다.

"지난날에는 시동생이 볼품없고 가진 것도 없었기 때문에 홀대했지만, 지금은 지위가 높고 많은 재산을 가졌기 때문에 공경하는 것입니다."

형수의 솔직한 대답에 소진은 길게 탄식하며 말하였다.

"일가친척도 가난하면 경시하고 부귀해지면 공경하니, 하물며 일반 사람들이야 오죽하겠는가? 나는 오늘에서야 사람이 부귀해져야 하는 이유를 깨달았다."

그러나 소진은 가족들을 외면할 수 없어 수레에 같이 태우고 고향 마을로 들어갔다. 그러고는 온 마을 사람들을 불러모아 크게 잔치를 베풀고 많은 재물을 친척과 친구들에게 나누어주었다.

소진이 그 형수에게 물어본 바와 같이 "전에는 거만했는데, 나중에는 공손하다."는 말의 **'전거후공(前倨後恭)'**이라는 고사성어는 여기에서 유래하였다.

제9장
오설상재(吾舌尙在)

吾 나 오·舌 혀 설·尙 오히려 상·在 있을 재
내 혀가 아직 남아있다는 말. 부족한 것이 많아도 뚜렷한 재능 한 가지만 있으면 성공할 수 있다는 것을 비유하는 의미이다.
*** 출전: 사마천, 사기(史記) 장의열전(張儀列傳)**

입신양명을 위하여 소진(蘇秦)과 함께 귀곡자의 문하를 떠났던 장의(張儀)는 고향인 위(魏)나라 대량(大梁)으로 돌아왔다.

그는 고국인 위나라를 위하여 일하고 싶어, 다방면으로 벼슬자리를 얻기 위해 노력했으나 아무도 그를 천거해 주는 사람이 없었다. 실망한 그는 아내와 함께 위나라를 떠나 초나라로 갔다.

당시 초나라 군주는 위왕(威王)이었고 소양(昭陽)이 재상인 영윤으로 있었는데, 장의는 그의 문객이 되었다.

기원전 336년, 소양이 이끄는 초나라군이 제나라를 공격하여 크게 승리를 거두자, 초나라 위왕은 소양의 공로를 치하하기 위해 '화씨(和氏)의 벽(璧)'을 하사하였다. 벽이란 둥글게 다듬은 옥(玉)을 말한다.

'화씨의 벽'은 유명한데, 그 유래를 살펴보면 다음과 같다.

춘추시대가 시작된 지 얼마 되지 않은 기원전 750년경에 초나라 변(卞) 땅에 사는 화씨(和氏) 성을 가진 변화(卞和)라는 사람이 초산

(楚山)에서 옥돌을 하나 주워 당시 군주인 분모(蚡冒)에게 바쳤다. 분모가 옥공에게 감정을 시켜보니 그냥 돌이라고 하므로, 군주를 속였다며 변화의 왼쪽 다리를 잘랐다.

그 후 분모의 뒤를 이어 무왕(武王)이 군주가 되자, 변화가 무왕에게 또다시 그 옥돌을 바쳤다. 무왕도 옥공을 불러 감정해보았으나 역시 보통 돌이라고 하여, 변화의 오른쪽 다리마저 잘라버렸다.

무왕의 뒤를 이어 문왕(文王)이 즉위하자 변화는, 초산 아래서 옥돌을 가슴에 품고 사흘 밤낮을 피눈물을 흘리며 통곡하였다. 문왕이 그 소식을 듣고는 사람을 시켜서 그 까닭을 물어보자, 변화가 대답하였다.

"저는 다리가 잘린 것을 슬퍼하는 것이 아니라, 옥돌을 보통 돌이라고 감정한 것을 슬퍼합니다. 옳은 것을 그르다 하고 그른 것을 옳다고 하는 것이 너무나 원통하여 통곡하고 있습니다."

문왕이 옥공을 불러 그 옥돌을 다시 감정하게 하였다. 옥공은 돌을 유심히 살피다가 칼로 돌의 겉 부분을 깎아내자 아름다운 광채가 뿜어져 나왔다. 그것은 정말로 세상에서 보기 드문 옥돌이었다.

문왕은 옥공을 시켜 둥근 고리 모양의 벽(璧)을 만들고, 그것을 '화씨의 벽'이라고 이름 붙였다. 그리고 변화의 정성에 감동하여 그에게 대부의 벼슬을 내렸다.

이러한 '화씨의 벽'은 값을 매길 수 없을 정도로 천하의 보배이었다. 이런 귀중한 것을 위왕은 영윤 소양에게 하사하여 제나라에 이긴 공로를 치하한 것이다.

소양은 그것을 자신의 몸보다 더 소중하게 여기며, 언제나 '화씨의 벽'을 가지고 다녔다.

그러던 어느 날이었다. 소양은 도성 밖 적산(赤山)으로 놀러갔다. 함께 따라간 빈객과 수행원만도 1백 명이 넘었다.

적산 아래에는 강태공(姜太公)이 낚시하던 커다란 못이 하나 있었는데, 그 못가의 누각에서 술을 마시고 가무를 즐겼다.

그러던 중 빈객 중 한 사람이 '화씨의 벽'을 모두에게 한번 보여주기를 청하였다. 흥취가 난 소양은 수레 안의 상자에 담아서 가지고 다니던 '화씨의 벽'을 가져오게 하여 모두에게 보여주었다.

'화씨의 벽'이 과연 기묘한 광채를 뿜어내자, 모여있던 사람들의 입에서는 절로 탄성이 나왔다.

모두 '화씨의 벽'을 감상하느라 자리는 혼란스러운 그때, 못에서 물고기들이 마구 뛰어올랐다. 이번에는 물고기들의 군무(群舞)에 소양과 빈객들은 완전히 정신이 팔렸다.

잠시 후 그들이 다시 술상 앞에 둘러앉았을 때, '화씨의 벽'이 사라지고 보이지 않았다.

모두가 나서서 주변 일대를 샅샅이 뒤지고, 아무리 찾아도 '화씨의 벽'의 행방은 알 수가 없었다.

며칠이 지나, 한 문객이 소양에게 가난한 장의가 틀림없이 그 물건을 탐냈을 것이라고 말하였다. 그는 능란한 말재간으로 잘난 척하여 다른 사람들의 미움을 받고 있던 장의에게 혐의를 뒤집어씌웠다.

소양은 그 말을 믿고 즉각 장의를 잡아 들여 수백 대의 매질을 하며 '화씨의 벽'을 내놓으라고 고문하였다. 장의가 혹독한 매질에도 억울하다며 변명하였지만, 계속되는 매질에 기절하였다.

그제야 소양은 매질을 중단하였고, 장의의 친구 한 사람이 그를 업어다 집에 데려다주었다.

그다음 날이 되어서야 장의는 겨우 의식을 회복하였는데, 아내가 곁에서 울면서 간병을 하고 있었다.

장의가 아내에게 말하였다.

"내 혀가 아직 성하게 남아있는지 봐주시오."

아내가 울다가 장의의 입안을 들여다보고, 혀는 아무런 이상이 없다고 하였다. 장의는 그러면 되었다고 하며 아내를 위로하였다.

장의가 비록 몸이 망가졌어도 혀만 살아 있으면 뜻을 펼 수 있다는 의미로 말한 "내 혀가 아직 성하게 남아있다."는 말인 **'오설상재(吾舌尙在)'**라는 고사성어는 여기에서 유래하였으며, "내 혀를 보아라"는 말의 **'견아설(見我舌)'**이라고도 한다.

제10장
전화위복(轉禍爲福)

轉 구를 전 · 禍 재화 화 · 爲 할 위 · 福 복 복

화를 바꾸어 복이 된다는 말. 좋지 않은 일이 계기가 되어 오히려 좋은 일이 생긴다는 말을 비유하는 의미이다.

*** 출처: 유향, 전국책(戰國策) 연책(燕策)**

초나라에서 '화씨의 벽' 사건으로 영윤인 소양(昭陽)으로부터 의심을 받고 곤욕을 치른 장의(張儀)는 초나라가 싫어져 진(秦)나라로 갔다.

그 무렵 진나라 혜문왕(惠文王)은 6국이 합종 동맹을 맺었다는 소식을 듣고, 예전에 소진(蘇秦)이 그를 찾아 왔을 때 등용하지 않은 것을 후회하고 있던 참이었다.

혜문왕은 소진과 동문수학한 장의가 진나라에 들어왔다는 소문을 듣고, 그를 불러 접견하였다. 혜문왕은 장의의 조리 있는 언변을 듣고, 소진보다 더 뛰어나다는 생각이 들어 객경 벼슬을 내리고 정책고문으로 삼아 소진의 합종책에 대응하도록 하였다.

장의는 하나로 뭉친 6국을 다시 여섯으로 분리하는 방법을 사용해야 한다며, 이를 '연횡책(連橫策)'이라고 불렀다.

합종책이 종적 개념에 의해 이루어졌다면, 연횡책은 횡석 개념에서 출발한다. 즉, 진나라 대(對) 초나라, 진나라 대 제나라, 진나라 대 연나라 등의 식으로 나라별로 각각 동맹 관계를 맺음으로써 6국 연합

세력을 깨뜨리는 것이 연횡책의 주목적이었다.

장의는 혜문왕에게 '연횡책'을 설명하며, 지리적으로 가장 가까운 위나라와 가장 먼 연나라부터 화친을 맺어 다른 나라들이 서로 불신하도록 만들어야 한다고 주장하였다.

그래서 혜문왕은 먼저 위나라에게서 빼앗은 양릉(襄陵) 등 일곱 고을을 돌려주기로 약속하고 위나라 양왕(襄王)에게 우호를 청했다. 양왕은 땅을 돌려준다는 말에 관계를 개선하기로 하였다.

또한 혜문왕은 딸을 연나라의 세자 퇴(腇)와 혼인시키고 우호 관계를 맺었다. 그렇다고 하여 이 두 나라가 합종책의 동맹에서 탈퇴한 것은 아니고, 진나라와 우호 관계만 유지하고 있었다.

진나라와 연나라가 혼인을 맺은 그해인 기원전 332년, 연나라 문공이 승하하고 세자가 즉위하여 역왕(易王)이 되었다. 연나라는 진나라 혜문왕의 사위 나라가 된 셈이다.

그런데 느닷없이 제나라 선왕(宣王)이 연나라의 국상을 틈타 국경을 침공하여 10개 성을 탈취하였다.

이때 소진은 진나라의 사위인 연나라 역왕이 합종 동맹에서 탈퇴하지 않도록 설득하기 위해 연나라로 갔는데, 오히려 역왕으로부터 심한 원망을 들어야 했다.

"선군(先君)이신 문공께서는 선생의 권유를 듣고 합종 동맹에 가입했는데, 선군의 시신이 채 식기도 전에 동맹국인 제나라가 우리나라를 침공하여 성 열 개를 탈취하였소. 나는 그 성들을 돌려받지 못하면, 합종 동맹에서 탈퇴하겠소."

아무리 언변이 좋은 소진이라 하더라도 이런 난감한 상황에서는 할 말이 없었지만, 연나라가 탈취당한 10개 성을 돌려드리도록 하겠다며 제나라로 갔다.

제나라에서 선왕을 알현한 소진은 이렇게 말했다.

"굶어 죽어도 독초는 먹지 말라는 말이 있습니다. 독초를 먹으면 죽음에 이를 수 있기 때문입니다. 지금 연나라가 약소국이기는 하지만 진나라의 사위 나라입니다. 군주께서 연나라의 10개 성을 빼앗았지만, 연나라가 진나라의 힘을 빌려 쳐들어오게 되면, 그것은 굶주렸다고 독초를 먹는 것과 마찬가지입니다. 옛날 제나라 환공(桓公)께서는 노나라에서 빼앗은 땅을 아무런 대가 없이 되돌려줌으로써 천하의 패자가 되었습니다. 군주께서도 연나라에 빼앗은 10개 성을 되돌려주시면, 덕(德)이 있는 군주라고 칭송이 자자 할 것입니다. 이것이 이른바 화를 돌려 복으로 만들고, 실패로 인하여 공을 이룩한다는 것입니다."

소진은 제나라가 연나라의 10개 성을 빼앗은 것은 연나라와 진나라가 쳐들어올 수 있는 '화(禍)'가 되지만, 이를 돌려줌으로써 칭송을 받는 '복(福)'이 될 수 있다며 설파한 것이다.

제나라 선왕은 이 말을 듣고, 춘추시대 첫 번째 맹주였던 환공이 된 듯한 기분으로 연나라에 빼앗은 10개 성을 되돌려주었다.

이후 소진은 제나라에서 객경 벼슬을 하면서 선왕과 민왕(湣王)의 정책 고문을 하다가, 소진을 싫어하는 제나라 신하들이 보낸 자객의 칼에 찔려 죽었다.

이와 같이 "화를 바꾸어 오히려 복이 된다"는 말인 **'전화위복(轉禍爲福)'**이라는 고사성어는 소진이 선왕을 상대로 제나라가 연나라에 빼앗은 10개 성을 돌려줄 것을 설득한 데에서 유래하였다.

제11장
사분오열(四分五裂)

四 넉 사 · 分 나눌 분 · 五 다섯 오 · 裂 찢을 열

넷으로 나뉘고 다섯으로 찢어진다는 말. 의견이나 세력, 또는 지역이 여러 갈래로 갈라져 약화되는 것을 비유하는 의미이다.

*** 출전: 사마천, 사기(史記) 장의열전(張儀列傳)**

기원전 332년 제나라가 연나라의 국상을 틈타 침공하여 10개 성을 빼앗고, 소진(蘇秦)이 제나라 선왕(宣王) 를 찾아가 이를 돌려주라고 설득하였다는 소식을 들은 장의(張儀)는 합종동맹에 균열이 가고 있는 조짐이라고 판단하였다. 【☞ 제2편 제10장 '전화위복' 참조】

이 기회를 이용하여 장의는 진(秦)나라 혜문왕(惠文王)에게 위(魏)나라와의 화친 조건으로 양릉(襄陵) 등 일곱 고을을 되돌려주기로 한 약속을 일방적으로 파기하고, 진나라의 위세를 이용한 계책을 사용하자고 주청하였다.

그 계책이란 진나라가 위나라를 침공하여 국경 부근의 땅을 점령하였다가 화친의 조건으로 점령한 땅을 되돌려주자는 것이었다. 이렇게 하면 위나라는 진나라의 위세에 눌려 화친을 맺고, 합종 동맹에서도 탈퇴할 수 있다는 것이었다.

기원전 328년, 진나라 혜문왕은 장의의 계책에 따라 공자 화(華)를 대장으로 삼고 장의를 부장으로 임명하여 위나라로 쳐들어가서 산서성 습현(隰縣) 일대의 포양(浦陽) 땅을 점령하였다.

그리고 장의가 사신으로 위나라에 가서, 양왕(襄王)에게 이번에 점령한 포양 땅을 돌려주고 진나라 공자 요(繇)를 볼모로 위나라에 보내겠으니, 화친을 맺자고 하였다. 양왕은 처음에는 어리둥절 해하다가 그 위세에 눌려 말했다.

"진나라에서 이번에 포양 땅을 고스란히 돌려주셨는데, 과인이 어찌 진나라 공자를 볼모로 할 수 없습니다. 선생께서는 공자 요를 도로 데리고 가시면, 소량(少梁)과 상군(上郡) 땅을 진나라에 바치겠습니다."

이로써 장의는 양릉 등 일곱 개 고을을 반환하기는커녕 오히려 소량과 상군 땅을 얻어내면서 위나라와 화친을 맺게 되었다.

장의는 이 공로로 진나라의 재상인 대량조(大良造)에 임명되었다.

이때 초나라에서는 위왕이 승하하고 그 아들 웅괴(熊槐)가 즉위하여 회왕(懷王)이 되었다.

회왕은 위나라가 땅까지 바쳐가며 진나라와 화친을 맺었다는 소식을 듣고, 합종 동맹이 깨어질까 봐 마음이 불안해졌다. 회왕은 진나라와 화친을 맺은 위나라를 응징하기 위해 위나라 국경을 침범하여 8개 성을 점령하자, 위나라는 물론 다른 나라들까지도 초나라를 두려워하며 더욱 굳건히 합종 동맹을 준수하였다.

이렇게 하여 장의의 연횡책이 그나지 진전을 보지 못하자, 장의는 혜문왕에게 자신이 위(魏)나라로 거짓 망명하여 그곳에서 생활하면서 연횡책을 성공시키고 돌아오겠다고 하였다.

기원전 322년, 장의는 위나라 양왕(襄王)에게 자신이 연횡책이 실효를 거두지 못하여 핍박을 받고 위나라로 망명하였다고 거짓으로 말하자, 양왕은 그를 위나라의 재상으로 임명하였다.

기회를 엿보던 장의는 어느 날 양왕에게 연횡책을 간언하면서 이렇게 말하였다.

"위나라의 땅은 사방 천 리가 되지 않고, 군사도 30만 명에 불과합니다. 사방이 평지라서 다른 나라의 공격을 막아내기 어렵습니다. 동쪽으로는 제나라, 서쪽으로는 한나라, 남쪽으로는 초나라, 북쪽으로는 조나라와 경계를 이루고 있는데, 한 방면당 지킬 수 있는 군사는 10만 명이 채 못 됩니다. 또한 어느 방면이든 그 나라와 동맹을 맺지 않고 거리를 두게 되면 그 방면으로 침공을 당할 것이니, 이른바 사분오열(四分五裂)의 형세란 이를 두고 하는 말입니다. 합종론을 주장하는 자들은 천하를 하나로 묶어 형제의 맹약을 맺게 하였지만 부모 형제간에도 재물을 다투는 법인데, 사기와 배신을 일삼는 소진의 계책은 실패로 돌아갈 것이 분명합니다. 그러므로 위나라는 진나라와 가까이 지내면서 보호를 받는다면 다른 나라들은 진나라가 두려워서라도 감히 위나라 땅을 넘보지 못할 것입니다."

이렇게 "넷으로 나뉘고 다섯으로 찢어진다."는 말인 **'사분오열(四分五裂)'**의 고사성어는 장의가 양왕에게 위나라의 지리적인 형세를 말하는 데에서 유래하였다.

그러나 양왕은 합종과 연횡을 사이에 두고 고민하면서도, 장의의 연횡책을 받아들이지 않았다. 만약 합종 동맹을 깨게 되면 다른 다섯 나라로부터 비난을 받는 것이 두려워 선뜻 마음이 내키지 않았기 때문이다.

제12장
적우침주(積羽沈舟)와 고침안면(高枕安眠)

積 쌓을 적 · 羽 깃 우 · 沈 가라앉을 침 · 舟 배 주

가벼운 깃털도 쌓이면 배를 가라앉힐 수 있다는 말. 사소한 문제가 계속 쌓여 치명적인 결과를 가져오거나, 반면에 사소한 힘이라도 계속 보태지면 큰 성과를 낼 수 있다는 것을 비유하는 의미이다.

*** 출전: 사마천, 사기(史記) 장의열전(張儀列傳)**

高 높을 고 · 枕 베개 침 · 安 편안할 안 · 眠 잠잘 면

베개를 높이 베고 편하게 잔다는 말. 근심 걱정이 없이 편안함을 비유하는 의미이다.

*** 출전: 유향, 전국책(戰國策) 위책(魏策).**

기원전 319년, 위나라 양왕(襄王)이 승하하자 그 아들인 애왕(哀王)이 즉위하였다.

선군(先君)인 양왕 시절에 위나라에 연횡책을 성사시키지 못한 장의(張儀)는 새로 즉위한 애왕을 상대로 설득에 나섰다.

"합종론자들은 호언장담하는 사들은 많아도 믿을 만한 사람은 별로 없습니다. 군주 한 사람을 잘만 설득하면 벼슬을 얻는 까닭에 천하의 유세가들은 밤낮으로 팔을 걷고 눈을 부릅뜨며 이를 악물고 합종이 이롭다며 군주를 설득하고 다닙니다. 군주가 그 변설을 현명한 것이라고 생각하여 그 말에 끌려 현혹되지 않아야 할 것입니다. 신이 듣기로 가벼운 깃털도 쌓이면 배를 가라앉힐 수 있고, 가벼운 것도 많이 실으면 수레바퀴의 축을 부러뜨리며, 많은 사람의 입은 무쇠도 녹이고 여러 사람이 헐뜯으면 뼈까지도 녹인다고 했습니다. 군주께서는 계책을 신중하게 결정하시기 바랍니다."

장의(張儀)는 애왕을 상대로 합종론자들의 감언이설에 현혹되면 안 된다고 역설하였으나, 애왕 또한 아버지의 영향을 받아서인지 합종 동맹을 깨는 것을 꺼렸다.

이와 같이 "가벼운 깃털도 쌓이면 배를 가라앉힐 수 있다."라는 말인 **'적우침주(積羽沈舟)'**라는 고사성어는 장의가 애왕을 상대로 연횡책을 설득하면서 유래하였다. 또한'가벼운 것도 많이 실으면 수레바퀴의 축을 부러뜨린다.'는 말의 **'군경절축(群輕折軸)'**도 같은 비유로 쓰이는 고사성어이다.

같은 해인 기원전 319년, 초나라 회왕(懷王)은 합종 동맹한 여섯 나라가 합종 이후 한 번도 행동을 같이한 적이 없다며, 여섯 나라 연합군으로 진(秦)나라를 침공하자고 제의하였다.

이렇게 하여 편성된 연합군들은 진나라와의 국경인 함곡관(函谷關) 밖에 집결하여 공격준비를 하고 있었다.

그러자 진나라는 초나라로 통하는 가도(街道)를 기습하여 군량미와 보급품을 모두 가로채 가자, 연합군의 주력부대인 초나라 군사들의 식량이 부족하여 사기가 떨어져 있었다.

이러한 틈을 이용하여 진나라 장수 저리질(樗里疾)이 함곡관 문을 열고 나와 초나라 진영을 급습하자, 초나라 군사들은 창 한 번 제대로 휘둘러보지 못한 채 지리멸렬하고 연합군은 흩어져 각자 나라로 돌아갔다.

이러한 기회를 놓칠 리 없는 장의가 또다시 애왕을 상대로 설득에 나섰다.

"일전에 여섯 나라 연합군이 진나라를 침공했지만, 함곡관 싸움에서 진나라 장수 저리질에게 대패하였습니다. 또한 소진은 자객의 손에 죽었는데, 군주께서는 아직도 합종 연맹이 위나라를 지켜줄 것이라고 보십니까? 서둘러 진나라와 동맹을 맺는 것이 상책입니다. 이렇게 하시면 군주께서는 근심 없이 베개를 높이 베고 편안히 누워 주무실 수 있습니다."

그러자 애왕도 즉위한 이후 진나라의 군사력이 강한 것을 실감하고, 연횡에 가담하여 진나라를 섬기기로 하였다.

이로써 장의는 위나라에 거짓 망명한 후, 기어이 위나라를 합종 동맹에서 떼어놓고 연횡에 성공하여 진나라로 돌아왔다.

이와 같이 "베개를 높이 베고 편하게 잔다"는 말인 '고침안면(高枕安眠)'이란 고사성어는 장의가 애왕을 상대로 연횡책을 설득하여 관철한 데에서 유래하였다.

그 후 장의는 진(秦)나라 세자 탕(湯)과 초나라 회왕(懷王)의 딸을 혼인을 시키는 화친으로 연횡하고, 한나라 · 제나라 · 조나라 · 연나라 순으로 차례로 방문하여 연횡책에 가담하도록 설득하여 드디어 기원전 311년 연횡을 성립시켰다.

장의는 그 공로로 진나라 혜문왕으로부터 무신군(武信君)이라는 작호까지 받았다.

이로써 소진의 합종 동맹이 깨어졌지만, 장의의 연횡도 얼마되지 않아 각 나라 간의 정세에 따라 무너지는 등 부침을 반복하였다.

연횡책을 완성한 그해 혜문왕이 승하하고, 아들 탕(湯)이 보위에 올라 무왕(武王)이 되었다.

무왕은 세자 시절부터 장의를 탐탁지 않게 여겼다. 이를 눈치챈 장의는 그의 고향인 위(魏)나라로 돌아가 생활하다가, 기원전 309년 병으로 숨을 거두었다.

제13장
화사첨족(畵蛇添足)과 일거양득(一擧兩得)

- 화사첨족(畵蛇添足) -

뱀을 그리면서 발을 그려 넣는다는 말. 하지 않아도 될 일을 쓸데없이 하다가 일을 그르치는 것을 비유하는 의미이다.

*** 출전: 사마천, 사기(史記) 초세가(楚世家)**

- 일거양득(一擧兩得) -

한 번 움직여 둘을 얻는다는 말. 한 가지 일을 해서 두 가지 이익을 보는 것을 비유하는 의미이다.

*** 출전: 사마천, 사기(史記) 장의열전(張儀列傳)**

진(秦)나라에는 장의(張儀)와 쌍벽을 이루는 재능을 가진 진진(陳軫)이라는 사람이 있었다. 원래 초나라 태생이었으나, 진나라 혜문왕(惠文王)에 의해 중용되어 진나라 대부로 있었다,

기원전 323년, 초나라 영윤 소양(昭陽)은 위(魏)나라 군대를 대파하고 성 여덟 개를 함락시켰다. 그러고는 군대를 이동시켜 제(齊)나라를 공격하려고 하였다.

이 소식을 전해 들은 제나라 위왕(威王)이 전전긍긍하며 걱정을 하고 있을 때, 사신으로 와 있던 진진이 자청하여 도움을 주겠다며 나섰다.

위왕이 쾌히 승낙하자, 진진은 초나라로 건너가 소양을 만나 이야

기하였다.

"초나라에서는 적군을 물리치거나 적장을 죽이면 어떠한 관직을 내리나요?"

소양이 대답하였다.

"군대의 장군이 되거나 작위를 주기도 하고, 저처럼 최고 관직인 재상이 되기도 하지요."

그러자 진진이 비유를 들어 이야기하겠다며, 다음과 같이 말하였다.

"제사를 지낸 어떤 집에서 집안사람들에게 술을 내주었습니다. 그러나 사람 수에 비하여 술이 그다지 많지 않으므로, 땅에 뱀을 제일 먼저 그리는 사람이 혼자서 이 술을 다 마시도록 하기로 하였습니다. 그중에서 한 사람이 뱀을 먼저 다 그리고 난 후에 술을 들고 일어나면서 뱀의 발도 그릴 수 있다면서 뱀의 발까지 그렸습니다. 그러자 나중에 뱀을 다 그린 다른 사람이 그의 손에 있던 술을 가로채며, 뱀에 발을 그려 넣었으니 그것은 뱀이 아니라고 하면서 그 술을 다 마셔 버렸습니다."

그리고 진진은 이어서 소양에게 말하였다.

"재상께서는 위나라를 쳐서 큰 공을 세웠고, 지위도 최고에 올라 있으니 제나라를 쳐서 공을 세워도 더 오를 자리가 없습니다. 적당한 선에서 그칠 줄을 모르면 전쟁터에서 죽게 되고 관직도 다른 사람에게 돌아갑니다. 그러면 뱀을 그리면서 쓸데없이 발까지 그려 넣어 술을 빼앗긴 사람과 마찬가지인 셈입니다."

소양은 진진의 말이 옳다고 여겨 제나라를 침공하지 않기로 하였다.

이와 같이 진진이 소양에게 비유를 들어 말한 "뱀을 그리면서 발을 그려 넣는다."는 말인 **'화사첨족(畵蛇添足)'**이라는 고사성어는 여기에서 유래하였고, 이를 줄여서 **'사족(蛇足)'**이라고도 한다.

이러한 진진을 장의가 시기하여 진나라 혜문왕 앞에서도 헐뜯기 일

쓰였다. 장의가 연횡책으로 제상이 되어 혜문왕의 총애를 받으며 위세를 부리자, 진진은 진나라를 떠나 그의 고국인 초나라로 돌아갔다.

얼마 후에 진진은 초나라의 사신이 되어 진나라를 방문하게 되었다.

당시에 한(韓)나라와 위(魏)나라는 서로 싸운 지 일 년이 지나도록 풀지 못하고 있었다. 혜문왕이 화해를 주선하기 위해 주위 신하들에게 물었다. 어떤 사람은 주선하는 편이 낫다고 하고, 어떤 사람은 주선하지 않는 편이 낫다고 하였다. 혜문왕이 결정을 내리지 못하고 있다가 사신으로 온 진진에게 의견을 물었다.

진진이 말하였다.

"예전에 노(魯)나라 대부인 변장자(卞莊子)가 어떤 지역에 호랑이가 자주 나타나 소를 잡아먹고 사람들을 해치므로 나서서 잡으려고 했습니다. 여관의 심부름하는 아이가 변장자를 말리면서 호랑이 두 마리가 소를 먼저 먹으려 싸울 때까지 기다리라고 하였는데, 그럴듯하게 여긴 변장자가 서서 기다렸습니다. 두 호랑이가 싸움을 벌여 큰놈은 상처를 입고 작은놈은 죽었는데, 변장자가 상처 입은 호랑이를 찔러 죽여 한 번에 두 마리를 잡았다는 명성을 얻었습니다. 지금 한나라와 위나라가 싸움을 벌인 지 한 해가 넘도록 해결이 나지 않았다면, 호랑이 싸움처럼 큰 나라는 타격을 입고 작은 나라는 망할 것입니다. 이때 타격 입은 나라를 치면 한꺼번에 둘을 얻는 이득이 있을 것입니다. 이는 변장자가 호랑이를 찔러 죽인 것과 같은 일입니다."

진나라 혜문왕은 진진의 말이 옳다고 여기고 결국 한나라와 위나라를 화해시키지 않았다.

과연 진진의 말대로 서로 싸우다 국력이 서서히 소모된 한나라는 기원전 230년에, 위나라는 기원전 225년에 각각 진나라에 의해 멸망하게 된다.

이와 같이 진진이 진나라 혜문왕에게 한나라와 위나라를 화해시키지 않으면, 한꺼번에 둘을 얻는 이익이 있다고 말한 것에서 '일거양득(一擧兩得)'이라는 고사성어가 유래하였다.

제14장
소탐대실(小貪大失)

小 작을 소 · 貪 탐할 탐 · 大 큰 대 · 失 잃을 실

작은 것을 탐하다가 큰 것을 잃는다는 말. 눈앞의 작은 이익에 집착하다가 큰 손실을 보는 어리석음을 비유하는 의미이다.

*** 출전: 유주, 신론(新論)**

진(秦)나라 남쪽으로 한중(漢中)이 있고, 다시 그 아래로 내려가면 촉(蜀)이라는 나라가 있었다. 사방이 험한 산으로 둘러싸여 좀처럼 중원과 교류를 갖지 않는 조용한 나라였다.

중원 진출에만 신경을 쓰고 있는 진나라도 외진 곳에 위치 해있는 촉나라에 대해 별다른 관심을 보이지 않고 있었다.

촉과 진나라 사이에 저(苴)라고 하는 작은 나라가 있는데, 촉에서 갈라져 나온 나라로 촉의 속국이나 다름없는 나라였다. 지금의 사천성과 섬서성의 경계 지역에 위치 해있는 곳이다.

이 저나라가 촉나라에 반기를 들고 독립을 선언하였다. 촉나라는 당연히 저나라를 무력으로 누르려 하고, 저나라는 이에 맞서 저항하였다.

이 싸움은 꽤 오랫동안 지속되면서 극렬해지자, 저나라 군주와 촉나라 군주는 제각기 진나라 혜문왕에게 사신을 보내어 원군을 요청하였다.

이에 혜문왕은 누구를 도울 것이냐를 두고 고민하고 있었다.

당시 진나라 사마(司馬) 직책에 착(錯)이라는 장수가 있었는데, 사람들은 그를 사마착(司馬錯)이라고 불렀다.

사마착은 혜문왕이 촉과 저나라의 일로 고민하는 것을 알고, 이 기회에 아예 촉나라를 정벌하자고 주장하였다.

하지만 혜문왕은 과연 군사를 동원하여 촉나라를 정벌할 필요가 있을까 하는 의구심도 없지는 않았다.

그러나 사마착은 주장을 굽히지 않으며 아뢰었다.

"촉나라는 비록 외딴곳에 떨어져 있지만, 매우 넓을 뿐 아니라 땅도 비옥하여 군사상으로도 대단히 요긴한 곳입니다. 부디 백년대계를 생각하시기 바랍니다."

촉나라는 진나라 남쪽에 위치하지만, 초나라 서쪽과 경계를 이루는 지역이기도 하다. 그러므로 촉나라를 선점해둔다는 것은 초나라 등뒤에 창끝을 들이미는 것과 같은 효과를 가지게 된다. 언젠가는 초나라와 쟁패를 벌여야 하는데, 그때 촉나라에서 군대를 출병시키면 진나라는 앞뒤로 초나라를 압박할 수 있게 된다. 백년대계란 이를 두고 하는 말이었다.

혜문왕은 한참을 고민하다가 마침내 촉나라를 정벌하기로 결정을 내리고, 촉나라 정벌군의 대장은 사마착을 임명하고 모든 군사력을 촉나라로 집중시켰다.

그러나 촉나라로 들어가는 길이 험준한 토끼길 정도의 작은 길밖에 없어 군사를 이끌고 촉나라로 공격하여 들어가는 좀 더 넓은 길이 필요하였다.

그래서 사마착은 촉나라 군주가 욕심이 많다는 것을 이용하여 계책을 마련하였다.

사마착은 돌로 깎아 만든 소 조각상 다섯 개를 옆으로 나란히 준비하여 화려한 비단으로 치장을 하였다. 그 후 소 조각상이 지나간 자리 군데군데에 황금을 쏟게 하여 '금똥 누는 소'라는 소문을 퍼뜨렸다.

이 소문이 촉나라 군주에게도 전해진 것을 확인한 사마착은, 진나라 혜문왕이 이 소 조각상을 촉나라 군주에게 우호의 예물로 보내겠다고 전하였다.

예측대로 촉나라 군주는 '금똥 누는 소'에 대한 욕심을 억제하지 못하고 이 예물을 받으러 사신을 보내왔다. 그리고 촉나라 백성들을 동원하여 소 조각상 다섯 개가 나란히 갈 수 있는 큰길을 만들었다.

촉나라 사신은 소 조각상 다섯 개를 예물로 받아 이 길을 통하여 촉나라의 도성까지 운반하였다.

사마착은 촉나라 사신이 갔던 길을 따라 촉나라를 공격하여, 촉나라를 정벌하였다. 이는 기원전 316년의 일이었다.

그 후 사마착은 촉나라 총독으로 재임하며 그 지역을 다스렸다.

결과적으로 이것은 진나라에게 있어서 큰 행운이었다. 사마착의 예견대로 훗날 진나라는 천하 통일을 놓고 초나라와 대전(大戰)을 펼치게 되는데, 이때 배후를 위협당한 상태에서 초나라는 전력을 한 곳에 쏟아부을 수 없었고 끝내는 패하여 굴복하고 말았던 것이다.

이와 같이 촉나라 군주가 '금똥 누는 소'라는 작은 것에 욕심을 내다가, 결국은 나라가 멸망하는 큰 것을 잃게 된 것에서 유래한 고사성어가 **'소탐대실(小貪大失)'**이다.

제15장
선자외시(先自隈始)와 천금매골(千金買骨)

先 먼저 선 · 從 쫓을 종 · 隈 굽이 외 · 始 처음 시

먼저 곽외부터 중용해 달라는 말. 큰일을 이루려면 먼저 가까이 있는 일부터 시작해야 한다거나, 또는 자기 스스로를 추천하는 경우나 솔선수범을 비유하는 의미이다.

*** 출전: 유향, 전국책(戰國策) 연책(燕策)**

千 일천 천 · 金 쇠 금 · 買 살 매 · 骨 뼈 골

천금을 주고 죽은 천리마의 뼈를 산다는 말. 인재를 얻기 위해서는 믿음을 주면서, 공(功)을 들여야 한다는 것을 비유하는 의미이다.

*** 출전: 유향, 전국책(戰國策) 연책(燕策)**

기원전 320년, 연나라 역왕(易王)이 승하하자, 그 아들 쾌(噲)가 즉위하였다.

이때 연나라 재상은 자지(子之)였는데, 키가 8척이었으며, 손으로 나는 새도 잡고 달리는 말도 붙들 정도로 장사였다. 자지는 역왕 때부터 재상이 되어 국사를 좌지우지하였다.

어느 날 쾌는 무엇인가 생각에 골몰하다가, 대부 녹모수(鹿毛壽)를 불러 물었다.

"예로부터 많은 임금이 있었는데, 세상 사람들은 어찌하여 요(堯)임금과 순(舜)임금만 칭송하는가?"

녹모수가 대답하였다.

"요임금이 순임금에게 천하를 전해주었고, 순임금 또한 우(禹)임금에게 천하를 물려주었기 때문입니다."

연왕 쾌가 다시 물었다.

"그렇다면 과인이 재상 자지에게 나라를 전하면 세상 사람들은 나를 성군이라 칭송할까?"

재상 자지와 친밀한 사이인 녹모수는 두말할 나위 없다는 듯 대답하였다.

"반일 군주께서 그렇게 하신다면 어찌 요임금이나 순임금과 다를 리 있겠습니까? 만대에 이르기까지 성군이라 칭송받을 것입니다."

기원전 318년, 쾌는 느닷없이 세자 평(平)을 폐하고, 재상 자지에게 보위를 양위한다고 선포하였다.

재상 자지는 뜻하지 않은 선포에 속으로 크게 기뻐하며, 일부러 세 번 사양한 척하다가 보위에 올랐다.

양위한 쾌는 스스로 신하의 반열에 서서 별궁으로 물러가 살았다.

그러자 시피(市被)라는 장수가 자지를 왕으로 섬길 수가 없다며 세자 평을 앞세우고 궁으로 쳐들어갔다.

시피와 자지의 전투는 10여 일간 계속되다가, 시피가 목에 화살을 맞고 숨지면서, 반군은 지리멸렬하였다.

세자 평은 태부 곽외(郭隈)와 함께 무종국(無終國)으로 달아났다.

기원전 314년, 제나라 민왕은 자지를 응징한다는 명분으로 장수 장광(章匡)을 대장으로 삼아 연나라를 침공하였다.

장광은 출병 50 여일 만에 연나라 도성인 계성(薊城)에 당도하여 단숨에 왕궁을 점령하였다. 연나라 내부 녹모수는 전사하고 자지는 사로잡혀 능지처참 되고, 쾌는 별궁에서 자살하였다.

장광은 기고만장하여 종묘를 불태우고, 스스로 총독이 되어 연나라 땅을 다스렸다.

장광의 탄압과 제나라 군사들의 노략질이 심해지자, 연나라 백성들은 크게 격분하여 여기저기서 의병(義兵)이 일어났다.

이에 힘입어 기원전 312년, 무종국에 있던 세자 평이 보위에 올라 소왕(昭王)이 되었다. 새로이 보위에 오른 소왕은 흩어진 군사를 모으고 의병들을 규합하여 장광의 제나라 군사들을 몰아내었다.

소왕은 태부 곽외에게 난국을 수습하고 제나라에 원수를 갚기 위하여 필요한 인재들을 천거해 달라고 요청하였다.

그러자 곽외가 말했다.

"먼저 저 자신인 곽외부터 중용해 주십시오. 그러면 저절로 천하의 인재들이 우리 연나라로 몰려올 것입니다."

소왕은 곽외의 말이 이해가 되지 않아 물었다.

"그대부터 중용하라는 말이 무슨 뜻인가?"

그러자 곽외가 이렇게 말하였다.

"옛날 어느 군주가 천리마를 구하고자 하였으나, 삼 년이 지나도 한 필도 구하지 못하였습니다. 그러다 한 신하에게 많은 돈을 내주며 천리마를 구해오게 했습니다. 그 신하가 천리마를 구하기 위해 어느 시골에 이르렀을 때, 사람들이 죽은 말의 주변에 모여 '아까운 천리마가 죽었다.'라며 안타까워하고 있는 것을 보고, 그 죽은 말의 뼈다귀를 1천 금에 사서 돌아왔습니다. 그 군주는 필요 없는 죽은 말의 뼈다귀를 많은 돈을 주고 사 왔다고 크게 꾸짖었습니다. 그러자 그 신하는 1천 금을 주고 죽은 말의 뼈다귀를 산 것은 어리석은 일이지만, 이 소문을 들은 자들은 죽은 말의 뼈다귀도 1천 금을 주고 샀는데, 살아있는 천리마는 더 많은 돈을 주고 살 것으로 여기기 때문에 쉽게 천리마를 여러 필 구할 수 있습니다고 하였습니다. 과연 그의 말대로 얼마 되지 않아 그 군주는 천리마를 세 필이나 구했다고 합니다."

곽외는 이어서 말했다.

"신은 재능 없음을 잘 알고 있습니다. 그러나 군주께서 신을 귀하게 여기시고 높이 쓰신다면 저보다 재능이 훨씬 뛰어난 인재들이 어찌 연나라로 몰려들지 않겠습니까? 신은 기꺼이 죽은 말의 뼈다귀가 되겠습니다."

소왕은 크게 느낀 바가 있어, 곽외에게 큰절을 올리며 그대로 실천하겠다고 하였다.

이와 같이 "민지 지기 자신인 곽외부터 중용해 달라"는 말인 **'선종외시(先從隗始)'**라는 고사성어는 곽외가 소왕의 인재 천거 요청에 대한 대답으로 한 말에서 유래하였다.

또한 "천금을 주고 죽은 천리마의 뼈를 산다"라는 말인 **'천금매골(千金買骨)'**이라는 고사성어는 곽외가 말한 일화(逸話)에서 유래하였고, **'매사마골(買死馬骨)'**, **'매준마골(買駿馬骨)'**이라고도 한다.

그 후 소왕은 곽외를 재상으로 삼고, 인재 발굴과 등용에 나섰다. 그리고 역수(易水)가에 높은 대를 세워 그 위에 많은 황금을 쌓아두고, 훌륭한 인재를 구할 수만 있다면 언제든지 이 황금을 쓰겠다고 널리 알렸다.

그래서 사람들은 이를 '현명한 인재를 구한다'는 의미로 '초현대(招賢臺)' 또는 '황금이 쌓여 있다'는 의미로 '황금대(黃金臺)'라고 불렀다.

이렇게 하여 후일 전국시대 최고의 군사 전략가로 평가받는 악의(樂毅)가 위(魏)나라에서, 천하장사 극신(劇辛)이 조나라에서, 음양오행의 대가인 추연(騶衍)이 제나라에서 왔다.

소왕이 이들을 중용하게 되자, 연나라는 비로소 전국 칠웅의 지리를 확고히 굳히게 되었다.

제16장
증삼살인(曾參殺人)과 거정절빈(擧鼎絶臏)

曾 일찍 증 · 參 셋 삼 · 殺 죽일 살 · 人 사람 인

증삼(曾參)이 사람을 죽였다는 말. 헛소문도 여러 차례 반복되면 사실처럼 여긴다는 것을 비유하는 의미이다.

*** 출전: 유향, 전국책(戰國策) 진책(秦策)**

擧 들 거 · 鼎 솥 정 · 絶 끊을 절 · 臏 종지뼈 빈

솥을 들다가 정강이가 부러졌다는 말. 힘이 부족하여 감당하기 어렵거나, 또는 무익한 일에 힘을 쏟고 자랑으로 여기는 것을 비유하는 의미이다.

*** 출전: 유향, 전국책(戰國策) 진책(秦策)**

기원전 309년, 진(秦)나라 무왕(武王)은 승상(丞相)제도를 두었다.

승상이란 재상을 말하는데, 그 전까지 진나라는 대량조(大良造)나 서장(庶長) 등으로 불렀으나, 이때에 이르러 승상이란 이름으로 바뀐 것이다. 첫 승상으로 좌승상에는 저리질(樗里疾)을, 우승상에는 감무(甘茂)를 임명하였다.

저리질은 무왕의 숙부로 언변이 유창하고 지혜가 뛰어나, 사람들은 그를 꾀주머니라는 뜻의 지낭(智囊)이라고 불렀다. 반면 감무는 남방에 있는 안휘성 봉대현(鳳臺縣)의 하채(下蔡) 사람인데, 혜문왕 시절 한중 땅을 정벌하는 등 공이 많아 우승상에 올랐다.

그 이듬해 무왕은 어전회의에서 중원으로 진출하기 위해 주나라의 삼천(三川)까지 길을 닦았으면 좋겠다고 하였다. 삼천은 주(周)나라의 낙양(洛陽) 일대로 이수(伊水)·낙수(洛水)·하수(河水)가 흐르기 때문에 붙여진 이름이다. 삼천으로 가는 중간에 한나라의 의양(宜陽) 땅이 있는데, 길을 닦겠다는 말은 곧 의양을 점령하겠다는 뜻이었다.

여느 때 같았으면 두말없이 무왕의 명을 따를 감무였지만, 그날은 아무 대답도 하지 않고 퇴궐하였다.

얼마 후, 무왕은 여러 장수들과 식양(息壤) 땅으로 사냥을 나갔는데, 감부가 무왕과 같이 여우를 쫓다가 놓치게 되었다. 사냥에 흥미를 잃은 무왕이 감무에게 물었다.

"경은 며칠 전 과인이 했던 말에 대해 왜 아무 대답도 하지 않고 퇴궐하였소?"

감무가 대답하였다.

"군주께서 점령하고자 하는 의양은 천혜의 요새이며, 지세가 험하여 단시일 내에 함락시킬 자신이 없어서 대답하지 못했습니다."

이어서 감무는 정색하면서 이렇게 아뢰었다.

"옛날에 증삼(曾參)이라고 하는 마부가 있었는데, 공자(孔子)의 제자인 증삼과 동명이인(同名異人)이었습니다. 어느 날 마부 증삼이가 살인을 하였는데, 이 소문을 들은 어떤 사람이 공자의 제자인 증삼의 어머니에게 달려가 증삼이가 살인을 했다고 말하였습니다. 하지만 베를 짜고 있던 증삼의 어머니는 조금도 놀라지 않고, 내 아들은 살인을 할 사람이 아니라고 말했습니다. 잠시 후에 또 다른 사람이 달려와서 같은 말을 했습니다. 그러자 증삼의 어머니는 잠시 생각하더니, 세상 사람이 다 살인을 해도 내 아들은 그렇지 않다고 말했습니다. 다시 얼마 후에 다른 사람이 달려와서 살인자가 틀림없이 증삼이라고 하자, 어머니는 두려운 나머지 베 짜는 북을 내던지고 담장을 넘어 도망하였다고 합니다. 이렇게 여러 사람이 똑같은 말을 하게 되면, 평소 증삼을 믿고 있던 그 어머니조차도 증삼을 의심하게 되는 것입니다."

이어서 감무는 자기의 속마음을 털어놓았다.

"소신은 남방 출신의 기려지신(羈旅之臣)으로, 군주께서는 증삼의 어머니가 평소 증삼을 믿고 있는 정도로까지 소신을 믿지는 않을 것입니다. 만일 어떤 사람이 감무가 사람을 죽였다고 한다면, 군주께서는 세 번은 커녕 단 한 번에 그 말을 믿고 신을 잡아 오라고 명을 내리실 것입니다. 소신이 의양 땅으로 출정하여 바로 함락시키지 못하면, 증삼살인과 같은 일이 벌어질까 봐 두려워 소신이 아무런 대답을 하지 않은 것입니다."

감무는 진(秦)나라 출신이 아닌 남방 태생이어서, 그를 시기하는 본국 출신 신하들을 염두에 두고 무왕에게 속마음을 말한 것이다.

감무의 말을 들은 무왕은 즉석에서 사냥한 짐승의 피를 입술에 바르며, 이렇게 약속하였다.

"만일 누가 그대를 중상모략할지라도 과인은 결코 그 말을 듣지 않을 것을 맹세하오."

이와 같이 "증삼(曾參)이 사람을 죽였다."라는 뜻의 **'증삼살인(曾參殺人)'**이라는 고사성어는 감무가 무왕에게 자신의 속마음을 털어놓으면서 사례를 든 것에서 유래하였다.

이듬해인 기원전 307년, 감무는 대장에 임명되어 군사를 이끌고 한나라 의양 땅으로 쳐들어갔다. 과연 의양성은 난공불락의 요새라서, 출병한 지 5개월이 지나도록 의양성을 함락시키지 못하였다.

그러자 우려하던 일이 벌어졌다. 좌승상 저리질을 비롯한 진나라 출신의 신하들이 감무가 한나라와 내통하여 일부러 시일을 끌고 있다고 모략하며 탄핵하기 시작하였다. 무왕도 의심스럽게 생각하며, 감무에게 사자를 보내 회군하여 본국으로 들어오라고 명하였다.

이에 감무는 품속에서 봉함 하나를 꺼내 사자에게 건네주며, 무왕에게 바치도록 하였다. 무왕이 봉함을 뜯어보니 '식양(息壤)'이라는 두 글자가 적혀 있는 것을 보고, 지난날 사냥을 나갔던 식양에서 감무에게 맹세했던 일이 생각났다. 무왕은 감무에 대한 의심을 거두고 군사 5만을 추가로 지원하여 주었다.

그 후 두 달이 채 되기 전에, 감무는 한나라 군사 6만 명을 전멸시키고 의양성을 함락시켰다.

의양성을 점령한 그 해 여름, 무왕은 자신의 소원대로 의양땅을 경유하여 주나라 도읍 낙양으로 들어갔다.

무왕의 좌우에는 진나라 내에서 장사로 소문난 오획(烏獲)과 임비(任鄙), 그리고 제나라에서 온 맹열(孟說)이라는 장사가 철통같이 호위하였다.

무왕의 발길이 가장 먼저 향한 곳은 주나라 태묘(太廟)였다. 그곳에 '구정(九鼎)'이 있다는 소문을 들었기 때문이었다.

구정은 하왕조(夏王朝) 때 각 주(州)에서 바친 구리로 만든 아홉 개의 솥이다. 솥 표면에는 각 고을의 산과 강이름, 조정에 바치는 공물과 부세(賦稅)의 수량, 지역의 넓이 등이 소상히 새겨져 있으며 특히 솥발과 솥의 귀마다 용이 정교하게 조각되어 있다. 그래서 사람들은 이 아홉 개의 솥을 '구룡신정(九龍神鼎)'이라 부르기도 하였다.

구정은 하나라가 멸망하면서 은(殷)나라로 전해졌고, 은나라가 망하면서 다시 주나라로 전해졌다. 이때부터 이 아홉 개의 솥들은 천사를 상징하는 보배로 여겨지기 시작하였다.

무왕은 태묘로 들어가 구정을 구경하다가 옹주(雍州)의 솥 앞에서 임비에게 들어보라고 하자, 맹열이 자기가 들어보겠다고 나섰다.

맹열이 솥을 잡고 힘을 쓰자, 솥은 바닥에서 한치 가량 떴다가 이내 도로 내려앉았다.

이를 보고 무왕은 승부욕이 발동하여 자기도 들어보겠다고 하였다.

옆에 있던 임비가 놀라서 말렸으나, 무왕은 솥을 잡고 힘을 쓰기 시작하였다. 솥이 바닥에서 한치 가량 뜨자, 무왕은 솥을 든 채 한 걸음 더 내디뎠다. 그 순간 두 팔에 힘이 쭉 빠지면서, 솥이 그대로 바닥으로 떨어졌다. 이에 깔린 무왕의 오른쪽 정강이가 완전히 부러져 나가면서 결국 무왕은 그 날 밤을 넘기지 못하고 숨을 거두었다.

이와 같이"솥을 들다가 정강이가 부러졌다."는 말인 **'거정절빈(擧鼎絶臏)'**이라는 고사성어는 무왕이 구정의 솥을 들다가 그 솥에 깔려 숨진 데에서 유래하였다.

무왕에게는 아들이 없었다. 이에 무왕의 이복동생인 공자 직(稷)이 진(秦)나라의 왕위를 계승하여 소양왕(秦昭襄王)이 되었다.

좌승상 저리질은 무왕이 죽은 원인이 맹열에게 있다고 판단하고 맹열과 그 일족을 모조리 주살했다. 반면 임비는 무왕을 말렸다고 하여 한중군(漢中郡)의 태수로 승진시켰다.

그러나 감무를 시기하고 있던 저리질은 무왕이 낙양으로 간 것은 감무 탓이라고 비방하였다.

이 말을 미리 전해 들은 감무는 자신에게 불똥이 튀는 것을 우려하여 재빨리 함양을 탈출하여 위(魏)나라로 망명하였다.

제17장
구사일생(九死一生)

九 아홉 구 · 死 죽을 사 · 一 한 일 · 生 날 생

아홉 번 죽을 뻔하다 한 번 살아난다는 말. 여러 차례 죽을 고비를 겪고 겨우 살아나는 것을 비유하는 의미이다.

*** 출전: 사마천, 사기(史記) 굴원가생열전(屈原賈生列傳)**

기원전 307년 진(秦)나라 소양왕(昭襄王)이 보위에 오를 당시의 초나라 군주는 회왕(懷王)이었다. 그는 진나라와 제나라 사이에 끼여 곤란을 겪으면서 상황에 따라 두 나라를 번갈아 가며 화친을 하였다.

진나라가 국경을 자주 침범하게 되자, 회왕은 반대쪽에 있는 제나라와 화친을 맺었는데 진나라 소양왕이 못마땅하게 여기고 있었다.

기원전 299년, 진나라 소양왕은 자못 겸손한 태도로 서한을 보내어, 초나라 회왕을 섬서성 단봉현(丹鳳縣)에 있는 무관(武關) 땅으로 초청하여 친교를 맺자고 하였다.

초나라의 대부 굴원(屈原)이 진나라의 음모이니 가지 말라고 말렸지만, 회왕은 이를 듣지 않고 무관으로 갔다.

진나라 소양왕은 군사들을 미리 매복시켜 회왕을 납치하고, 도성인 함양(咸陽)으로 데리고 가서 연금시켰다. 그리고 초나라의 군사요충지인 검중(黔中) 땅을 바치고 회왕을 데려가라고 통지하였다.

그러나 초나라 대신들은 비열한 수법으로 회왕을 연금시켰다며 격분하여 그 요구를 거절하고, 세자 횡(橫)을 새로운 군주로 등극시켜 경양왕(頃襄王)이 되었다.

회왕은 진나라에 갇혀서 탈출을 하다가 다시 잡히는 등 온갖 고생을 하다가 결국 초나라로 돌아오지 못하고, 기원전 296년에 병을 얻어 세상을 떠나고 말았다.

이 소식이 전해지자 초나라 사람들은 울분을 터트렸으며, 특히 굴원은 더욱 격분하였다. 그는 경양왕에게 인재를 모으고 소인을 멀리하며, 군사들을 격려하고 훈련을 강화하여, 회왕의 원수를 갚아야 한다고 권고하였다.

그러나 경양왕 주변에서 아첨을 일삼는 대부 근상(靳尙)이 그림자처럼 따라붙으며 굴원을 참소하였다.

"요즘 들어 대부 굴원이 군주께서 부왕의 원수를 갚을 생각을 하지 않는 불효한 사람이라고 떠벌리고 다닙니다. 굴원을 가만히 놔두면 신료와 백성들이 군주를 우습게 생각하게 됩니다."

여기에 영윤이자 경양왕의 이복동생인 공자 난(蘭)까지 근상의 참소에 가세하였다.

그러자 경양왕은 마침내 굴원을 파직시키고 도성에서 추방하였다.

굴원의 고향은 장강 중류 이남에 있는 장사(長沙)라는 곳으로 장강 지류의 하나인 상수(湘水) 근처이다. 파직당하고 고향으로 내려온 굴원은 자신의 울분을 이길 수가 없었다.

호남성 동북쪽을 거쳐 상수(湘水)로 흘러드는 작은 강인 멱라강(汨羅江)이 굴원의 집 근처에 있었다. 그는 날마다 이 강가로 나가서, 머리를 풀어헤치고 강변을 다니며 시를 지음으로써 자신의 울분을 달랬다.

이때 지은 시가 그 유명한 장편 서사시 '이소(離騷)'이다. '이(離)'는 어려움을 만난 것이고, '소(騷)'란 근심을 말하며, 이소는 "근심스러운 일을 만난 것”을 말한다.

굴원은 경양왕이 한쪽 말만 듣고 시비를 가리지 못한 것, 아첨하는 무리들이 군주의 총명을 가로막은 것, 사악한 무리들이 공명정대한 사람을 해치는 것, 단정하고 정직한 사람들이 받아들여지지 않는 풍토를 애석하게 생각하였다.

그리하여 우수와 근심을 이기지 못하고 지은 것이 ‘이소’인 것이다. 그러므로 굴원의 ‘이소’는 원망으로부터 이루어졌는데, 다음과 같은 구절이 있다.

긴 한숨 쉬며 눈물을 감추며
백성들의 힘든 삶을 마음 아파한다
내 고결하게 살고 조심한다 했지만
아침에 바른말 하다 저녁에 쫓겨났네
혜초를 둘렀다고 나를 버리고
구릿대를 지녔다고 또 쫓아내네
그래도 내 마음엔 선하다고 믿기에
아홉 번 죽더라도 후회하지 않으리

굴원의 이 시에는 “아홉 번 죽다.”라는 ‘구사(九死)’만 있고, “한 번 살아난다.”라는 일생(一生)은 원래 없었다.

이후 남북조시대 양(梁)나라의 소명태자(昭明太子)가 편찬한 ‘문선(文選)’에 유량(劉良)이라는 학자가 “아홉 번 죽더라도 후회하지 않으리.”라는 구절에 “아홉 번 죽어서 한 번도 살아남지 못한다 할지라도(九死無一生), 후회하고 원한을 품기에 족하지 않다.”라는 해석을 달았는데, 그 이후로 ‘구사일생’이라는 말이 많이 쓰이게 되었다.

굴원이나 유량의 본래 의도는 “절대적으로 죽음에 처하더라도 깨끗하고 후회 없이 살아간다.”라는 의미였으나, 세월이 지나면서 온갖 숙을 고비를 넘기고 살아남는 파란만장한 인생을 일컫는 말로 변하여 쓰이고 있다.

이와 같이 "아홉 번 죽을 뻔하다 한 번 살아난다."라는 말의 '구사일생(九死一生)'이라는 고사성어는 굴원의 '이소'라는 시에서 우래하였다.

어느 어부가 머리를 풀어헤치고 강변을 이리저리 다니는 굴원을 보고 인사를 하며 어쩌다 이 지경이 되었냐고 물었다. 그러자 굴원은 모든 사람들이 더러운데 나만 깨끗했기 때문이고, 모든 사람들이 취했는데 나만 깨어 있었기 때문이라고 말했다.

굴원은 이렇게 살아가는 자기 모습이 싫어서 기원전 278년 5월 5일, 돌을 가슴에 안고 멱라강에 뛰어들어 자결하였다. 근처에 있던 사람들이 앞다투어 배를 몰고 가서 굴원을 구하려고 하였으나 보이지 않았다. 많은 사람들이 여러 날을 애써도 시체조차 찾지 못했다.

일전에 굴원을 만났던 그 어부는 슬픔에 잠겨서 대나무 광주리에 있는 쌀을 강에다 뿌리며 그의 죽음을 애도하였다.

이듬해 5월 5일, 많은 사람들이 배를 몰고 멱라강에 와서 참대 광주리에 담은 쌀을 강에다 뿌리며 굴원의 죽음을 슬퍼하였다.

후에 사람들은 매년 5월 5일이 되면 참대 광주리에 담은 쌀 대신 참대 잎에 찰밥을 싼 '종자(粽子)'를 뿌렸다.

또한 강에 뛰어든 굴원을 구하기 위해 앞다투어 배를 몰고 가던 상황을 재현하기 위해, 배를 모는 시합을 하는 '새룡선(賽龍船) 경기'를 하였다. 굴원을 기념하는 이런 행사들은 점차 하나의 풍습이 되었고, 그 후 음력 5월 5일은 단오절이 되었다.

제18장
계명구도(鷄鳴狗盜)

鷄 닭 계 · 鳴 울 명 · 狗 개 구 · 盜 훔칠 도

닭 울음소리와 개 도둑이라는 말. 변변치 못한 재주나 천박한 꾀만 가진 사람도 쓸모가 있다거나, 또는 천한 재주로 남을 속이는 사람을 비유하는 의미이다.

*** 출전: 사마천, 사기(史記) 맹상군열전(孟嘗君列傳)**

맹상군(孟嘗君)의 이름은 전문(田文)으로 제나라 왕족인 재상 전영(田嬰)의 서자이다. 맹상군은 서자로 태어났지만, 어릴 때부터 영특하여 40여 명의 아들 중에서 전영의 후계자가 되어 영지(領地)와 재산을 계승하여 물려받았다.

맹상군은 문객들을 항상 대등하고 진솔하게 대우해 주었기 때문에 다양한 재주를 지닌 사람들이 그의 영지로 모여들었다. 그는 문객을 접대할 때에는 병풍 뒤에 집사를 숨겨 두고, 접대하는 동안에 물어보는 개인 신상과 집안 형편 등에 관해 기록하도록 하고, 그 문객을 관리하면서 선물 등을 보내주었다.

어느 날은 맹상군이 밤에 혼자 밥을 먹자, 한 문객이 맹상군이 혼자만 좋은 음식을 먹는다고 오해하여 떠나려 했다. 그러자 맹상군이 먹던 밥상을 가져와 보여주니, 문객들 밥상과 같으므로 그는 부끄러워 스스로 목을 찔러 죽었다. 이 일로 수많은 재주를 지닌 사람들이 맹상군에게 더욱 몰려들었고, 어느새 그의 집에 머물며 문객 노릇을 하는 사람만도 3천 명이 넘게 되었다.

진나라 소양왕도 맹상군에 대한 소문을 듣고, 그를 만나고 싶어 했다.

그래서 제나라 민왕(湣王)에게 자신의 친동생인 경양군(涇陽君)을 제나라로 보내 볼모로 잡히게 하고, 맹상군을 진나라로 보내주기를 요청하였다.

그러자 맹상군은 민왕에게 경양군을 굳이 볼모로 붙잡고 있을 필요가 없다고 간언하여, 문객 1천여 명을 거느리고 경양군과 동행하여 진나라로 갔다.

맹상군이 진나라 도성인 함양에 당도하자, 소양왕은 제후에 해당하는 예로써 그를 영접하고 극진히 대접하였다. 이에 대한 답례로 맹상군은 '호백구(狐白裘)'를 소양왕에게 선물하였다. 호백구는 여우 겨드랑이털 중 하얀 털만 모아 만든 가죽옷으로, 한벌을 만드는데 여우 1천 마리가 필요하다고 한다.

소양왕은 호백구를 받고 어린애처럼 좋아하며, 총애하는 후궁인 연희(燕姬)에게 자랑하고는 궁중 창고에 보관하였다.

소양왕은 맹상군이 좋아서 진나라의 승상으로 삼으려고 하였다. 그러자 다음 승상 자리를 노리고 있던 대신 누완(樓緩)이 위기감을 느끼고 은밀히 소양왕을 찾아가 말하였다.

"맹상군은 제나라 왕족인데, 그런 사람이 우리나라 승상에 오르면 제나라 이익을 먼저 생각한 다음에 진나라를 생각할 것입니다. 이러한 그가 진나라의 정권을 잡으면 우리 진나라는 제나라의 속국이 될지도 모릅니다. 더구나 이번에 그를 수행한 문객들이 1천여 명이나 됩니다. 그들이 우리 진나라 실정을 소상히 조사해 두었을 것이므로, 그를 제나라로 돌려보내면 우리 진나라는 큰 손실을 당할 것이니, 죽이는 것이 상책입니다."

듣고 보니 그럴듯하여 소양왕은 맹상군이 묵고 있는 숙소에 군사들을 배치하여 출입을 금지시켰다.

맹상군은 그제야 자신에게 위험이 닥쳤음을 알고 경양군에게 도움을 요청하였다. 경양군은 원래 제나라에 볼모가 되기 위해 갔다가, 맹상군의 간언으로 같이 진나라로 돌아왔기 때문에 그를 도와주기 위해 말하였다.

"소양왕이 총애하는 연희라는 후궁이 있는데, 그녀의 말이라면 소양왕이 모두 들어줍니다. 연희는 지난번 소양왕에게 선물하였던 호백구를 갖고 싶어 하므로 이것을 뇌물로 주고 잘 말하면 제나라로 돌아갈 수 있을 것입니다."

경양군의 말을 듣고난 맹상군은 안타깝다는 듯 중얼거렸다.

"천하에 한 벌뿐인 호백구를 이미 소양왕에게 바쳤는데, 어디가서 구해온단 말인가?"

그때 이 소리를 들은 문객 한 사람이 맹상군에게 다가가 귓속말로 궁중 창고에 보관된 호백구를 훔쳐오겠다고 하였다.

그날 밤, 그 문객은 개 탈바가지를 쓰고 진짜 개처럼 흉내를 내며 창고로 잠입하자 창고지기도 개로 착각하였고, 경계가 느슨한 틈을 타 창고 안에 있는 호백구를 훔쳐내 맹상군에게 바쳤다.

이튿날, 맹상군은 경양군을 통해 연희에게 호백구를 전달하였고, 연희도 기뻐하며 맹상군을 도와주기로 하였다.

연희는 소양왕에게 애교를 떨며, 속삭이듯 말했다.

"맹상군은 천하에 알려진 군자인데, 만일 왕께서 맹상군을 죽인다면 천하의 사람들이 손가락질할 뿐만 아니라 그 어떤 어진 사람도 우리 진나라로 발길을 하지 않을 것입니다. 왕께서는 어찌하여 스스로 천하 인재들을 멀리하는 행동을 하시려는 겁니까?"

소양왕은 연희의 말이 옳다고 여겨져, 맹상군에게 수레와 봉전(封傳:관문 통행증)을 내주고 제나라로 돌아가게 하였다.

맹상군과 문객들은 서둘러 진나라의 도성을 떠나 전속력으로 수레를 몰아 제나라로 향하였다. 소양왕이 뒤늦게 후회하고 군사를 보내 뒤쫓아 올 것이 우려되었기 때문이다.

몇 날 며칠을 달려 국경의 마지막 관문인 함곡관(函谷關)에 당도하니 한밤중이었다. 날이 저물면 문을 닫아걸고 첫닭이 울어야 문을 여는 것이 관문의 규칙이었다. 관문이 열리는 새벽이 오기 전에 진나라 군사들이 뒤쫓아 올 것 같아 맹상군과 문객들은 초조하였다.

그때 어둠 속에서 닭 우는 소리가 들렸다. 분명 삼경이 조금 넘었을 뿐인데 닭 울음소리는 계속해서 들려오고 있어, 그쪽을 돌아보니 문객 중에서 성대묘사에 능한 사람이 닭 울음소리를 흉내 내고 있었다.

그러자 관문에서 떨어진 마을에서 진짜 닭 우는 소리가 들려오기 시작하면서 사방에서 닭 울음소리가 들려왔다.

관문을 지키는 군사들이 새벽이 된 줄 알고 일어나 관문을 열자, 맹상군 일행은 함곡관을 통과하여 무사히 제나라로 돌아왔다.

실제로 맹상군 일행이 관문을 빠져나온 후, 한 식경쯤 지나자 과연 진나라의 추격병들이 함곡관에 이르렀지만, 맹상군이 이미 떠난 후라 할 수 없이 돌아갔다. 맹상군을 떠나 보낸 후 소양왕은 자신이 너무 성급하게 판단하였다고 후회하며, 추격병을 보냈던 것이다.

맹상군의 다른 문객들은 그동안 '구도(狗盜)'와 '계명(鷄鳴)'의 문객을 무시하고 깔보았던 점을 부끄러워하며 그 후로는 신분이 낮은 사람들이라도 모두 예로써 대하게 되었다.

이와 같이 "닭 울음소리와 개 도둑"이라는 말인 **'계명구도(鷄鳴狗盜)'**라는 고사성어는 맹상군이 어려움에 처했을 때 닭 울음소리를 내고, 개 흉내로 물건을 훔치는 문객의 도움으로 이를 극복한 것에서 유래하였다.

제19장
교토삼굴(狡兎三窟)과 염량세태(炎凉世態)

狡 교활할 교 · 兎 토끼 토 · 三 석 삼 · 窟 굴 굴

꾀많은 토끼는 굴을 세 개 파 놓는다는 말. 만일의 경우를 대비하여 미리 대비책을 마련해 놓거나, 다양한 위기나 재난에 미리 준비하는 것을 의미한다.

*** 출전: 사마천, 사기(史記) 맹상군열전(孟嘗君列傳)**

炎 불탈 염 · 凉 서늘할 량 · 世 대 세 · 態 모양 태

더웠다가 차가워지는 세상인심. 손익이나 상황에 따라 사람들의 태도나 심리가 변하는 세상의 현실을 비유하는 의미이다.

*** 출전: 사마천, 사기(史記) 맹상군열전(孟嘗君列傳)**

맹상군이 진(秦)나라에서 탈출하여 무사히 제나라로 돌아오자 민왕(湣王)은 반가운 마음에 그를 재상으로 삼았다.

'계명구도' 사건으로 맹상군의 명성이 더욱 높아졌고, 그를 찾아오는 문객의 숫자는 더욱 늘어났지만, 그는 문객들을 일일이 대접하며 자신의 집에 머물게 하였다.

어느 날 풍환(馮驩)이라는 사람이 찾아와 맹상군의 문객이 되었다. 그가 몸에 지닌 것이라곤 칼 한 자루뿐이었는데, 필요한 것이 있으면 그 칼을 두드리고 노래를 부르면서 요구하였다.

맹상군은 집사를 시켜 풍환이 노래하며 요구하는 사항을 모두 들어주었다. 풍환은 매끼 마다 고기반찬에 수레를 타고 큰 저택에서 살며 문객 중에서 상객 대우를 받고 풍족한 생활을 하였다.

맹상군이 문객들에게 먹이는 양식이 식읍인 설읍(薛邑)에서 거두어 들이는 식량만으로는 부족하여 설읍의 백성들에게 돈을 빌려주어 그 이자로 모자라는 식량을 충당하였다. 하지만 시간이 지나면서 그 이자도 잘 들어오지 않아 살림살이가 어려워졌다.

맹상군은 풍환에게 설읍으로 가서 빌려 간 곡식과 밀린 이자를 거두어 오라고 하였다.

설읍으로 내려간 풍환은 맹상군 소유의 저택에 자리를 잡고, 곡식을 빌렸거나 돈을 꾸어간 자는 그 이자를 갚았건 못 갚았건 빠짐없이 차용증서를 가지고 오라고 하였다.

풍환은 사람들이 가져온 차용증서와 원장(原帳)을 대조하며 집안 형편에 따라 기일 연장이 필요한 사람은 모두 연장해주고, 너무 가난해서 이자조차 갚기 힘든 사람들의 차용증서는 모두 불태워버렸다.

그런 연후에 이 모든 것은 맹상군이 시켜서 한 일이라며, 이러한 맹상군의 높으신 뜻과 은혜를 잊지 말아 달라고 당부하자, 설읍 백성들이 모두 감격하였다.

풍환은 설읍에서 돌아와 맹상군에게 이렇게 보고하였다.

"설읍에서 이자를 받아오지 못하고, 그 대신 설공(薛公: 맹상군)을 위해 큰 덕을 거두고 돌아왔습니다. 설읍 백성 중 형편이 좀 나은 사람에게는 기일을 연장해주었고, 형편이 너무 어려운 사람에게는 증서를 불태움으로써 빚을 없애주었습니다. 너무 가난한 사람에게는 어차피 이자를 받을 수 없을뿐더러 그들은 그 빚을 감당하지 못하고 줄곧 설공만 원망할 것입니다. 어차피 받아내지 못할 돈이라면 빚을 없애줌으로써, 그들은 큰 은덕을 입었다고 여길 것입니다. 이로 인해 설공께서는 금전적으로 손해를 입었지만, 의로운 명성은 더욱 천하에 알려지게 되었으며 백성들로부터 존경을 받을 것입니다. 이것이 바로 제가 설공을 위해 거두어 온 덕입니다."

맹상군은 무언가를 깨달았다는 듯 무릎을 치고, 풍환에게 감사 인사를 하였다.

그 무렵, 진나라 소양왕은 맹상군이 제나라로 돌아가 재상이 되었다는 소식을 듣고 진나라에 보복하기 위해 침공해 올 것을 우려하였다. 그래서 그를 재상 자리에서 물러나게 하려고 모략하였다.

소양왕은 첩자를 제나라로 보내, 맹상군의 명성이 높아 왕위를 노린다는 노래를 만들어 퍼뜨리도록 하자, 삽시간에 이 노래가 시중에 퍼졌다.

이 노래를 들은 제나라 민왕은 맹상군을 재상에서 파직하였고, 도성인 임치(臨淄)에서 추방하자 식읍인 설읍으로 가게 되었다.

이 소식을 들은 문객들은 아무런 인사도 없이 일제히 다른 곳으로 떠나버리자, 맹상군은 자신을 버리고 떠나간 문객들이 야속하게 느껴졌다.

그러나 풍환만이 남아 설읍으로 가는 수레를 몰며 동행하였다. 설읍에 도착하자, 설읍 백성들이 모두 나와 맹상군을 환영하였다.

지난날 풍환이 설읍을 다녀간 이후, 설읍 백성들은 맹상군에 대해 부모보다 더 공경하는 마음을 품게 되었고, 맹상군이 실각하여 설읍으로 내려온다는 소식을 듣자 각사 술과 음식을 싸 들고 그를 영접하러 나온 것이었다.

이러한 광경을 본 맹상군은 크게 감동하여 풍환에게 말하였다.

"오늘에야 비로소 자네가 설읍에서 큰 덕을 거두고 왔다는 사실을 이 눈으로 확인하게 되었네."

그러자 풍환이 맹상군에게 말하였다.

"꾀많은 토끼는 굴을 세 개씩 파 놓는다고 합니다. 그래야 자기 몸을 보존할 수 있지요. 지금 이 설읍은 굴 하나에 불과합니다. 이 굴 하나로는 안심할 수 없으니 소인이 굴 두 개를 더 파놓도록 하겠습니다."

그러던 어느 날, 풍환은 진나라 소양왕을 찾아가 이렇게 말하였다.
"제나라와 진나라는 자웅(雌雄: 암컷과 수컷)의 나라입니다. 자웅을 겨룬다는 말처럼 한쪽이 이겨야 하는 웅(雄)이라면, 다른 한쪽은 지게 되는 자(雌)가 되어야 하는 관계입니다. 천하의 모든 나라가 제나라를 무시하지 못하는 이유는 맹상군이 있기 때문인데, 그가 추방당해 있을 때 초빙하신다면 반드시 진나라로 달려올 것입니다. 맹상군이 진나라로 오기만 하면 진나라가 '웅'이 되어 천하를 얻고, 제나라는 '자'가 되어 망할 것입니다"
풍환의 유창한 변설에 마음이 다급해진 소양왕은 사람을 설읍으로 보내 승상에 대한 예로써 맹상군을 모셔오라고 지시하였다.
풍환은 먼저 설읍으로 가서 맹상군에게 이 일을 알리겠다고 말하고 나와서, 제나라 민왕을 찾아가 알현하고 말했다.
"신은 진나라 땅을 여행하고 방금 돌아왔는데, 들리는 소문으로 진나라 소양왕이 추방당한 맹상군을 진나라로 모셔가기 위해 사람과 수레를 설읍으로 보냈다고 합니다. 만일 맹상군이 진나라를 위해 힘을 쓴다면 그야말로 제나라는 진나라의 손바닥 안에서 놀아나는 꼴이 되고 맙니다. 왕께서는 속히 맹상군을 재상으로 복직시키면 감격하여 진나라로 가지 않을 것입니다."
민왕은 풍환의 말을 확인하기 위해 국경으로 사람을 보내 사실 여부를 알아오게 하였는데, 과연 진나라에서 맹상군을 모셔가기 위한 사람과 수레가 국경으로 오고 있는 것을 발견하고 사실이라고 보고하였다.
그제야 다급해진 민왕은 얼른 풍환을 불러 설읍으로 가서 재상에 대한 예로써 맹상군을 데려오라고 하였다. 풍환은 설읍으로 내려가서 맹상군을 도성인 임치로 모셔왔다.

이렇게 하여 맹상군의 두 번째 굴(窟)을 완성하였으며, 풍환의 조언을 따라 민왕에게 제나라 선조 때부터 내려오는 제사 기물들을 설읍에도 나누어 제나라의 종묘를 세우게 해 달라고 하였다.

민왕은 그 요청을 들어주어 세 번째 굴(窟)을 완성하였는데, 종묘가 설읍에 있는 관계로 맹상군은 오랫동안 아무런 위협이나 곤란을 당하지 않았다.

이와 같이 "꾀많은 토끼는 굴을 세 개 파 놓는다."는 말인 **'교토삼굴(狡兎三窟)'**이라는 고사성어는 풍환이 맹상군을 위해 세 가지 대비책을 마련해 놓은 것에서 유래되었고, **'토영삼굴(兎營三窟)'**이라고도 한다.

한편 맹상군이 돌아왔다는 소문이 퍼지면서 지난날 일제히 떠나갔던 문객들이 다시 몰려들었다. 제나라 재상으로 복직한 맹상군은 그들에 대한 자신의 섭섭했던 감정을 풍환에게 숨김없이 말하였다.

"나는 일찍이 문객들을 대접함에 한 번도 성의를 다하지 않은 적이 없었소. 그런데 그들은 내가 파직당하자 아무런 인사도 없이 내 곁을 떠나버렸소. 선생의 힘으로 다시 재상직에 오르자, 저들은 개미 떼처럼 몰려들고 있으니 정말 뻔뻔스러운 자들이오. 나는 저들의 얼굴에 침이라도 뱉고 싶은 심정이오."

그러자 풍환이 말했다.

"살아 있는 것이 죽는 것은 당연한 이치이듯이, 부유하고 귀하면 따르는 사람이 많고, 가난하고 천하면 따르는 사람이 적은 것 또한 세상사의 이치입니다. 시장을 보십시오. 날이 밝으면 사람들은 어깨를 밀쳐가면서까지 시장이 북적이지만, 날이 저물면 시장이 한산합니다. 그것은 사람들이 아침을 좋아하고 저녁을 미워해서가 아니라, 아침에는 기대하는 물건이 많이 쌓여 있지만 저녁에는 바라는 물건이 없기 때문입니다. 이러한 것이 염량세태(炎凉世態)입니다. 설공께서 지위를 잃었을 때의 일로 문객들을 원망하는 마음을 품고 계신다면, 그것은 밤중에 시장을 찾지 않는 사람들을 원망하는 것과 다를 바 없습니다. 바라건대, 설공께서는 저들을 전처럼 대우해 주시기 바랍니다."

이 말을 들은 맹상군은 하늘이 열리는 것 같은 밝음을 느끼고, 절을 올리며 풍환의 말을 따르겠다고 하였다.

이와 같이 "더웠다가 차가워지는 세상의 인심"이란 말인 **'염량세태(炎凉世態)'**라는 고사성어는 재상으로 복직한 맹상군이 다시 찾아온 문객들에 대한 불편한 심기를 드러내면서 유래되었다.

제20장

허좌이대(虛左以待)

虛 빌 허 · 左 왼 좌 · 以 써 이 · 待 기다릴 대

왼쪽 좌석(가장 윗자리)을 비워놓고 기다린다는 말. 어진 사람 또는 인재를 기다리거나 존중하는 자세를 비유하는 의미이다.

*** 출전: 사마천, 사기(史記) 위공자열전(魏公子列傳)**

송나라의 마지막 군주는 강왕(康王)으로 성격이 몹시 거칠었는데, 세자인 형을 죽이고 스스로 왕위에 올랐다.

그는 진나라를 섬기며, 백성의 아내를 빼앗으려 하거나 간언하는 신하를 화살로 쏘는 등 포악한 짓을 서슴지 않았다.

기원전 286년, 제나라 민왕(湣王)은 초나라 · 위나라와 함께 연합군을 만들어 이러한 송나라로 쳐들어갔다. 강왕은 연합군에 패하여 온(溫) 땅으로 도망갔다가, 신농간(神農澗)이라는 계곡물에 몸을 던져 자결하고 송나라는 멸망하였다.

제나라 민왕은 연합군이었던 초나라 · 위나라와 함께 송나라 영도를 셋으로 나누어 가졌다. 그러나 초나라 · 위나라 군대가 각자 본국으로 철수하자, 나누어 가졌던 송나라 영토를 공격하여 모조리 제나라 영토로 편입시켜버렸다. 그리고 기고만장하여 주(周)나라까지 병합하여 천자가 될 마음을 먹고 있었다.

맹상군은 이러한 민왕에게 교만하여 멸망한 송나라를 교훈으로 삼

고, 주 왕실을 대신하여 천하를 지배하려는 마음을 가지면 아니된다고 간언하였다. 그러나 자아도취에 빠진 민왕은 맹상군을 질타하며, 재상의 인수를 거두어들였다.

민왕의 눈 밖에 난 맹상군은 그 길로 위(魏)나라로 달아나 신릉군(信陵君)에게 의탁하였다. 이후 맹상군은 위나라 도성인 대량(大梁)과 자신의 식읍인 설읍(薛邑)을 오가며 여생을 보냈다.

신릉군은 맹상군, 평원군, 춘신군과 더불어 전국시대 사군자(四君子)에 꼽히는 사람이다. 이름은 무기(無忌)이고, 위(魏)나라 소왕(魏昭王)의 막내아들이다.

사군자들이 그러하듯이 신릉군도 겸손한 데다가 선비들을 매우 좋아하여 사람들을 대함에 있어 부족함이 있을까 봐 늘 조심하였다.

이 무렵 위나라의 대량(大梁) 도성의 동문인 이문(夷門)에서 문지기로 근무하고 있는 70세 된 후영(侯嬴)이라는 사람이 있었다. 신릉군은 그가 청렴하고 기이한 계책을 잘 내어 사람들로부터 존경을 받고 있다는 소문을 듣고 그를 빈객으로 초청하려고 하였다.

어느 날 신릉군은 자신의 저택에서 연회를 크게 베풀고 손님들을 초청하였다. 손님들이 자리에 다 앉은 후, 신릉군은 가장 윗자리인 자신의 왼쪽 첫 번째 자리를 비워두고는 직접 수레를 몰고 후영을 맞으러 갔다.

후영은 누더기 같은 옷을 입은 채 신릉군이 모는 수레에 올랐다. 신릉군이 직접 고삐를 잡고 공경하는 마음으로 신중하게 수레를 몰았다. 그러나 후영은 수레에서도 거만하게 굴며 가는 도중에 시장에 들러 푸줏간에서 일하고 있는 그의 친구인 주해(朱亥)를 만나고 가겠다고 하여 그곳으로 갔다.

후영은 수레에서 내려 주해와 시간 가는 줄 모르고 잡담을 주고받았다. 그러나 신릉군은 전혀 개의치 않고 더욱 온화한 표정으로 기다렸다.

이윽고 후영이 주해와 작별하자 수레를 타고 연회장소인 신릉군의 저택에 도착하였다. 오랜 시간 동안 지루하게 연회 상을 지키고 있는 손님들은 대단한 빈객을 모셔오는 줄 알고 있다가, 남루한 차림의 후영이 들어오자 뭔가 잘못되었다는 표정으로 의아하게 여겼다. 그러나 신릉군은 후영에게 읍(揖)을 하며 상석인 자신의 왼쪽 첫 번째 자리를 권하자, 후영은 겸양하지 않고 그 자리에 앉았다.

주흥이 반쯤 무르익었을 때 후영이 술잔을 들고 일어서서 좌중을 향해 말하였다.

"저는 이문의 문지기인데, 공자께서 저를 찾아주셨습니다. 이곳으로 올 때 제가 친구를 만나는 동안 시장에 서 계시면서 조금도 싫은 기색을 보이지 않았습니다. 또한 저를 여기 계시는 귀빈보다 윗자리에 앉게 했으니, 저에게는 너무나 과분한 대접입니다. 그러나 제가 이를 사양하거나 겸손하지 않게 행동한 것은 공자께서 항상 몸을 낮춘다는 명성을 천하에 알리기 위한 것이니, 널리 양해 바랍니다."

사실 후영은 이런 지나친 행동을 함으로써, 신릉군이 모든 사람들을 예의로 맞이한다는 명성을 더 널리 알렸던 것이다.

이와 같이 신릉군이 가장 윗자리인 자신의 왼쪽 첫 번째 자리를 비워두고 후영을 모시고 온 일화에서 "왼쪽 좌석(가장 윗자리)을 비워놓고 기다린다."는 말인 **'허좌이대(虛左以待)'**라는 고사성어가 유래하였다.

제21장
어부지리(漁夫之利)

漁 고기잡을 어 · 夫 지아비 부 · 之 갈 지 · 利 날카로울 리

어부가 얻은 이익이라는 말. 이해관계로 서로 다투는 사이에 제3 자가 힘들이지 않고 가로챈 이익을 챙기는 것을 비유하는 의미이다.

*** 출전: 유향, 전국책(戰國策) 연책(燕策)**

기원전 284년, 연나라 소왕(昭王)이 즉위한 지 28년이 되었다. 소왕은 지난날 제나라가 연나라를 침공하여 속국처럼 다스렸던 아픈 기억을 잊지 않고 복수의 칼을 갈고 있었다.

그동안 부국강병에 힘쓴 결과 국가와 백성들은 부유해졌고, 군사들은 날쌔고 강해졌다.

때마침 제나라 민왕(湣王)이 천자라도 된 것처럼 행세하며 교만할 대로 교만해져 폭정을 일삼는다는 소문이 들려왔다.

더욱이 맹상군마저 위(魏)나라로 가버렸다고 하였다. 소왕은 이 기회를 이용하여 제나라를 정벌하기 위해 진(秦) · 한(韓) · 조(趙) · 위(魏)나라와 함께 5개국 합종 동맹을 결성하고, 총 대장에 연나라의 상장군 악의(樂毅)를 임명하였다. 그는 위(魏)나라 문후(文侯) 때 중산국을 정벌하였던 악양(樂羊)의 후손이다.

악의가 이끄는 5개국 연합군은 제나라로 쳐들어가서 제수(濟水) 서쪽 초원에서 제나라 군사와 격돌하여 승리를 거두고, 이어서 제나라 도성인 임치(臨淄)성으로 진격하였다.

제나라 민왕은 연나라 군대를 깔보고 있었는데, 악의는 제나라 영토 깊숙이 침입해 파죽지세로 임치성을 향해 진격하고 있었던 것이었다.

연나라의 진군 속도는 의외로 빨랐다. 각성을 지키고 있던 제나라 장수들은 태풍처럼 몰아쳐 오는 연나라 군대의 기세를 이기지 못하고 다투듯 항복해버렸다. 눈 깜짝할 사이 악의가 이끄는 연나라 군대는 임치성 30리 밖에까지 이르렀다.

민왕은 비로소 사태가 심상치 않음을 깨닫고 측근 심복만을 거느린 채 성문을 빠져나가 위(衛)나라로 달아났다. 이때 위나라는 제나라 속국이 되어있었다. 그래서 공호(公號)도 쓰지 못하고 겨우 군호(君號)를 썼는데, 이때의 위나라 군주는 회군(懷君)이었다.

위나라 회군은 쫓겨온 제나라 민왕을 맞아 신하의 예로써 영접하였는데 민왕은 천자처럼 행세하며 여간 거드름을 피우는 것이 아니었다.

이에 분노한 위나라 회군과 신하들은 한밤중에 민왕의 짐과 물건을 훔쳐다 감춰 버리고 외면하여 버렸다.

그제야 겁이 더럭 난 민왕은 위나라에서 나와 추(鄒)나라로 갔으나, 국상 중이어서 제나라 남쪽 땅인 거현(莒縣)으로 갔다.

거현은 춘추시대에는 거(莒)나라였으나, 전국시대 초기에 멸망하여 제나라 영토로 편입되어 거현이라 불렀다.

한편 임치성은 민왕이 도망가고 없는 마당에 군사들이 기를 쓰고 지킬 리 없었다. 제나라 군사들과 백성들은 성문을 열고 나와 각자 살길을 찾아 뿔뿔이 흩어져 달아났다.

악의는 텅 비다시피한 임치성 안으로 무혈입성하였다.

임치성을 점령했다는 악의의 승전 보고를 받은 연나라 소왕은 기쁨을 감추지 못하고 직접 제수(濟水) 가로 나가서 악의를 만나 '창국군

(昌國君)'이라는 군호를 내려 주었다. 창국(昌國)은 산동성에 위치한 제나라 땅으로 악의를 그곳 영주로 봉한 것이었다. 이때부터 사람들은 악의를 창국군이라 불렀다.

임치성을 점령한 후, 연나라와 함께 연합군을 형성하였던 진(秦)·한(韓)·조(趙)·위(魏)나라의 군사들은 각자 본국으로 돌아가고, 연나라 군사들만 계속 제나라의 여러 성을 점령해 들어갔다.

이렇게 연나라의 모든 군사력이 제나라에 집중되어 있을 때, 연나라에 흉년이 들자 국내적으로 어려운 형편이었다.

이때를 노려 연합군의 일원으로 제나라와의 전쟁에 참여하였던 조나라가 느닷없이 연나라를 침략할 준비를 하고 있었다.

전국시대에는 확실한 피아(彼我) 구분이 없이, 서로의 이익에 따라 연합하기도 하고 싸우기도 하였다. 어느 나라나 약한 틈을 보이면 굶주린 하이에나처럼 대들어 영토를 탈취해가는 그런 시대이었다.

조나라도 어제같이 연나라와 연합군의 일원이었지만, 지금은 연나라가 국내적으로 어려운 틈을 보이자, 영토 확장을 위해 침략하려고 한 것이다.

이러한 소식을 들은 연나라 소왕은 소진(蘇秦)의 동생인 소대(蘇代)를 조나라에 사신으로 보내, 조나라 혜문왕(惠文王)을 설득하도록 하였다.

소대는 조나라로 건너가 혜문왕을 알현하고 이렇게 말하였다.

"제가 조나라로 들어오는 길에 국경에 있는 역수(易水)를 지나다가 문득 강변을 바라보니, 조개가 조가비를 벌리고 햇볕을 쬐고 있었습니다. 이때 도요새가 날아와 뾰족한 부리로 조갯살을 쪼았는데, 깜짝 놀란 조개가 조가비를 굳게 닫고 부리를 놓아주지 않았습니다. 그러자 다급해진 도요새가 '이를 놓지 않으면 너는 말라 죽고 말 것'이라고 하자, 조개도 지지 않고 '내가 놓지 않으면 너도 굶어 죽고 말 것'

이라고 하였습니다. 이렇게 쌍방이 한 치의 양보도 없이 팽팽히 맞서 옥신각신하는 사이에 이곳을 지나가던 어부에게 둘 다 잡혀 버렸습니다. 왕께서는 지금 연나라를 치려고 하시는데, 연나라가 조개라면 조나라는 도요새이옵니다. 두 나라가 공연히 싸워 서로 피폐해지면, 강대한 진(秦)나라가 어부가 되어 두 나라를 차지하고 말 것입니다."

조나라 혜문왕은 소대의 말이 옳음을 깨닫고, 연나라를 침공하려던 계획을 그만두었다.

이와 같이 소대가 혜문왕을 설득하기 위한 우화에서 "어부가 얻은 이익"이란 말의 '어부지리(漁父之利)'라는 고사성어가 유래하였고, '방휼지쟁(蚌鷸之爭)'이라고도 한다.

제22장
의문의려(倚門倚閭)

倚 의지할 의 · 門 문 문 · 倚 의지할 의 · 閭 이문 려

문에 기대거나 마을 어귀에서 기다린다는 말. 섬기는 대상이나 사랑하는 이의 안부를 걱정할 때 인용되거나, 멀리 떠난 자녀가 돌아오기를 기다리는 부모의 간절한 마음을 비유하는 의미이다.

*** 출전: 유향, 전국책(戰國策) 제책(齊策)**

제나라의 민왕(湣王)은 연나라의 침공으로 제나라의 도성인 임치(臨淄)성에서 도주하여 위(衛)나라와 추(鄒)나라를 거쳐 제나라 남쪽에 있는 거현(莒縣)으로 피신하였다. 【☞ 제2편 제21장 '어부지리' 참조】

민왕은 거현에서 연나라에 대항할 군사를 모으기 시작하였다. 그러나 패잔병으로만 겨우 꾸려진 형편없는 군대였다. 할 수 없이 민왕은 회수(澮水) 이북 땅을 내주는 조건으로 초나라에 도움을 요청하였다.

기원전 283년, 초나라는 장수 요치(淖齒)와 20만 대군을 제나라로 보내자, 민왕은 요치를 제나라 재상에 임명하였다.

요치가 제나라 민왕이 있는 거현에 당도하여 형세를 살피보니 제나라는 거의 멸망한 것이나 다름없고, 민왕이 거느린 군사도 군대라고 할 수 없을 정도로 옹색하기 짝이 없었다.

연나라 군대와 싸워 승산이 없다고 판단한 요치는 연나라 악의에게 비밀리에 제안하여, 민왕을 죽인 후에 제나라 영토를 반씩 나누자고 제안하였다. 초나라 군사들의 북진을 염려하고 있던 악의는 뜻밖에 요치의 제안을 받고 흔쾌히 수락하였다.

요치는 임치성으로 진격한다며 군대가 집결되어있는 고리(鼓里) 땅으로 민왕을 유인하였다.

아무것도 모르는 민왕이 고리 땅에 도착하여 수레에서 내리는 순간 초나라 군사들이 그를 장대에 매달아 진영 한복판에 세워두었다.

제나라 민왕은 높은 장대에 매달린 채 물 한 모금 얻어 마시지 못하다가 사흘 만에 늘어져 죽었다.

요치는 거현을 초나라 영토로 선포하고, 그곳에 주둔하였다.

이 무렵, 제나라 대부 중에 왕손가(王孫賈)라는 사람이 있었다. 그는 민왕이 임치성에서 위(衛)나라로 달아날 때 수행하였으나, 위나라에서 서로 헤어진 뒤 행방을 몰랐다.

그는 민왕을 찾아 헤매다가 몰래 임치의 자기 집으로 돌아왔다. 집에 있던 노모에게 민왕과 헤어진 후에 그를 찾지 못해 집으로 돌아왔다고 말하였다.

그러자 노모는 그를 꾸짖으며 이렇게 말하였다.

"네가 아침에 나갔다가 늦게 돌아오면 나는 항상 문간에 서서 너를 기다린다. 만약 네가 저녁에 나갔다가 돌아오지 않으면 나는 마을 어귀의 이문에 기대어 너를 기다린다. 군주가 신하를 기다리는 것이 어미가 자식을 기다리는 심정과 어찌 다를 수 있느냐? 너는 지금 군주를 섬기고 있으면서 군주가 피신해 있는 곳도 모르고 어떻게 집으로 돌아올 수 있단 말이냐."

왕손가는 몹시 부끄러워하며 다시 자기 집을 나서 민왕의 행방을 찾아 나섰다.

그는 수소문 끝에 민왕이 거현에 있다는 소식을 듣고 그곳으로 달려갔으나, 민왕이 이미 요치에게 살해당했다는 소식을 들었다. 그는 왼쪽 어깨를 드러낸 채 거현 일대를 돌아다니며 호소하였다.

"요치가 제나라를 어지럽히고 우리 군주를 살해했습니다. 나와 함께 요치를 토벌할 사람은 왼쪽 어깨를 드러내시오."

사람들은 왕손가가 충성스럽고 의로운 마음이 있다고 생각하여 순식간에 400여 명의 용사들이 왼쪽 어깨를 드러내며 그의 뒤를 따랐다.

왕손가는 이들과 결사대를 조직하고 거현 읍성으로 난입하여 초나라 군사들로부터 무기를 빼앗은 뒤, 요치를 사로잡아 난도질하고 읍성을 탈환하였다.

이와 같이 왕손가의 노모가 그를 꾸짖은 일화에서 "문에 기대거나 마을 어귀에서 기다린다."는 말의 **'의문의려(倚門倚閭)'**라는 고사성어가 유래하였다. 이 고사성어는 "문간에 서서 바라본다"는 말의 **'의문이망(倚門而望)'**과 "마을 어귀에 서서 바라본다"는 말의 **'의려이망(倚閭而望)'**이 합해져서 생겨났다.

제23장
화우지계(火牛之計)와 물망재거(勿忘在莒)

火 불 화 · 牛 소 우 · 之 갈 지 · 計 꾀 계

쇠꼬리에 불을 붙여 공격하는 계책. 기발한 전략을 비유하는 의미이다.

*** 출전: 사마천, 사기(史記) 전단열전(田單列傳)**

勿 말 물 · 忘 잊을 망 · 在 있을 재 · 莒 감자 거

거현(莒縣)에 있었을 때를 잊지 말라는 말. 과거에 겪었던 고난과 역경을 항상 기억하면서, 교만하거나 방심하지 말라는 것을 비유하는 의미이다.

*** 출전: 사마천, 사기(史記) 전단열전(田單列傳)**

연나라 상장군 악의(樂毅)는 제나라 도성인 임치성(臨淄城)을 점령한 이후, 5년여를 임치성 일대에 주둔하면서 제나라 성읍 70여 개를 함락하여 연나라 군현으로 귀속시키는 놀라운 성과를 거두었다. 이제 남은 것은 거현(莒縣)과 즉묵(卽墨)의 두 개 성뿐이었다.

악의는 연나라 군사들을 이끌고 우선 즉묵(卽墨)을 공격하였다.

이때 즉묵 태수 양순(楊淳)은 연나라 군사들과 싸우다가 전사하였다. 그러자 즉묵성의 사람들은 전단(田單)이라는 사람이 현명하고 병법에 능하다는 것을 알고 그를 장군으로 추대하고, 즉묵성의 군사들을 이끌도록 하였다.

전단은 제나라에 별로 이름이 알려지지 사람이었다. 연나라가 제나라를 침입했을 때, 전단은 수레의 차축 끝을 모조리 잘라 버리고 쇠

로 싸서 튼튼하고 달리기 쉽도록 만들었다.

이윽고 임치성이 함락되자 다른 사람들은 달아나다가 차축이 부러지고 수레가 부서지는 바람에 대부분 연나라 군사의 포로가 되었지만, 전단의 집안사람들은 차축을 쇠로 싸 두었기 때문에 탈출에 성공하여 무사히 즉묵으로 피신할 수 있었다.

과연 전단은 즉묵성 사람들의 기대에 부응하는 능력을 발휘하였다. 군사와 백성들을 한마음으로 단결시켜 치밀하고 효과적인 농성 작전에 들어간 것이다.

악의는 즉묵을 포위한 채 3년 동안 수없이 많은 공격을 시도했으나, 번번이 실패하여 예상 밖으로 고전하였다.

기원전 279년, 연나라 소왕(昭王)이 세상을 떠나고 혜왕(惠王)이 즉위하였다. 소왕은 생전에 악의를 신뢰하면서 우대하지만, 혜왕은 세자 때부터 이러한 악의를 시기하였다.

이를 안 전단은 악의를 제거하기 위한 심리전으로 헛소문을 퍼뜨렸다.

"제나라의 성 중에서 아직 함락되지 않은 곳은 즉묵과 거현 두 개 성뿐이다. 악의는 이 성들을 쉽게 함락시킬 수 있음에도 그냥 두는 것은, 전쟁을 오래 끌어 기회가 되면 자신이 제나라의 군주가 되려고 그러는 것이다."

그렇지 않아도 악의를 미워하던 연나라 혜왕은 제나라 첩자들이 퍼뜨린 반간계를 믿고 대부 기겁(騎劫)을 상장군으로 임명하여 즉목으로 내려보내고, 악의를 연나라 도성인 계성(薊城)으로 불러들였다.

악의는 혜왕의 미움을 받아 자신이 교체된 것을 알고 그 길로 조나라로 망명하여, 그곳에서 객경이 되어 조용히 여생을 마쳤다.

전단은 민심을 안정시키고 승리에 대한 확신을 심어 줄 다음 계책으로 성안의 사람들에게 끼니때마다 뜰에다 음식을 차려 놓고 조상에게 제사를 지내도록 하였다.

그러자 하늘을 날던 새들이 끼니때마다 그 음식을 먹기 위해 모두 성안으로 날아왔다. 전단은 이를 가리키며 신령이 내려와 자기를 가르쳐 주는 것이라고 선전하였다.

그리고 성안의 백성들에게도 신령이 내려와 자기의 스승이 될 거라고 선전한 후에 몰래 군사 한 사람을 골라 스승으로 가장시켜 모시고, 명령을 내릴 때마다 스승인 신령의 지시라고 말했다.

이렇게 성안의 백성이나 성 밖의 연나라 군사나 모두 신령이 전단을 돕고 있다고 믿게 만들어 성안의 백성들은 안정과 확신을 얻었고, 성 밖의 연나라 군사들은 두려워하기 시작하였다.

또 전단은 백성들의 적개심을 증폭시키는 작전을 위해, 연나라 군사들이 포로들의 코를 베는 것과 성 밖의 조상 무덤을 파헤치는 것을 제나라 군사들이 가장 두려워한다는 소문을 퍼뜨렸다.

그러자 연나라 군사들은 이 소문을 듣자 그대로 실행하였다.

포로가 된 제나라 군사들이 모두 코를 베이거나, 연나라 군사들이 무덤을 파헤치고 시체를 불살라 버리는 것을 성 위에서 보고 모두 눈물을 흘렸으며, 분노가 고조에 달해 모두 나가 싸우기를 원하였다.

전단은 비로소 군사들이 싸움을 할 수 있게 된 것을 보자, 대오를 정비하여 전투 준비를 완료하였다.

그리고는 무장한 병사들을 모두 숨겨 두고 늙은이와 아이들과 부녀자들을 성 위로 올려보낸 다음, 연나라 상장군 기겁에게 사자를 보내 거짓으로 항복의 의사를 밝혔다.

그러자 연나라 군사들은 마치 승리가 눈앞에 있는 듯, 점점 더 방심하여 기강이 해이해지기 시작하는 것을 보고 전단은 비로소 본격적으로 작전을 펴기 시작하였다.

전단은 천여 마리의 소를 모아 붉은 비단 천에 오색찬란한 용무늬를 그려 소에게 입혔다. 그다음 예리한 칼날을 쇠뿔에 매달고, 기름 묻힌 갈대를 쇠꼬리에 묶어 불에 잘 타도록 만들었다.

그리고 성벽에 수십 개의 구멍을 뚫고, 밤을 틈타 쇠꼬리에 불을 붙여 그쪽으로 소를 내보내 적진으로 돌진시키고, 5천의 군사가 그 뒤를 따랐다.

밤중이라 쇠꼬리에 붙은 불이 더욱 빛을 발하자, 연나라 군사들은 크게 당황하였다.

연나라 군사들이 자세히 살펴보니 전부 용의 모습을 하였는데, 그것에 부딪히기만 하면 모조리 죽거나 상하거나 하였다.

거기에 5천의 군사가 뒤를 이어 뛰어들었고, 성안에서는 북을 치며 함성을 지르고, 노인과 아이들도 모두 구리그릇을 두들기는 소리가 천지를 뒤엎는 것 같았다.

연나라 군사들은 놀라서 달아나고, 연나라 상장군 기겁도 그 와중에 달아나다가 죽었다.

전단이 대승을 거두었다는 소문이 삽시간에 제나라 전역으로 퍼져 나가자, 연나라에 항복했던 각 성읍 사람들은 일제히 반기를 들고 연나라군을 공격하여 제나라 70여 성을 모두 되찾았다.

이로써 제나라는 연나라 군사들을 완전히 몰아내고 빼앗겼던 영토를 수복하였다.

이와 같이 "쇠꼬리에 불을 붙여 공격하는 계책"인 **'화우지계(火牛之計)'**라는 고사성어는 전단이 연나라 군사를 상대로 쇠꼬리에 불을 붙여 공격한 것에서 유래하였다.

전단은 무귀(無歸) 땅에 피신해 있던 세자 법장(法章)을 찾아내어 즉위시키니 양왕(襄王)이 되었고, 망해가는 나라를 되살린 전단은 일등공신이 되어 안평군(安平君)에 봉하였다.

이렇게 제나라는 연나라의 침공으로 거현과 즉목 땅을 제외하고는 모두 빼앗기고, 민왕마저 거현에서 죽임을 당하였다. 거의 멸망 직전까지 갔던 나라를 전단을 비롯한 백성들의 일치단결로 겨우 수복한 것이다.

이후 제나라에서는 곤경에 처할 때마다 "거현(莒縣)에 있었을 때를 잊지 말아라."라는 말인 **'물망재거(勿忘在莒)'**를 교훈으로 새겼다고 한다.

제24장
연성지벽(連城之璧)과 완벽귀조(完璧歸趙)

連 잇닿을 연 · 城 성 성 · 之 갈 지 · 璧 둥근 옥 벽

여러 개의 성과 맞먹는 귀한 보배라는 말. 천하의 귀중한 보배 또는 뛰어난 인재를 비유하는 의미이다.

*** 출전: 사마천, 사기(史記) 염파인상여열전(廉頗藺相如列傳)**

完 완전할 완 · 璧 둥근 옥 벽 · 歸 돌아갈 귀 · 趙 나라 조

(화씨의 벽이) 온전히 조나라로 돌아왔다. 물건이 이상 없이 원래의 주인에게 온전하게 돌려주는 것을 비유하는 의미이다.

*** 출전: 사마천, 사기(史記) 염파인상여열전(廉頗藺相如列傳)**

조나라 혜문왕 때 환자령(宦者令:환관의 최고위직)인 무현(繆賢)이 길거리 상인으로부터 백옥 하나를 사들여, 옥공에게 감정을 시켜보니 '화씨(和氏)의 벽(璧)'이라고 하였다.

'화씨의 벽'은 지난날 초나라 영윤 소양(昭陽)이 한때 소지하고 있었는데 술자리에서 자랑하다가 잃어버려, 장의가 의심을 받고 죽도록 매 맞은 일화를 남긴 바로 그 옥이었다.

무현은 감정한 옥공에게 절대 비밀을 지키라며 신신당부하였지만, 어떻게 소문이 났는지 혜문왕이 알게 되었다.

혜문왕은 무현을 불러 '화씨의 벽'에 대해 물어보사 무현은 선혀 모른다고 하였다.

얼마 후 혜문왕은 교외로 사냥을 나갔다가 무현이 없는 틈을 타 그의 집에 들러 '화씨의 벽'을 찾아내어 감상하고 궁궐로 돌아갔다.

이를 알게 된 무현은 어떠한 처벌을 받을지 몰라 다른 나라로 달아나려고 하자, 무현의 문객인 인상여(藺相如)가 말하였다.

"주인께서는 왕에게 거짓말을 한 죄밖에 없으므로, 죽임을 당하지는 않을 것입니다. 궁문 앞에 엎드려 죄를 청하고 '화씨의 벽'을 바치면 왕께서 용서하실 것입니다. 작은 벌이 두려워 더 큰 죄를 짓는 것은 현명한 사람의 행동이 아닙니다."

무현은 인상여가 말한 그대로 하였고, 혜문왕은 아무런 벌도 내리지 않고 용서하였다. 무현은 비로소 인상여가 매우 지혜로운 사람임을 알고, 그를 상객(上客)으로 대우하였다.

그 후 '화씨의 벽'에 관한 소문은 진나라 소양왕도 듣게 되었다. 소양왕은 그 옥을 갖고 싶은 욕심이 생겨 조나라로 사자를 보내 읍성 열다섯 개와 '화씨의 벽'을 교환하자고 요청하였다.

조나라 혜문왕은 읍성 열다섯 개는 미끼라는 것을 알고 고민하였다. '화씨의 벽'을 보내자니 소양왕에게 사기를 당할 것 같았고, 보내지 않자니 진나라의 침공을 받을 것이 분명했기 때문이었다.

환자령 무현이 이를 알고 혜문왕에게 말했다.

"우선 용기 있고 지혜로운 사람을 뽑아 진나라에 사자로 보내서, 열다섯 개 읍성을 받으면 '화씨의 벽'을 내주고, 읍성을 받지 못할 것 같으면 도로 가져오게 하십시오."

그러면서 무현은 이에 마땅한 사람으로 인상여를 천거하자, 혜문왕은 인상여에게 대부 벼슬을 내리고, 사자로 진나라에 보냈다.

인상여는 진나라로 가서 소양왕을 알현하고 '화씨의 벽'을 바쳤다.

소양왕은 매우 흡족한 표정으로 '화씨의 벽'을 감상한 뒤에 수고했다는 말만 하였을 뿐, 읍성 열다섯 개에 대해서는 아무런 언급도 하지 않았다.

한참 동안 소양왕의 거동을 살피던 인상여가 입을 열었다.

"모든 사람이 '화씨의 벽'을 천하 보물이라고 칭송하지만, 그 옥에도 티가 하나 있는데, 그것을 가르쳐드리겠습니다."

그러자 소양왕은 화씨의 벽을 인상여에게 내주었다. 인상여는 옥을 받아들자 살피는 척하면서 궁궐 기둥에 몸을 기대고는 두 눈을 부릅뜨고 궁궐이 떠나갈 듯 큰소리로 외쳤다.

"우리 왕께서는 진나라의 위엄을 존중하여 경의를 표하고자 닷새간 목욕재계한 후 화씨의 벽을 갖다 바치라 명하셨습니다. 그러나 진나라는 오만한 예절로 사신을 대하면서, 열다섯 개 읍성에 대해서는 아무런 얘기가 없습니다. 그래서 신은 옥에 티가 있다고 거짓말을 하여 '화씨의 벽'을 돌려받은 것입니다. 만약 이 옥을 빼앗으려고 신을 핍박하거나, 궁중의 군사들이 조금이라도 움직이면 신은 이 옥을 기둥에 찧어 산산조각 내버리고, 신의 머리도 기둥에 부딪쳐 죽어버리겠습니다."

말을 마치자 인상여는 화씨의 벽을 번쩍 쳐들어 당장에라도 기둥에 내던질 동작을 취하자, 소양왕은 얼른 손을 내저으며 만류하였다.

인상여는 기둥 앞에 서서 우렁찬 목소리로 다시 외쳤다.

"'화씨의 벽'은 천하가 인정하는 보물입니다. 그러기에 우리 왕께서는 이 옥을 보내기 전에 닷새간이나 목욕재계하신 것입니다. 진나라 왕께서도 진정으로 이 화씨의 벽을 원하신다면 닷새간 목욕재계하시고, 궁궐 뜰에서 최고의 예를 취하신다면 그때 이 보물을 바치겠습니다."

소양왕이 그렇게 하겠다고 하자, 인상여는 화씨의 벽을 가슴에 품고 객관으로 돌아왔다. 그리고 수행원 한 사람을 불러 '화씨의 벽'을 가지고 몰래 조나라로 돌아가도록 하였다.

닷새가 지나 소양왕은 형식적으로 목욕재계하는 시늉만 내다가 약속한 날이 되자 궁궐에 모든 신하를 도열시킨 후 인상여를 불러 '화씨의 벽'을 바치라고 하였다.

그러자 인상여는 '화씨의 벽'은 이미 조나라로 돌려보냈다면서 이렇게 말했다.

"천하가 다 알다시피 진나라는 강하고 조나라는 약합니다. 강한 진나라가 속임수를 쓰면 썼지 어찌 약한 조나라가 속임수를 쓰겠습니까? 대왕께서 진실로 '화씨의 벽'을 원하신다면 먼저 열다섯 개 읍성을 조나라에 내주십시오. 그러면 약한 조나라가 어찌 강한 진나라에 '화씨의 벽'을 보내지 않겠습니까?"

소양왕은 처음에는 인상여에 속았다는 생각에 분노가 치솟았다가, 곧 얄팍한 수단으로 '화씨의 벽'을 빼앗으려 했던 자신의 행동을 부끄럽게 여겼다. 그러고는 인상여를 예로써 대접한 후 조나라로 돌려보냈다.

이렇게 '화씨의 벽' 문제를 무사히 해결하고 돌아온 인상여는 상대부(上大夫)에 올랐다.

이후 '화씨의 벽'은 "여러 개의 성을 얻을 수 있을 만큼의 귀한 보배"라는 말인 **'연성지벽(連城之壁)'**이라고도 불렸다.

또한 인상여의 기지로 인해 "(화씨의 벽이) 온전히 조나라로 돌아왔다."라는 말인 **'완벽귀조(完璧歸趙)'**라는 고사성어가 생겨났다.

제25장
부형청죄(負荊請罪)와 문경지교(刎頸之交)

負 질 부 · 荊 가시나무 형 · 請 청할 청 · 罪 허물 죄

가시나무를 지고 벌을 주기를 청하다는 말. 자신의 잘못을 사과하면서 엄한 처벌을 달게 받겠다는 것을 비유하는 의미이다.

*** 출전: 사마천, 사기(史記) 염파인상여열전(廉頗藺相如列傳)**

刎 목벨 문 · 頸 목 경 · 之 갈 지 · 交 사귈 교

목이 베어지더라도 사귀는 사이. 생사를 함께할 수 있는 벗 또는 서로 죽음을 대신할 수 있을 만큼 막역한 사이를 비유하는 의미이다.

*** 출전: 사마천, 사기(史記) 염파인상여열전(廉頗藺相如列傳)**

진(秦)나라 소양왕(昭襄王)이 조나라 해문왕(惠文王)에게 진나라 황하 강변에 있는 민지(澠池) 땅에서 회동하자고 요청하였다.

지난날 소양왕은 초나라 회왕(懷王)을 회동을 미끼로 유인 납치하여 함양성에 연금하였다가 결국은 죽게 한 일이 있었다. 조나라 혜문왕은 이러한 변고를 우려하여 회동에 응하고 싶지 않았으나, 마지못해 인상여(藺相如)를 대동하고 참석하였다.

회동자리에서 술자리가 무르익자, 소양왕의 요청으로 혜문왕이 거문고를 연주하였다. 진나라 태사(太史)가 죽간(竹簡)에 글자를 써넣었다.

“모년 모월 모일에 진나라 왕은 조나라 왕을 만나 술을 마시며 조나라 왕에게 거문고를 타게 하였다.”

마치 소양왕의 지시로 혜문왕이 거문고를 탄 것처럼 기록하여 모욕을 주려 한 것이었다.

이에 인상여가 소양왕에게 다가가 분부(盆缻: 장단 맞추는 악기)를 받쳐 들고 연주를 해달라고 청하였다.

소양왕이 분부를 두들기려 하지 않자, 인상여가 품속의 칼을 보이며 협박하였다. 좌우에 있던 진나라 신하들이 칼로 치려다가 인상여가 눈을 부릅뜨고 꾸짖자 모두 뒤로 물러났다.

진왕이 마지못해 분부를 한 번 두들기자, 인상여는 조나라의 태사를 불러 기록하게 하였다.

"모년 모월 모일 진나라 왕이 조나라 왕을 위해 분부를 쳤다."

조나라를 모욕주려다 오히려 모욕과 망신을 당하게 되자, 진나라 신하들은 분을 이기지 못하고 이렇게 노골적으로 협박하였다.

"조나라 왕께서는 우리 왕의 장수를 비는 뜻에서 성 열다섯 개를 바치시기 바랍니다."

그러자 인상여가 소양왕을 향해 요구하였다.

"진나라 왕께서는 함양성을 바쳐 우리 대왕의 축수를 빌어주시기 바랍니다."

소양왕은 오늘 자리에서 도저히 조나라를 제압할 수 없음을 직감하고, 소양왕의 둘째 아들 안국군(安國君)의 아들 이인(異人)을 인질로 내주고 혜문왕과 화평 조약을 맺었다.

혜문왕은 조나라로 돌아오자마자, 인상여는 상경(上卿)에 임명하였다.

민지의 회동 후 인상여가 대장군인 염파(廉頗)의 윗자리에 오르자 염파는 매우 불쾌하였다. 그래서 주위 사람들에게 이렇게 말하였다.

"나는 전쟁터에 나가 목숨을 걸며 싸워 큰 공을 세웠다. 그런데 인상여는 겨우 세 치 혀를 놀렸을 뿐인데, 나보다 높은 지위에 올랐다. 더욱이 그는 환자령인 무현을 섬기던 미천한 출신이다. 나는 부끄러워 도저히 그의 밑에 설 수가 없다. 그를 만나면 크게 모욕주어 상경 자리에서 물러나게 하겠다."

이 말을 전해 들은 인상여는 염파와 마주치지 않으려고 했다. 인상여는 조회 때마다 병을 칭하고 나가지 않았다. 염파와 서위 다툼을 하지 않기 위해서였다. 인상여가 외출 중에 멀리 염파가 오는 것이 보이면 골목길로 피해 숨어 버리곤 하였다.

이러한 인상여를 보고 그의 가신들이 말하였다.

"저희가 상공(相公)을 모시는 것은 당신의 높은 의기를 흠모하기 때문인데, 지금 상공께서는 염파가 두려워서 피하며 숨어다니십니다. 이는 보통 사람들도 부끄러워하는 일이거늘, 저희는 창피해서 이재 상공 곁을 떠날까 합니다."

인상여가 이들을 만류하며 말하였다.

"나는 지난날 두 번씩이나 진나라 왕의 위엄에 상대하여 그를 꾸짖고 모욕주었소. 이런 내가 어찌 염파 장군을 두려워할 리 있겠소? 나는 다만 우리나라 사직의 안녕을 생각해서 염파 장군을 피하는 것뿐이오. 지금 진나라가 우리 조나라를 치지 못하는 까닭은 나와 염파 장군이 건재해 있기 때문이오. 그런데 만일 나와 염파 장군이 다투게 되면 진나라가 득달같이 우리 조나라를 칠 것이오. 내가 이렇게 하는 것은 국가의 급한 것을 앞세우고 사사로운 원한은 뒤로하기 때문이오."

그 뒤 염파가 사람들을 통해 인상여의 이 말을 들었다. 순간 염파는 자신의 소견이 좁았음을 깨닫고, 그동안 인상여를 시기해온 자신이 몹시 부끄러웠다.

염파는 그 길로 인상여의 집으로 달려가 대문 앞에서 윗옷을 벗고 등에 가시나무 회초리를 짊어진 채 엎드려 사죄하였다.

염파가 와서 청죄(請罪)한다는 말을 들은 인상여는 달려 나와 얼른 그를 일으키자, 염파는 하늘에 대고 외쳤다.

"나는 이제부터 인상여와 생사를 함께하는 벗이 되겠습니다. 내 목이 베어 지더라도 이 마음만은 변치 않을 것을 맹세합니다."

이때부터 인상여와 염파는 둘도 없는 벗이 되었다.

이와 같이 "가시나무를 지고 벌을 주기를 청하다."라는 말의 **'부형청죄(負荊請罪)'**와 "목이 베어지더라도 사귀는 사이"라는 말의 **'문경지교(刎頸之交)'**라는 고사성어는 여기에서 유래하였다.

제26장
누란지위(累卵之危)와 원교근공(遠交近攻)

累 묶을 누 · 卵 알 란 · 之 갈 지 · 危 위태할 위

쌓아 놓은 알처럼 몹시 위태롭다는 말. 상태가 매우 위급하거나, 아슬아슬한 상황을 비유하는 의미이다.

*** 출전: 사마천, 사기(史記) 범수채택열전(范雎蔡澤列傳)**

遠 멀 원 · 交 사귈 교 · 近 가까울 근 · 攻 칠 공

먼 나라와는 사귀고 가까운 나라는 친다는 말. 거리에 따른 국가의 외교정책이나 개인간의 관계를 빗대어 비유하는 의미이다.

*** 출전: 사마천, 사기(史記) 범수채택열전(范雎蔡澤列傳)**

연나라의 악의(樂毅)를 비롯한 진(秦) · 한(韓) · 조(趙) · 위(魏)나라의 연합군의 침공으로 멸망 직전에 있던 제나라를 전단(田單)이 살려내면서 즉위에 오른 양왕(襄王)은 빠른 속도로 제나라를 재건해 나갔다. 이로 인해 제나라는 수년이 지나지 않아 예전의 국력을 회복하였다.

연나라와 연합하여 제나라를 쳤던 주변국들은 제나라의 빠른 회복세에 당황함을 금치 못하였다. 언제 보복을 당할지 몰라, 앞다투어 사절단을 보내 친선을 맺으려 하였다.

위(魏)나라 안리왕(安釐王)도 중대부 수가를 친선 사절로 제나라에 보냈는데, 수가(須賈)의 문객인 범수(范雎)도 수행원으로 따라갔다.

수가가 양왕을 알현하자, 양왕은 지난날 위나라가 연나라와 연합하

여 제나라 땅을 짓밟은 수모와 원한과 상처를 잊지 못하고 무슨 면목으로 찾아 왔느냐고 핀잔을 주었다.

수가는 양왕의 서릿발 같은 호령에 아무 말도 하지 못하자, 범수가 과감히 앞으로 나서서 말했다.

"지난날 제나라 민왕이 우리 위나라 및 초나라와 함께 송나라를 쳐 멸망시켰으나, 나누어 갖기로 약속한 송나라 땅을 모조리 독차지했습니다. 그러므로 애초에 신용을 잃은 것은 제나라입니다. 또한 제나라 민왕은 천자 흉내를 내며 유례를 찾아보기 힘들 정도로 교만함을 부렸기 때문에 다섯 나라가 연합하여 제나라를 침공한 것입니다. 이러한데도 대왕께서 우리 위나라만을 탓하시는 것은 옳지 못합니다."

뜻하지 않은 범수의 열변에 양왕은 수긍하면서도 친선을 맺기는 거부하였다.

대신에 양왕은 범수를 기특하게 생각하고 별도로 황금 10근(斤)과 술과 쇠고기를 하사하였다. 범수는 하사품을 사양할 수 없어 술과 고기만 받고 황금 10근은 도로 돌려주고, 이를 사실대로 수가에게 말했다.

위나라로 돌아온 수가는 상국인 위제(魏齊)에게 범수가 제나라 양왕과 사적으로 교류한 사실을 일러바치고, 화친의 실패 책임을 범수에게 뒤집어씌웠다.

위제는 범수를 체포하여 위나라의 기밀을 빼돌려 제나라와 내통했다며 형틀에 묶어 고문하였다. 그리고 형리들에게 몽둥이로 반죽음이 되도록 두들겨 맞고 피투성이가 되어 기절하자, 측간 오줌통 옆에 범수를 내버렸다. 술 취한 사람들이 쓰러져 있는 범수의 몸뚱이에 소변을 보았다.

며칠이 지난 후 정신을 차린 범수는 자기를 지키고 있던 형리에게 자신을 살려 달라고 애원하였다. 범수를 가엽게 여겼던 형리는 위제에게 범수가 죽었다고 거짓 보고를 하자, 위제는 범수의 시체를 성

밖에 버리라고 하였다.

이렇게 구사일생으로 살아난 범수는 절친한 친구인 정안평(鄭安平)의 집에 숨어 지냈다. 범수는 몸이 어느 정도 회복되자 구자산(具茨山)으로 들어가 숨어 살면서, 장록(張祿)으로 이름을 바꾸고 위나라를 탈출할 기회를 노리고 있었다.

정안평은 진나라에서 사신으로 위나라에 온 왕계(王稽)에게 접근하여 궂은 시중과 잔심부름을 해 주면서, 숨어 있는 인재라며 범수를 소개하여 주었다.

범수를 대면하여 여러 가지 이야기를 나누던 왕계는 그의 재능에 감복하였다. 왕계는 사신의 임무를 마치자 비밀리에 범수와 정안평을 데리고 위나라 도성인 대량을 빠져나와 진나라로 들어갔다.

왕계는 위나라에 사신으로 다녀온 일을 소양왕에게 보고하고 나서, 범수를 천거하면서, 지금 진나라는 "쌓아 놓은 알처럼 위태롭다"라고 하는데, 그의 유세를 한번 들어보라고 진언하였다.

그러나 소양왕은 '누란지위(累卵之危)'라는 그럴듯한 말을 하면서, 자신의 벼슬자리를 얻으려는 수작이라고 일축하였다.

당시 진나라의 소양왕은 재위 36년이나 되었지만, 완전한 실권을 갖지 못했다. 소양왕의 어머니 선태후(宣太后)와 그녀의 동생인 양후(穰侯) 위염(魏冉)과 화양군(華陽君), 그리고 소양왕의 동생들인 경양군(涇陽君)과 고릉군(高陵君)이 권세를 휘두르고 있었다.

위염은 승상으로 있으면서 국정을 전횡하였고, 나머지 세 사람은 번갈아 가며 군사권을 장악하였다.

이러한 진(秦)나라의 내부사정으로 소양왕의 근심거리가 외부에 있는 것이 아니라 왕의 주변에 있다는 것을 범수는 정확하게 파악하고 있었던 것이다.

그 뒤로도 소양왕은 범수를 부르지 않았고, 범수의 존재를 까마득히 잊었다.

그로부터 1년이 지났다.

당시 위염은 연(燕) · 초(楚) · 한(韓) · 조(趙) · 위(魏) 등 다섯 나라 연합군에 참여하여 제나라를 격파하고 소양왕으로부터 도읍(陶邑)을 봉지로 받았는데, 도읍은 제나라와 가까운 거리에 있었다.

그래서 위염은 한나라와 위나라를 지나서 있는 제나라의 강(剛)과 수(壽) 땅을 공격하여 점령하고 이곳을 봉지로 받아 자신의 세력을 확대할 계획을 세웠다.

이런 사실을 알게 된 범수는 '누란지위'에 대하여 소양왕에게 아뢸 것이 있다며 왕계를 통하여 상소문을 올리자, 이궁(離宮)에서 소양왕과 독대하였다.

"신이 알기로 승상 위염은 지금 한나라와 위나라 땅을 지나 멀리 제나라 땅을 공격하려 하고 있지만, 거리가 멀어 문제가 있습니다. 소규모 부대를 출동시키면 제나라를 제압할 수 없고, 대병력을 내보내면 진나라로서는 큰 부담을 갖게 됩니다. 설사 제나라를 쳐서 이긴다 해도 얻는 것은 적습니다. 반면, 지게 되면 엄청난 손실을 입게 됩니다. 만일 대왕께서 패왕(霸王)의 뜻이 있다면, 진나라와 멀리 떨어진 중원 나라들과는 우호 관계를 맺으시고, 가까운 나라들은 무력으로써 제압하십시오. 그래야만 한 뼘의 땅을 얻어도 그것이 대왕의 땅이 되는 것이며, 이렇게 하나하나 점령해 들어가 먼 곳까지 이른다면 어찌 패왕의 지위에 오르지 않을 수 있겠습니까?"

멀리 떨어진 나라와는 우호를 맺고 가까운 나라는 공격한다는 진나라의 '원교근공(遠交近攻)' 정책은 이렇게 해서 태어났다.

범수는 이어서 말하였다.

"우선 멀리 떨어진 제나라와 초나라는 친하게 지내고, 한나라와 위나라는 힘으로 누르십시오. 한나라와 위나라를 장악한 후에는 조나라를 치시고, 조나라를 점령하면 인접한 연나라를 공격하십시오. 그런 후에 초나라를 치고, 제나라를 몰아붙이면 이 넓은 중원에는 오직 진나라만이 남게 됩니다. 이것을 일러 일통천하(一統天下)라고 합니다."

범수의 말을 듣는 순간, 소양왕은 마치 천하를 통일하기라도 한 듯한 감동을 받았다. 소양왕은 그날로 범수를 객경(客卿)에 임명하였는데, 기원전 268년의 일이다.

이와 같이 "쌓아 놓은 알처럼 몹시 위태로운 형세"란 말의 '누란지위(累卵之危)'라는 고사성어는 범수가 진나라의 복잡한 내부사정으로 소양왕이 완전한 실권을 가지 못한 것을 빗대어 말한 것에서 유래하였고, '위여누란(危如累卵)'이라고도 한다.

또한 "먼 나라와는 사귀고 가까운 나라는 친다."라는 말의 '원교근공(遠交近攻)'이라는 고사성어는 범수가 소양왕에게 진나라의 향후 대외정책을 말한 것에서 유래하였다.

제27장
일한여차(一寒如此)와 탁발난수(擢髮難數)

一 한 일 · 寒 찰 한 · 如 같을 여 · 此 이 차
이렇게 한결같이 춥다는 말. 극도로 빈궁하게 사는 것을 비유하는 의미이다.
*** 출전: 사마천, 사기(史記) 범수채택열전(范雎蔡澤列傳)**

擢 뽑을 탁 · 髮 터럭 발 · 難 어려울 난 · 數 셀 수
머리카락을 뽑아 헤아려도 어렵다는 말. 지은 죄가 헤아릴 수 없을 정도로 많은 것을 비유하는 의미이다.
*** 출전: 사마천, 사기(史記) 범수채택열전(范雎蔡澤列傳)**

진나라 객경이 된 범수(范雎)는 그의 '원교근공(遠交近攻)' 계책을 시행하기 전에 '누란지위(累卵之危)'에 있는 왕권을 확고히 구축하고자 하였다. 【☞ 제2편 제26장 '누란지위와 원교근공' 참조】

진나라 소양왕(昭襄王)과 범수는 진나라 군부를 먼저 장악하고, 승상 위염(魏冉)을 연로하였다는 이유를 들어 식읍인 도읍(陶邑)으로 내려보냈다.

이어서 선태후(宣太后)를 심궁(深宮)으로 옮겨 국정에 일절 관여하지 못하도록 하고, 선태후를 배경으로 권세를 휘두르던 화양군(華陽君) · 경양군(涇陽君) · 고릉군(高陵君)도 모두 함곡관 밖으로 추방하여 소양왕의 왕권을 튼튼히 하였다.

이렇게 하여 진나라 조정에는 선태후를 비롯한 외척 세력이 일소되

고 새로운 인물을 대거 등용하였다.

기원전 266년, 소양왕은 범수를 승상에 임명하고, 응읍(應邑)을 식읍으로 하사하고 응후(應侯)라는 작호도 내려 주었다.

범수는 승상이 되자 곧 '원교근공'의 정책을 구체적으로 입안하기 시작하여, 한나라와 위나라부터 치려고 하였다.

이러한 소식이 위나라에도 전해지자, 안리왕(安釐王)은 중대부 수가를 사신으로 진나라에 파견하였다.

범수는 이 소식을 듣고 신분을 감추고 해진 옷을 입고 수가가 투숙한 객관으로 찾아가 수가를 만났다. 수가는 범수를 보자 깜짝 놀라며 무엇을 하고 지내는지를 묻자, 범수는 남의 집에서 날품팔이하고 있다고 말하였다.

그러자 수가는 마음속으로 불쌍한 생각이 들어 두터운 명주 솜옷 한 벌을 주면서 극도로 빈궁하게 산다는 표현으로 이렇게 중얼거렸다.

"범수가 이토록 추운 지경에 이르렀구나"

범수는 무척 감격한 듯한 표정을 지으며, 머리를 조아리고는 돌아갔다.

이와 같이 "이렇게 한결같이 춥다."라는 말의 '일한여차(一寒如此)'라는 고사성어는 수가가 신분을 감춘 범수의 불쌍한 모습을 보고 한 말에서 유래하였다.

다음 날 수가는 진나라 승상을 만나러 승상부로 갔다가 범수가 승상이라는 것을 알고 웃통을 벗고 기다시피 무릎걸음으로 승상부 안으로 들어갔다.

수가를 보자 범수는 위엄에 찬 목소리로 입을 열었다.

"이놈, 수가야! 너의 죄가 얼마나 되는지 아느냐?"

수가는 얼굴도 들지 못하고 목숨을 애걸하며 말하였다.

"소인의 죄는 머리카락을 뽑아 헤아려도 모자랄 만큼 많습니다."

이와 같이 "머리카락을 뽑아 헤아려도 어렵다."라는 뜻의 '탁발난수(擢髮難數)'라는 고사성어는 여기에서 유래하였다.

범수는 수가가 자신에게 씻을 수 없는 죄를 지었지만, 옛정을 잊지 않고 자신에게 솜옷을 준 점을 가상히 여겨 용서하겠다고 말하였다.

하지만 범수를 무고하게 고문하고 몽둥이로 난타한 위제(魏齊)는 용서할 수 없다면서, 그의 목을 가져오지 않으면 위나라의 국토를 짓밟겠다고 위협하였다. 그러자 위제는 지레 겁을 먹고 조(趙)나라를 거쳐 초(楚)나라로 도주하였다가 받아 주는 곳이 없자 자결하였다.

제28장
이령지혼(利令智昏)과 지상담병(紙上談兵)

利 날카로울 이 · 令 영 령 · 智 슬기 지 · 昏 어두울 혼

이익은 지혜를 어둡게 한다는 말. 이익에 눈이 멀면 사리 분별을 제대로 하지 못한다는 것을 비유하는 의미이다.

*** 출전: 사마천, 사기(史記) 평원군우경열전(平原君虞卿列傳)**

紙 종이 지 · 上 위 상 · 談 말씀 담 · 兵 군사 병

종이 위에서만 병법을 말한다는 말. 실제의 일에는 밝지 못하면서 탁상공론만 일삼는 것을 비유하는 의미이다.

*** 출전: 사마천, 사기(史記) 염파인상여열전(廉頗藺相如列傳)**

진나라 소양왕(昭襄王)과 승상 범수(范雎)는 '원교근공(遠交近攻)' 정책을 실행에 옮기기 위해 가까운 한나라를 공격하였다. 한나라는 진나라와 인접해 있을 뿐 아니라 국력이 가장 약했다.

기원전 263년에는 진나라 최고의 명장 백기(白起)가 황하 이북의 남양(南陽) 땅과 태항산(太行山) 일대를 점령해 중원으로 통하는 길을 열었다.

그 이듬해인 기원전 262년에는 좌서장 왕흘(王齕)이 하남성 심양현(沁陽縣) 일대의 교통 요충지인 야왕(野王)을 점령하였다.

이 때문에 한나라는 산서성 동남부 일대인 황하 이북의 상당(上黨) 지역으로 가는 길목을 차단당하고 말았다. 이 지역은 한나라 영토의

절반에 이를 정도로 넓은 곳이었다.

이곳을 다스리는 태수는 풍정(馮亭)이라는 사람이었다. 풍정은 상당지역이 한나라 도성인 남정(南鄭)과 연락 두절로 고립되자, 인접한 조나라에 귀속되기를 요청하였다.

풍정이 이러한 결단을 내린 데에는 조나라를 끌어들임으로써 진나라의 공세를 막아보자는 심산이었다.

조나라 효성왕(孝成王)은 상당지역 귀속 여부를 놓고 자신의 숙부들과 의논하였다.

평원군(平原君) 조승(趙勝)은 상당지역 귀속을 찬성하며 말하였다.

"지금 우리나라는 백만대군을 출동시켜도 한 개의 성도 얻기 힘든 실정인데, 창 한 번 휘두르지 않고 상당지역 17개 성을 얻게 되었으니, 이보다 더 큰 이득이 어디 있겠습니까?"

그러나 평원군의 형인 평양군(平陽君) 조표(趙豹)가 만류하였다.

"이익은 지혜를 어둡게 한다고 하였는데, 까닭 없이 생기는 이익은 큰 재앙을 불러옵니다. 이는 필시 풍정이 우리를 끌어들여 진나라의 공격에서 벗어나고자 하는 계책이니 절대로 그 땅을 받지 마십시오."

그러나 효성왕은 그 넓은 땅을 포기하기에는 너무나 아까워, 상당지역을 조나라의 영토로 편입하고 대장군 염파를 상당태수로 보내 지키도록 하였다.

평양군 조표의 말처럼 이 상당지역은 나중에 조나라에 큰 재앙을 불러오게 되는데, "이익은 지혜를 어둡게 한다."라는 말의 '이령지혼(利令智昏)'이라는 고사성어는 여기에서 유래하였다.

기원전 260년, 상당지역이 조나라 영토로 편입되었다는 보고를 받은 진나라 소양왕은 왕흘로 하여금 20만 대군을 이끌고 상당지역의 군사 요충지인 장평관(長平關)으로 진격시켰다.

조나라에서도 상당태수 염파에게 군사 20만 명으로 진니리의 공격을 막아내게 하였다.

염파는 상당지역에서 지세가 가장 험한 곳인 금문산(金門山) 일대에 진영을 세우고, 도랑을 깊게 파고 누벽을 높이 쌓은 후 방어에 주력하면서, 진나라 군사들이 지치기만 기다렸다.

진나라의 왕흘이 여러 달을 공격하여도 염파는 꿈쩍도 하지 않았다.

그러자 진나라 승상 범수는 반간계를 사용하여 염파를 모략하는 헛소문을 퍼뜨렸다.

"염파 장군이 진나라 군사에 겁을 먹고 금문산 안에서 꼼짝도 하지 않고 있으면서, 곧 투항하려고 준비하고 있다. 진나라는 조괄(趙括)이 참전하여 군사들을 지휘하는 것을 가장 두려워한다."

조괄은 지난날 '알여(閼與)전투'에서 진나라 장수 호양(胡陽)을 격파하였던 명장 마복군(馬服君) 조사(趙奢)의 아들이다. 조괄은 소년 시절부터 병법을 배워 군사에 관한 이야기를 잘했다. 천하에 병법가로서는 자기를 당할 사람이 없다고 자부하고 있었다.

일찍이 그의 아버지 조사도 함께 병법을 토론했을 때, 조괄을 당해내지 못했다. 그러나 조사는 아들을 칭찬한 적이 없었다.

조괄의 어머니가 그 까닭을 묻자, 조사는 다음과 같이 말하며 걱정을 하였다.

"전쟁이란 죽음의 땅이다. 그런데 괄은 그것을 가볍게 말한다. 조나라가 괄을 장군에 임명하는 일이 없다면 다행이겠지만, 만약 그 애가 장군이 되면 조나라 군대를 망칠 자가 될 것이다."

그러나 진나라가 퍼뜨린 헛소문을 그대로 믿은 조나라 효성왕은 조괄을 대장군에 임명하고 염파와 교체하였다.

병중에 있던 인상여(藺相如)가 아픈 몸을 이끌고 효성왕에게 아뢰었다.

"조괄은 실제 능력보다 명성이 앞서는 사람입니다. 그는 다만 그의 아버지가 남긴 병법서만 읽은 것뿐으로 임기응변을 모릅니다."

그러나 효성왕은 인상여의 말을 듣지 않았다.

이와 같이 조괄이 병법서만 읽어 임기응변을 모른다는 의미로 "종이 위에서만 병법을 말한다."라는 말의 **'지상담병(紙上談兵)'**이란 고사성어는 여기에서 유래하였다.

조괄의 어머니는 아들이 출발하기에 앞서 효성왕에게 상소문을 올려 아들이 장군으로서 자질이 부족하다는 것을 설명하고, 장군으로 삼지 말 것을 건의하였다. 그러나 효성왕은 아들을 사랑하는 어머니의 겸양으로만 해석하였다.

마침내 조괄은 25만 대군을 이끌고 장평 땅으로 나가 기존의 군사를 합친 45만 대군을 새로이 지휘하기에 이르렀다.

진나라는 조괄이 대장군이 되었다는 사실을 듣고 극비리에 백전노장 백기(白起)를 상장군에 임명하였다.

백기는 조나라의 군대를 한곳으로 모아 완전히 섬멸할 작전을 세우고, 장벽(長壁)을 쌓아 진지를 구축하였다.

이른바 장평대전(長平大戰)이 시작된 것이다.

조괄은 싸움터에 도착하자마자 마치 기선을 제압하려는 듯이 군대를 끌고 나와 진나라 군대를 쳤다. 진나라 군대는 거짓으로 패해 달아나며 두 곳에 복병을 배치하였다.

조괄이 이끄는 조나라 군대는 몇 번의 승리에 자만하여 계략인 줄도 모르고 승세를 몰아 달아나는 진나라 군대의 뒤를 쫓아 백기가 구축해 놓은 장벽까지 추격하였다.

이때 진나라의 복병 중 2만 5천의 군사가 조나라 군대의 배후를 끊고, 또 다른 5천의 기병이 조나라 군대와 선발대의 사이를 끊어 식량 보급로를 차단하고 말았다.

계속되는 진나라 군대의 맹공에 퇴로를 차단당하고 포위된 조나라 군대는 그 자리에서 진지를 구축하고 공격에서 수비로 전환하여 구원병이 오기만을 기다려야 했다.

조나라 군대는 46일 동안 포위되어 보급을 받지 못해 식량이 떨어졌다. 막다른 골목에 이르자 조괄은 마지막으로 직접 정예부대를 앞세우고 포위망을 뚫기 위해 선두에 서서 싸웠으나, 분전 끝에 진나라 군사들의 화살에 맞아 죽고 말았다.

조괄의 군사 40만여 명은 전원 무장을 해제하고 백기에게 항복하였다. 백기는 이번 기회에 후환을 없애 버리겠다는 생각으로, 항복한 조나라 군사들이 잠든 야밤에 무장한 진나라 군사들을 동원하여 창검으로 학살하거나 모두 구덩이에 몰아넣어 죽였다. 그리고 어린아이 240명만 살려서 조나라로 돌려보냈다.

그곳에는 시체로 뒤덮인 커다란 산이 하나 생겨났다. 후세 사람들은 그 산을 '두로산(頭顱山)'이라 명명했다. 해골이 묻힌 산이라는 뜻이다.

제29장
기화가거(奇貨可居)

奇 기이할 기 · 貨 재화 화 · 可 옳을 가 · 居 있을 거

진기한 재물은 간직할 만하다는 말. 나중에 높은 가격에 팔기 위해 진기한 물건을 미리 사두거나, 또는 좋은 기회를 잡아 이용하는 것을 비유하는 의미이다.

*** 출전: 사마천, 사기(史記) 여불위열전(呂不韋列傳)**

기원전 279년, 진나라 소양왕과 조나라 혜문왕이 진나라 민지(澠池)에서 회동할 때, 조나라에 인질로 보내진 사람은 이인(異人)이었다. 【☞ 제2편 제25장 '부형청죄와 문경지교' 참조】

이인은 소양왕의 둘째 아들 안국군(安國君)의 가운데 아들이었고 그의 어머니는 하희(夏姬)였는데, 안국군의 총애를 받지 못하였다.

전국시대에 각 나라에서 서로 인질을 교환할 때, 약한 나라에서 강한 나라로 보내는 인질은 세자와 같은 아주 비중 있는 인물을 보내야 했고, 강한 나라에서 약한 나라로 보내는 인질은 이와는 대조적으로 그다지 중요한 인물이 아닌 왕족의 사람으로 보내는 것이 당시의 관례였다.

만약 인질을 교환한 나라 중에서 어느 한쪽이 공격하거나 약속을 위반하면 인질이 희생을 당하는데, 그런 의미에서 진나라 쪽에서 본다면 이인은 희생되어도 그다지 아깝지 않은 인물에 속하였다.

이인은 조나라 도성인 한단(邯鄲)에서 오랫동안 인질 생활을 하면

서 궁핍한 생활을 영위해왔다. 더욱이 진나라와 조나라 관계가 악화되면서 냉대를 받았고 돌봐주는 사람이 아무도 없는 인질 신분인 관계로 생활이 곤궁하였다.

전국시대에는 상인들이 각국을 왕래하면서 장사를 하는 사람이 많았다. 생활이 향상되고 수요가 증가함에 따라 상업이 활발해지고 규모도 점점 확대되어 전국시대 말기에 이르러서는 거상들이 나타나기에 이르렀다.

한나라 양책(陽翟) 출신의 여불위(呂不韋)는 이 시대를 대표하는 거상으로 여러 나라를 왕래하면서 천금의 재산을 모아 큰 부자가 되었다. 여러 나라를 왕래하였기 때문에 그의 식견은 남다른 데가 있었고 또한 모든 일에 대한 감별 능력이 뛰어났다.

여불위가 어느 날 장사 관계로 한단에 왔다가 우연히 진나라에서 인질로 와 있는 이인이 궁핍하게 생활하고 있다는 소문을 듣고, 호기심이 발동하여 그의 신상을 파악하게 되었다.

이인은 소양왕의 손자였으나 세자의 아들이 아니었기 때문에 왕위 계승 서열로 따지면 전혀 가망이 없는 인물이었다.

그런데 위나라에 인질로 가 있던 진나라 세자가 병으로 죽고 둘째 아들인 안국군이 세자가 되니, 이인은 세자의 아들이 되었을 뿐 아니라 왕위 계승 서열도 한 걸음 가까워졌다.

그러나 새로 세자가 된 안국군에게는 20여 명이나 되는 아들이 있었다. 세자의 후계자를 정할 때 국내에 있는 아들 쪽이 훨씬 유리한 입장에 설 것이고 인질로 다른 나라에 가 있는 이인은 제외될 것이 뻔하였다.

안국군의 정부인은 화양부인(華陽夫人)으로 아들이 없었다. 하지만 누구를 후계자로 세우느냐 하는 문제에 결정적인 권한을 행사할 수 있는 것은 화양부인이었다.

여불위는 화양부인에게 가장 영향력을 행사할 수 있는 사람은 그녀의 언니라는 사실을 알아내고, 그녀의 성격과 애호품 등을 샅샅이 파악하여 화양부인에게 접근할 수 있는 모든 정보를 수집하였다.

여불위는 장사꾼의 안목으로 자신도 모르게 중얼거렸다.

"이것은 기화(奇貨)이다. 사두고 간직할 만한 가치가 있다."

기화란 특이하게 뛰어난 물건이라는 뜻이다. 현재로서는 돈이 되지는 않으나 잘 다듬으면 엄청한 가치를 지니게 되는 물건을 말한다.

이와 같이 "진기한 재물은 간직할 만하다"라는 말의 '기화가거(奇貨可居)'라는 고사성어는 여불위가 이인을 기화로 여기고 그에게 접근하면서 유래하였다.

여불위는 이인에게 접근하여 부자가 되게 해 주겠다고 하자, 이인이 어떻게 하면 부자가 될 수 있느냐고 물었다.

그러자 여불위가 대답하였다.

"당신은 인질의 몸이 되어 출입이 자유롭지 못하니, 내가 천금을 갖고 진나라로 가서 안국군과 화양부인을 섬겨서 당신을 후계자로 삼게 하겠습니다."

여불위는 그길로 진나라에 가서 먼저 화양부인의 언니에게 진기한 물건을 바치며, 화양부인을 설득하게 하였다.

그 언니는 화양부인에게 이인을 후계자로 삼으면, 없던 아들이 생기는 것이니 일생을 진나라에서 은총을 누릴 것이라고 하여 화양부인의 마음을 움직였다. 이어서 안국군도 허락하여 이인을 후사로 정하면서, 안국군의 적자가 되었다.

이때부터 이인은 자초(子楚)로 이름을 바꾸었다. 초나라 출신인 화양부인의 아들이라는 뜻이다.

여불위에게는 용모가 뛰어난 조희(趙姬)라는 첩이 임신을 하고 있었는데, 자초가 조희를 달라고 청하자 그에게 바쳤다.

조희는 임신한 사실을 숨기고 있다가 사내아이를 낳아 그 이름을 정(政)이라 했는데, 이이가 바로 훗날의 진시황이다.

이렇게 하여 여불위의 '기화가거(奇貨可居)'는 빛을 발하게 되었다,

제30장
모수자천(毛遂自薦)과 낭중지추(囊中之錐)

毛 털 모 · 遂 이를 수 · 自 스스로 자 · 薦 천거할 천

모수가 자기를 추천한다는 말. 스스로 자신을 추천하거나 자진해 나서는 것을 비유하는 의미이다.

*** 출전: 사마천, 사기(史記) 평원군우경열전(平原君虞卿列傳)**

囊 주머니 낭 · 中 가운데 중 · 之 갈 지 · 錐 송곳 추

주머니 속의 송곳이라는 말. 재능이 뛰어난 사람은 저절로 남의 눈에 띄게 되는 것을 비유하는 의미이다.

*** 출전: 사마천, 사기(史記) 평원군우경열전(平原君虞卿列傳)**

'장평전투'에서 승리한 진나라 군사는 본국으로 돌아갔다가, 기원전 259년 왕릉(王陵)을 대장으로 하여 10만 대군이 조나라를 공격하여 도성인 한단성을 포위하였다.

조나라 효성왕(孝成王)은 상장군 염파(廉頗)에게 한단성의 수비를 맡겼다. 염파는 성을 굳게 지키며 간간이 결사대를 내보내 유격전을 펼치자, 왕릉은 번번이 큰 손실을 입었다.

진나라 소양왕(昭襄王)은 다시 왕흘(王齕)을 추가로 파견했으나 그 또한 해가 바뀌도록 한단성을 점령하지 못했다.

그래서 '장평전투'를 승리로 이끈 대장군 백기(白起)를 출전시키려 하자, 그는 아프다는 핑계를 대고 나서지 않았다.

원래 백기는 장평 전투에서 크게 이긴 승세를 타고 그대로 한단까지 진격하려 했었다. 그런데 진나라로 돌아오라는 회군령을 내리자, 백기는 큰 불만을 품었다.

백기는 자신이 공을 세우는 것을 범수가 시기해서 그런 것이라고 생각하였다. 더구나 백기는 범수와 정적 관계이던 위염(魏冉)의 사람이어서 범수에 대해 못마땅해하는 마음이 더욱 커졌다. 그래서 이번 출전 명령에도 불구하고 나서려 하지 않은 것이다.

이러한 백기의 태도에 분노한 소양왕은 백기의 모든 관직을 삭탈하고 사졸로 강등하여 음밀(陰密) 땅으로 추방하였다.

추방당한 백기는 함양 서문을 나와 10리쯤 떨어진 두우(杜郵)라는 정자 앞에 이르러, 억울하고 허망한 마음에 소양왕을 원망하는 탄식을 하였다. 이 말을 전해 들은 소양왕은 백기에게 칼을 보내 자결시켰다.

다분히 고의적인 백기의 출전 명령 거부에 소양왕은 기필코 한단성을 함락시키고야 말겠다는 오기로 정안평(鄭安平)에게 군사 5만 명을 더 내주어 왕흘을 돕게 하였다. 정안평은 승상 범수의 친구로 지난날 그를 도와 위나라에서 진나라로 같이 탈출하였다. 【☞ 제2편 제26장 '누란지위와 원교근공' 참조】

이렇게 진나라 군사들이 물러날 기미를 보이지 않자, 조나라 효성왕은 먼저 가까운 위나라에 원군을 청하였다. 위나라 안리왕(安釐王)은 대장 진비(晉鄙)에게 10만 대군을 이끌고 지원하도록 하였다.

그러나 위나라 군사만으로는 막강한 진나라 군사들을 격퇴하기가 어려워 초나라에 도움을 요청하기 위해 평원군이 사신으로 가게 되었다.

평원군은 문객 중에서 문무를 겸비한 자 20명을 선발하여 데려가기로 하여, 19명은 가려냈으나 나머지 한 사람은 뽑을 만한 사람이 없었다.

그런데 모수(毛遂)라는 사람이 앞으로 나서며 말하였다.

"평원군께서는 초나라와 합종하고자 문객 20명과 함께 가기로 하였는데 한 사람이 부족하다 하니 저를 끼워주시기 바랍니다."

평원군이 말하였다.

"어진 선비가 세상에 있는 것은 송곳이 주머니 속에 있는 것과도 같아서 당장에 그 끝이 드러나 보이는 법입니다. 지금 선생이 저의 문객으로 있은 지가 3년이나 되었으나, 사람들이 아직 선생을 칭송하는 일이 없었으며 저도 아직 들은 바가 없습니다. 이것은 선생께서 재능이 없다는 증거라서 인 되겠습니다."

모수가 다시 말하였다.

"신이 비로소 오늘에야 주머니 속에 있기를 청할 뿐입니다. 만약 신을 일찍부터 주머니 속에 있게 하였다면 아마 끝만이 드러난 것이 아니고 자루까지 드러났을 것입니다."

평원군이 마지못해 모수도 함께 가기로 하였다.

이와 같이 "모수가 자기를 추천한다."라는 말의 '모수자천(毛遂自薦)'과 "주머니 속의 송곳"이라는 낭중지추(囊中之錐)라는 고사성어는 여기에서 유래하였다.

제31장
인인성사(因人成事)

因 인할 인 · 人 사람 인 · 成 이룰 성 · 事 일 사

다른 사람으로 인하여 일을 이루다는 말. 다른 사람의 힘을 빌려 일을 성취하거나 목표를 달성하는 것을 비유하는 의미이다.

*** 출전: 사마천, 사기(史記) 평원군우경열전(平原君虞卿列傳)**

초나라 궁궐 내의 전각에서 평원군이 초나라 고열왕(考烈王)에게 원군 파견을 위하여 그 이해득실을 따져가며 설득하였으나, 아침에 시작하여 정오가 되도록 고열왕은 아무런 결정을 내려 주지 않고 있었다.

초나라 고열왕은 조나라에 대하여 좋은 인상을 갖고 있지 않았다. 일찍이 그의 조부인 회왕(懷王)이 진나라에 감금되었다가 탈출하여 조나라로 갔을 때 회왕을 받아주지 않았다. 그 이후로 조나라와 초나라는 사이가 좋지 않았다.

더욱이 지금 초나라는 진나라와 화평 조약을 맺고 있는 상태여서 쉽게 원군을 파견할 리 없었다.

전각 밑에서 회담 결과를 지루하게 기다리고 있던 모수는 장검을 차고 계단으로 올라가 평원군에게 말하였다.

"대군께서는 참으로 한심하십니다. 합종은 두 마디의 말로 족할 것인데, 지금까지 결정하지 못하는 것은 무슨 까닭입니까?"

모수의 이런 행동에 놀란 고열왕이 평원군에게 누구냐고 물었다.

"신의 문객인 모수라는 사람입니다."

그러자 고열왕이 언성을 높이며 모수를 꾸짖었다.

"무엄하다. 내가 그대의 주인과 얘기를 나누고 있는데, 어찌 함부로 끼여드는 것인가? 당장 아래로 내려가지 못할까?"

그러나 모수는 전혀 기죽지 않고 장검을 어루만지며 말하였다.

"왕께서 저를 꾸짖는 것은 초나라 사람들이 많다고 생각하기 때문일 것입니다. 그러나 지금 열 걸음 안에 초나라 사람은 없습니다. 왕의 목숨은 저의 손에 달려 있습니다. 초나라는 영토가 사방 5천 리에다가 병기를 가진 자가 1백만 명이 넘습니다. 이 정도의 영토와 군사력이라면 천하에 대적할 나라가 없습니다. 그런데 초나라는 1년이 멀다 않고 진나라에 패하기만 했습니다. 진나라 백기는 하찮은 필부에 불과한데도 그가 초나라와 한 번 싸워서 언(鄢) 땅과 영(郢) 땅을 빼앗고, 두 번 싸워서 이릉(夷陵)을 불사르고, 세 번 싸워 왕의 선조를 욕되게 하였습니다. 심지어 회왕은 함양에 감금되어 목숨까지 빼앗겼습니다. 그런데도 초나라는 진나라의 신하 노릇만 하고 있습니다. 이에 반해 조나라는 백기에게 45만 명의 군사를 잃었어도 조금도 위축됨 없이 당당히 진나라와 맞서 싸우고 있습니다. 오늘날 초나라가 살고 조나라가 사는 길은 오로지 초나라와 조나라가 힘을 합해 진나라를 격퇴시키는 길뿐입니다. 합종하는 것은 초나라를 위한 것이지 조나라를 위한 것이 아닙니다."

모수의 웅변을 들은 고열왕은 부끄러움을 금할 수 없었다. 자신도 모르게 자리에서 벌떡 일어나며, 즉시 영윤인 춘신군(春申君) 황헐(黃歇)에게 군사 8만을 거느리고 조나라를 도우라고 명하였다.

이로써 종약이 성립되자, 모수는 닭과 개 그리고 말의 피를 가져오게 하였다. 모수는 그 피가 담긴 구리 쟁반을 직접 받쳐 들고 꿇어앉아 고열왕에게 올리면서 말하였다.

"왕께서 마땅히 피를 마시고 종약을 맹세하셔야 하겠습니다. 다음은 우리 주군, 그다음은 제가 마시겠습니다."

이렇게 하여 고열왕과 평원군의 순서로 마시게 한 다음, 자신도 그 피를 마셨다.

그리고 왼손으로는 쟁반을 들고 오른손으로 함께 초나라에 온 평원군의 문객 19명을 불러 말하였다.

"그대들은 섬돌 아래에서 피를 마시도록 하시오. 그대들은 한 일도 없이 다른 사람에게 붙어서 일을 성사시켰을 뿐이니까요."

이와 같이 '다른 사람으로 인하여 일을 이루다.'는 말인 **'인인성사(因人成事)'**라는 고사성어는 여기에서 유래하였다.

평원군은 사신의 임무를 성공적으로 마치고 조나라에 돌아와 말하였다.

"나는 천하의 선비들을 하나도 놓치지 않았다고 자부했는데, 모수를 제대로 살펴보지 못했다. 모수는 초나라에 가자마자 구정(九鼎)과 대려(大呂) 같은 보물보다 조나라를 더 무겁게 만들었다. 또한 모수는 세 치의 혀로 백만의 군대보다 조나라를 더 강하게 만들었다."

이때부터 평원군은 모수를 상객으로 대우하였다.

제32장
절부구조(竊符救趙)

竊 훔칠 절 · 符 부신 부 · 救 건질 구 · 趙 나라 조

훔친 병부로 조나라를 구하다는 말. 큰일을 위해 사소한 정이나 의리는 저버려도 무방하다는 것을 비유하는 의미이다.

*** 출전: 사마천, 사기(史記) 위공자열전(魏公子列傳)**

기원전 257년, 진나라 군사들이 조나라 한단성을 포위한 지 3년째로 접어들었다.

진나라 소양왕(昭襄王)은 위나라와 초나라에서 한나라로 원군을 보냈다는 보고를 받자, 즉각 두 나라에 사신을 보내 지원군을 회군시키지 않으면 그 나라부터 유린하겠다고 을박질렀다.

그러자 위나라 안리왕(安釐王)은 겁을 먹고 지원군 대장 진비(晉鄙)에게 신석을 중지하고 업(鄴) 땅에 주둔하게 하였다. 초나라 춘신군(春申君) 황헐(黃歇)의 지원군도 조나라 땅으로 들어서지 않고 초나라 국경 근처에서 머물고 있었다.

위나라와 초나라의 지원군이 도중에 진격을 멈추었다는 소식이 날아들면서 조나라 조정은 크게 불안해졌다.

그래서 조나라에서는 그 보복으로 인질인 자초(子楚)를 죽이려고 했다. 이를 눈치챈 여불위는 자초를 감시하는 관리를 뇌물로 매수하고 조나라를 탈출하여 진나라로 귀국하였다.

조나라에 인질로 있던 자초가 귀국하자, 진나라 소양왕은 이제는 마음 놓고 공격하겠다며 직접 10만 군사를 거느리고 한단성 전투에 참전하였다.

다급해진 조나라는 위나라 지원군만이라도 한단성으로 진격해 주기를 바라고 있었다. 그래서 조나라 평원군은 위나라 신릉군에게 사자를 파견하여 지원군의 진격을 요청하였다.

평원군은 신릉군의 누이를 부인으로 맞았는데, 처남이 되는 신릉군은 여러 차례 안리왕에게 조나라를 구원해 주기를 청했으나, 안리왕은 진나라가 두려워 끝내 신릉군의 청을 들어주지 않았다.

신릉군은 의리상 조나라를 이대로 둘 수는 없다고 생각하여 자기 힘만으로 문객들을 모으고 수레 1백여 승(乘)을 준비하여 한단성 전투에 참전하기로 하였다.

신릉군이 출발하여 대량(大梁) 도성의 동문인 이문(夷門)을 나가다가, 그의 상객인 후영(侯嬴)을 만나 한단성으로 가는 이유를 설명하자, 그는 이렇게 말하였다. 【☞ 제2편 제20장 '허좌이대' 참조】

"지금 공자께서 아무런 계책 없이 한단성으로 가는 것은 굶주린 범에게 고기를 던져주는 것과 같습니다. 지원군 대장 진비의 병부(兵符)는 항상 왕의 침실에 두고 있는데, 가장 총애를 받는 여희(如姬)만이 왕의 침실에 출입하여 훔쳐낼 수 있습니다. 또 공자께서는 일찍이 여희의 아버지 원수를 갚아준 일이 있으니, 공자께서 여희에게 이를 부탁하여 병부를 가지고 진비의 군대를 빼앗으면 됩니다."

신릉군이 후영의 계책에 따라 여희에게 요청하니, 여희는 과연 병부를 훔쳐서 공자에게 주었다. 공자가 떠나려 하자 후영이 말하였다.

"공자께서 병부를 진비에게 보이더라도 군사를 내주지 않고, 다시 확인하려 들면 위태롭게 될 수 있습니다. 저의 친구인 주해(朱亥)는 힘센 장사이니, 데리고 가셨다가 진비가 의심할 때 활용하십시오."

신릉군이 주해와 함께 업 땅에 도착하여 진비에게 병부를 보이고 병권을 인계하라고 하였다.

진비는 병권을 교대하러 온 신릉군이 수레 한 대만 몰고 온 것이 이상하다며 의심을 가지자, 기회를 노리고 있던 주해가 소매 속에 숨겼던 40근 철퇴를 잽싸게 꺼내어 진비를 단번에 쳐서 죽였다.

신릉군은 업 땅에 주둔하고 있던 위나라 군사들을 이끌고 한단성으로 진격하였다. 위나라 군사들의 갑작스런 공격으로 진나라 군대의 후미가 무너지자, 염파가 이끄는 조나라 군사들이 성문을 열고 공격하였다.

이렇게 앞뒤에서 협공을 당하자, 진나라 소양왕은 포위를 풀고 물러났다.

신릉군은 한단성을 구하고 조나라를 살려냈다. 하지만 이러한 계책을 알려준 후영은 신릉군이 업 땅에 도착하여 병권을 손에 넣던 날에 스스로 목을 찔러 자결하였다. 후영은 신릉군을 위해 어쩔 수 없이 병부를 훔쳐내는 방법을 알려주었고, 위나라의 강직한 장수인 진비를 죽게 하였다는 죄책감에서 내린 결단이었다.

이와 같이 "훔친 병부로 조나라를 구하다."는 말인 **'절부구조(竊符救趙)'**의 고사성어는 여기에서 유래하였다.

위나라 안리왕은 신릉군이 병부를 훔쳐 진비를 죽이고 병권을 탈취한 사실을 뒤늦게 알고 크게 노하였다. 이 때문에 신릉군은 위나라에 돌아가기가 두려워 조나라에 10년 동안 머물렀다.

진나라는 한단성 전투에서 물러난 이후, 이에 대한 보복으로 자주 위나라를 침공하였다. 위나라 안리왕은 신릉군을 위나라로 돌아오게 하여 상장군으로 삼자, 각 나라에서 군사를 파견하여 위나라를 도왔다.

신릉군은 이 군사들을 이끌고 함곡관까지 진나라 군대를 추격하였다. 진나라는 신릉군이 상장군으로 있는 동안 감히 함곡관 밖으로 나오지 못했다.

그러자 진나라는 신릉군을 모략하기 위해 왕위를 노리고 있다는 헛소문을 흘렸다. 진나라의 이러한 반간계에 넘어간 안리왕이 신릉군의 직위를 박탈하고 배척하였다.

신릉군은 우울한 심정으로 4년 동안 술과 여자로 방탕한 생활을 하다가 기원전 242년에 술중독으로 세상을 떠났다.

진나라는 신릉군이 죽었다는 소식을 듣자 위나라를 공격하여 20개 성을 함락시켰다.

제33장
석고대죄(席藁待罪)와 항룡유회(亢龍有悔)

席 자리 석 · 藁 마를 고 · 待 기다릴 대 · 罪 허물 죄

거적에 자리하여 처벌을 기다린다는 말. 자신의 실수나 잘못을 인정하고 바로 잡기 위한 노력이나 책임지는 모습을 비유하는 의미이다.

*** 출전: 사마천, 사기(史記) 범수채택열전(范雎蔡澤列傳)**

亢 목 항 · 龍 용 룡 · 有 있을 유 · 悔 뉘우칠 회

높이 올라간 용은 후회한다는 말. 높은 지위에 있는 자도 삼가거나 겸손하지 않으면 후회하게 된다는 것을 비유하는 의미이다.

*** 출전: 사마천, 사기(史記) 범수채택열전(范雎蔡澤列傳)**

진나라 승상 범수(范雎)는 위나라에 있을 적에 수가(須賈)의 무고로 위나라의 재상 위제(魏齊)에게 태형을 당한 뒤, 측간 오줌통에 버려졌다가 구사일생으로 도주하였다. 이때 친구인 정안평(鄭安平)의 많은 도움으로 진나라 사신 왕계(王稽)와 함께 진나라로 들어왔다. 【☞ 제2편 제26장 '누란지위와 원교근공' 참조】

이후 진나라 승상이 된 범수는 정안평을 소양왕(昭襄王)에게 천거하여, 그를 편장군에 임명되도록 하였다.

그 후 진나라가 조나라 도성인 한단성을 포위한 '한단 전투' 때 정안평은 부장으로 진나라 대장 왕흘(王齕)을 보좌하였다. 그러다가 신릉군이 절취한 병부로 위나라 군사들을 이끌고 한단성으로 기습 진격할 때, 그의 군사들은 위나라 군사에게 포위당하였다.

그때 장안평이 위나라에 있을 때 알고 지내던 주해(朱亥)가 찾아와 항복을 권유하자, 그가 거느린 2만 군사와 함께 투항하였다. 【☞ 제2편 제32장 '절부구조' 참조】

그 당시 진나라는 '상앙의 법'에 의하여 죄를 범한 자를 추천한 사람도 같은 벌을 받게 되어있었다. 그러므로 정안평을 소양왕에게 추천한 범수도 처벌을 받아야만 하였다.

범수는 정안평이 투항했다는 소식을 듣자마자, 소양왕의 조치가 없음에도 불구하고, 머리를 풀고 흰옷을 입고 궁궐 앞에서 볏짚으로 된 거적을 깔고 꿇어앉아 소양왕의 처벌을 기다리며 자책하였다.

그러자 소양왕은 범수에게 아무런 처벌을 내리지 않고 변함없는 신임을 보이면서, 오히려 이 일에 대하여 거론하는 자는 참수하겠다며 범수를 비호하였다.

이와 같이 "거적에 자리하여 처벌을 기다린다."라는 **'석고대죄(席藁待罪)'**의 고사성어는 여기에서 유래하였다.

소양왕은 비록 한단성 공략에는 실패했지만 천하 통일에 대한 꿈은 여전하였다. 그래서 범수는 석고대죄로 용서받은 자신의 죄를 만회하기 위하여 소양왕에게 주(周)나라 왕실이 있는 낙양을 공격하자며 주청하였다.

이름뿐인 주나라 왕실이었으나 그래도 천자국에 대한 예우에서 어느 나라도 낙양만큼은 공격하지 않았다. 그런데 범수가 과감하게 주나라 왕실을 치자고 주청하자 소양왕은 마음이 동하였다.

기원전 256년 소양왕은 낙양으로 가는 길목에 있는 한나라 양성(陽城)을 점령하고 한나라 군사 4만 명을 전멸시켰다.

주나라 난왕(赧王)은 이 소식을 듣고 초(楚) · 조(趙) · 위(魏) · 한(韓)

· 연(燕) · 제(齊)나라에 밀사를 보내 진나라의 침공을 막아달라고 요청하였다.

그러나 어느 나라도 지원군을 보내오지 않았다. 여느 때 같았으면 군사를 보내왔을 나라들이 지금은 천하제일의 군사력을 자랑하는 진나라에 맞설 자신이 없기 때문이었다.

이에 절망한 주나라 난왕은 진나라에 낙양의 서쪽 지역을 할양하고 천자의 신분을 박탈당했다. 실제로 주나라는 이때 멸망한 것이나 다름없었다. 그러나 아직 낙양 동쪽 지역이 남아 있었기 때문에 역사는 그렇게 기록하고 있지 않을 뿐이었다

진나라 소양왕은 천자라고 공식적으로 선포하지만 않았을 뿐, 이때 이미 천자 노릇을 하기 시작하였다. 각 나라가 자진하여 인질을 보내오고, 정기적으로 사신들이 함양성으로 입조하여 조공을 바치기 위해 분주하게 들락거렸다. 범수는 자신이 진나라를 이렇게 만들었다는 자부심으로 뿌듯하게 생각하고 있었다.

이 무렵 연(燕)나라 출신의 채택(蔡澤)이라는 사람이 여러 나라를 돌면서 유세를 하였으나, 어느 나라에서도 써 주지 않았다.

채택은 진나라 함양에 들어와서 범수의 뒤를 이어 자신이 승상의 자리에 오를 것이라는 소문을 퍼뜨리고 다녔다.

가는 곳마다 이렇게 떠들어대니 범수도 이 소문을 듣게 되었다. 처음에는 미친 놈이라고 무시하던 범수도 나중에는 화가 나서 사람들을 시켜 잡아 오게 하여 그 이유를 물었다.

채택은 공을 세우고도 비명횡사한 진나라의 상앙(商鞅)과 백기(白起), 초나라의 오기(吳起), 월나라의 문종(文種) 등 네 사람을 예로 들면서 말하였다.

"속담에 해가 중천에 오면 기울며, 달도 차면 이지러신다는 말이 있습니다. 사물이 성하면 쇠하는 것은 천지의 이치이며, 진퇴와 굴신

이 때와 더불어 변화하는 것은 성인의 도리입니다. 또 서경(書經)에 성공한 곳에는 오래 머물지 말라고도 했습니다. 어째서 이 기회에 승상의 직인을 돌려주고 어진 사람에게 자리를 물려준 다음 물러나 은거하며 유유자적하게 살려 하지 않으십니까? 그렇게 하면 영원히 응후(應侯)로 불리며 장수를 누릴 것입니다. 만일 차마 떠나지 못하고 결단을 내리지 못한다면 반드시 저들 네 사람과 같은 화가 이를 것입니다. 또 역경(易經)에 하늘 끝까지 올라가서 내려올 줄 모르는 용은 반드시 후회할 때가 있다는 말이 있습니다. 이것은 오르기만 하고 내려갈 줄 모르고, 펴기만 하고 굽힐 줄 모르며, 가기만 하고 돌아올 줄을 모르는 자를 말하는 것입니다."

범수는 채택의 말에 일리가 있다고 생각하고, 그를 소양왕에게 천거하자 객경으로 삼았다.

그 후 범수는 병이 들었음을 핑계로 자리에 드러누워 은퇴를 요청하자, 소양왕은 마지못해 허락하고 채택을 승상으로 삼았다. 이에 범수는 자신의 식읍인 응읍(應邑)으로 내려가 편안한 여생을 마쳤다.

이와 같이 채택이 범수에게 말한 "높이 올라간 용은 후회한다."라는 말인 **'항룡유회(亢龍有悔)'**의 고사성어는 여기에서 유래하였다.

이렇게 범수는 '항룡유회'의 뜻을 확실히 이해했기 때문에 자리에서 물러날 수 있었고, 그 결과 혼란스러운 전국시대에 보기 드물게 평온한 말년을 보낼 수 있었다.

제34장
일자천금(一字千金)

一 한 일 · 字 글자 자 · 千 일천 천 · 金 쇠 금

한 글자가 천금이다는 말. 가감(加減)이 필요 없는 훌륭한 문장, 아주 뛰어난 글이나 책을 비유하는 의미이다.

*** 출전: 사마천, 사기(史記) 여불위열전(呂不韋列傳)**

기원전 251년 가을, 진나라 소양왕(昭襄王)이 세상을 떠나고 세자인 안국군(安國君)이 보위에 올라 효문왕(孝文王)이 되었다. 따라서 한단에서 인질 생활을 하다가 여불위에 의해 함양으로 돌아온 자초(子楚)는 세자가 되었다.

여불위와 자초가 조나라를 탈출할 때, 조나라에 그대로 남겨졌던 조희(趙姬)와 그 아들 정(政)은 조나라에서 정중히 진나라로 돌려보냈다.

그런데 효문왕은 즉위한 지 3일 만에 세상을 떠나고, 자초가 보위에 올라 장양왕(莊襄王)이 되었다.

장양왕은 여불위를 세자를 교육시키는 태부(太傅)로 임명하고, 양모 화양부인과 생모 하희를 태후로 옹립하였다.

기원전 249년, 장양왕은 승상 채택(蔡澤)에게 군사 10만 명으로 낙양의 동쪽 지역을 침공하게 하여 주나라를 완전히 멸망시켰다. 이로써 873년 동안 38대를 내려오던 주나라는 완전히 사라졌다.

주나라를 멸망시킨 채택이 함양으로 돌아오면서 바로 사임을 요청하

자, 장양왕은 여불위를 승상으로 암명하고 문신후(文信侯)에 봉하였다.

기원전 247년, 장양왕이 세상을 떠나자 13세인 세자 정(政)이 그 뒤를 이어 왕이 되었다. 정은 여불위를 상국(相國)으로 삼고 중부(仲父)라 불렀다.

춘추 시대의 첫 번째 패자인 제나라의 환공이 관중을 중부라 부른 고사를 본받은 것으로 본래의 뜻은 아버지의 동생, 즉 숙부라는 뜻인데, 여불위의 경우 '아버지와 같은 사람'이란 개념을 더 강하게 풍겼다.

왕이 된 정은 나이가 어렸기 때문에 진나라에서는 승상인 여불위의 권세를 따를 자가 없었다.

이러한 여불위도 맹상군·평원군·신릉군·춘신군의 사군자 명성을 가장 부러워하였다.

여불위는 진나라가 강국이면서도 이들 나라에 미치지 못하는 것을 수치로 생각하면서 선비들을 불러 후대하여 자신도 그와 같은 이름을 천지에 드날리고 싶었다.

이에 그는 자신의 집 옆에 커다란 빈관(賓館)을 짓고 천하에 유명하다는 선비들을 불러 모았다. 오지 않으려는 사람은 거금을 주고서라도 모셔오니 문객이 3천 명이나 되었다. 이렇게 모인 문객 중에는 뛰어난 학자들도 많이 있었다.

여불위는 이 학자들에게 그들이 알고 보고 듣고 한 바를 각기 글로 써서 내도록 하였다. 이렇게 해서 모은 기록이 모두 20여만 자(字)에 이르렀다.

이것을 다시 정리하고 편집하여 하나의 책으로 만드니, 이것이 곧 오늘날에 전해 오는 '여씨춘추(呂氏春秋)'라는 책이다.

이 책은 천지 만물 고금의 사물을 갖추지 않은 것이 없었다. 모든 것을 갖추어 기록했다고 하니 지금으로 치면 백과사전이다.

8람(覽)·6론(論)·12기(紀) - 이렇게 3부작으로 되어있다.

일부는 소실되었으나 대부분 현재까지 전해지고 있으며, 어떤 내용은 후세에 가필된 것도 있다. 그 이유는 여불위가 죽은 후의 일까지도 기록하고 있는 사실로 미루어 추측할 수 있다.

이 책이 완성되었을 때 여불위는 자긍심이 대단하였다. 함양성 성문에 책을 늘어놓고 천금을 그 위에 달아놓은 다음 만천하에 공고했다.

"이 책에 한 글자라도 더 보태거나 빼거나 고치는 자가 있으면, 천금의 상을 내리겠다."

이와 같이 "한 글자가 천금이다."라는 말인 '일자천금(一字千金)'의 고사성어는 여기에서 유래하였다.

여불위가 천금의 상을 내걸었지만 당시에는 여불위의 권세가 두려워 이 책의 잘못된 부분을 발견했다고 나선 사람이 하나도 없었다. 그러나 동한(東漢) 시대에 고유(高誘)라는 사람이 11곳의 잘못된 부분을 발견했다고 한다.

제35장
이화접목(移花接木)과 무망지복(毋望之福)

移 옮길 이 · 花 꽃 화 · 接 사귈 접 · 木 나무 목

꽃을 다른 나무에 접붙이다. 남모르게 교묘한 수단으로 몰래 뒤바꾼다는 의미이다.

*** 출전: 사마천, 사기(史記) 춘신군열전(春申君列傳)**

毋 말 무 · 望 바랄 망 · 之 갈 지 · 福 복 복

바라지 않았는데 얻게 되는 복이라는 말. 뜻하지 않게 찾아오는 행운이나 좋은 일을 비유하는 의미이다.

*** 출전: 사마천, 사기(史記) 춘신군열전(春申君列傳)**

초나라 춘신군(春申君) 황헐(黃歇)은 전국시대 말기에 오랫동안 초나라의 재상으로 있으면서 제나라의 맹상군 · 위나라의 신릉군 · 조나라의 평원군과 함께 사군자(四君子)로 이름이 높았다.

초나라의 세자 웅완(熊完)이 16년 동안 진나라의 인질로 있을 때, 춘신군은 태부(太傅)로서 그를 옆에서 보좌하였다. 웅완의 아버지인 경양왕(頃襄王)이 위독하다는 소식을 듣고 초나라 소양왕(昭襄王)에게 웅완의 귀국을 요청했으나 거절당하였다.

그러자 춘신군은 웅완을 마부로 위장시켜 초나라로 탈출시킨 후, 자신은 소양왕을 찾아가 이를 자백하였다.

분노한 소양왕은 춘신군을 죽이려 하였으나, 승상인 범수(范雎)가 세자를 위해 목숨을 아끼지 않는 충신이라며 만류하여 용서받고 초나라로 돌아왔다.

경양왕이 세상을 떠나고 세자인 웅완이 즉위하여 고열왕(考烈王)이 되자, 춘신군을 재상인 영윤으로 임명하였다.

춘신군은 초나라의 재상으로서 수십 년 동안 초나라의 정세를 안정시키고 주변국과의 긴밀한 외교 관계를 수립했다. 진나라가 강력한 군사력을 통해 중원을 압박하자 다른 여러 나라를 모아서 합종책을 주도하기도 하였다.

춘신군의 문객 중에 이원(李園)이라는 사람이 있었다. 그는 조나라 태생이었으나 여러 곳을 떠돌아다니다가 초나라 땅까지 흘러들어와 춘신군의 문객이 되었다.

이원은 몹시 음흉하고 간교한 사람으로, 그에게 이언(李嫣)이라는 미모가 뛰어난 여동생이 있었다. 그는 이 여동생의 미모를 이용해 출세할 길이 없을까를 궁리하였다.

당시 고열왕은 왕위에 오른 지 오래되었으나, 어찌 된 일인지 아직까지 후사가 없었다.

이원은 이러한 점에 착안하여 먼저 여동생을 춘신군에게 보냈다가, 여동생이 태기를 보이면 그녀를 다시 고열왕에게 보내 만일 아들을 낳으면, 그 아들은 왕위 계승자가 되는 것이다.

이원은 보통 사람으로서는 도저히 생각해낼 수 없는 이런 부도덕한 행위를 실행에 옮겼다.

이원이 여동생 이인을 춘신군의 첩으로 보낸 지 3개월 후에 태기가 보였다. 그러자 이언은 춘신군에게 태기가 있는 자신을 고열왕에게 보내, 만일 아들이 태어나 왕위에 오르면 춘신군은 왕의 아버지가 될 수 있다고 속삭였다.

그러자 천하 명사로 명성이 높던 춘신군도 권세에 대한 유혹을 이기지 못하고 타락의 진흙탕 속으로 떨어지는 길을 택하고 말았다.

춘신군은 고열왕에게 이언을 권하여 그녀가 후궁이 되었는데, 여덟 달 후 아들을 낳았다. 고열왕은 아들의 이름을 한(悍)이라 짓고, 세자로 봉하였다.

이와 같이 춘신군의 아들을 고열왕의 아들로 핏줄을 속인 것을 두고, "꽃을 다른 나무에 접붙이다."는 말의 **'이화접목(移花接木)'**이라는 고사성어가 유래하였다.

세월이 흘러 기원전 238년, 세자가 여섯 살이 되었다.

춘신군의 문객 중에 주영(朱英)이라는 사람이 있었는데, 그는 음흉하고 간교한 이원을 싫어하였다.

그런 중에 세자가 고열왕의 아들이 아니라 실제로는 춘신군의 핏줄이고, 고열왕이 위독하여 세자가 곧 왕이 될 것이라는 소문이 나돌았다.

그는 춘신군을 찾아와 이렇게 말했다.

"세상에는 예상치 않은 복과 불행이 있습니다. 지금 왕께서 위독하여 조만간 세상을 떠나시면, 춘신군의 아들로 소문난 어린 세자를 대신하여 섭정하게 될 것인데, 차라리 춘신군께서 친히 왕위에 오르십시오. 이것이 바로 예상치 않은 복이라는 것입니다. 그러나 지금 이원은 외척으로 더 큰 권력을 욕심내고 있습니다. 그는 왕이 세상을 떠나는 즉시 춘신군을 제거하여 정적을 없애려 할 것입니다. 이것이 바로 예상치 않은 불행입니다."

그러나 이원은 연약하고 무능하여 그럴 위인이 되지 못한다고 춘신군이 웃어넘겼다.

그로부터 며칠 후 고열왕이 세상을 떠나자, 여동생 이언으로부터 가장 먼저 연락을 받은 이원은 고용한 무사들을 궁중에 숨겨 놓았다.

나중에 급보를 받고 춘신군이 궁궐로 들어오자, 이원이 매복시킨 무사들이 습격하여 그를 죽였다.

이렇게 하여 고열왕의 뒤를 이어 어린 세자가 즉위하여 유왕(幽王)이 되었고, 이원은 여동생 이언을 태후로 올려 앉히고, 자신은 스스로 영윤이 되어 권세를 휘둘렀다.

이와 같이 춘신군에게 문객인 주영이 찾아와 세상에는 예상치 않은 복과 불행이 있다고 말한 것에서 "바라지 않았는데 얻게 되는 복"이라는 말인 '무망지복(毋望之福)'이라는 고사성어가 유래하였다.

제36장
재소자처(在所自處)와 태산불양토양(太山不讓土壤)

在 있을 재 · 所 바 소 · 自 스스로 자 · 處 살 처

사람은 자신이 처한 곳에 달려 있다는 말. 사람은 처해 있는 환경에 따라 인생이 달라질 수 있다는 것을 비유하는 의미이다.

*** 출전: 사마천, 사기(史記) 이사열전(李斯列傳)**

太 클 태 · 山 뫼 산 · 不 아닐 불 · 讓 시양할 양 · 土 흙 토 · 壤 흙 양

큰 산은 흙덩이를 사양하지 않는다는 말. 큰일을 이루려면 모든 사람과 함께해야 한다는 것을 비유하는 의미이다.

*** 출전: 사마천, 사기(史記) 이사열전(李斯列傳)**

진나라 조희(趙姬)의 어린 아들 정(政: 훗날의 진시황))이 즉위하자, 태후(太后)가 된 그녀는 승상 여불위와 옛정을 나누며 간통하였다.

그러나 여불위는 이 일이 들통날까 두려워 고심하다가, 다른 여인과의 간통죄로 끌려온 노애(嫪毐)를 환관으로 위장시켜 조태후를 모시게 하였다. 조태후는 노애를 총애하여 밀통으로 낳은 아들 두 명을 진왕 정이 모르도록 키워 장차 왕위를 계승시키려 하였다.

기원전 238년, 중대부 안설(顔洩)의 밀고로 이러한 일이 드러나자, 노애가 가신들을 동원해 진왕 정이 있던 기년궁(蘄年宮)을 공격하고 난을 일으켰다.

진왕 정은 군사를 동원하여 노애의 난을 진압하고 노애는 거열형

(車裂刑)에 처하였다. 그리고 노애가 조태후와 간통해 낳은 아들 두 명도 죽임을 당하고, 조태후는 유폐되었다가 중신들의 만류로 겨우 사면되었다.

노애의 난이 있은 후, 진왕 정은 자신이 장양왕(莊襄王)의 친아들임을 부각시키고 여불위의 모반을 사전에 차단하기 위해 그를 식읍인 낙양(洛陽)으로 추방하자, 여불위는 그곳에서 짐독을 마시고 자결하였다.

이 무렵 한나라가 정국(鄭國)이라는 수리(水利) 기술자를 여불위의 문객으로 보내 진나라에 방대한 수리공사를 일으킨 것이, 진나라의 국고를 소진시켜 국력을 약화시킬 계략이었다는 것이 발각되었다.

이러한 '노애의 난'과 '정국의 사건'의 후폭풍으로 진나라 왕족과 기존 고관들 사이에서는 여불위와 그 밑에 있다가 관료로 출세한 타국 출신 문객들은 첩자이므로 모두 추방하자는 여론이 일게 되었다. 이에 진왕 정은 '축객령(逐客令)'을 내려 타국에서 온 자들을 쫓아내려 하였다.

이때 여불위의 문객으로 초나라 상채(上蔡) 태생의 이사(李斯)라는 사람이 있었다.

그는 초나라에서 창고지기를 지낸 적이 있었는데, 어느 날 측간에 들어갔다가 오물을 먹던 쥐들이 황급히 놀라 달아나는 것을 보았다. 원래 쥐는 사람을 무서워하기 때문이라 여기고 이번에는 곡식 창고에 들어갔는데, 그 안의 쥐들은 곡식을 훔쳐 먹다가 사람이 들어와도 전혀 달아날 생각을 하지 않았다.

이사는 순간적으로 사람이 잘나고 못난 것도 이 쥐들과 같이 사신이 처한 곳에 달려 있다고 생각되었다. 못난 사람은 측간의 쥐처럼 오물을 먹다가 달아나고, 잘난 사람은 창고의 쥐처럼 곡식을 훔쳐 먹어도 당당한 것처럼, 처해 있는 환경에 따라 인생이 달라질 수 있다는 것을 깨달았다.

이와 같이 이사가 깨달은 "사람은 자신이 처한 곳에 달려 있다."는 말인 **'재소자처(在所自處)'**라는 고사성어는 여기에서 유래하였다.

이사는 그 날로 창고지기를 사직하고, 순자(荀子)의 문하에서 제왕학을 배운 뒤에 여러 나라를 돌아다니다가 여불위의 문객이 되었다.

그런데 그는 이번 추방령인 '축객령'을 반박하는 '간축객서(諫逐客書)'을 진왕 정에게 올렸는데, 그 내용은 다음과 같다.

"옛날 목공(穆公)이 진나라 터전을 이룩한 것은 백리해(百里奚)와 건숙(蹇叔)의 덕분이며, 효공(孝公)이 진나라 국법을 세운 것은 상앙(商鞅) 덕분입니다. 또 혜문왕(惠文王)이 연횡책(連橫策)을 써서 합종을 깨뜨린 것은 장의(張儀) 덕분이며, 소양왕(昭襄王)이 원교근공(遠交近攻)을 채택한 것은 범수(范睢) 덕분입니다. 이들은 모두 타국 사람들입니다. 큰 산은 흙덩이도 거부하지 않았기 때문에 능히 그 높이를 이루었고, 큰 강과 바다는 작은 물줄기도 가리지 않았기에 능히 그 깊이를 이루었다고 합니다. 그런데 왕께서는 천하를 하나로 통합할 큰 뜻을 품으셨으면서 타국 사람들을 추방하면 인재를 구하고 싶어도 구하지 못할 것입니다."

이사는 진나라 출신이냐 아니냐를 따져서는 천하 통일의 대업을 이룰 인재를 얻지 못한다는 '인재개방론'을 주장한 것이었다.

이 글을 읽어 본 진왕 정은 깨달은 바가 많다며 '축객령'을 거둬들이고, 이사를 정위(廷尉)로 삼아 사법(司法)을 주관하게 하였다.

이와 같이 "큰 산은 흙덩이를 사양하지 않는다."는 말인 **'태산불양토양(太山不讓土壤)'**라는 고사성어는 '축객령'을 반박하는 이사의 '간축객서'에서 유래하였다.

또한 이와 함께 "큰 강과 바다는 작은 물줄기를 가리지 않는다."는 말인 **'하해불택세류河海不擇細流)'**도 같이 쓰인다.

제37장
오두백 마생각(烏頭白 馬生角)과 방약무인(傍若無人)

烏 까마귀 오 · 頭 머리 두 · 白 흰 백 · 馬 말 마 · 生 날 생 · 角 뿔 각

까마귀 머리가 하얗게 변하고 말머리에 뿔이 난다는 말. 결코 일어날 수 없는 일이나 실현 불가능한 일을 비유하는 의미이다.

*** 출전: 사마천, 사기(史記) 자객열전(刺客列傳)**

傍 곁 방 · 若 같을 약 · 無 없을 무 · 人 사람 인

곁에 사람이 없는 것처럼 여기다는 말. 원래 주변에 거리낌 없는 당당한 행동을 뜻하는 말이었는데, 지금은 주위 사람을 전혀 의식하지 않고 제멋대로 행동하는 것을 비유하는 의미로 바뀌었다.

*** 출전: 사마천, 사기(史記) 자객열전(刺客列傳)**

연나라왕 희(喜)의 아들인 세자 단(丹)은 어려서부터 성인이 되었을 때까지 타국에서 인질 생활을 하였다. 소년 시절은 조나라 한단에서 지냈고, 성인이 되어서는 진나라 함양에서 생활을 하였다.

그는 인질로 함양으로 올 때만 하더라도 그다지 낙심하지는 않았다. 진왕 정과는 어릴 적부터 친하게 지낸 사이였기 때문이었다. 그가 조나라 한단에서 인질 생활을 할 때, 진왕 정의 아버지 자초(子楚)는 여불위와 함께 진나라로 탈출하였고, 진왕 정은 그 어머니인 조희(趙姬)와 한단에서 숨어지내고 있었다.

두 소년은 서로 같은 처지임을 알고 각별하게 지냈다. 그가 이제는

어엿한 진나라 왕이 되었으니, 반겨줄 것이라는 기대감에 부풀어 왔으나, 그는 세자 단을 처음 보는 사람 대하듯 냉대하였다. 배신감으로 분노가 치밀어 올랐으나 어쩔 도리가 없었다. 그는 초강대국의 왕이었고, 자신은 약소국의 인질 신세라서 우울한 나날의 연속이었다.

그러던 중인 기원전 230년에 진나라가 한나라를 멸망시키고, 이어 조나라마저 멸망시키려 하고 있었다. 이러다가는 연나라도 위험하다는 위기의식을 느끼고 자신이 빨리 귀국하여 방비를 단단히 해야겠다고 생각하였다.

세자 단은 진왕 정에게 어린 시절의 우정을 생각해서라도 자신을 연나라로 귀국시켜 주기를 부탁하였다.

그러나 진왕 정의 대답은 매몰찬 거절이었다.

"까마귀 머리가 하얗게 변하고 말머리에 뿔이 나면 귀국을 허락해 주마."

이와 같이 진왕 정이 연나라 세자 단의 귀국을 거절하면서 말한 것에서 **'오두백 마생각(烏頭白 馬生角)'**이란 고사성어가 유래하였다.

이 말을 들은 세자 단은 진왕 정이 자신을 돌려보낼 마음이 없다는 것을 확인하고 탈출을 하기로 마음먹었다.

세자 단은 숯 파는 장사꾼으로 변장하여, 낮이면 숨고 밤이면 걸어 마침내 함곡관을 벗어나는 데 성공하였다.

오늘날 정주(定州) 땅에 가면 문계대(聞鷄臺)가 있는데, 세자 단이 진나라를 탈출하여 연나라로 돌아갈 때 여기서 첫닭이 우는 소리를 듣고 떠났다 하여 붙여진 이름이다.

연나라로 돌아온 세자 단은 진왕 정에 대한 깊은 증오심으로 반드시 보복하겠다고 다짐하였다. 그러나 군사력으로는 연나라가 진나라에 상대가 되지 않아, 진왕 정을 암살하기로 작정하고 자객이 될 만한 사람들을 모으기 시작하였다.

이때 세자 단이 모은 사람으로 장사 하부(夏扶)와 송의(宋意)가 있었고, 또 진무양(秦舞陽)이라는 용사도 있었지만, 단이 가장 아끼는 사람은 번어기(樊於期)와 형가(荊軻)였다.

기원전 240년, 장안군(長安君)과 장수 번어기는 진나라 군사 5만을 이끌고 조나라를 공격하기 위해 출정하였다. 장안군 성교(成嶠)는 진왕 정의 동생으로 조태후(趙太后)가 낳은 장양왕(莊襄王)의 친아들이다.

장안군과 번어기는 시금의 산시성 둔류현(屯留縣)에 해당하는 둔류(屯留) 땅에 이르러 진영을 세웠다.

번어기는 함양성을 떠나올 때부터 장양왕의 핏줄이 아닌 진왕 정을 몰아내고 원래 핏줄인 장안군을 왕으로 세워야겠다고 생각하였다. 그래서 주둔하고 있는 둔류성에서 거사를 결심하고, 17세인 장안군을 설득하여 반란이 시작되었다.

이 소식을 들은 진왕 정은 왕전(王翦)을 토벌대장으로 한 진압군을 둔류성으로 보냈다. 왕전은 둔류성을 포위한 채, 인접한 장자성(長子城)과 호관성(壺關城)부터 점령하여 둔류성을 고립시켰다. 그러자 둔류성 내의 군사들의 사기가 급격히 떨어지면서, 마음이 연약한 장안군은 성문을 열고 항복하고, 번어기는 포위망을 뚫고 연나라로 탈출하였다.

진왕 정은 항복한 장안군을 목을 매 자결시키고, 번어기를 잡아 오는 자에게는 다섯 개 성을 상으로 내리겠다는 현상을 내걸었다.

번어기는 연나라 산속에 오랫동안 숨어지내다가 세자 단을 찾아가 그의 문객이 되었다. 세자 단은 언젠가는 번어기를 앞세워 진나라로 쳐들어갈 날이 올지도 모르겠다는 기대감에서 군사들을 조련하도록 역수(易水) 동쪽에 성 하나를 쌓아 번어기에게 내주었다. 그래서 연나라 사람들은 그 성을 번관(樊館)이라고 불렀다.

세자 단에게 형가를 추천한 사람은 은자(隱者)로 알려진 전광(田光)이었다. 단은 전광이 의기가 하늘을 뚫을 정도라는 소문을 듣고 찾아가 진왕 정에 자객을 보내는 일을 의논하자, 전광은 형가를 추천하고 비밀을 지키기 위해 스스로 자결하였다.

형가는 위(衛)나라 태생으로 어릴 때부터 책 읽기와 검술을 좋아하여 검술로 위나라 군주였던 원군(元君)에게 출사했으나 중용되지 못하자 여기저기 떠돌다 연나라 계성(薊城)으로 들어왔다.

형가는 시장에서 고점리(高漸離)라는 개고기를 파는 도축업자와 마음이 맞아 자주 어울렸다. 고점리는 거문고처럼 생긴 축(筑)이라는 악기의 명인이었다.

형가는 매일 시장으로 나가 술을 마셨는데, 얼큰해지면 고점리가 축을 타고 형가는 그 소리에 맞춰 시장 가운데서 노래를 불렀다. 서로 즐기기도 하고, 서로 울기도 하는 것이 마치 곁에 사람이 없는 것처럼 행동하였다.

이와 같이 "곁에 사람이 없는 것처럼 여기다."는 말인 **'방약무인(傍若無人)'**이라는 고사성어는 여기서 유래하였다.

전광으로부터 형가를 추천받은 세자 단은 그를 상경(上卿)으로 삼아 좋은 저택에 머물게 하고, 날마다 문안하여 갖가지 고기와 음식을 대접하고 진귀한 물건들을 주었다. 그리고 수레와 말, 아름다운 여인들을 보내 형가의 모든 욕망을 채울 수 있도록 해주었다. 심지어는 형가가 천리마의 간이 맛있다는 말 한마디에 아끼는 말을 죽여 그 간을 맛보게 하였다. 또한 세자 단과 술을 마실 때 시중드는 여자의 손이 아름답다는 감탄사에 서슴없이 여인의 손목을 잘라 선물할 정도로 극진히 우대하였다.

이러한 대접을 받은 형가는 기꺼이 죽기로 결심하고, 진왕 정에게 가까이 다가갈 방법 찾기에 골몰하였다.

제38장
절치부심(切齒腐心)과 도궁비현(圖窮匕見)

切 끊을 절 · 齒 이 치 · 腐 썩을 부 · 心 마음 심

이를 갈며 속을 썩인다는 말. 패배나 실패를 겪은 후에 이를 갚기 위해 매우 분하게 여기고 벼르는 마음, 또는 승부 따위에 명예를 되찾기 위해 의지를 불태우는 마음가짐을 비유하는 의미이다.

*** 출전: 사마천, 사기(史記) 자객열전(刺客列傳)**

圖 그림 도 · 窮 다할 궁 · 匕 비수 비 · 見 볼 현

지도를 펼치자 비수가 드러났다는 말. 음모나 속셈이 탄로 나거나, 진상이 드러나는 것을 비유하는 의미이다.

*** 출전: 사마천, 사기(史記) 자객열전(刺客列傳)**

기원전 228년, 진나라가 조나라를 평정하여 멸망시켰다. 이제 진나라와 연나라는 역수(易水)를 사이에 두고 대치하게 되었다.

연나라 세자 단은 진나라가 다음 목표로 언제 연나라를 공격해 올지 몰라 초조하였다.

그러던 차에 형가는 드디어 진왕 정에게 접근할 방법을 찾았다며, 세자 단에게 두 가지 물건이 필요하다며 말하였다.

"첫째는 연에서 가장 비옥한 곡창지대인 독항(督亢) 땅을 바치는 것이고, 다른 하나는 반란에 실패하여 연나라로 망명해 온 번어기(樊於期)의 목을 바치는 것입니다."

번어기가 반란에 실패하고 도주했을 때, 진왕 정은 번어기를 잡아 오는 자에게는 다섯 개의 성을 주겠다는 엄청난 현상을 내걸었는데, 아직도 번어기가 잡히지 않아 몹시 증오하고 있는 모양이었다.

형가는 이런 번어기의 목과 연나라에서 가장 비옥하다는 독항의 땅을 진왕 정에게 바친다는 명목으로 그에게 접근하려고 하였다. 독항은 지금의 하북성 탁현(涿縣) 일대이다.

세자 단은 독항 땅은 내어 줄 수 있으나, 번어기는 안된다고 거절하였다. 세자 단이 번어기를 보호하고 있는 이유는 군사력이 길러지면 언젠가는 그를 대장으로 삼아 진나라로 쳐들어가기 위해서였다. 그런 번어기를 아무리 형가의 요구라고 하지만, 선뜻 내줄 수는 없는 일이었다.

그러자 형가는 번관으로 직접 찾아가서 번오기에게 이렇게 말하였다.

"나에게 연나라의 우환을 해소하고 동시에 장군의 원수도 갚을 수 있는 계책이 하나 있습니다. 진왕 정에게 접근하려면 현상이 걸려 있는 장군의 목이 필요합니다. 만일 장군의 목을 선물로 가져가면 나는 쉽게 진왕을 만날 수 있는데, 그때 왼손으로 진왕의 소매를 잡고 오른손으로 그의 가슴을 찌른다면 연나라의 근심을 덜어주고 장군의 원통함을 갚아드리는 일이 될 것입니다. 장군께서는 저의 이 계책을 어떻게 생각하십니까?"

그러자 번어기는 한쪽 소매를 걷어 올려 어깨를 드러내고 팔을 세차게 휘두르며 이렇게 외치고는 칼을 뽑아 스스로 목을 찔러 죽었다.

"그것은 내가 밤낮으로 이를 갈며 속을 썩이던 일이었소. 이제야 비로소 가르침을 받게 되었습니다."

여기서 번어기가 말한 "이를 갈며 속을 썩인다."는 말인 **'절치부심(切齒腐心)'**이라는 고사성어가 유래하였다.

기원전 227년, 세자 단은 자객으로 가는 형가에게 진무양(秦舞陽)

을 동행으로 추천하였다. 진무양은 13세의 나이에 사람을 죽여서 장사로서 이름난 자였다.

그러나 형가는 진무양을 소인배로 못 미덥게 생각하였으나, 하는 수 없이 데리고 가기로 하였다.

연나라의 공식적인 사신으로 형가는 정사(正使)가 되고 진무양은 부사(副使)가 되어 진나라로 떠나게 되었다. 독항 땅의 지도와 번어기의 목이 담긴 목함을 바치는 것이 이번 사신의 명분이었다.

형가가 진나라로 떠나던 날, 세자 단을 비롯해 그의 문객들이 흰옷과 흰갓을 착용하고 역수(易水)까지 전송하러 나왔다. 모두 눈물을 흘리는 가운데 형가의 친구 고점리는 축을 타고, 형가는 '역수가(易水歌)'라고 하는 그의 심정을 노래하였다.

바람소리 쓸쓸하고
역수는 차갑구나.
장사 한번 떠나면
다시 돌아오지 못하리.
호랑이 굴이여!
이무기의 소굴이여!
하늘을 우러러 한소리 외치니
흰 무지개 이루었도다

진나라의 도성인 함양에 당도한 형가는 진무양과 함께 진의 왕궁으로 들어가 진왕 정을 알현하였다. 그들이 가져온 선물에 진왕 정은 크게 기뻐하며 구빈(九賓)의 예로 형가 일행을 맞아들이게 하였다.

그런데 진무양이 진왕 정 앞에서 공포심에 그만 벌벌 떨기 시작하였다. 지켜보던 신하들이 미심쩍어하며 어떻게 된 거냐며 묻자 형가는 웃으며, 북쪽의 촌놈이 천자를 뵈니 어쩔 줄을 몰라서 그런 것이라며 둘러댔다.

형가는 직접 진왕 정에게 지도를 해석해주겠다며 단상 위로 올라가 가까이 접근했고, 두루마리로 된 지도를 풀자 두루마리 끝에서 미리 준비해 두었던 비수가 나타났다.

이러한 사건의 광경에서 "지도를 펼치자 비수가 드러났다."는 말인 **'도궁비현(圖窮匕見)'**이라는 고사성어가 유래하였다.

형가는 오른손으로는 비수를 잡고 왼손으로 진왕 정의 소매를 잡아 그를 찔렀지만, 옷소매만 끊어지고 진왕은 몸을 피할 수 있었다.

진왕 정은 다급히 허리에 차고 있던 검을 빼려 했지만, 검이 너무 긴 탓에 칼집에 걸려 빠지지 않았다.

진나라의 법률상 궐내에 아무도 검을 가진 자가 없었으므로, 형가는 비수를 가지고 진왕 정을 뒤쫓았다. 진왕 정은 필사적으로 기둥을 이리저리 돌아 도망치면서 검을 빼려고 서둘수록 오히려 잘 빠지지 않았다.

이 와중에, 어의 하무차(夏無且)가 형가에게 갖고 있던 약 상자를 집어 던졌다.

형가가 피하는 사이에 신하들이 검을 등에 지고 뽑으라고 외쳤고, 진왕 정은 얼른 검을 등 쪽으로 돌려 짧아진 상태로 간신히 검을 빼 형가에게 휘둘렀다.

형가가 가진 짧은 비수는 장검에 맞설 수 없었고, 형가는 진왕의 검에 다리를 베여 더 걷지 못한 채 마지막으로 진왕 정을 향해 비수를 집어 던졌으나, 비수는 진왕을 비껴가서 기둥에 박혔다.

형가는 웃으며 진왕을 욕하자, 격노한 진왕이 형가의 온몸을 토막 내 버렸다. 진무양은 이 상황을 모두 지켜보면서도 끝까지 벌벌 떨며 아무것도 하지 못하고 있다가 참수당했다.

진왕 정은 격노하여 이듬해인 기원전 226년, 연나라를 침공하여 도성인 계성(薊城)을 함락시키자, 연왕 희(喜)는 요동(遼東)으로 달아났다. 진나라 군사들이 요동까지 추격하여 오자, 연왕 희는 세자 단을 죽여 진나라에 바치고 진나라 군사들을 철군시켰다.

진나라는 기원전 225년 위나라를 멸망시키고, 기원전 223년 초나라를 멸망시킨 다음, 계속하여 연나라를 공격하여 기원전 222년 멸망시켰다.

마지막 남은 제나라도 기원전 221년 멸망시키면서, 진나라에 의한 대륙의 통일이 완성되어 전국시대는 막을 내렸다.